Ein Schimmer am Horizont

Zwischen den Welten (Buch I)

ANNETTE OPPENLANDER

© 2024 Annette Oppenlander
Umschlaggestaltung, Illustration: Theo Wberg Fiverr
Lektorat, Korrektorat: Kristina Butz
Übersetzung: Annette Oppenlander
Herausgeber: Annette Oppenlander, Averesch 93, 48683 Ahaus
ISBN eBook: 978-3-948100-57-5
ISBN-Taschenbuch: 978-3-948100-58-2
Das Werk wurde ausschließlich von der Autorin entwickelt und ohne Unterstützung von künstlicher Intelligenz (KI).
Das Werk, einschließlich seiner Teile, ist urheberrechtlich geschützt. Jede Verwertung ist ohne Zustimmung des Verlages und der Autorin unzulässig. Dies gilt insbesondere für die elektronische oder sonstige Vervielfältigung, Übersetzung, Verbreitung und öffentliche Zugänglichmachung.
Bibliografische Information der Deutschen Nationalbibliothek:
Die Deutsche Nationalbibliothek verzeichnet diese Publikation in der Deutschen Nationalbibliografie; detaillierte bibliografische Daten sind im Internet über http://dnb.d-nb.de abrufbar.

AUCH VON ANNETTE OPPENLANDER

Vaterland, wo bist Du? Roman nach einer wahren Geschichte *(2. Weltkrieg/Nachkriegszeit – biografisch)*
Erzwungene Wege: Historischer Roman *(2. Weltkrieg – Kinderlandverschickung)*
47 Tage: Wie zwei Jungen Hitlers letztem Befehl trotzten *(2. Weltkrieg – biografische Novelle)*
Erfolgreich(e) historische Romane schreiben *(Sachbuch)*
Immer der Fremdling: Die Rache des Grafen *(Mittelalter – Gaming Zeitreise)*
Als Deutschlands Jungen ihre Jugend verloren *(2. Weltkrieg – Sammlung)*
Bis uns nichts mehr bleibt *(amerikanischer Bürgerkrieg – Abenteuerroman)*
Ewig währt der Sturm *(2. Weltkrieg – Flucht und Vertreibung)*
Leicht wie meine Seele *(2. Weltkrieg – biografische Novelle)*
Endlos ist die Nacht *(amerikanische Prohibition – Abenteuerroman)*
Das Kreuz des Himmels *(Napoleon Kriege – biografisch)*
Zwei Handvoll Freiheit *(Nachkriegszeit/Berliner Luftbrücke – historischer Liebesroman)*
24 Stunden: Tauschgeschäfte *(2. Weltkrieg – biografische Novelle)*
Das Gegenteil von Wahrheit *(Internatskrimi)*

Englisch
A Different Truth *(historical mystery – boarding school Vietnam War Era)*
Escape from the Past Trilogy *(time-travel/gaming adventure trilogy)*
Surviving the Fatherland: A True Coming-of-age Love Story Set in WWII
(biographical – WWII and postwar)
47 Days *(biographical novella – WWII)*
Everything We Lose: A Civil War Novel of Hope, Courage and Redemption
Where the Night Never Ends: A Prohibition Era Novel
When They Made Us Leave *(WWII young adult)*
Boys No More *(WWII – collection)*
A Lightness in My Soul *(biographical novella – WWII)*
The Scent of a Storm *(WWII and German Reunification)*

So Close to Heaven *(biographical – Napoleon Wars)*
When the Skies Rained Freedom *(Berlin Airlift)*
24 Hours: The Trade *(biographical novella – WWII)*
The Life We Remember: Between Worlds *(German/Irish emigration adventure)*

»Wir glauben …, daß die Ehe eine gleichberechtigte und dauerhafte Partnerschaft sein sollte, und daß, bis sie so anerkannt ist, die Ehepartner gegen die radikale Ungerechtigkeit der gegenwärtigen Gesetze mit allen ihnen zur Verfügung stehenden Mitteln vorsorgen sollten …«

»Wenn eine Frau einen Dollar mit Schrubben verdiente, hatte ihr Mann das Recht, den Dollar zu nehmen, sich damit zu betrinken und sie danach zu schlagen. Es war sein Dollar.« –Lucy Stone, Frauenrechtlerin (1818–1893)

KAPITEL EINS

Löwenstein, Württemberg, Deutschland, November 1848
Mina Peters beugte sich tief, um das Bettlaken auszuwringen. Sie hasste es, zu waschen, und zu dieser Jahreszeit – der erste Schnee war früh gekommen – war es besonders anstrengend. Ihre Hände hatten in dem kalten Wasser jedes Gefühl verloren, die Haut an den Fingern war rau und schmerzte. Das Trocknen würde die nächste Herausforderung sein, aber wie konnte sie den Dreck nicht fortwaschen, nachdem ihr Mann Roland sich übergeben und das Ehebett besudelt hatte? Es war nicht das erste Mal gewesen und würde auch nicht das letzte Mal sein. Ein Seufzer entrang sich ihr. Wäre ihre Mutter noch am Leben, würde sie niemals ... Warum hatte sie überhaupt zugestimmt, ihn zu heiraten?

»Wilhelmina, wo ist mein verdammtes Abendessen? Warum kochst du nicht einmal in deinem Leben zeitig?« Roland stand, die Hände in die Hüften gestemmt, in der Tür zu ihrem bescheidenen Heim, einer Hütte mit Strohdach, gerade groß genug, um ihr Bett, eine Kochstelle und eine Essecke unterzubringen.

»Ich komme.« Sie beeilte sich, obwohl das Laken noch einmal gut ausgedrückt werden musste, bevor sie es in der Nähe der Feuerstelle drapieren konnte. Zu Hause hatten sie auf einem gusseisernen Herd mit zwei Plätzen für Töpfe gekocht. Seit sie Roland geheiratet hatte, musste sie lernen, Mahlzeiten über einem offenen Feuer zuzubereiten. Am Anfang hatte sie alles verbrannt, und sie zögerte immer noch, den Kochtopf unbeaufsichtigt zu lassen.

EIN SCHIMMER AM HORIZONT – ZWISCHEN DEN WELTEN

Sie zwängte sich an Roland vorbei in den düsteren Raum und versuchte, seinen Gestank, eine Mischung aus Alkohol und Körpergeruch, nicht einzuatmen. Er brauchte dringend ein Bad, aber wann immer sie das Thema ansprach, winkte er ab oder, schlimmer noch, schrie sie an. Die nächtlichen Besuche, die er trotz seiner Trunkenheit fortsetzte, waren unerträglich.

»Warum ist das Abendessen nicht fertig, Frau?«

Es ist noch nicht Abendbrotzeit, wollte sie sagen. Er war wieder zu früh dran, was bedeutete, dass er nur einen Teil des Tages gearbeitet hatte und kaum bezahlt werden würde. Die wenigen Münzen, die noch übrig waren, nahm er meistens mit in die Kneipe.

Sie betrachtete die mageren Vorräte an Mehl und Kartoffeln, die verschrumpelte Zwiebel am Herd und den kleinen Sack Hafer. Sie würde wieder nach Wildpflanzen suchen müssen, dankbar über ihre Kenntnisse der Kräuterkunde, die ihr ihre Mutter beigebracht hatte, als sie noch ein kleines Mädchen gewesen war. Einen Kilometer vom Dorf entfernt, am Waldrand, wuchsen Gundermann und Gänseblümchen.

»Ich muss bald auf den Markt gehen«, sagte sie und schälte die Zwiebel auf dem Holzbrett, auf dem sie alle ihre Küchenarbeiten erledigte. »Wir haben kaum genug für morgen.«

Roland ließ sich auf den einzigen bequemen Stuhl in der Ecke fallen und beäugte sie misstrauisch. »Was hast du mit dem Geld gemacht, das ich dir am Montag gegeben habe?«

Ihre Hände schwebten in der Luft, während sie ihre Antwort abwog. »Das war Montag vor einer Woche.«

Roland hustete, schnäuzte sich mit Daumen und Zeigefinger die Nase und wischte sich den Dreck an der Hose ab. So wie sie aussah, machte er das schon seit Monaten. Im Haus ihrer Eltern hatten sie Taschentücher benutzt. Sie musste eine andere Hose besorgen.

»… träumen«, riss Roland sie aus ihren Gedanken.

»Was?«

Mit einer raschen Bewegung baute er sich vor ihr auf. »Himmel, Frau, du bist zu nichts zu gebrauchen.« Seine schmutzverschmierte und von der Arbeit gerötete Hand landete auf ihrem Unterarm, worauf das Messer, das sie in der Hand hielt, mit einem Klirren auf das Brett fiel. »Du taugst nicht zur Ehefrau«, zischte er. »Mach mir was zu essen. Sofort!«

Er ließ los und kehrte in seine Ecke zurück, während Mina das Messer mit zittriger Hand aufnahm. Dies war erst der zweite Winter mit diesem Mann, und die Aussicht, den Rest ihres Lebens mit ihm zu verbringen, ließ sie daran denken, in den Fluss zu springen. *Konzentrier dich*, ging es ihr durch den Kopf. Sie warf die Zwiebeln in den Topf, fügte Hafer und Wasser hinzu.

Morgen würde sie auf den Markt gehen, um Kartoffeln zu kaufen, so ziemlich das Einzige, was sie sich leisten konnten. Wenigstens wusste Roland nichts von dem Taler, den sie hinter einem losen Stein neben dem Kamin versteckt hatte. Sonst hätte er ihn schon für das billige, aber starke Kartoffelgesöff oder den gepressten, aus Rückständen der Weintrauben gebrannten Trester vergeudet, den die Männer im Hirsch, der Dorfkneipe, tranken. Der Wein, für den der *Weinsberg* bekannt war, war zu teuer und nicht stark genug.

»War das so schwierig?« Roland schob die Tonschale weg und wischte sich mit dem Handrücken über den Mund. Er stand auf und zog seine Jacke an. »Ich gehe zu Tom. Warte nicht auf mich.«

»Hast du ihn nach Arbeit für den Winter gefragt?« Mina wusste, dass dies eine riskante Frage war, die ihn in einen seiner Anfälle versetzen konnte. Zu ihrer Überraschung blieb er ruhig.

»Noch nicht, aber er hat gute Beziehungen. Er wird sicher jemanden kennen.« Er schenkte ihr eines dieser seltenen Lächeln, die sie einst während ihres Werbens genossen hatte.

Als Tagelöhner hatte Roland keine formale Ausbildung. Er war jung, fünfundzwanzig, nicht viel älter als sie, aber sein Körper zeigte bereits Verschleißzeichen, die Haut in seinem Gesicht war rötlich von der Arbeit im Freien und zu viel Alkohol. Von Frühjahr bis Herbst arbeitete er für verschiedene Bauern, die ihrerseits oft das Land, das sie bearbeiteten, von den Gutsbesitzern gepachtet hatten. Im Herbst war die Weinlese dran. Aber Roland hatte noch nicht einmal einen Pachtvertrag bekommen, und er war auch nicht daran interessiert, eine neue Fertigkeit zu erlernen. Und da er selten verlässlich war, warfen ihn die Bauern bei der ersten Gelegenheit wieder raus. Nach ein paar Jahren hatte er auch die Weinbauern der Gegend durchgehabt. Im letzten Jahr waren dann die kläglichen Ernten noch schlechter geworden, sodass Roland immer öfter leer ausging.

Als die Tür ins Schloss fiel, seufzte Mina, schrubbte die Schüsseln und den Topf mit Sand und ließ sich auf den Schemel am Feuer sinken. Der Raum kühlte bereits ab, aber sie zögerte, noch mehr Holz zu verschwenden, wenn sie nur noch ins Bett gehen wollte.

Ihr fiel die Wäsche ein, und sie eilte nach draußen, wo es dunkel wurde. Roland würde wieder maulen, aber heute Nacht mussten sie auf der nackten Matratze schlafen. Sie besaß keine zweite Garnitur Bettwäsche wie damals zu Hause. Mina drapierte das nasse Tuch über die Stühle und den Tisch, zog ihr Nachthemd an und kroch ins Bett.

Ihre Knochen waren wie mit Steinen gefüllt, doch der Schlaf wollte nicht kommen. Zu Hause hätte sie am offenen Kamin gesessen und genäht oder eines der wertvollen Bücher ihrer Eltern gelesen. Hier hatte sie nicht mal Geld für anständige Kerzen oder Lampenöl, was es ihr unmöglich machte, etwas Sinnvolles zu tun. Und der Winter begann gerade erst. Außerdem nannte Roland ihre Handarbeit, selbst das Arbeiten mit Kräutern, Unsinn und Zeitverschwendung. Für ihn, so hatte sie festgestellt, war eine Frau zum Putzen, Kochen und Kinderkriegen da.

Ein weiterer Seufzer erhob sich in der Dunkelheit. Sie hatte nicht die Absicht, schwanger zu werden, nicht jetzt. Es war zu schwer, und sie war nicht bereit, ein Kind in diese Welt zu bringen … in dieses Leben mit Roland. Erneut stand sie auf, zündete die Talglampe an und steuerte in die gegenüberliegende Ecke, in der getrocknete Bündel von Kamille, Minze, Salbei, Hirschhorn und Schafgarbe von der Decke hingen. Der Tontopf war mit getrockneten braunen Samen gefüllt, und sie nahm einen Löffel voll und zermahlte sie mit einem runden Stein. Dann gab sie die Mischung in einen Becher Wasser und trank. Roland wusste nicht, dass die Samen der Wilden Möhre eine Schwangerschaft verhinderten, aber sie war dankbar, dass ihre Mutter es ihr erklärt hatte.

Es schien ein ganzes Leben her zu sein, als sie auf Exkursionen gegangen waren, Pflanzen studiert und gesammelt hatten. Mutter hatte sich neben ein Beet mit weißen Blüten gekniet, die so zart aussahen wie die Spitzen, die sie einmal gesehen hatte, als ein reisender Hausierer in Löwenstein Halt gemacht hatte. »Mit der musst du vorsichtig sein, Mina«, hatte Mutter gesagt. »Die Wilde Möhre hat mehrere Verwandte wie den giftigen Wasserschierling, also sieh sie dir genau an.« Sie hatte ihr die Besonderheiten dieser Pflanze erklärt und ihr, nachdem sie sich vergewissert hatte, dass niemand in der Nähe war, etwas über ihre besondere Qualität zugeflüstert.

Mina stellte den Becher ab und schloss den Keramiktopf. Sie hatte nicht ganz so viel gefunden, wie sie wollte, und befürchtete, dass sie bis zur nächsten Blüte zu wenig hatte. Egal, wie viel Roland auch trank, es schien seine männlichen Fähigkeiten nicht zu mindern. Wenn er nur so viel Interesse daran hätte, Arbeit zu finden und zu behalten, könnte sie aufatmen. Ihre Hand wanderte zu ihrem Bauch, der flach und hart war. Roland durfte nichts von ihrem kleinen Trick wissen, denn schon in ihrer Hochzeitsnacht hatte er davon gesprochen, Jungen aufzuziehen, die ihm bei der Arbeit auf dem Land helfen würden. Welches Land?

Mit einem Seufzer kehrte sie ins Bett zurück und massierte ihre frierenden Zehen unter der Decke, bis sie einschlief.

Sie erwachte durch das Zerbrechen von Keramik und Rolands Flüche. Einen Moment später sackte er auf die Matratze. Eine Wolke aus Alkoholdämpfen schlug ihr in die Nase, während eine raue Hand nach ihrem Nachthemd griff.

»Wo bist du, Frau?«, lallte er. Er zerrte stärker, die Finger verkrallten sich in das grobe Leinen ihres Kleides. Sie wollte schreien, ihm sagen, er solle sie in Ruhe lassen, aber kein Laut entkam ihr. Stattdessen zog sie ihr Hemd aus, und die kalte Luft traf ihre Haut wie ein Eisbad.

Roland brummte etwas wie: »Oh, was zum …«

Sie spürte, wie er an seiner Hose herumfummelte, und wartete auf das Unvermeidliche.

Es kam nicht. Er holte tief Luft und sackte in sich zusammen, wobei seine linke Schulter schmerzhaft ihren Arm einklemmte. Rolands schweres Atmen ging in ein Schnarchen über, während Mina aus dem Bett kletterte. Sie zog sich wieder an und starrte in die Dunkelheit, während sie den mühevollen Atemgeräuschen lauschte und sich auf die Bank am glimmenden Feuer setzte. Wie spät es wohl war?

Als der Hahn des Nachbarn krähte, ging sie nach draußen, um Wasser zu holen. Eine Schicht Raureif bedeckte den Boden, jeder Schritt knirschte. Sie brauchte die Kälte an diesem Morgen: um den Nebel in ihrem Kopf zu vertreiben und ihre Gedanken zu klären. Die eisige Luft stach ihr in die Haut und griff ihre Nase und Ohren an. Sie zog den Schal enger um Gesicht und Schultern und machte sich auf den Weg zum Brunnen.

In den engen Straßen mit den gleichen bescheidenen Häusern,

von denen allerdings nur wenige so heruntergekommen waren wie ihres, regten sich die Leute. Auf der anderen Straßenseite hackte Harald Steiner bereits Holz und stapelte die Scheite fein säuberlich unter dem Überhang seines Daches. Er hob eine Hand zum Gruß. Nebenan verließ Frieda Lutken, deren Mann im letzten Jahr der Schwindsucht erlegen war, gerade das Haus und warf Mina nur einen kurzen Blick zu. Seit dem Tod ihres Mannes war sie schweigsam, ihr Gesicht blass und immer hagerer geworden. Mina war ein paarmal bei ihr vorbeigegangen, aber Frieda hatte sie weder hereingebeten noch ihre Hilfe angenommen. Sie hatte nur den Kopf geschüttelt und Mina die Tür vor der Nase zugeschlagen. So wie sie sich die Gasse hinaufschleppte, würde sie sich bald mit ihrem Mann auf dem Friedhof vereinen.

Sie will es so, sagte sich Mina. Trotzdem fühlte sie sich hilflos ... so hilflos, wie sie es gewesen war, als sie ihre eigene Mutter hatte sterben sehen.

»Grüß Gott, Mina.« Die Stimme klang trotz des eisigen Nieselregens fröhlich, und ausnahmsweise lächelte Mina und drehte sich zu ihrer Freundin Elise um.

»Du bist früh dran«, sagte sie und winkte sie heran.

Elise, die einen schicken Rock aus dunkelgrünem Leinen und darüber einen schweren Wollmantel aus Filz trug, schwenkte ihren Korb. Anders als Mina hatte sie einen Bauern geheiratet, der Kartoffeln und Roggen anbaute. Auch wenn sie kein Land besaßen, hatten sie genug zu essen.

»Ich gehe zum Markt, bevor alles weg ist.« Elise runzelte die Stirn und studierte sie. »Du siehst schrecklich aus. Roland, nicht wahr?«

Zu ihrer Überraschung spürte Mina, wie ihr die Tränen in die Augen stiegen. Sie schüttelte den Kopf, um sie zu vertreiben, und brachte ein halbes Lächeln zustande. »Wenn du einen Moment wartest, komme ich mit.«

Zum Glück schlief Roland noch, als sie den leeren Wassereimer zurückbrachte, ihren Korb ergriff und die restlichen Münzen, zwei Groschen und sieben Pfennige, einsteckte.

Auf dem Markt, der von ein paar Häusern und dem Rathaus umgeben war, gab es ein halbes Dutzend Stände, nicht einmal die Hälfte von dem, was Mina gewohnt war. Zwei Dutzend Frauen und Kinder – ihre Anzahl hatte sich seit dem Sommer verdoppelt – hockten auf dem Boden, Kopf und Füße in Lumpen gehüllt. Die

Kinder, manche nicht älter als ein oder zwei Jahre, beobachteten Mina und Elise mit großen Augen. Diese Menschen bettelten, die Armen, manche offen mit ausgestreckten Händen, andere starrten nur vor sich hin, als hätte der Hunger einen Mantel der Betäubung über sie gelegt.

Mina zwang sich, woanders hinzuschauen. Sie wollte helfen, aber dann krampften sich ihre Finger um den mageren Geldbeutel, der viel zu leicht war, um für die ganze Woche zu reichen. Zu ihrem Entsetzen war ihr Lieblingskartoffelbauer nicht da, auch nicht sein Nachbar, der Eier und Butter verkaufte. Nicht dass sie sich das leisten könnte.

Sie folgte Elise zu einem anderen Stand.

»Drei Groschen für fünf Kilo?«, rief Mina. »Das ist doppelt so teuer wie letzte Woche.«

»Ihr habt's Glück, dass ich überhaupt was verkauf«, erklärte die Frau am Karren gerade. Ihre Hände waren so schlammig wie die Kartoffeln, die sie anbot.

Elise schüttelte den Kopf. »Sieht aus, als wären wir reich.«

Die Marktfrau nahm eine der Kartoffeln und betrachtete sie genau. »Habt ihrs nicht gehört? Die sind über Nacht schlecht geworden. In Heilbronn ist die Hälfte der Händler verschwunden, viele haben letzten Sommer alles verloren. Kurz vor der Ernte sind die Pflanzen verwelkt, und dann wurden die Kartoffeln zu Brei.« Sie warf die Kartoffel zurück auf den Haufen. »Wer weiß, was das neue Jahr bringen wird? Vielleicht sind wir alle ruiniert.«

Hinter ihnen hatten sich sechs oder sieben Frauen angereiht, die miteinander flüsterten. »Dann sollten wir uns besser eindecken«, sagte eine von ihnen. Sie zog ihr Portemonnaie heraus und stellte sich neben Mina. »Willst du kaufen oder nur glotzen?«

Mina schluckte. Wahrscheinlich würden die anderen Frauen die einzigen Kartoffelangebote aufkaufen. Aber sie wollte mit dem Geld auch einen Sack Mehl erwerben, Möhren und Zwiebeln, vielleicht auch ein Brot. Sie rechnete kurz im Kopf nach und bewegte ihre Schulter gerade so weit, dass sie den vorderen Platz wieder einnehmen konnte.

»Gib mir genug für zwei Groschen.«

Ihr Korb war furchtbar leicht, als sie nach Hause kam. Elise war davongeeilt, um ihrem Mann von den überhöhten Preisen zu erzählen. Sie lieferten größere Mengen an die wohlhabenderen Kaufleute und Städter bis nach Heilbronn, der großen Stadt fünfzehn Kilometer von hier. Das Gerede über Missernten war nicht neu. Seit zwei Jahren gab es Gerüchte über Leute, die ihre Höfe im Stich ließen, um in der Stadt nach neuen Möglichkeiten zu suchen.

Roland saß auf dem Bett und hielt sich mit beiden Händen den Kopf. »Wo bist du gewesen?«, brummte er. »Es gibt kein Wasser.«

Mina hielt ihren Korb hoch, aber Roland schien sich nicht dafür zu interessieren. Er versuchte, vom Bett aufzustehen, und sank wieder in sich zusammen. So viel dazu, zu einer anständigen Zeit zur Arbeit zu gehen. Er würde furchtbar spät dran sein, selbst wenn er jetzt aufstand. »Ich hole Wasser und mache dir etwas zu essen.«

»Ich kann nicht essen, verstehst du das nicht?« Roland richtete sich wieder auf, dieses Mal hielten seine Beine. »Mein Kopf ist kurz davor, auseinanderzubrechen. Verdammter Schnaps.«

Mina drehte ihm den Rücken zu, um ihre Verachtung zu verbergen. Sollte sie Mitleid mit ihm haben, weil er immer wieder ausging und sich betrank? Auf dem Weg zum Brunnen knurrte ihr Magen und erinnerte sie daran, dass sie noch nichts gegessen hatte.

Zurück in der Hütte saß Roland immer noch vornübergebeugt und hielt sich den Kopf. Sie goss Wasser in den Topf und fügte Hafer hinzu, um einen einfachen Haferschleim zu kochen.

»Die Kartoffelpreise gehen durch die Decke«, sagte sie, um die Stille zu unterbrechen. »Es gab nur eine Händlerin, und sie meinte, dass die Ernte selbst für viele Großbauern verloren sei.«

Hinter ihr spuckte Roland. »Verdammte Kartoffeln. Das habe ich auch schon gehört. Bald wird es keine Arbeit mehr geben, du wirst sehen. Alle landen im Armenhaus. Überall wandern die Leute weg.«

»Hast du mit Tom gesprochen?«

»Worüber?«

»Du sagtest, er könnte dir diesen Winter Arbeit besorgen.«

»Warum kümmerst du dich nicht um deine eigenen Angelegenheiten?«

Mina vermutete, dass er sich nicht mehr an ihr Gespräch von gestern Abend erinnerte, der billige und starke Schnaps brannte ein Loch in sein Gedächtnis. Sie wandte ihre Aufmerksamkeit dem Sack Roggenmehl zu, der grau aussah und einen üblen Geruch verströmte. Da sie sich kein Brot leisten konnte, hatte sie den Roggen mitgenommen, nachdem der Händler ihr versichert hatte, dass er zum Brot backen gut genug sei. Nachdem sie das Feuer angeheizt hatte, mischte sie Mehl und Wasser, fügte getrockneten

Bärlauch, Minze, Zitronenmelisse und Nesseln hinzu. Der Laib blieb grau und sah unappetitlich aus, aber Mina viertelte ihn und legte jedes Stück auf den flachen Stein, den sie zum Backen verwendete. »Das Brot ist bald fertig, du kannst es mitnehmen.« Sie wandte sich wieder Roland zu. »Wie wäre es, wenn ich dir einen Tee mache? Das sollte deinem Magen helfen«, beeilte sie sich, zu sagen. Ihr Mann hatte sich die Schuhe angezogen, saß aber ansonsten regungslos da, als hätte er sie nicht gehört. »Ich habe heute die letzten Münzen ausgegeben.«

Mit einem Stöhnen erhob sich Roland, und zuerst befürchtete sie, dass er sich gegen sie wenden würde – das war schon ein paarmal passiert –, aber bisher waren die blauen Flecken auf ihrer Brust, an ihren Handgelenken und ihrem Hals schnell genug verheilt, und niemand hatte es bemerkt, nicht einmal Elise.

»Ich gehe.« Roland zog Jacke und Hut an und öffnete die Tür ohne einen zweiten Blick.

»Bis nachher«, murmelte Mina. Sie drehte die Laibe um, während der Duft des backenden Brotes in ihre Nase stieg. Wieder grummelte ihr Magen. Sie würde sich beherrschen müssen, nur eines zu essen, und den Rest für den Abend aufheben. Roland würde hungrig sein, und das konnte gefährlich werden.

Hör dir bloß zu, kommentierte die Stimme in ihrem Kopf. *Was ist nur aus dem fröhlichen und lustigen Mädchen geworden, das du einmal warst?* Mina sah sich in dem Zimmer um, sah es sich genau an, die grob behauenen Bettpfosten, die geschwärzte Feuerstelle, die Ansammlung von verbeulten Töpfen und angekatschtem Steingut. Sie war in einer Bruchbude gelandet, und jetzt würde sie den Winter über verhungern.

Ihre Kehle schnürte sich zu, als ob knochige Finger sie zusammendrücken würden. Sie keuchte, streifte Mantel und Tuch um, nahm sich eines der kleinen Brote und eilte nach draußen. Sie musste weg. Ihre Beine, so schwach sie auch waren, ermüdeten in wenigen Minuten, doch sie zwang sich, weiterzugehen.

Erst als sie das Haus ihrer Kindheit sah, blieb sie stehen. Im Schatten einer alten Eiche stand es ein wenig bergauf, ein altes, aber stabiles Fachwerkhaus. Drei Glasfenster blickten auf die Felder und die Straße, das Dach bestand aus silbrigem Schiefer wie die Schuppen eines Fisches. Als Kind hatte sie viel Zeit in der angrenzenden Scheune oder auf dem Hof mit eigenem Brunnen verbracht, hatte ihrer Mutter im Gemüsegarten geholfen, die

Hühner gefüttert und mit der Katze gespielt.
  Es begann zu nieseln. Sie fröstelte und zog den Schal enger um den Kopf. Als sie wieder aufblickte, entdeckte sie einen dünnen Streifen Rauch, der ihr aus dem Schornstein zuwinkte.

KAPITEL ZWEI

Skibbereen, Grafschaft Cork, Irland, November 1848
Davin Callaghan trocknete seine Hände an einem Lappen und begutachtete die Farthing-großen Blasen an der Unterseite seines rechten Zeige- und Mittelfingers. Sie hatten sich mit Blut gefüllt und würden bald aufplatzen, aber er hatte noch gut drei Stunden Arbeit vor sich. Er war schlampig gewesen, hatte seine Hände nicht gepflegt. Warum hatte er zugestimmt, Mark bei diesem Wetter auf dem Dach zu helfen? Wie hätte er das nicht tun können? Mark war letztes Jahr für ihn da gewesen …

Davin schluckte und wurde sich bewusst, dass es wieder zu schneien begonnen hatte. Mit einer groben Bewegung zog er sich die Kapuze seines Mantels über den Kopf und griff erneut nach dem Hammer. Er hatte die Hölzer gespalten, Löcher gebohrt und trieb nun Holzdübel in die Öffnungen. Das war immer noch die von ihm bevorzugte Art, zwei Bretter miteinander zu verbinden.

Als er fertig war, dämmerte es. Mit der Laterne in einer Hand kletterte er hinunter. Wenigstens würden sie morgen das Dach decken, das Stroh wartete bereits innerhalb der Mauern. Davin rief dem Mann einen Gruß zu, den Mark mit der Bewachung des Hauses beauftragt hatte. Die Menschen waren in diesen Tagen so verzweifelt, dass sie alles stahlen, was sie kriegen konnten, entweder um es selbst zu verwenden oder es gegen Nahrung einzutauschen.

Es wurde immer unerträglicher, durch die Stadt zu laufen. Die Hälfte der Häuser stand leer, weil die Menschen gestorben oder weggezogen waren, als der Hunger zu groß geworden war, die noch bewohnten beherbergten große von Unterernährung gezeichnete Familien. Die Kartoffelernte war im dritten Jahr schlecht oder völlig ausgefallen, und das Geld ging selbst den besser gestellten Bauern aus. Hier und da gab es eine Suppenküche, die von den Engländern oder von wohlhabenden irischen Landbesitzern finanziert wurde, aber das reichte nicht aus. In diesem Jahr hatte er die meisten Zimmermannsarbeiten verloren, weil es keinen Bedarf mehr gab, etwas zu bauen. Mark hatte Glück gehabt, einen Mäzen zu finden, der bereit war, in dem sterbenden Dorf zu bauen. Er war Engländer und übernahm einen weiteren Hof, weil der irische Pächter nicht mehr zahlen konnte.

Den Kopf tief in den Wind haltend, spuckte Davin aus. Nach dem Tag auf dem Dach war er ausgehungert, was seine Wut nur noch steigerte. Jeder wusste, dass die Engländer Irland absichtlich auslöschten. Die Kartoffelknappheit war *eine* Sache, aber anstatt zu helfen und die anderen Lebensmittel im Land zu behalten, wurde fast alles Getreide und Gemüse nach England exportiert. Was übrig blieb, wurde zu überhöhten Preisen verkauft, die sich die irischen Bauern und Landarbeiter nicht leisten konnten. Schlimmer noch: Aus Verzweiflung aßen sie ihre Saatkartoffeln, die sie für das nächste Jahr zurückgelegt hatten. Und wenn sie kein Geld hatten, um Lebensmittel zu kaufen, dann hatten sie sicher auch kein Geld, um einen Mann zu bezahlen, der als Zimmermann arbeitete. Er musste sich anderweitig umsehen.

Davin seufzte erleichtert, als das Haus seiner Eltern in Sicht kam. Inzwischen war ihm der Schnee unter den Kragen gekrochen und hatte Schultern und Rücken durchnässt. Nachdem er seinen triefenden Mantel neben dem Feuer drapiert und seine Stiefel ausgezogen hatte, setzte er sich zu seinem Vater an den Tisch.

»Du bist spät dran.« Seine Mutter stellte ihm eine Schüssel Eintopf und einen Becher mit verdünntem Bier vor die Nase.

»Ich wollte das Dach fertigstellen«, sagte er und begann hastig zu essen. Er hatte seine Eltern das ganze Jahr über unterstützt, denn der kleine Kartoffelanbau war letztes Jahr misslungen und im Hochsommer war klar geworden, dass es auch dieses Jahr keine Ernte geben würde. Also war Davin herumgereist, um Holzarbeiten zu erledigen, und hatte nach Hause geschickt, was er konnte.

Dennoch bemerkte er, wie der Glanz aus den Augen seines Vaters gewichen war. Er war ein großer, stolzer Mann mit vollem rotem Haar, das Davin geerbt hatte. Jetzt saß Da' meist untätig im

EIN SCHIMMER AM HORIZONT – ZWISCHEN DEN WELTEN

Haus herum, und statt einer Männerarbeit nachzugehen, half er seiner Frau beim Waschen und Holzhacken.

Davins Mutter hatte abgenommen, das Oberteil ihres Kleides saß so locker wie die Haut an ihrem Hals.

»Ich muss vielleicht für eine Weile fortgehen.« Davins Worte standen im Raum wie Fremde, die man nicht anfassen durfte. »Die Engländer bauen Eisenbahnstrecken. Ich könnte besseren Lohn bekommen und euch unterstützen.«

»Die Pachtzahlung ist im Januar fällig«, meinte sein Vater. »Es heißt, wenn wir nicht zahlen, übernimmt der Grundherr das Haus.«

»Ich habe gehört, dass sie die Menschen rausschmeißen und ihre Häuser zerstören.« Mutters Stimme war leise, als sie sich zu ihnen an den Tisch setzte, eine Tasse Salbeitee in der Hand.

Davin drehte sich halb zur Feuerstelle um, wo der Topf mit dem Abendessen stand – leer. Er schluckte seine Frage nach einem Nachschlag hinunter und konzentrierte sich auf seine Eltern. »Ich hasse sie genau wie ihr, aber ich muss etwas tun, einen bezahlten Job finden.«

»Du bist Zimmermann. Wir haben dafür gesorgt, dass du einen Beruf erlernst.« Mutters Mund arbeitete, ein Zeichen dafür, dass sie den Tränen nahe war.

Davin wusste, dass sie jahrelang Opfer gebracht hatten, um seine Ausbildung zu finanzieren. Die meisten Söhne arbeiteten einfach auf den Feldern neben ihren Vätern, aber sein Vater hatte immer gesagt, dass das keine Zukunft sei, als hätte er vorausgesehen, was passieren würde.

Davin wusste auch, dass seine Mutter mehrere Fehlgeburten erlitten hatte und nach seiner Geburt nie wieder schwanger geworden war. Selbst jetzt spürte er ihren Blick wie ein warmes Glühen auf sich. Er konnte nicht anders, als aufzuspringen, sie in die Arme zu schließen und ihr zu versichern, dass alles gut werden würde. Der Entschluss, seine Eltern mit jedem Atemzug zu unterstützen, festigte sich. Das war das Mindeste, was er tun konnte.

»Ma', du weißt doch, dass es keine Arbeit mehr gibt. Niemand kann mich bezahlen. Sie haben nicht einmal genug, um Essen zu kaufen.«

Seine Mutter senkte den Kopf, aber er wusste, ohne hinzusehen, dass sie weinte.

»Wann wirst du gehen, *Mac*?«

Da' hatte ihn auf Irisch *Sohn* genannt, dabei war er ein Mann weniger Worte und zeigte selten Gefühle. Davins Herz zog sich schmerzhaft zusammen. Sie versuchten, an ihrer Identität festzuhalten, ungeachtet dessen, dass die Engländer Irland das Herz aus dem Leib rissen.

»Bald, ich mache nur noch das Haus für Mark fertig und hole meinen Lohn. Ich habe im Pub gehört, dass es in der Nähe von Liverpool eine irische Arbeitstruppe gibt, die regelmäßig Geld heimschicken. Ich werde ihnen beitreten.« Allein die Reise nach Dublin würde ein paar Wochen dauern, vielleicht auch länger, wenn das Wetter schlechter wurde. Er wollte seine Eltern nicht beunruhigen, also stand er auf und streckte seinen schmerzenden Rücken. »Ich lege mich hin.«

Während er sich aus seiner Arbeitskleidung schälte und sein Nachthemd anzog, hörte er seine Eltern flüstern. Sein *Raum* lag hinter der Wand versteckt, nicht mehr als ein Alkoven mit einem Bett und einem Hocker. Er hatte seinem Vater beim Bau geholfen, als er fünfzehn Jahre alt geworden war, eines seiner ersten Projekte, bei dem er mit Holz gearbeitet hatte.

Selbst von hier aus spürte er die Traurigkeit seiner Mutter, wie sie die Luft zu schwer zum Atmen machte. Er war knochenmüde, doch er wollte raus und sich betrinken. Das taten die Männer heutzutage. Sie tranken *Poitín,* selbstgebrannten Schnaps, hergestellt aus allem, was verfügbar war, und vergaßen. Wenn auch nur für ein paar Stunden.

Wer könnte es ihnen verdenken? Aber das war nichts für ihn, er hatte zu tun, und er würde lieber tot umfallen, als sein Leben mit Alkohol zu verschwenden. Nicht nach den Opfern, die seine Eltern gebracht hatten.

Nur sah er keine Zukunft. Das Licht in Irland war erloschen, es war schwarz wie Kohle, und er wusste nicht, wohin er sich wenden sollte. Die englische Eisenbahn würde die Rechnungen bezahlen, und was dann? Seine Eltern besaßen nichts außer ein paar Möbelstücken, sie hatten keine Zukunft. Und wo blieb er? Er hatte gedacht, er würde sich ein gutes Leben aufbauen, nicht reich, nein, das wäre zu viel, aber eine solide Existenz, die Arbeit mit Holz. Er verstand Holz, wie es sich biegen und schneiden ließ und zusammenpasste. Es war ein Rätsel, das er genoss. Der Geruch des Sägemehls, das Hobeln und Spalten. Er konnte eine Struktur in seinem Kopf zeichnen, sie vor seinen geschlossenen Augen zu einem Gebäude wachsen sehen.

EIN SCHIMMER AM HORIZONT – ZWISCHEN DEN WELTEN

Im Gegensatz zu seiner Zukunft.

KAPITEL DREI

Mina

»Papa, ich bin's«, rief Mina, als sie ihr Elternhaus betrat.
Ihr Vater eilte ihr mit einem fleckigen Lappen in der Hand entgegen. »Ich mache Frühstück.« Er zuckte mit den Schultern und sah einen Moment lang verloren aus, das schüttere Haar auf seinem Kopf struppig, als wäre er gerade aufgestanden.
Mina nahm den Lappen und führte ihren Vater zurück in den Hauptraum, in dem ein Feuer loderte und der Geruch von etwas Verbranntem vom Herd aufstieg. In einem Topf brutzelte etwas heftig, der Boden war schwarz. Sie schob den Topf beiseite und drehte sich zu ihrem Vater um, der mit hängenden Schultern inmitten des Chaos stand. Tisch und Regale waren mit Geschirr, schmutzigem Besteck und Pfannen bedeckt. Das beste Tischtuch ihrer Mutter lag in einem Haufen auf einem der Stühle. Die Luft war dick von Rauch und verdorbenem Essen.
»Oh, Papa, was ist passiert?«
Er zuckte mit den Schultern. »Ich komme einfach nicht zurecht.« Er fuhr sich mit der Hand durch sein strähniges Haar und ließ sich auf einen Hocker sinken. »Seit deine Mutter ... Ich vermisse sie so.« Seine Augen funkelten vor Tränen, und er ließ den Kopf hängen.
Mina kämpfte gegen ihre eigene Traurigkeit an und machte sich an die Arbeit, wobei sie sich insgeheim dafür schalt, dass sie nicht öfter vorbeikam. Das Leben mit Roland zehrte so sehr an ihren Kräften, dass sie kaum wusste, wie sie den Tag überstehen sollte.

Wenn sie ehrlich war, würde sie zugeben, dass sie die Fragen ihres Vaters zu ihrem Leben nicht ertragen konnte.

Sie warf die Abfälle weg, wärmte Wasser auf und schrubbte Geschirr und Töpfe, wischte Tisch und Ofen und fegte den Boden, während sie ihrem Vater ein warmes Frühstück mit Haferflocken und getrockneten Äpfeln kochte, die sie in einer vergessenen Wanne gefunden hatte. Im Gegensatz zu Roland störte es sie nicht, dass ihr Vater schweigend zusah und Tee trank.

»Wie machst du das nur, Mina?«, fragte er, als sie ihm die dampfende Schüssel servierte. »Ich bin eine solche Last.«

»Unsinn, ich habe nur mehr Übung.« Sie drehte sich um, um mehr Wasser zu holen, als eine Hand auf ihrer landete.

»Setz dich zu mir, Kind.«

Sie nickte, setzte sich ihm gegenüber und sah ihm beim Essen zu. Seit Mutters Tod vor zwei Jahren schien er um zehn Jahre gealtert zu sein. Die Haut unter den Augen wirkte aufgedunsen und grau, seine Kleider hingen nur noch an ihm. Was war aus dem starken Mann geworden, der den Hof so gut im Griff gehabt hatte?

Als er den Löffel ablegte, trafen sich ihre Blicke. »Was ist mit Roland los? Ich habe ihn seit eurer Hochzeit nicht mehr gesehen. Und *du* …«, er zögerte und schien nach den richtigen Worten zu suchen, »siehst müde und traurig aus.«

Wie du, wollte Mina sagen. Stattdessen zwang sie sich zu einem Lächeln. »Es geht mir gut, Papa. Es ist nur schwer im Moment, die Arbeit ist spärlich, die Ernten waren schlecht.« Sie seufzte. »Das weißt du doch alles.«

»Ich wünschte, Roland würde sich ein bisschen mehr anstrengen. Bei Gott, du hast es verdient.«

Sie biss sich auf die Unterlippe. Wie sollte sie ihrem Vater von Rolands Alkoholkonsum, den Beschimpfungen und der groben Sprache erzählen? Sie brauchte Geld, aber sie würde ihren Vater nie um Hilfe bitten. Nicht einmal, wenn sie auf dem Sterbebett läge.

»Das kriegen wir schon hin.« Sie stand auf und trug seine Schüssel zum Abwasch. »Aber du musst besser auf dich aufpassen. Versprich es mir.«

»Ich weiß, ich …«

»Versprich es mir!«

Ein Seufzer entwich ihm. »Versprochen. Deine Mutter war alles, was ich hatte. Ein Leben ohne sie ist leer.«

Mina kehrte an den Tisch zurück und klopfte ihrem Vater auf

die Schulter. »Ich vermisse sie auch.«
Sein Blick fiel auf ihre rechte Hand. »Ich weiß, sie freut sich, dass du ihren Ring trägst.«
Mina drehte den Goldring an ihrem Finger. Er war alles, was ihr von Mama geblieben war, ein Geschenk, das Vater ihr zur Hochzeit gemacht hatte. Ihre Mutter wäre mit Roland nicht einverstanden gewesen, da war sie sich sicher. Aber nach ihrem Tod waren sie alle verstört gewesen, ihr Vater in seiner eigenen Welt, und sie ... was hatte sie getan? In ihrem Kummer war sie abgehauen und hatte einen Taugenichts geheiratet.

»Ich werde öfter vorbeikommen«, sagte sie und dachte, dass es richtig gewesen wäre, ihren Vater zu sich nach Hause einzuladen. Aber sie schämte sich für die Bruchbude, in der sie lebte, schämte sich für Roland und das, wozu er sie gemacht hatte.

Ihr Vater lächelte schwach. »Versprochen?«

Sie nickte und richtete sich zögernd auf. Sie wollte nichts mehr als zu bleiben und sich um ihren Vater zu kümmern. »Ich gehe besser, ich muss auch noch putzen und kochen.«

An der Tür umarmte er sie. »Pass gut auf dich auf.«

Ihre Kehle war eng, als sie den steilen Pfad hinunterstieg. Der letzte Blick auf ihren Vater zeigte ihr einen alten, verschrumpelten Mann, der bald seinen Lebenswillen verlieren würde – wie ihre Nachbarin.

Die Straße, in der sie lebte, wirkte verlassen und heruntergekommen. Jedes zweite Haus stand leer, die Menschen waren gestorben, nach Heilbronn gezogen oder hatten sich auf den Weg nach Norden gemacht, um eines der Schiffe nach Amerika zu nehmen. Angeblich war das Leben dort besser. Einige Familien erhielten Briefe, in denen von großen Weiten mit fruchtbarem Boden, Freiheit, unbegrenzten Möglichkeiten und reichlich Nahrung die Rede war.

Anders als in der Vergangenheit blieben die verlassenen Häuser leer. Die kleinen Gärten verwilderten, Moos bedeckte Schindeln und Eingänge, Ungeziefer zog ein, dann Schimmel und Verfall. Niemand wollte hier leben, nicht wenn die Felder tot waren und die Menschen hungerten.

Sie öffnete das knarrende Tor und bemerkte sofort, dass die Haustür einen Spalt offen stand. Erschrocken eilte sie hinein. »Roland?«

Keine Antwort. Aber irgendetwas war definitiv passiert. Sie

hatten wenig gehabt, aber jetzt lagen ihre Tontöpfe verstreut auf dem Boden, ihre sorgfältig gesammelten getrockneten Kräuter und Samen vermischt mit Scherben. Stühle und Tisch waren umgekippt, die Matratze war umgedreht, Decken und das frisch gewaschene Laken lagen auf dem Boden.

Sie erinnerte sich an die Tür und überprüfte ihr Schloss. Nichts war kaputt. Hatte sie vergessen abzuschließen und jemand hatte alles auf der Suche nach Wertsachen durchwühlt? Das Feuer war aus, sodass die Kälte ins Haus kroch. Sie musste Brennholz besorgen, es warm machen und dann putzen, ihre Kräuter sortieren. Woher sollte sie neue Töpfe nehmen? Sie konnte sich keine leisten. Ihre Gedanken überschlugen sich, und ihr wurde schwindlig.

Sie erinnerte sich an ihre Einkäufe von heute Morgen, die Kartoffeln und das Getreide. Es lag noch in der Holzkiste, ebenso wie der eine Golddukat in seinem felsigen Versteck. Sie seufzte erleichtert und machte sich an die Arbeit.

Gegen Abend bereitete sie Abendessen zu, eine Kartoffelsuppe mit Zwiebelstückchen und ein paar Kräutern. Sie überlegte, ob sie noch ein Brot aus dem verdorbenen Roggen backen sollte – die drei kleinen Brötchen von heute Morgen fehlten –, entschied sich aber dagegen. Als der Kirchturm sechsmal läutete, aß sie ihren Teil und schlief schließlich auf dem Stuhl sitzend ein.

Sie erwachte durch das Schlagen der Tür. Roland war wieder da und sah im flackernden Licht der Kerze noch ungepflegter aus als sonst.

»Was ist passiert? Geht es dir gut?«, fragte sie durch den Nebel ihrer Müdigkeit.

Ihr Mann antwortete nicht, sondern ließ sich schwer auf den Schemel am Feuer sinken, um seine Schuhe auszuziehen. »Nix ist passiert.«

Anhand dieser Worte wusste sie, dass er wieder getrunken hatte.

»Hast du Tom gesehen?« Als er nicht antwortete, fuhr sie fort. »Jemand ist heute eingebrochen, das Haus wurde durchwühlt, die meisten meiner Schüsseln sind kaputt.« Sie deutete auf die traurigen Überreste ihrer Sammlung.

»Unsinn.« Roland stand auf, um den Suppentopf zu untersuchen, und wackelte zum Tisch. »Hol mir lieber was davon.«

Mina beeilte sich, eine Schüssel zu füllen und sie vor ihn zu stellen. »Ich habe kein Brot. Das hat auch gefehlt.«

»Wo warst du vorhin?«

»Du warst hier?« Mina schenkte zwei Tassen Pfefferminztee ein und setzte sich ihrem Mann gegenüber. Statt einer Antwort schlürfte er geräuschvoll die Suppe und wischte sich ab und zu mit dem Ärmel über den Mund. Ein schrecklicher Gedanke ging Mina durch den Kopf. Er war zurückgekommen und hatte sie nicht gefunden, war wieder wütend auf die Welt gewesen und in einem Anfall explodiert. Das würde Sinn ergeben. Das Türschloss war unversehrt, außer dem Essen, das sie zubereitet hatte, war nichts gestohlen worden. »Hast *du* das getan?«

»Wovon sprichst du?«

»Unser Haus verwüstet.«

Die Antwort lag in seinen Augen, als er endlich ihren Blick erwiderte. »Na und?«

Mina stand abrupt auf und ging zur Feuerstelle. Wie heute Morgen drangen die Wände auf sie ein, die Luft schien dünn zu werden, als ob Rolands Launen ihren Lebenswillen auslöschten. Sie zwang sich, tief durchzuatmen, während sie ein weiteres Holzscheit in die Feuerstelle legte. »Ich kann nicht glauben, dass du das getan hast. Warum?« Sie hatte die Worte nur gemurmelt, aber trotz seiner Trunkenheit eilte Roland wie ein Blitz auf sie zu.

»Was war das?«

Ausnahmsweise wich sie nicht zurück, sondern stand ihm mit geraden Schultern gegenüber. »Warum zerstörst du unser Zuhause? Es ist alles, was wir haben. Ich habe den ganzen Nachmittag gearbeitet, um Ordnung zu machen.«

Roland blinzelte wütend, aber in seinen Zügen lag auch ein Anflug von Überraschung. Vielleicht war er nicht daran gewöhnt, dass sie keine Angst zeigte. »Ich war wütend.«

Du bist immer wütend, weil du dich nicht zusammenreißen kannst. »Über?«

»Tom meinte, dass er mir diesmal nicht helfen kann. Ich habe keine Arbeit in Aussicht und …«

»Hat er dich für die letzten Tage bezahlt?«

Roland zuckte mit den Schultern. Bevor er antwortete, wusste sie, dass er das bisschen Lohn mit in die Kneipe genommen hatte. »Ich habe den ganzen Nachmittag herumgefragt, niemand hat etwas.«

Mina ließ sich auf den Schemel am Feuer sinken. »Ich habe kein Geld mehr. Ich hatte gehofft, du würdest genug mitbringen, um vor dem Wochenende noch einmal einkaufen zu gehen.« Sie überprüfte

den mageren Inhalt der Vorratskiste. »Das wird nicht reichen.«
Er kramte in seiner Tasche und reichte ihr einen einzelnen Groschen und vier Pfennige. »Mehr habe ich nicht.« Reue schwang in seiner Stimme mit, und einen Moment lang tat er Mina leid. Aber das hielt nicht lange an, denn sie wusste, dass er ihnen das selbst eingebrockt hatte. Und jetzt weigerte sich Tom, ihm zu helfen. Er war jahrelang Rolands Freund gewesen, hatte zu ihm gehalten, obwohl er getrunken hatte. Irgendetwas war passiert, etwas, das Roland nicht erzählte. Oder Tom hatte einfach genug von einem Freund, der jede Arbeit, die er je angenommen hatte, verlor.

Sie erhob sich von ihrem Stuhl und hatte das Gefühl, ihre Knie würden nachgeben. Sie wollte sich nur noch hinlegen und schlafen – und alles vergessen.

KAPITEL VIER

Davin

Als Davin am nächsten Morgen auf der Baustelle ankam, waren der Reet-Dachdecker und sein Helfer bereits dabei, die zähen Stängel zu bündeln. Es war eine Kunst, die er nicht verstand, und nach einer kurzen Begrüßung kletterte er hinauf, um sein Handwerk zu überprüfen, um sicherzugehen, dass die Tragkonstruktion solide war und alle Pflöcke an ihrem Platz saßen. Methodisch bewegte er sich von Verbindung zu Verbindung, bis er zufrieden war.

»Ich dachte, du bist fertig«, stieg Marks Stimme zu ihm hinauf, also kletterte er hinunter und umarmte seinen langjährigen Freund.

»Wollte nur noch mal bei Tageslicht prüfen, ob alles sitzt.«

»Gute Arbeit, wie immer.« Mark, breitschultrig mit einem sandfarbenen Haarschopf, lächelte gutmütig und entblößte ein Loch, wo sein oberer rechter Schneidezahn gesessen hatte. Er hatte ihn bei einer Schlägerei verloren, als er in der Kneipe ein paar sich anfeindende Männer getrennt hatte. Mark legte Davin eine Hand auf die Schulter und sagte: »Tut mir leid, ich habe nichts anderes. Es wird von Tag zu Tag schwieriger. Die Hälfte der Leute geht weg, die andere Hälfte stirbt. Und der Winter war immer schon schwierig.«

Davin nickte. Man musste schon blind und taub sein, um das nicht zu bemerken. »Ich werde zur Eisenbahn nach Liverpool gehen. Die Bezahlung ist besser.«

»Sie werden dich rannehmen«, meinte Mark nachdenklich. Er zog einen Geldbeutel heraus und zählte zwölf Pfund. »Das sollte reichen, hoffe ich.«

EIN SCHIMMER AM HORIZONT – ZWISCHEN DEN WELTEN

Davin stopfte die Scheine in seine Jackentasche. Er hatte bereits ausgerechnet, dass die Pacht für das Haus seiner Eltern acht Pfund betrug, sodass ihnen vier übrig blieben, um die Zeit zu überbrücken, bis er von der Eisenbahn bezahlt wurde. »Danke, Mann. Du weißt, dass du auf mich zählen kannst, wenn du ein neues Bauprojekt anstrebst.«
Marks Brauen zogen sich zusammen. »Ich wünschte, ich wäre optimistisch. Das war ich immer. Bis zu diesem Sommer, als die Kartoffeln wieder schlecht wurden. Das Land bricht auseinander und mit ihm alles andere.« Er starrte auf den Reet-Dachdecker, der auf einem der Dachbalken balancierte. »Ich hätte nie gedacht, dass ich das mal sagen würde, aber vielleicht nehme ich eines dieser Schiffe nach Amerika.«
Davin wusste, dass Mark nicht verheiratet war. Es war ihm nicht ganz klar, warum, aber er hatte sich nie sonderlich für Mädchen interessiert, bestand darauf, dass sie ihm seine Kraft und sein Geld wegnehmen würden.
»Ich glaube nicht, dass ich das könnte«, sagte Davin. »Das ist mein Zuhause, außerdem brauchen Ma' und Da' meine Hilfe.«
Mark nickte, sein Gesichtsausdruck wirkte ernst. »Versprich mir nur, dass du abhaust, bevor es zu spät ist.«
Zu spät für was, wollte Davin fragen. Doch in diesem Moment rief der Dachdecker nach Mark. Davin reichte ihm die Hand. »Pass gut auf dich auf und wenn du fortgehst, schreib mir eine Nachricht.«
In der Nähe des Marktes riefen ihm mehrere Frauen und Kinder in zerschlissener Kleidung zu. Sie hatten die hageren Gesichter der Hungernden, große Augen, scharfe Wangenknochen und den Blick der Verzweiflung. In diesen Tagen schien halb Irland auf der Suche nach Nahrung unterwegs zu sein. Davins Hand wanderte in seine Tasche, in der die Pfundnoten warteten. Er konnte es sich nicht leisten, welche wegzugeben. Außerdem war es gefährlich, zu zeigen, dass er Geld bei sich trug. Die Leute waren verzweifelt, und man konnte ihnen nicht trauen.
Aus einer Laune heraus betrat Davin den Red Paddy, die örtliche Kneipe, die es schon seit Jahrzehnten, wenn nicht Jahrhunderten gab, ein dunkles, rauchiges Loch, das von den Dorfbewohnern von Skibbereen besucht wurde. Trotz der morgendlichen Stunde lungerte ein halbes Dutzend Männer an der Theke und trank Bier. Er hätte gern Whiskey bestellt, wusste aber, dass das keine gute Idee war. Er wollte nicht mit seinen Pfundnoten

protzen, außerdem würde das Aufsehen erregen. Kaum jemand konnte sich im Moment das *gute Zeug* leisten.

Also nickte er den Einheimischen zu, darunter sein Nachbar Finn Boyle, ein Mann um die fünfzig und Pächter wie seine Eltern, und bestellte Bier und Sodabrot.

»Ein bisschen früh, nicht wahr?« Finn rückte näher. »Ich sehe dich hier nie.«

»Job ist beendet«, murmelte Davin und tat einen Schritt zurück. Der Mann stank wie verfaulter Müll.

»Was wirst du als Nächstes tun?«

»Bei der Eisenbahn arbeiten, glaube ich.« Davin nahm einen Schluck von seinem Bier. »Great Western Railway.«

»Gehst du nach England?« Finn, der offensichtlich schon zu viel getrunken hatte, grinste. »Soll Knochenarbeit sein.«

»Das macht mir nichts aus. Ich muss meinen Eltern helfen, den Hof zu erhalten.«

»Glaubst du, dass diese faulen Kartoffeln jemals wieder wachsen?«

Eine gute Frage, die sich Millionen von Iren stellten. »Vielleicht, wenn wir wissen, was die Ursache ist.«

»Ich habe gehört, dass die Amerikaner die Krankheit nach Irland gebracht haben, aber ich würde es den verdammten Engländern zutrauen, um uns fertigzumachen.« Finn nahm einen kräftigen Schluck aus seinem Glas und knallte es zurück auf den Tresen.

Davin antwortete nicht. Das Bier machte ihn hungrig, also verschlang er das Brot. Er spürte bereits, wie der Alkohol durch sein Blut floss.

»Habt ihr das gehört, Jungs?«, rief Finn in die Runde. »Davin hier ist auf dem Weg nach England. Lasst uns darauf anstoßen.«

Alle brüllten »sláinte« und hoben ihre Gläser. Davin nahm einen weiteren Schluck.

»Sei bloß vorsichtig da drüben«, sagte einer von ihnen. »Mein Vetter schreibt, dass sie den ganzen Tag Steine brechen und abends kaum noch gerade stehen können.«

»Wie kommst du da hoch?«, lallte ein Mann mit einer roten Knollennase. Davin wusste, dass er ständig betrunken war und jeden Penny, den er verdiente, in der Kneipe ausgab.

»Zu Fuß, nehme ich an.« Davin winkte den Barkeeper heran, um einen Eintopf zu bestellen. Es hatte keinen Sinn, mit leerem

Magen nach Hause zu gehen.
»Das Wetter ist furchtbar kalt.« Finn kratzte sich am Kopf. Es war offensichtlich, dass er seit Monaten nicht mehr gebadet hatte. »Es wird mindestens zwei Wochen dauern, nur bis Dublin.«
»Es wird noch schlimmer werden«, kommentierte der Betrunkene und kippte sein Bier hinunter. »Du könntest uns ein Bier ausgeben, bevor du gehst, als Abschiedsgeschenk.«
Davin rechnete schnell in seinem Kopf. Die Kneipe war fast leer, und die sechs oder sieben Biere würden ihn nicht weit zurückwerfen. »Na gut, dann nehmen wir noch eins.«
Wieder brach die Kneipe in begeisterte Rufe aus. »Guter Junge ... viel Glück ... für die Reise ...«, riefen sie.
Davin trank aus und begann den Eintopf zu essen, der hauptsächlich aus Kohl und Kartoffeln bestand, während ein zweites Glas vor ihm erschien. Es stimmte, er hatte nicht viel über seine Reise nachgedacht, die im besten Fall hart sein würde. Die Temperaturen sanken, und er würde jede Nacht einen Unterschlupf brauchen, sonst würde er erfrieren. Aber bis zum Frühling zu warten, war keine Option. Er hasste es, untätig zu sein, und mehrere Monate nichts zu tun, während er zusah, wie es seinen Eltern immer schlechter ging und die Armen die Arbeitshäuser füllten und vor Hunger starben, war nichts für ihn. Er würde allerdings sorgfältig planen müssen. Er musste eine Decke mitnehmen und sein Essen rationieren.
Als er mit seinem Eintopf fertig war, war sein Glas leer, aber schon hatte jemand anderes eine neue Runde bestellt.
Finn hing jetzt am Tresen und verdrückte ein paar Kurze. »Sei vorsichtig, Junge, versprich mir das«, sagte er immer wieder.
Davin kippte das dritte Glas hinunter, weil er plötzlich nach Hause wollte. Draußen wurde der Schnee immer dichter, weiße Flocken tanzten im Wind. Ma' würde das Feuer anmachen, und er freute sich auf ein Gespräch mit seinem Vater. Das würde ihn aufmuntern.
Davin rief den Barkeeper, als die Kneipe in Jubel ausbrach und jemand anderes eine Runde Poitín bestellte.
»Du gehst schon«, lallte Finn.
»Noch einen, komm schon, Junge. Was willst du da draußen?« Der Kerl mit der Knollennase verteilte Gläser an seine Mittrinker und stellte eines vor Davin.
»Meine Frau schlägt mich sowieso«, rief ein anderer, hob sein

EIN SCHIMMER AM HORIZONT – ZWISCHEN DEN WELTEN

Glas und löste damit eine Welle schallenden Gelächters aus. »Auf die Weiber«, riefen mehrere von ihnen.

Davin hob sein Glas, um mitzuspielen. Der Raum wackelte, als ob der Hocker unter ihm auf Rollen stünde. Er legte eine Hand auf den Tresen, um sich zu stabilisieren. Verdammter Schnaps. Der Barkeeper erschien. »Was kann ich für dich tun?«

»Ich möchte zahlen.« Davin merkte, dass er Schwierigkeiten hatte, deutlich zu sprechen. Der Eintopf schwappte in seiner Mitte und brachte ihn zum Rülpsen. Er wollte einen der Scheine herausziehen, aber das gesamte Bündel erschien und glitt ihm aus der Hand. Schnell bückte er sich, um es aufzuheben, trennte einen ab und legte ihn auf den Tresen.

»Ein Glücksfall, was?«, meinte Finn, wobei sein Blick auf der Tasche klebte, in der Davin die Scheine versteckt hatte.

Davin lehnte sich näher heran, in der Hoffnung, die anderen würden es nicht hören. »War mein letzter Job. Ist für die Farm meiner Eltern, die Pacht ist fällig.«

»Glückspilz.« Finns Augen waren jetzt rot und gierig. Er sah zu, wie Davin die Wechselgeldmünzen in dieselbe Tasche steckte. »Ich hätte mir selbst das Zimmern beibringen sollen.«

Davin ignorierte den Mann, trank sein Bier aus und zog seinen Hut auf. »Ich gehe besser.«

»Gute Reise«, rief Finn ihm nach.

Der eisige Wind traf Davin wie eine Wand. Er wickelte seine Jacke fest um sich und marschierte mit gesenktem Kopf los. Nur dass er Mühe hatte, auf dem Weg zu bleiben. Jeder Schritt schien wacklig, und seine Sicht fühlte sich milchig an, als ginge er durch Nebel. Je mehr er versuchte, sich zu konzentrieren, desto mehr zitterten seine Beine. Alles war weiß und unscharf, als würde er in einer Wolke laufen. Ihm war gar nicht bewusst gewesen, dass er so viel getrunken hatte.

Ein knirschendes Geräusch füllte seine Ohren, verwandelte sich in einen stechenden Schmerz, der Boden rauschte auf ihn zu, und er wusste nichts mehr.

»Lad, kannst du mich hören?« Das gerötete Gesicht eines Fremden hing über Davin wie eine seltsam beleuchtete Laterne. Er konnte jede Falte sehen, sogar die kleinen blauen Adern auf den Wangen des Mannes. Davins Schädel drohte zu zerspringen, als er versuchte zu erkennen, wo er sich befand.

»Steh lieber auf, bevor du erfrierst.« Der Mann, der in ein kariertes Tuch gehüllt war, zog ihn auf die Beine. »Du blutest ja. Was ist mit dir passiert?«
Davin berührte seinen Kopf und stellte fest, dass sein Hut fehlte. Sein Hinterkopf, wo der stechende Schmerz am schlimmsten war, fühlte sich klebrig und feucht an. Als er seine Finger betrachtete, waren sie rot.
»Ich habe einen Schlag auf den Kopf bekommen«, flüsterte er. Er räusperte sich und fragte diesmal lauter: »Haben Sie etwas gesehen? Jemanden weglaufen sehen?«
Der Mann schüttelte den Kopf. »Da vorn ist ein Gasthaus, wenn du dich ausruhen willst.« Er streckte eine Hand aus. »Malcolm Murphy, freut mich. Ich bin auf dem Weg nach Norden, nach Dublin.«
Davin nahm die Hand des Mannes. »Ich wohne in der Nähe, keine Sorge.«
»Gut, Junge, dann lebe wohl.« Der Mann drehte sich um und ließ Davin in dem wirbelnden Schnee stehen. In dem Moment wurde es ihm klar. Seine Hand glitt in die rechte Tasche, in der er die Pfundnoten versteckt hatte. Sie war leer. Genau wie seine linke.

Sie hatten ihm einen Schlag auf den Kopf verpasst, ihn ausgeraubt und wollten ihn im Schnee erfrieren lassen.

Eine schreckliche Wut erfasste ihn, wie er sie noch nie erlebt hatte. Sein Blick war jetzt konzentriert, und er merkte auch, wie kalt ihm war. Er sollte in die Kneipe zurückkehren und sich umhören, aber in seinem Kopf schwang ein Hammer. Im nächsten Moment bückte er sich tief und erbrach den Eintopf.

Die Kälte war durch seine Haut gedrungen und hatte sich in seine Knochen gebohrt. Bald würde ihm zu kalt sein, um sich zu bewegen. Sich selbst umarmend, stolperte er vorwärts ... nach Hause. Er würde es seinen Eltern sagen müssen, ihnen beibringen müssen, dass sie die Farm verlieren würden.

Weil er dumm und rücksichtslos gewesen war.

KAPITEL FÜNF

Mina
Roland war früh losgezogen, um sich noch einmal umzuhören. Er hatte sie letzte Nacht in Ruhe gelassen, vielleicht weil er wusste, dass er es zu weit getrieben hatte, oder vielleicht, weil er ausnahmsweise mal halbwegs nüchtern war.

Mina war nicht einmal aufgestanden, um Frühstück zu machen, sondern hatte mit offenen Augen an der Wand gelegen, während Roland in der Küche nach Essbarem gestöbert hatte. Es war ihr egal, ob er hungrig blieb. Bis zu diesem Augenblick hatte sie alles getan, was er verlangte, war eine gute Ehefrau gewesen.

Nachdem die Tür ins Schloss gefallen war, stand sie langsam auf, wusch sich Gesicht und Hände und schürte das Feuer. Es gab immer noch das verdorbene Roggenmehl, aus dem sie einen weiteren Laib machen würde. Vielleicht würde sie ihn sogar ganz aufessen. Sie lächelte grimmig, während sie ihre getrockneten Kräuter sortierte, was von ihnen übrig war.

Bald füllte sich das kleine Haus mit dem Duft von gebackenem Brot. Ihr Magen gab ein schmerzhaftes Grummeln von sich, während sie versuchte, sich abzulenken. Selbst wenn sie den letzten Dukaten verbrauchte, würde sie, wenn sie vernünftig war und gut plante, das Unvermeidliche höchstens um ein paar Wochen hinauszögern. Und was dann?

Was würde aus ihnen werden? Sie war an dem überfüllten Armenhaus vorbeigekommen, hatte die bettelnden Menschen auf dem Markt gesehen, jedes Mal mehr, wenn sie hinging. Tief in

Gedanken versunken, zog sie ihren wärmsten Schal an, nahm den Korb in eine Hand und betrat die Straße. Das Eis auf dem Boden glitzerte, und sie rutschte aus und wäre beinahe gestürzt. Sie musste verrückt sein, aber in dieser Hütte zu sitzen, würde nichts bewirken, außer sie in den Wahnsinn zu treiben. Mit zusammengepressten Lippen ging sie den Weg hinunter, aus dem Dorf hinaus.

Entlang des Waldes, der einem der Aristokraten gehörte, die das Land beherrschten, verließ sie den Fußweg. Sie war hier schon tausendmal vorbeigekommen, um Blumen zu pflücken. Jetzt war sie auf der Suche nach etwas anderem, und da war es: Die kriechende Jenny, dunkel belaubt und niedrig am Boden liegend, war zu dieser Jahreszeit kaum zu erkennen. Aber Mina wusste, dass es sich um eine nahrhafte Pflanze handelte, die man am besten im Frühjahr erntete, wenn sie schöne blaue Blüten trug, und die gut für Tee und zur Behandlung von verschiedenen Krankheiten war. Und sie war essbar, auch wenn sie etwas scharf und bitter schmeckte. Zumindest würde es sie satt machen … wenn sie genug für eine Mahlzeit fand.

Sie ließ sich auf die Knie sinken und begann die Blätter zu pflücken. Es war mühsame Arbeit, und bald zitterten ihre Beine vor Kälte, und ihre Zehen wurden taub. Dennoch machte sie weiter, bis der Korb zur Hälfte gefüllt war.

Sie würde einen Teil für Tee trocknen und den Rest als Gewürz in ein paar Suppen geben. Der bedeckte Himmel, der die Farbe von Asche angenommen hatte, schien sich auf sie niederzusenken. Die Luft roch nach Schnee, und der Wind hatte aufgefrischt.

Die Hütte wirkte verlassen, und dem Zustand nach zu urteilen, war Roland noch nicht zurück gewesen. Das war auch gut so, denn so hatte sie Zeit, in Ruhe eine Suppe zu kochen. Ihre Gedanken schweiften zu ihrem Vater, der mit Einsamkeit zu kämpfen hatte. Sie war verheiratet und fühlte sich genauso einsam. Ihre Nachbarn waren mit Überleben beschäftigt, sie hatten keine Zeit, andere zu besuchen oder ihr Leben mit anderen zu teilen.

Draußen verdichtete sich der Schneefall und hüllte die Hässlichkeit ihres Lebens in eine weiße Decke. Es wurde immer früher dunkel, die Kirchenglocke hatte kaum viermal geläutet. Weihnachten stand vor der Tür, und es würde eine traurige Angelegenheit werden. Sie hatte nichts zu verschenken, denn sowohl Roland als auch ihr Vater hatten keine Verwendung für die kleinen Körbchen, die sie manchmal aus Weiden und verschiedenen Reben flocht. Sie seufzte. Wenigstens konnte Roland sie nicht zerbrechen.

Sie summte vor sich hin, sortierte ihre Vorräte und begutachtete das Weidenbündel, das in der hinteren Ecke lag. Es verlangte eingeweicht zu werden, was bedeutete, dass sie erneut durch den Schnee zum Brunnen gehen musste.

Die Tür schwang auf und knallte an die Wand. Roland schoss herein, Schnee wirbelte auf, begleitet von einem eisigen Luftzug. »Mina!«

Mina hatte noch nie eine solche Dringlichkeit in der Stimme ihres Mannes gehört. »Schließ die Tür ...« Erschrocken stürzte sie auf ihn zu, während Roland die Tür zuwarf. Er schüttelte sich und nahm den Hut ab. Eine blutige Wunde klaffte auf seiner Wange, und seine Unterlippe war geschwollen.

»Was ist passiert?«, rief sie.

»Hör mir zu.« Roland ergriff ihre Hände. »Wir müssen fort. Jetzt sofort!«

»Wohin? Was hast du getan?« Minas Stimme klang schrill in ihren Ohren. Derselbe Ausdruck der Verzweiflung, den er gestern Abend getragen hatte, verzerrte Rolands Züge. Nur dass jetzt Panik dazugekommen war. In diesem Moment wusste sie, dass er etwas Schreckliches getan hatte, etwas, das ihn in Schwierigkeiten oder an den Galgen bringen würde. Ihr Herz raste, während sie darum kämpfte, ihren Atem zu beruhigen. »Sag mir, was passiert ist.«

Roland ignorierte sie, ging zum Bett und kramte darunter, wo sie ein paar Beutel und einen alten Koffer aufbewahrten. »Hilf mir beim Packen.«

»Wohin gehst du?«

Er eilte zu ihr zurück und drückte schmerzhaft ihr linkes Handgelenk. »*Wir* gehen ... *zusammen*!«

Eine schreckliche Wut erfasste Mina, während sie ihre Hand losriss und einen Schritt zurücktrat. »Wenn du mir nicht sagst, was passiert ist, rühre ich keinen Finger«, sagte sie und kämpfte darum, ihren Atem zu kontrollieren.

Roland stöhnte. »Frau, wir haben keine Zeit für deine Tiraden.«

Mina blieb standhaft, sie rückte neben den Schürhaken, für den Fall, dass er wieder versuchen würde, sie zu packen. Über die Kluft hinweg beäugten sie sich gegenseitig.

Roland schaute weg. »Es gab Streit ... in der Kneipe. Wir haben Karten gespielt, ich habe gewonnen.«

Minas Gedanken überschlugen sich. Womit setzte er, wenn er kein Geld hatte? Sie zwang sich zu schweigen ... das Unvermeidliche

abzuwarten.
»Einer der Spieler, unser Nachbar Harald, beschuldigte mich des Betrugs. Es wurde laut, und sie versuchten, mich zu durchsuchen. Ich habe mich gewehrt, und Harald ist gestolpert und gefallen ... hat sich den Kopf aufgeschlagen.« Rolands Stimme war leise geworden, so leise, dass Mina sich nach vorn beugte. Trotzdem war sie auf den letzten Teil nicht vorbereitet. »Er war bewusstlos.«

»Du hast ihn gestoßen?« Minas Stimme war jetzt genauso leise. Roland zuckte mit den Schultern. »Ich weiß es nicht mehr, es ging alles so schnell. In der einen Minute saßen wir alle da und hatten Spaß. In der nächsten lag Harald in seinem eigenen Blut.«

»Wir müssen es der Polizei sagen.« Mina wusste, dass das bedeutete, in die große Stadt zu reisen, aber sie würden es sicher erklären können.

»Nein ... Ich meine, sie schicken jemanden nach Heilbronn. Deshalb müssen wir jetzt gehen.«

»Ich verstehe nicht. Du sagtest, es war ein Unfall. Warum ...«

»Ich warte nicht darauf, dass sie mich anzeigen.« Rolands Stimme zitterte. »Sie werden mich des Betrugs beschuldigen, ich werde ins Gefängnis kommen oder Schlimmeres.«

»Aber es war ein Missverständnis ... Haralds Sturz ein Unfall.«

»Das war es, aber ...« Roland sah endlich auf und begegnete ihrem Blick.

Was Mina in seinen Augen sah, ließ sie erschaudern. Eine Lüge stand dort so deutlich, als sei sie auf seine Stirn gebrannt. »Aber was?«

»Wir sollten woanders hinziehen. Neu anfangen. Die Arbeit hier ist sowieso erledigt.« Er kramte in seiner Tasche und reichte ihr ein zerknülltes Stück Papier.

Mina strich es glatt und überflog die Zeilen. Unter der Zeichnung eines Segelboots stand:

Allgemeine Auswanderungszeitschrift
Für Interessenten, die in die freien amerikanischen Staaten auswandern wollen

Minas Hand sank. »Du willst Württemberg verlassen?«

Roland nickte enthusiastisch. »Ich habe schon eine Weile darüber nachgedacht. Viele Familien verlassen das Land, und es gibt hier keine gute Arbeit mehr. Wir werden verhungern wie die armen Seelen auf der Straße.« Ein wenig Farbe war in seine Wangen gekrochen. »Neulich war ein Agent von Hapag-Lloyd in der Kneipe.

EIN SCHIMMER AM HORIZONT – ZWISCHEN DEN WELTEN

Er sagte, dass von Bremerhaven aus ständig Schiffe abfahren. Wir müssen nur hinreisen und –«
»Was ist mit meinem Vater?«
»Er ist alt, ich glaube nicht, dass er es schaffen würde.«
»Natürlich würde er nicht gehen wollen.« Neue Wut braute sich in Mina zusammen. »Ich kann ihn hier nicht allein lassen, er hat niemanden.«
Roland blinzelte, und am Aufblitzen seiner Augen erkannte Mina, dass er mit seiner Geduld am Ende war. »Wir können nicht warten.«
»Aber wir können uns die Reise nicht leisten. Das ist doch sicher teuer.«
»Es gibt das Redemptioner-Programm. Ich erkläre mich einfach bereit, ein paar Jahre für einen Betrieb zu arbeiten, und im Gegenzug bezahlen sie die Reise. Sie haben auch gesagt, dass wir danach ein Stück Land bekommen.«
»Einfach so.«
»Genau so.« Roland trat einen Schritt vor, aber er lächelte. »Verstehst du nicht, Mina? Es wäre ein echter Neuanfang, wir arbeiten hart, bauen ein Haus, züchten Vieh und Pferde. Du bekommst Hühner. Das Land ist fruchtbar, alles wächst über Nacht.«
Mina hatte von der Umsiedlung in die neue Welt gehört. Ein halbes Dutzend Familien hatte das Dorf im letzten Sommer verlassen, in diesem Jahr waren es noch mehr gewesen. Es schien, als würde halb Württemberg auswandern – König Wilhelm I. hatte die Missernten und die Hungersnot nicht verhindern können. Es wurden Briefe vorgelesen, in denen von saftigen Weiden und freundlichen Amerikanern die Rede war, wie sie sich gegenseitig halfen, anzusiedeln und neue Nachbarschaften aufzubauen, alle deutsch, alle zusammen – kleine deutsche Städte in Amerika. Es klang zu schön, um wahr zu sein.
»Ich muss auf Vater warten ...« Sie erkannte, dass sie bereit war, etwas Neues auszuprobieren, aber nicht, solange Papa noch am Leben war. Es würde ihm das Herz brechen.
»Wir können nicht warten!« Roland reckte sich und tat einen Schritt nach vorn. »Wir gehen heute Abend.« Der drohende Unterton war wieder in seiner Stimme, und Mina wusste, dass sie vorsichtig sein musste.
»Das Wetter ist schrecklich«, sagte sie leise. »Wie sollen wir nach

Bremerhaven kommen?«

»Zu Fuß, wenn es sein muss«, sagte Roland. »Auf dem Rhein sind Schiffe unterwegs.«

»Ich habe gehört, dass die Auswanderer von Heilbronn aus auf dem Neckar fahren.« Roland zögerte und schüttelte dann unwillig den Kopf. »Das Geld sparen wir uns.«

»Womit sollen wir die Reise überhaupt bezahlen?«

Roland zog eine Handvoll Münzen aus seiner Tasche. »Ich habe heute Abend gewonnen. Damit kommen wir nach Bremerhaven.«

»Müssen wir nicht die Erlaubnis der Behörden einholen, um zu gehen?« Der württembergische König hatte Angst, dass zu viele Menschen auswandern würden, und verlangte von seinen Bürgern, dass sie einen Antrag auf Ausreise stellten, was Monate dauern konnte.

»Wir werden ihnen später einen Brief schicken. Jetzt packen wir.«

Mina senkte den Kopf. Sie fühlte sich geschlagen, irgendwie leer. Sie würde keine Zeit haben, sich von ihrer Freundin zu verabschieden ... und was war mit ihrem Vater? Eine Reise wie diese brauchte Zeit zum Planen. Stattdessen waren sie auf der Flucht ... als wären sie schuldig.

KAPITEL SECHS

Davin

Davins Finger waren so steif, dass er kaum in der Lage war, die Tür zu öffnen.

Seine Mutter stürzte auf ihn zu. »Was ist mit dir passiert? Dein Kopf.« Sie brachte ihn sanft zum Sitzen und untersuchte seinen Hinterkopf.

Er begann zu weinen, stille Tränen kullerten über seine Wangen, tropften von seinem Kinn. »Ich wurde beraubt, Ma'«, sagte er nach einer Weile. Noch nie in seinen vierundzwanzig Jahren hatte er sich so gedemütigt gefühlt, so völlig frustriert ... und enttäuscht von sich selbst.

Während sein Vater das Feuer schürte und ihm half, die Schuhe auszuziehen, erzählte Davin ihnen von seinem Aufenthalt im Pub. »Das Geld für die Farm, es ist alles weg.«

Seine Mutter bedeckte ihre Augen mit beiden Händen, sein Vater seufzte schwer. »Wir müssen an den Vermieter schreiben. Vielleicht hat er ein Einsehen und verlängert die Frist.« Sein Vater war für seine fast sechzig Jahre ziemlich stark, seine Schultern waren kräftig und seine Arme muskulös. Nur in den letzten Monaten hatte sich ein hartnäckiger Husten eingestellt, der ihn nachts wachhielt. Er sprach nie darüber, aber Davin schwor, dass er Schmerzen hatte. Jetzt, wo er ihnen gegenübersaß, wurde ihm das Ausmaß dieses Unglücks erst richtig bewusst. Er hatte versagt, ihnen einen schweren Schlag versetzt.

Abrupt stand Da' auf und griff nach seiner Jacke. »Ich gehe zum

Pub, mich umhören.«

»Ich komme mit.« Davin richtete sich auf, obwohl die Bewegung schmerzhafte Pfeile in seinen Hinterkopf schickte und der Raum schwankte. Mit einem Stöhnen sank er wieder in sich zusammen.

»Du bist nicht in der Lage, rauszugehen.« Seine Mutter warf seinem Vater einen warnenden Blick zu.

Davin kannte diesen Blick, er hatte ihn selbst hin und wieder erlebt. Ma' benutzte kaum Worte, sie machte alles mit ihrer Mimik. Da' wusste das offensichtlich auch, denn er brummte etwas Unverständliches und verschwand.

Weniger als eine Stunde später war er zurück, schneebedeckt und vor Kälte zitternd. »Verdammtes Wetter«, flüsterte er. Davin lag in seinem Bett, aber durch die dünne Wand hörte er jedes Wort. »Ich habe herumgefragt, niemand hat etwas gesehen. Finn war ziemlich betrunken, aber er hat geschworen, dass niemand Davin gefolgt ist.«

»Was sollen wir nur tun?« Die Stimme seiner Mutter war leise, doch Davin hörte die Verzweiflung darin so deutlich, als hätte sie neben ihm gesessen.

»Ich werde dem Landbesitzer schreiben.« Füße schlurften, und Davin drehte sich auf die Seite und presste eine Faust in den Mund, um nicht aufzuschreien. Selbst wenn der Grundherr ihnen einen Aufschub gewährte, was in diesen Tagen unwahrscheinlich war, nicht nach dem zweiten Jahr mit Ernteausfällen, würde dies das Unvermeidliche nur hinauszögern. Wie sollten sie jemals zurückzahlen, was sie schuldeten?

Er wollte aufspringen und sofort loslaufen, nach England gehen und Geld nach Hause schicken. Das war die einzige Möglichkeit.

Davins Vater hatte die Gendarmerie benachrichtigt, aber es wurde nichts unternommen. Ganz Irland war von der Hungersnot betroffen, und verzweifelte Menschen taten verzweifelte Dinge. Das bedeutete auch, Verbrechen zu begehen, und Davin wusste, dass er töricht gewesen war und es dem Dieb leicht gemacht hatte, ihn zur Strecke zu bringen.

Während die Wunde an seinem Kopf verheilte, schmerzte sein Herz weiterhin vor Reue. Er wollte zu dem Moment zurückkehren, als er die Kneipe betreten hatte, und sich zurufen, dass er nach Hause gehen sollte. Aber es nützte nichts. Es war geschehen, und er würde mit sich selbst leben müssen.

Innerhalb weniger Tage stellten sich alle drei in der Suppenküche an. Es war das erste Mal, und Davin schämte sich. Aber seine Scham war keine Konkurrenz gegen den Hunger. Sein Bauch schmerzte von dem ständigen Nagen, und obwohl er besser gekleidet war als die fünfzig oder sechzig Seelen, die vor ihnen warteten, war er genauso verzweifelt. Mit zittrigen Händen nahm er die heiße Kohlsuppe und schlürfte sie wie die anderen hinunter.

Sein Vater hatte ihn angefleht, zu warten, bis es seinem Kopf besser ging, aber je länger er wartete, desto schwächer wurde er. Ein Brief des britischen Landherrn traf ein.

Ma' betrachtete ihn, als läge eine giftige Schlange vor ihr auf dem Tisch, unfähig, den Blick zu heben, und ebenso unfähig, ihn zu lesen. »Lass uns warten, bis dein Vater nach Hause kommt.«

Da war er wieder losgezogen, um sich nach Gelegenheitsjobs umzusehen. Davin wusste, dass es sinnlos war, niemand stellte ein, nicht einmal jüngere, stärkere Männer. Irland lag vor seinen Augen im Sterben.

Aber als sein Vater zurückkam, sah er fast hoffnungsvoll aus. »In der Nähe von Cork stellen sie Leute ein«, rief er und setzte sich zu ihnen an den Tisch. »Sie brechen Steine, um Straßen zu bauen.«

»Das sind mindestens drei Tage Fußmarsch«, meinte Davin.

»Deine Schultern schmerzen ständig. Wie sollst du den ganzen Tag schwere Lasten schleppen?« Ma' sah gleichzeitig niedergeschlagen und verängstigt aus.

Davin tätschelte ihre Hand. »Die Bezahlung ist auch schlecht. Ich habe gehört, man bekommt kaum mehr als ein paar Mahlzeiten.«

In der eintretenden Stille knackte das Feuer im Kamin. Sie mussten nachlegen, damit der Raum nicht auskühlte, doch keiner bewegte sich. Alle drei betrachteten den Brief auf dem Tisch, bis Davins Vater schließlich das Siegel öffnete.

Er blinzelte auf die Schrift, saubere, gleichmäßige Linien, zweifellos mit teurer Tinte geschrieben. »Er kann es nicht erwarten.« Das Papier segelte auf den Tisch, wo Davin es aufhob.

Bedauerlicherweise ist die Pacht wie geplant fällig. Um die steigenden Kosten zu decken, wurde sie auf neun Pfund und zehn Schilling erhöht. Ein Vertreter wird in der ersten Januarwoche vorbeikommen, um ...

Davins Hand sank. Es hatte keinen Sinn, die restlichen Zeilen zu lesen, zweifellos leere Wünsche für ihre Gesundheit. Die Engländer waren Halsabschneider, die auf den Gräbern seiner Eltern tanzen würden, auf den Gräbern des ganzen Landes. Die alte

Wut war wieder da, und er öffnete den Knopf seines Hemdkragens. Seine Mutter schüttelte den Kopf. »Wir sind auf dem Weg ins Armenhaus.«
»Ich reise morgen ab«, hörte Davin sich sagen. »Meinem Kopf geht es gut genug.« Es war eine Lüge. Er hatte immer noch schreckliche Kopfschmerzen, und seine Sicht verschwamm, begleitet von Wellen der Übelkeit, die ihn zwangen, sein Tun zu unterbrechen.
Aber er konnte nicht warten. Es würde lange genug dauern, Dublin zu erreichen, und er würde wahrscheinlich arbeiten müssen, um sich die Überfahrt nach Liverpool leisten zu können. Ganz zu schweigen von der Frage nach Nahrung und Unterkunft auf dem Weg.
Ma' schaute ihn einfach nur an, der fürsorgliche, liebevolle Ausdruck, den er so gut kannte, vermischte sich jetzt mit einem sorgenvollen Stirnrunzeln.
Sein Vater beugte sich vor, die durch die Arbeit gehärteten Hände gefaltet. »Ich könnte mit dir kommen.«
»Haben dich alle guten Geister verlassen?«, rief seine Mutter. »Sie brauchen junge Männer bei der Eisenbahn.«
»Ma' hat recht«, sagte Davin zu seinem Vater. »Es ist mindestens ein zweiwöchiger Marsch nach Dublin, die Engländer werden dich sowieso nicht einstellen.«

Davin brach bei Tagesanbruch auf. Er hatte ein paar Sachen eingepackt, einen zusätzlichen Pullover, Unterwäsche zum Wechseln, ein Handtuch. Das war mehr, als die meisten heutzutage besaßen, und er war dankbar, dass er überhaupt Kleidung hatte. Sie umarmten sich schnell, und Davin zwang sich, ruhig zu bleiben, trotz Ma's feuchter Augen und den schweren Seufzern seines Vaters.
»Ich werde von Dublin aus schreiben«, sagte er. »Gebt nicht auf, ich werde vor Weihnachten Geld schicken.«
Abrupt drehte er sich um, öffnete die Tür und trat auf die vereiste Straße. Fünfzig Meter weiter warf er einen Blick zurück auf das Haus, vor dem seine Eltern immer noch warteten und ihn beobachteten. Sie winkten nicht, sondern standen einfach nur da, Da' mit einem Arm um Ma' geschlungen, fast wie Geister, die sich jeden Moment auflösen könnten.
Mit einem Ruck senkte Davin den Kopf und stapfte in den Morgen. Gestern Abend hatte er Mark ein letztes Mal besucht. Der

Überfall hatte sich herumgesprochen, und Mark hatte ihn gebeten, zum Tee zu bleiben. Davin hatte sich den Magen vollgeschlagen und war kaum in der Lage gewesen, zu sprechen. Als er Mark anschaute, kam alles wieder hoch, sein Leichtsinn, der Moment, als er merkte, dass er ausgeraubt worden war, und die Erschütterung, die er empfunden hatte. Immer noch fühlte. Es war, als ob eine giftige Wolke ihn erdrückte.

Mark schenkte einen weiteren Tee ein, nachdem Davin den Poitín abgelehnt hatte. »Die englische Eisenbahn, also?«

»Ich wäre sowieso gegangen, aber jetzt muss ich mich beeilen. Meine Eltern verlieren sonst die Farm.«

»Ich glaube, die Engländer lieben es, unsere Höfe an sich zu reißen und die Iren auszurotten.«

»Widerliche Bastarde!« Davin nahm einen Schluck, seine Finger saugten die Wärme des Bechers auf. Auch wenn er außer dem Vertreter des Landherrn noch nie einen der feinen Herren getroffen hatte, kursierten ausreichend Geschichten über die Raffgier der Engländer.

Mark kippte den Poitín hinunter und schenkte noch einen ein. »Das sind sie, Junge. Ich habe schon viele reiche Herren kennengelernt. Aber den Armen geht es genauso schlecht wie den Leuten hier.«

»Man fragt sich, was in ihren Köpfen vorgeht.« Davin seufzte. »Ich bin verzweifelt ...«

»Hier.« Mark legte Davin einen Pfundschein vor die Nase. »Ich wusste, dass du vorbeikommen würdest, und es tut mir leid, was passiert ist. Aber das ist das Beste, was ich tun kann, meine Auftragsbücher sind leer. Ich weiß noch nicht, was ich im Frühjahr machen werde.« Er spöttelte. »Vielleicht muss ich mich dir bei der Eisenbahn anschließen.«

»Ich dachte, du wolltest nach Amerika.«

Mark kratzte sich das ergraute Kinn. »Vielleicht, ich werde mich im Frühjahr entscheiden.«

Sie hatten sich zum Abschied die Hand geschüttelt, und Mark hatte ihm aufmunternd auf den Rücken geklopft. »Wird schon werden, Junge, sei einfach auf der Hut und verliere nie die Hoffnung.«

Jetzt, wo er den Weg hinaufstapfte, fühlte sich Davin ohne Hoffnung. Es gab keine Möglichkeit, genug Geld zu verdienen, um den reichen Gutsherrn rechtzeitig zu bezahlen. Seine Eltern würden ins Arbeitshaus ziehen müssen, und wenn er mit der Zeit genug schicken konnte, würden sie sich vielleicht ein winziges Häuschen leisten können. Er würde tun, was nötig war, und wenn er sich dabei das Kreuz brechen musste.

Zur Mittagszeit war er ausgehungert. Das ungewohnte Gehen durch wadenhohen Schnee machte ihm zu schaffen. Der Schnee verlangsamte sein Vorankommen, und der ständige Wind schnitt ihm ins Gesicht. Er konnte seine Zehen nicht mehr spüren, Nase und Augen brannten. Bald würde er wie der alte Finn aussehen, mit blauen Adern und Pockennarben auf den Wangen.

Zweimal sah er die stillen Gestalten von Frauen, ein oder zwei Kinder an ihrer Seite, erfroren im Schnee, umgekommen mitten im Nichts, wo niemand trauerte, niemand sie begrub, unmöglich wegen des gefrorenen Bodens. Wie Millionen vor ihnen waren sie arm und damit vergessen, von der Geschichte ausgelöscht, als hätte es sie nie gegeben.

Er schaute verbissen geradeaus, rief einen Gruß, wenn er an jemandem vorbeikam, nur wenige würdigten ihn eines Blickes, wahrscheinlich waren sie zu erschöpft, um die Energie aufzubringen. Sie schienen in schlechterer Verfassung zu sein, mit großen, glasigen Augen im hageren Gesicht, oft mit blau angelaufenen, nackten Beinen und fragwürdigen Schuhen. Bald würden sie sich hinlegen, wie die Frauen und Kinder, an denen er zuvor vorbeigekommen war.

Reisen hatte nichts Romantisches an sich, vielleicht wenn es Frühling oder Sommer gewesen wäre, wenn die Felder und Bäume so grün waren, dass es in den Augen schmerzte, wenn der Wind mit unsichtbaren Fingern über die Gräser strich. Dann hätte er es vielleicht ein bisschen genossen. Aber bei diesem Wetter, mit dem Druck, Geld aufzutreiben, damit seine Eltern nicht verhungerten, war es eine Plackerei, die ihn beinahe blind vorantrieb.

Am Abend machte er in einem Armenhaus Halt und bat um eine Mahlzeit und ein Strohbett. Beides wurde ihm kostenlos angeboten, und er steckte sich zwei Brotscheiben für später in die Tasche. Die Pfundnote bewahrte er in einem Lederbeutel auf, den er auf der Brust trug, und außer seinem Hut und seinem Mantel zog er nichts aus. Selbst diese und seine Tasche trug er im Armenhaus mit sich, aus Angst, jemand könnte sie stehlen.

Er konnte es sich nicht leisten, weitere Fehler zu machen.

KAPITEL SIEBEN

Mina

Mina und Roland hatten es bis nach Heidelberg geschafft, ein zermürbender viertägiger Marsch durch die verschneite Landschaft. Nachts schlichen sie sich in eine Scheune und vergruben sich im Heu, wobei sie auf andere Reisende stießen, die ebenfalls auf Wanderschaft waren. Roland schaute nie über seine Schulter, aber Mina spürte seine Nervosität. Sie zweifelte immer mehr an seiner Geschichte, ahnte, dass etwas Schlimmeres passiert war, etwas, dessen man ihn beschuldigen würde, wenn man ihn erwischte.

Sie hatte ihrem Vater eine Nachricht hinterlassen wollen, aber Roland hatte den Zettel zerrissen und ins Feuer geworfen. »Ich will nicht, dass jemand herausfindet, wohin wir gehen.«

»Aber niemand weiß etwas. Lass mich Papa wenigstens sehen, um mich zu verabschieden.« Schließlich hatte Roland eingewilligt, an seinem Haus vorbeizugehen. Aber sie war nicht hineingegangen, nicht nur, weil Roland es ihr nicht erlaubte. Sie hatte gemerkt, dass sie nicht die Kraft hatte, ihrem Vater zu sagen, dass sie für eine Weile unterwegs sein würde. Das redete sie sich ein. Nach ein paar Monaten, wenn sich die Lage beruhigt hatte, würden sie zurückkehren und sie würde sich um ihren Vater kümmern, sie würde ihn täglich besuchen und ihm helfen, wieder Hoffnung zu schöpfen. Sollte Roland doch von einem fernen Land träumen. Bis jetzt hatte er noch nie etwas zu Ende gebracht, was er angefangen hatte.

Durch die Scheiben hatte sie ihren Vater beobachtet, wie er am

Tisch saß und ein Blatt Papier studierte. Nach ein paar Minuten sah er auf, und sie sah die Tränen. Er schien sein nasses Gesicht nicht zu bemerken, starrte nur in die Ferne und murmelte etwas, als ob seine Frau ihm von der schattigen Ecke des Raumes aus zuhören würde.

Roland hatte ungeduldig an ihrem Ärmel gezerrt, und nach einem letzten Blick war sie ihm in die Nacht gefolgt.

Jetzt übernachteten sie in einem billigen Gasthaus am Stadtrand, zehn oder zwölf Menschen zusammengepfercht in einem Zimmer mit nichts als ein bisschen Stroh. Die Luft stank vom Geruch ungewaschener Haut, aber niemand war verzweifelt genug, um das Fenster zu öffnen und den Raum noch weiter abzukühlen. Sie schliefen zusammengekauert, nachdem sie eine wässrige Kohlsuppe gegessen hatten.

Die Nase an Rolands Brust gepresst, dachte sie an ihre Hütte und daran, wer sie übernehmen würde, während sie fort waren. Bisher hatte sie das Leben in dem Häuschen verachtet, aber jetzt, aus der Ferne, wurde ihr bewusst, dass dies ihr Zuhause gewesen war. Wahrscheinlich würde es leer stehen, bis sie zurückkehrten. Hinter ihr hustete eine Frau, ein tiefes, röhrendes Geräusch, als ob ihre Brust mit nassem Stoff gefüllt wäre.

Warum konnte sie nicht einschlafen wie die anderen? Roland schloss einfach die Augen und fiel sofort in einen tiefen Schlummer. Egal, wie müde sie war, sie lag da und haderte. Sie hatten während des Marsches kaum miteinander gesprochen, nicht nur, weil es zu kalt war, sondern sie merkte, dass sie sich nichts zu sagen hatten. Immerhin ließ er sie allein, weil sie das Zimmer mit Fremden in einem eiskalten, heruntergekommenen Gasthof teilten.

»Wach auf.«

Mina öffnete ihre Augen. Roland wedelte mit einem Brötchen vor ihrem Gesicht herum. »Iss das, damit wir aufbrechen können.«

Sie schälte sich aus ihrer Decke und bereute es sofort, denn der nun leere Raum war fast so kalt wie draußen. Sie stand auf und zupfte das Stroh von ihrem Rock. »Ich gehe zum Plumpsklo und hole etwas Wasser.«

»Beeil dich.« Roland sah so mürrisch aus, wie sie ihn noch nie gesehen hatte. Er hatte keine Gelegenheit, Trost im Alkohol zu suchen. Selbst *er* wusste, dass sie die paar Münzen für die Reise brauchten. Und er war offensichtlich verängstigt genug, um Abstand zwischen sie und ihr Zuhause bringen zu wollen.

Mina schluckte einen Vorwurf hinunter und kletterte die Holzstiege herab, die nicht breiter als einen halben Meter war. Der Wirt wischte den Tresen mit einem Lappen ab, der ungefähr so schmutzig grau wirkte wie sein Hemd. Mina fragte nach dem Weg und eilte, nachdem sie sich Hände und Gesicht gewaschen hatte, wieder nach oben. Ihre Hand wanderte an die Brust, wo in ihrem Mieder die Goldmünze in ein Stück Stoff eingewickelt ruhte.

Sie waren noch nicht draußen, als die Hungerstiche zurückkehrten. Der Schlaf schien die einzige Zeit zu sein, in der sie ihre Ruhe hatte.

»Weißt du, was es kostet, ein Schiff auf dem Rhein zu nehmen?«, fragte sie, während sie einem Wagen folgten, der mit Reisetruhen beladen war. Daneben liefen vier Erwachsene unterschiedlichen Alters, alle in Schals gehüllt, mit Hüten und festen Stiefeln. Das war auch gut so, denn an diesem Morgen fühlte sich selbst die Luft gefroren an, und mit jedem Atemzug verflüchtigte sich das bisschen Wärme, das sie produzierte.

Roland winkte ab und murmelte etwas Unverständliches. Er hatte sich wie immer um nichts gekümmert. Mina schluckte ihren Ärger hinunter und eilte voraus, um das Mädchen, das hinter dem Wagen lief, anzusprechen. Es schien in ihrem Alter zu sein, kaum älter als zwanzig, mit tiefblauen Augen, die von langen Wimpern umrahmt wurden. Doch Mina fiel vor allem der Gesichtsausdruck der jungen Frau auf, dieses kleine Lächeln in den Mundwinkeln, als ob sie dieses Abenteuer genießen würde.

»Guten Morgen, seid ihr zufällig auf dem Weg nach Mannheim, um ein Schiff zu nehmen?«

Das Mädchen lächelte jetzt breiter und entblößte gleichmäßige Zähne. Trotz des Schals, der ihr Haar bedeckte, strahlte sie Schönheit aus. »Wir, meine Familie und ich, fahren nach Bremerhaven und dann über den Atlantik.«

»Darf ich fragen, was die Schiffspassage nach Norden kostet?«

Eine kleine Falte erschien zwischen den Brauen des Mädchens. »Moment, ich frage.« Es eilte nach vorn und rief: »*Vater*, was kostet die Rheinüberfahrt?«

Der Mann sagte etwas, das Mina nicht verstand, bevor das Mädchen zurückkam. »Er meint, etwa einen Taler und zwölf Silbergroschen pro Person.«

Der Mann vor ihnen drehte sich um und meinte: »Ich hoffe, sie haben den Preis nicht geändert, vielleicht ist er sogar niedriger, weil bei diesem Wetter weniger Leute reisen.« Er setzte seinen Weg fort, während Roland sich beeilte, zu ihm aufzuschließen.

Mina winkte. »Danke.«

»Ihr geht auch nach Amerika?« Das schöne Mädchen beäugte sie neugierig.

Mina zuckte mit den Schultern. »Wohl kaum. Mein Mann will, aber ...«

»Aber du würdest lieber daheimbleiben.« Mina warf einen Blick auf das Mädchen. Das Grinsen war wieder da. »Mein alter Vater lebt noch.« Jetzt, wo sie es laut aussprach, traten ihr die Tränen in die Augen.

»Er versteht es sicher, wenn man nach einem besseren Leben sucht. Alle hungern. Papa meint, auszuwandern ist der einzige Weg, um der Familie eine gute Zukunft zu sichern.« Der Pfad vor Mina verschwamm, und sie senkte den Kopf. Eine behandschuhte Hand erschien in ihrem Blickfeld und tätschelte ihre Wange. »Was ist los?«

Der Kloß in Minas Hals wuchs. Sie war die Freundlichkeit einer Fremden nicht gewohnt, und plötzlich verlangte der Druck der letzten Tage nach Entlastung. Sie schluchzte. »Mein Vater ... Ich habe nicht ...«, stammelte sie.

»Du hast es ihm nicht gesagt?«

Mina schüttelte den Kopf.

»Lieber Gott, du armes Ding.« Die behandschuhte Hand wanderte zu ihrer Schulter. »Es tut mir so leid. Du musst ihm schreiben und ihm deine Beweggründe erklären.«

Mina wischte sich das Gesicht ab, das durch die Nässe noch kälter geworden war.

»Hier.« Ein weißes Taschentuch mit einer hübschen Spitzenbordüre erschien in ihrem Blickfeld. Es schien viel zu schön, um es zum Schnäuzen zu benutzen. »Nur zu, nimm es. Ich habe ein halbes Dutzend. Mama hat darauf bestanden. Wir haben diese Reise seit zwei Jahren geplant.«

Mina tupfte sich die Tränen ab und steckte das kleine Tuch in ihre Tasche. »Danke.« Sie war fast enttäuscht, als der Arm von ihren Schultern verschwand.

»Ich bin Augusta.«

»Mina.« Sie sahen sich an, und Mina spürte, wie ein wenig Wärme in ihre Glieder zurückkehrte. »Wenn du so lange geplant hast, warum reist du dann im Winter? Ich dachte, es wäre am besten, in den Sommermonaten zu reisen.«

EIN SCHIMMER AM HORIZONT – ZWISCHEN DEN WELTEN

»Papa meint, es wird zu voll. Die Leute müssen lange warten, und er dachte, dass es um diese Jahreszeit schneller gehen würde.« Vorn unterhielt sich Roland mit Augustas Vater, während die anderen Frauen zuhörten. Mina war froh, Zeit für sich zu haben, nur gelegentlich warf sie einen Blick auf Augusta, die tief in Gedanken versunken schien.

»Sicher hast du viele Verehrer zurückgelassen?«, fragte Mina nach einer Weile.

Augusta schüttelte vehement den Kopf und rief: »Nein.«

»Du hast also einen.«

Augusta lachte, obwohl ihre Augen glänzten. Sie nickte ihrem Vater zu. »Es war keine gute Partie, deshalb hat Papa uns verboten, zu heiraten.« Sie deutete über ihre Schulter. »Ich vermisse ihn so.«

»Es tut mir leid.«

»Was ist mit deinem Mann?«

»Was meinst du?«

»Na ja, ist er ein guter Mensch? Kümmert er sich um dich?«

Mina dachte an ihre überstürzte Abreise, das Trinken und Rolands ständige Wut auf sie. Sie schwang die leichte Tasche, die alles war, was ihr von ihrem alten Leben geblieben war. »Wir sind in Eile aufgebrochen. Ich bin mir nicht sicher, wie wir in den Norden kommen. Roland hat nicht viel gearbeitet, bevor wir los sind.«

»Warum habt ihr nicht gewartet?«

Mina zuckte mit den Schultern. Im Geiste sah sie Roland mit diesem panischen Gesichtsausdruck eintreten. »Er wurde ungeduldig.«

Die Männer riefen und fuchtelten mit den Armen. In der Ferne zog sich ein breites Band aus Wasser durch die Landschaft. »Der Rhein, endlich«, rief Roland.

»Nicht mehr weit«, sagte eine der Frauen, eine ältere Version von Augusta. »Das muss Mannheim sein.«

Augusta ergriff Minas Hand. »Der erste Teil unserer Reise.«

Sie liefen zum Hafen, wo sich Boote und Schiffe an mehreren Kais aneinanderreihten. Menschen jeden Alters, gekleidet in alles, von feinen Kleidern bis hin zu Lumpen, bevölkerten die Straßen und tummelten sich entlang des Ufers. Dahinter warteten die zinngrauen Wellen des Rheins. Mina schauderte. Würde sie wirklich einen Fuß auf ein Schiff setzen können? Sie konnte nicht schwimmen, was, wenn das Schiff kenterte?

»Ist es nicht herrlich?« Augustas Augen waren groß vor

Aufregung. Sie klatschte in die Hände, während sie auf die Reihe der Segelschiffe blickte. »Ich frage mich, welches wir wohl nehmen werden.«

Mina versuchte ein Lächeln, scheiterte aber, als Roland auf sie zustürmte. »Ich werde Stefan zum Hafen begleiten. Du solltest mit den Frauen zum Gasthaus gehen.« Er deutete auf ein zweistöckiges, von gepflegten Hecken umsäumtes Gebäude, vor dem sich Dutzende Menschen tummelten.

Ohne eine Antwort abzuwarten, eilte er Augustas Vater hinterher und verlor sich sofort in der Menge. Nachdem Augustas Mutter den Pferdekarren versorgt hatte, steuerten sie auf den Eingang zu.

»Wo wollt ihr hin?« Ein älterer Mann in einem schicken Anzug, an dessen Tasche eine dicke Goldkette hing, musterte sie von Kopf bis Fuß. »Wir warten alle.«

Die Frauen um ihn herum warfen Mina und Augusta böse Blicke zu und murmelten Beleidigungen.

Augusta grinste einfach zurück. »Tut mir leid, mein Herr«, wandte sie sich an den Mann, wobei sie Mina mit sich zog, um hinten zu warten.

»Ich bezweifle, dass wir hier Betten finden«, sagte Mina. Insgeheim machte sie sich um ihre missliche Lage Sorgen. So nah am Hafen würden sie sich niemals ein Zimmer leisten können, nicht mal eine Stelle im Stroh.

»Wir müssen so oder so warten«, antwortete Augusta. »Papa und dein Mann werden nicht wissen, wo sie uns finden können.«

Eine Stunde später erreichten sie die Rezeption. Augustas Mutter und Großmutter warteten bei ihrem Pferd. Der schicke Mann mit der Goldkette und seine Frauen waren auf dem Flur verschwunden.

»Name?« Der Rezeptionist schaute sie genervt an. »Wie viele Nächte haben Sie reserviert?«

Augusta und Mina sahen sich gegenseitig an. »Wir haben nicht reserviert ...«, sagte Mina.

Ein ungläubiger Blick streifte über das Gesicht des Mannes. »Meine Damen, Sie wissen sicher, dass es unmöglich ist, ohne Reservierung ein Zimmer zu bekommen.« Er schaute demonstrativ über Minas Schulter und nickte einem Mann hinter ihr zu. »Der Nächste.«

»Verdammt«, sagte Augusta, nachdem sie ihrer Mutter die Lage erklärt hatten. »Ich fürchte, das wird schwierig werden. Hoffentlich besorgt Vater uns Karten für heute.«

Augustas Großmutter lehnte an ihrem Wagen, während ihre Mutter ihr aus einer Tasse zu trinken gab. Warum hatte sie nicht daran gedacht, ihren Vater zu fragen, ob er mitkommen wollte? Er war kaum älter als Augustas Großmutter und wahrscheinlich in besserer Verfassung. Sie schluckte die Bitterkeit in ihrer Kehle hinunter und blickte zum Hafen. Es war egal, dass es Winter und eiskalt war, Tausende schienen reisen zu wollen.

Das Gefühl der Verlorenheit kehrte zurück, und sie wollte nur noch nach Hause.

KAPITEL ACHT

Davin
Jeden Tag kam es Davin so vor, als würde er langsamer werden, seine Beine schwerer und kälter. Das Winterwetter ließ nicht nach, und er befürchtete Erfrierungen im Gesicht und an den Zehen. Die Stiefel, die er trug, waren bei weitem nicht wasserdicht und hatten keine Chance, in den feuchten Räumen, in denen er schlief, zu trocknen. In der fünften Nacht fand er kein Armenhaus, und die Suppenküche, an der er zwei Stunden zuvor vorbeigekommen war, war nun unerreichbar. Er rieb sich die Brust, wo der Pfundschein leise raschelte. Er konnte sich eine Mahlzeit kaufen, in einem warmen Bett schlafen. Aber das bedeutete, einen Teil des Geldes auszugeben, und wenn die Rechnung erst einmal beglichen war, würde der Rest schnell folgen. Nein, er musste stark bleiben.

Am Rande des Dorfes schlich er sich in einen Stall mit einer Handvoll Schafe und quetschte sich zwischen sie, dankbar für ihre Wärme. Um sich von dem Nagen in seiner Mitte abzulenken, träumte er davon, dass seine Eltern in ein schönes Haus ziehen würden. Eines, das er mit seinem Lohn von der Eisenbahn bezahlen würde. Oder, besser noch, selbst bauen könnte.

Am Morgen rieb er sich die Hände mit Stroh sauber und schlich nach draußen, weil er Angst hatte, ein verzweifelter Bauer würde ihn für einen Dieb halten und ihm eins über den Schädel ziehen. Am Brunnen in der Mitte des nächsten Dorfes trank er sich satt, obwohl ihn das eisige Wasser wieder bis ins Mark frösteln ließ und die Schmerzen in seinem Bauch ihn schwindlig machten.

Aus einer Laune heraus klopfte er an die Tür eines Hauses, eines von Dutzenden von grauen Steinhäusern, mit einem winzigen Garten und einer Handvoll Hühner hinter einem Drahtzaun. Aus dem Schornstein stieg eine Rauchfahne auf, die sofort vom Wind verweht wurde.

Die Tür öffnete sich einen Spaltbreit, und das Gesicht einer alten Frau, den Kopf in ein Tuch gehüllt, wurde sichtbar. »Ja?« Trotz ihres Aussehens klang ihre Stimme wie die seiner Mutter.

»*Dia duit*, Verzeihung, können Sie ein Stück Brot entbehren? Ich bin auf dem Weg nach Dublin und habe nichts zu essen«, sagte Davin mit zittriger Stimme.

Die Frau beäugte ihn aus den Schatten heraus, sprach nicht und bewegte sich nicht, und er wartete darauf, dass sie ihm die Tür vor der Nase zuschlug. Was machte das schon? Er nahm es ihr nicht einmal übel. Er musste ungepflegt aussehen, wahrscheinlich stank er nach Mist. Er ließ den Kopf hängen und wandte sich mit einem »*Slán*, entschuldigen Sie die Störung« ab.

»Wie heißt du, Junge?«, fragte die Frau hinter seinem Rücken.

Er drehte sich noch einmal um. Die Tür hatte sich ein paar Zentimeter weiter geöffnet. »Davin Callaghan, Mam, ich komme aus Skibbereen, County Cork.«

»Ich weiß, wo das ist.« Sie hielt inne, dann öffnete sich die Tür. »Komm rein und zieh deine Stiefel aus.«

Davin nickte und schlüpfte durch die Tür. Er schälte sich aus seinem Mantel, und seine tauben Finger fummelten an den Schnürsenkeln herum. Endlich auf Socken zögerte er. Die Frau hatte sich zum Herd begeben. »Setz dich, Junge.«

Er ließ sich auf den Stuhl sinken ... saß an einem richtigen Tisch. Sofort fühlte er sich in das Haus seiner Eltern zurückversetzt und erinnerte sich an ihre besorgten Blicke. »Ich bin Ihnen dankbar, Mam.«

Die Frau drehte sich um. In dem düsteren Haus sah sie noch älter aus, ihr Gesicht war von tiefen Falten durchzogen, die Davin an die Furchen in einem Acker erinnerten. Doch ihre Augen wirkten hellwach und beobachteten ihn neugierig. »Was macht ein Bursche wie du bei diesem Wetter auf der Straße?«

»Ich bin Zimmermann, aber es gibt keine Arbeit mehr, also wandere ich nach Liverpool und von dort zur Eisenbahn.«

Die Frau gab Hafer in den Topf auf dem Feuer und rührte um, bevor sie sich ihm zuwandte. »Du willst für die Engländer arbeiten, diese mordenden Bastarde?«

Davin zuckte mit den Schultern. »Ich habe keine andere Wahl. Meine Eltern werden den Hof verlieren, wenn ich es nicht tue.«

»Du hast deine Eltern in Skibbereen zurückgelassen?«

»Ja, Mam.«

Die alte Frau schnalzte mit der Zunge, bevor sie Milch in einen irdenen Becher goss und ihn vor ihm abstellte. »Trink langsam.« Sie schnitt eine Scheibe von einem Laib Brot ab und reichte sie ihm. Dann setzte sie sich, während ihr ein leises Stöhnen entwich. »Verdammte Knochen, sie sind steif wie altes Holz. Meine Knie lassen sich bei diesem Wetter nicht mehr beugen.« Sie nahm einen Schluck aus dem Becher und schmatzte mit den Lippen. »Verfluchte Engländer. Der einzige Grund, warum ich noch hier bin, ist, dass *mo shíorghrá*, mein lieber Mann, der schlaue Kerl, der er war, das Land abbezahlt hat.«

Davin kaute das Roggenbrot und schloss die Augen, denn das Gefühl des Essens, das seine Kehle hinunterrutschte, war himmlisch. Das Scharren der Stuhlbeine auf den Steinfliesen ließ ihn aufblicken. Die alte Frau erhob sich langsam, bevor sie im Topf rührte. Sie wankte zur Ecke, in der ein paar Holzkisten standen, kramte in einer davon und kehrte mit zwei Äpfeln an den Tisch zurück. »Hier, iss was Frisches.«

Er verschlang das Brot, folgte mit dem Apfel. Die Schale war faltig, aber das Innere war noch saftig und voller Aroma. Wann hatte er zuletzt einen Apfel gegessen?

Sie lehnte sich auf ihrem Stuhl zurück. »Ich habe die Kartoffeln vor drei Jahren aufgegeben. Ich konnte den Acker nicht mehr bewirtschaften. Jetzt scheint es eine gute Entscheidung gewesen zu sein.« Sie schüttelte den Kopf und blickte zu dem kleinen Fenster. »Die Kartoffeln machen das Land kaputt.«

»Haben Sie Kinder?« Unfähig, sich zu bremsen, griff Davin nach dem zweiten Apfel.

Der Blick der Frau kehrte zu ihm zurück. »Ich hatte mal ein kleines Mädchen, Myra war erst vier, als sie starb. Sie bekam Fieber und ist einfach verbrannt.« Ein rauer Seufzer entkam ihr. »Es hört nie auf, wehzutun. Danach bekam ich keine Kinder mehr – ein Segen und ein Fluch.«

»Es tut mir leid, ich bin der Einzige in meiner Familie. Ma' hat nie –«

»Ist besser so. Sieh dir an, was diese Hungersnot anrichtet.

EIN SCHIMMER AM HORIZONT – ZWISCHEN DEN WELTEN

Ganze Familien sterben, wer noch einen Funken Verstand hat, geht.« Sie beugte sich vor und sah ihn genau an. »Du solltest fortziehen, Junge, solange du noch kannst. Geh weit weg. Irland liegt im Sterben.«

»Meine Eltern brauchen meine Hilfe.«

»Du könntest ihnen mehr helfen, wenn du ein gutes Leben hättest. Ich bin sicher, dass sie sich das für dich wünschen. Diese Engländer«, schimpfte die alte Frau, »sie verdienen unsere Hilfe nicht. Alles, was sie tun, ist, uns zu Sklaven zu machen.«

Davin nickte. Sie hatte recht, aber was konnte er tun? Er musste Geld verdienen ... und zwar schnell. Der Grundbesitzer würde nicht warten.

Die Frau richtete sich wieder auf und schöpfte den dampfenden Haferbrei in zwei Schüsseln. Sie gab in jede einen Löffel von etwas Rotem und reichte ihm seine Portion. »Brombeermarmelade.«

Sie aßen schweigend, ab und zu warf Davin einen Blick auf die alte Frau ihm gegenüber. Sie schien weit weg zu sein, wahrscheinlich in Gedanken bei ihrem verlorenen Kind oder ihrem toten Mann. Er kratzte die Schüssel aus und lehnte sich schließlich zurück. Sein Magen drückte, denn er war so satt, wie er es seit Monaten nicht mehr gewesen war.

»Danke, dass Sie Ihren Tisch mit mir teilen und mir helfen«, sagte er. Schon verspürte er den Drang, sich auf den Weg zu machen. Bis sein Blick auf den Balken über der Eingangstür fiel. Er sah morsch aus, das Holz grau und weich. Es würde nur eine Frage der Zeit sein, bis die Fassade des Hauses einstürzen würde.

»Ich könnte das für Sie reparieren.« Er zeigte auf die Wand. »Wenn Sie noch anderes Holz haben, um den Balken zu ersetzen.«

Die Frau winkte abweisend. »Lass gut sein, Junge. Irgendwie freue ich mich darauf, dass dieses Leben vorbei ist.«

Davin erhob sich. »Ich werde Ihnen ewig für Ihre Hilfe dankbar sein. Stellen Sie sich vor, das Haus wäre verlassen gewesen.« Er nahm die Hände der alten Frau, klein und faltig wie ihr Gesicht, in seine. »Sie sind alt, einsam ... aber heute waren Sie meine Sonne.«

Die dunklen Augen der alten Frau leuchteten, und es war sogar ein Hauch von einem Lächeln zu sehen. »Du bist ein guter Junge mit einem guten Herzen. Sieh im Schuppen nach ... hinter dem Hühnerstall.«

Es war früher Nachmittag, als er aufbrach, sein Rucksack gefüllt mit einem Laib Brot, sechs Äpfeln, vier gekochten Eiern und einem

Stückchen Käse. Er hatte Zeit verloren, und doch fühlte er sich gut, eine Freundin gefunden und der alten Frau vielleicht etwas Freude bereitet zu haben. Sie hatten sich gegenseitig geholfen und ein wenig Wärme in diese raue Welt gebracht.

In der Abenddämmerung erreichte er Mallow. Die Hauptstraße der Stadt war menschenleer, der Wind hatte stellenweise meterhohe Schneewehen aufgetürmt. Davin suchte nach einem geöffneten Laden und fand einen größtenteils leeren Pub namens The Olde Fiddle, in dem es genauso düster war wie draußen.

»Gibt es in der Stadt eine Suppenküche?«, fragte er. »Oder eine Scheune zum Übernachten?«

Der Wirt kratzte sich an der Nase. »Nicht von hier, nehme ich an.«

»Skibbereen, auf dem Weg nach Dublin.«

»Kannst im Rathaus nachfragen, aber das ist wahrscheinlich schon geschlossen.« Er warf einen Blick auf die Wanduhr. »Murphy gibt dir vielleicht einen Platz, wenn er dein Gesicht mag.«

»Wo finde ich diesen Murphy?«

»Der alte Kauz lebt einen Kilometer außerhalb der Stadt. Achte auf die Steinmauern auf der rechten Seite. Kannst ihn nicht verfehlen.«

Davin beobachtete sehnsüchtig, wie der Mann einem Gast Bier einschenkte. Die Pfundnote an seiner Brust raschelte. Es wäre so einfach ...

»Möchtest du etwas bestellen?« Der Wirt sah ihn erwartungsvoll an.

»Tut mir leid, nein, ich bin schon unterwegs.«

Der Wind draußen erfasste ihn erneut, als er rechts in die Main Street einbog. Fast alles war geschlossen, auch das Rathaus. Er schnüffelte, aber es gab keine Anzeichen für eine Suppenküche oder selbst Menschen, die wie er auf der Straße unterwegs waren. Wo waren nur alle?

Es war dunkel, als er auf die Landstraße einbog, der Viertelmond spendete kaum genug Licht, um ihn auf der Straße zu halten. Er hätte früher anhalten, hätte nach einer Scheune Ausschau halten sollen. Jetzt war es zu spät. Wie, um alles in der Welt, sollte er Steinmauern bemerken – die Hälfte der irischen Straßen und Weiden hatte welche –, wenn er kaum seine eigenen Füße sehen konnte?

Er stolperte vorwärts und wünschte sich zurück in das Haus der alten Frau, wo er die Öffnung abgestützt, das alte Holz entfernt und einen neuen Querbalken angefertigt hatte. Er war stolz darauf gewesen, wie gut er sich in den Raum einfügen würde. Die Alte hatte ihm angeboten, über Nacht zu bleiben und am nächsten Morgen ausgeruht weiterzuziehen, aber er hatte abgelehnt, weil er wieder einmal Angst gehabt hatte, mit der Wanderung zu viel Zeit zu verschwenden, anstatt seinen Lebensunterhalt zu verdienen, um seine Eltern zu retten. Jetzt befand er sich deswegen in einer misslichen Lage. Die Temperaturen waren weit unter den Gefrierpunkt gefallen, und wenn er keinen Unterschlupf fand, würde er erfrieren.

Du bist ein verdammter Idiot, Davin. Kannst du nicht ein einziges Mal vorausdenken? Er blickte in den Nachthimmel, wo sich eine Wolke am Mond vorbeischob. In den sich vertiefenden Schatten erkannte er den Weg und eilte weiter. Zu seiner Rechten befand sich keine Felswand, vielmehr schien alles um ihn herum eine schwarze Leere zu sein, die ihn zu verschlingen drohte. Er würde sich irgendwohin verirren, und im Frühjahr würde irgendein Bauer einen erfrorenen und ausgemergelten Körper finden. Im Geist sah er die Toten, an denen er auf der Straße vorbeigekommen war, von denen einige sich noch bewegt hatten, aber so schwach gewesen waren, dass sie genauso gut Leichen sein konnten. Wenn er nicht aufpasste, würde er eine von ihnen werden.

Dichtere Wolken schoben sich vor den Mond, und es wurde wieder stockdunkel. Davin hielt inne und wusste nicht, was er tun sollte. Wenn er in die Stadt zurückkehrte, seine Pfundnote anbrach, könnte er den Wirt um einen Platz im Lagerraum bitten. Er schaute über seine Schulter und schüttelte den Kopf. Als er seinen Blick wieder nach vorn richtete, bemerkte er ein winziges Glitzern zu seiner Rechten. Er blinzelte, weil er dachte, er hätte sich getäuscht. Aber das Glitzern war immer noch da. Er schloss die Augen und öffnete sie wieder.

Da draußen war etwas, eine Lichtquelle. Er stolperte vorwärts und prallte gegen einen Stein, Schmerz schoss sein Knie hinauf, aber das war egal. Das musste die Mauer sein. Er tastete nach dem rauen Stein, der an seiner Hüfte endete, drehte sich zur Seite, berührte mit einer Hand die Mauer und taumelte vorwärts. Immer wieder blinzelte er, um sicherzugehen, dass er das Licht noch sah, das sich nicht bewegte und langsam größer wurde.

Die Mauer endete, und er steuerte geradewegs auf das Licht zu, einen Arm ausgestreckt, für den Fall, dass er auf ein weiteres Hindernis stoßen würde. Irgendetwas roch nach Dung, und seine Ohren nahmen das Rascheln von Tieren wahr, vielleicht Ziegen oder Schafe. Aber er hatte nicht die Kraft, sich in eine weitere Scheune zu schleichen. Das Licht wurde heller, und er erkannte die Umrisse eines Fensters ... und dann einer Tür. Er hatte das Haus von jemandem erreicht.

Ohne zu zögern, klopfte er. »Hallo?«

Nach einer gefühlten Ewigkeit flog die Tür auf, und der Lauf einer Schrotflinte richtete sich auf ihn. »Was willst du? Hau ab.«

»Tut mir leid, Sir, ich bin ... Der Wirt ...« Davin versuchte, sich an den Namen der Kneipe zu erinnern, aber sein Gedächtnis war leer.

»Hat der Mistkerl wieder einen Bettler geschickt?« Der Mann, gekleidet in eine schlecht sitzende Hose, eine geflickte Jacke und mit grauen Stoppeln am Kinn, beäugte ihn misstrauisch.

»Ich brauche kein Essen, nur irgendwo ein bisschen Stroh. Es ist furchtbar kalt heute Nacht.« Wie um seine Worte zu unterstreichen, schleuderte ein Windstoß die Tür gegen die Wand.

»Verdammter Winter«, brummte der Mann und beobachtete ihn immer noch. War da eine Erweichung in seinen Augen? Davin konnte es nicht sagen.

»Ich bin auf dem Weg nach Dublin und suche Arbeit als Zimmermann, um den Hof meiner Eltern zu retten. Ich heiße Davin, Sir.«

»Davin, eh?« Der Lauf des Gewehrs senkte sich zitternd. Mit einer schnellen Bewegung, viel schneller als Davin es für möglich gehalten hatte, winkte der Mann ihn herein. »Komm rein, bevor ich das bisschen Wärme verliere.«

Die Hütte erinnerte Davin an das Haus der alten Frau, ein einziger Raum mit einer steinernen Feuerstelle. Er ging zum Feuer, um seine tauben Finger zu wärmen.

Ein kleines Lächeln schlich sich auf sein Gesicht – offensichtlich hatte er die Inspektion bestanden.

KAPITEL NEUN

Mina

Die Stunden vergingen in Zeitlupe, während Mina und Augustas Familie auf die Rückkehr der Männer warteten. Mina beobachtete, wie Hunderte von Reisenden das Gasthaus betraten und mit enttäuschten Gesichtern herauskamen, während andere mit einem Gefühl der Überlegenheit einzogen.

Mina wollte ihnen in ihre arroganten Gesichter schlagen, aber wer war sie schon, dass sie die Motive anderer infrage stellte? Dank Roland war ihre Reise nichts weiter als eine kopflose Flucht.

Als Augustas Vater und Roland zurückkehrten, war es bereits Nachmittag.

»Ich konnte eine Passage in drei Tagen bekommen.« Stefan wirkte niedergeschlagen. »Bis dahin ist jedes Schiff ausgebucht. Sie setzen sogar kleine Boote ein, aber es reicht nicht.« Er sah seine Familie und Mina an. »Was ist hier los? Warum seid ihr immer noch hier draußen?«

Augustas Mutter klatschte in die Hände. »Oh, du Narr, wir warten natürlich auf dich. Meinst du, es gibt noch freie Zimmer, wenn alle Schiffe ausgebucht sind?«

Roland zog Mina zur Seite. »Wir müssen uns unterhalten.«

Während Augustas Familie darüber beriet, wie es weitergehen sollte, trat Mina zu Roland. »Ich konnte keine Fahrkarten buchen«, sagte er, ohne ihr in die Augen zu sehen. »Es sind mehr als drei Taler pro Person.« Er zuckte mit den Schultern. »Ich habe sie nicht.«

Wusstest du das nicht, bevor wir wegliefen, wollte Mina schreien.

EIN SCHIMMER AM HORIZONT – ZWISCHEN DEN WELTEN

Stattdessen starrte sie den Mann an, den sie geheiratet hatte und der sich als ganz anders herausstellte, als sie erwartet hatte. »Warum gehen wir dann nicht nach Hause? Es sind doch nur ein paar Tage.« Roland packte sie am Oberarm und drückte zu. »Nein!« Mina riss sich los. »Du tust mir weh.«
»Begreif doch endlich, dass wir ein *neues* Leben beginnen.«
»Ohne Geld und jegliche Planung geht das nicht.«
Roland funkelte sie wütend an, als wäre es ihre Schuld, dass sie sich in dieser Lage befanden. Mina starrte zurück, was ihn zu überraschen schien. Er senkte den Kopf und murmelte: »Ich finde einen Weg. Ich kann nicht zurückkehren, verstehst du das nicht?«
Mina massierte ihren Arm. »Was ist in dieser Nacht wirklich passiert?«
Anstatt zu antworten, beobachtete Roland Augustas Familie, die immer noch zusammenkauerte. »Ich könnte Stefan um ein Darlehen bitten, aber ich bin mir nicht sicher, ob er genug Geld übrig hat.«
»Wie willst du das zurückzahlen?« Es war Mina einfach rausgerutscht.
Roland beugte sich vor und zischte ihr ins Ohr: »Ich werde tun, was ich will, Frau. Halt dich da raus.«
In diesem Moment kamen Augusta und ihre Familie ihnen entgegen.
»Wir laufen ein Stück zurück und suchen uns eine Bleibe für die nächsten Tage. Wollt ihr mitkommen?«, fragte Augusta, die schon wieder grinste.
Roland brachte ein wenig Abstand zwischen sich und Mina und erklärte laut: »Natürlich, wir können hier nichts tun.«
Kaum waren sie losgegangen, kehrte Roland an Stefans Seite zurück, während Augusta sich neben Mina gesellte. »Ich habe gehört, dein Mann hat keine Fahrscheine gekauft.«
»Er hatte nicht genug Geld.« Sie dachte an die Goldmünze, die auf ihrer Brust ruhte und mit der sie die Fahrkarte leicht hätte kaufen können. Sie lächelte grimmig und war froh, dass sie auf demselben Weg zurückliefen, wie sie gekommen waren.
Wenn Augusta überrascht war oder sich fragte, warum Mina und Roland hier waren, wenn sie es sich doch gar nicht leisten konnten, ließ sie es sich nicht anmerken. Sie unterhielten sich über Lieblingsspeisen, Kochen und die Strapazen des Reisens, über das Wetter und die schrecklichen Ernten. Es war, als wäre Augusta die Schwester, die Mina nie gehabt hatte. Sie würde sie vermissen, wenn

sie nach Hause gingen.

Sie fanden schließlich ein Zimmer im Gasthaus zum Ochsen, fast zwei Stunden zurück. Jeder andere Ort war voll, nicht einmal ein Platz in einem Nebengebäude war noch frei.

Während Augusta und ihre Familie in den Gasthof zogen, mieteten Roland und Mina eine Unterkunft in der Scheune. Es war nicht viel, aber es war ein Dach über dem Kopf, und Mina war von der langen Wanderung erschöpft. Sicherlich würde Roland sehen, wie verrückt seine Pläne waren, wenn er sich nicht einmal die einfache Fahrt auf dem Rhein leisten konnte.

Augustas Vater hatte sie zum Abendessen eingeladen, und so trafen sie sich wieder im Gasthaus. »Es gibt Kartoffelsuppe und Hirschbraten«, verkündete Stefan. Er bestellte sechs Portionen, Bier für Roland und sich und Apfelwein für die Frauen.

Mina hatte seit Jahren nicht mehr so gut und ausgefallen gegessen, nicht mehr, seit sie an ihrem sechzehnten Geburtstag mit ihren Eltern ausgegangen war. Sie war bald satt, das ungewohnte Fleisch und die Knödel lagen ihr schwer im Magen.

Zu ihrem Entsetzen bestellte Stefan weitere Runden Bier. Roland hatte glasige Augen und redete so schnell, dass sie vor Verlegenheit am liebsten unter den Tisch gesunken wäre. Sie sehnte sich nach einem Bett und hoffte, am nächsten Morgen nach Hause aufbrechen zu können.

Irgendwann blieb der Kellner stehen und wies auf einen anderen Gast mit Bart und lockigem grauen Haar. Zu Minas Überraschung stand Roland auf und wobbelte auf den Mann zu.

»Was macht er bloß?«, fragte Mina Stefan über den Tisch hinweg. Sie saß zwischen Augusta und ihrer Mutter auf der Bank und hatte im Lärm des Gastraumes nicht verstanden, was der Kellner gesagt hatte.

»Anscheinend ist dieser Mann ein Agent von Hapag-Lloyd, Sie wissen schon, der Reederei.«

Mina saß da, während sich das Essen in ihrem Bauch auszudehnen schien. Der Druck war so groß, dass sie sich entschuldigte und zum Plumpsklo eilte, wo sie ihr Essen erbrach. Ihre Beine fühlten sich schwer wie Steine an, und sie wollte sich nur noch hinlegen. Aber das kam nicht infrage. Nicht, während Roland sie in die nächste Katastrophe stürzte.

Sie zwang sich, in den Gastraum zurückzukehren, weil sie Angst hatte, was sie dort vorfinden würde. Roland saß dem Agenten immer noch gegenüber und las irgendein Flugblatt. Er nickte, während der bärtige Mann weiterredete.

»Hier ist sie«, rief Roland, als er Mina entdeckte. »Setz dich zu uns, meine Liebe. Ich möchte dir *Herrn* Singer vorstellen. Das ist Mina, meine Frau.« Der Mann tippte an seinen Hut, bevor er Roland zunickte. Ein weiteres halbleeres Bier stand vor ihm.

»Ich habe Herrn Peters erklärt, dass wir mit einer Reihe von Interessenten in Amerika zusammenarbeiten, die junge, fähige Arbeitskräfte wie Ihren Mann suchen.« Der Agent lächelte und nahm einen Schluck aus seinem Becher. »Wenn Sie mit dem Redemptioner-System vertraut sind, bieten wir Ihnen eine kostenlose Überfahrt nach New York und an Orte wie Ohio und Indiana, wo Sie ein neues Leben in Freiheit und Wohlstand beginnen können. Das Land ist reich, der Boden bringt gute Ernten, Sie können sich bewegen, wohin Sie wollen und Ihr eigenes Wild erlegen. Es ist ein Paradies, Sie werden sehen.«

Roland tätschelte Minas Hand. »Wir werden nie wieder hungern müssen.«

»Wie lange müsste mein Mann für diesen Interessenten arbeiten?«

Der Mann kratzte sich am Bart. »Vier Jahre, nehme ich an, wenn man bedenkt, dass Sie erst nach Bremerhaven kommen müssen.«

»Das scheint eine lange Zeit zu sein.« Mina musterte den Mann, der ihr wie ein billiger Hausierer vorkam. Auf der anderen Seite des Ganges erhoben sich Augusta und ihre Familie. Mina schämte sich sofort, denn sie waren nicht nur gegangen, nachdem sie zum Essen eingeladen worden waren, sondern Roland ignorierte sie auch noch völlig.

Augusta warf ihr einen neugierigen Blick zu. »Wir gehen schlafen.« Diesmal gab es kein Lächeln, sondern ein müdes Nicken, als wolle sie Mina warnen.

»Es tut mir leid«, beeilte sich Mina, zu sagen.

Augustas Hand landete auf ihrem Unterarm. »Pass auf dich auf.« Dann war sie weg.

»... erhalten Sie am Ende eine Bonuszahlung, ein Stück Land«, sagte der Agent gerade. »Dann können Sie sich niederlassen, ein Haus bauen, Mais und Weizen anbauen.«

»Nur vier Jahre.« Roland leerte seinen Becher. »Die vergehen im Nu.« Er tätschelte erneut Minas Hand und nickte enthusiastisch.

»Packen wir es an, wo soll ich unterschreiben?«

»Können wir nicht erst darüber nachdenken?« Mina spürte, wie ihr die Panik die Luft abschnürte. »Morgen entscheiden?«

Der Agent zog eine Taschenuhr hervor und runzelte die Stirn. »Werte Frau, morgen bin ich in Heidelberg.« Er lächelte, und Mina erkannte die Lüge in seinen Augen. »Es gibt Tausende, die sich für diese einmalige Gelegenheit interessieren.«

»Sie weiß nicht, wovon sie spricht.« Roland drückte ihre Hand so fest, dass ihr der Schmerz bis zum Ellbogen hochschoss. »Ich bin bereit.«

Mina sah hilflos zu, wie Roland seinen Pass entfaltete und ihn dem Mann reichte.

»Was ist mit der Auswanderungsgenehmigung?«

Roland sah Mina an, die den Kopf schüttelte. »Wir haben keine … Es war eine schnelle Entscheidung.« Er lächelte den Agenten an, als seien sie dicke Freunde.

Mina hielt den Atem an. Das war ihre Chance. Ohne das richtige Dokument würden sie nicht gehen können.

»Ich verstehe«, unterbrach der bärtige Mann ihre Gedanken und lächelte. »Keine Sorge, Sie würden nicht glauben, wie viele Leute *das* vergessen.« Er senkte den Kopf und notierte Rolands Daten auf einem offiziell aussehenden Papier und in einem kleinen Buch. Dann streckte er einen Arm über den Tisch, winkte mit dem Zeigefinger. »Und Ihre Papiere, Frau Peters.«

Mina sah den Agenten an, dann Roland, dessen Augen vor Alkohol und Aufregung glänzten. Beide nickten ihr zu. Einen Moment lang dachte sie daran, aufzustehen und zu gehen oder sich einfach zu weigern. Aber sie wusste, dass Roland das nicht zulassen würde, gewalttätig werden und eine Szene machen würde.

Ganz langsam griff sie in die kleine Tasche, die sie unter ihrem Kleid auf der Brust trug. Ihre Hände zitterten, als sie das Papier herauszog und es entfaltete. Eine Münze, glänzend und golden … ihr Dukat, der Notgroschen, den sie seit ihrer Hochzeit aufbewahrt hatte, rollte auf den Tisch.

Bevor sie ihn aufheben konnte, schnappte Roland die Münze, biss darauf und gab einen Laut von sich, den sie nicht kannte.

»Du Schlampe, du …«, begann er, bevor er sich wieder fing. Die Augen des Agenten waren groß geworden. Mina war sich sicher, dass es Gier war, aber dann war sie zu sehr damit beschäftigt, ihre Panik zu verbergen.

»Er gehört mir.« Sie streckte die Hand aus. »Bitte gib ihn zurück.«

Ein verschlagenes Grinsen erschien auf Rolands Gesicht. »Ich gehe jeden Tag zur Arbeit, während meine Frau Goldmünzen besitzt?«

»Es war ein Geschenk meines Vaters«, flüsterte Mina. »Für mich allein, falls ich jemals in Schwierigkeiten geraten sollte.«

»Warum solltest du in Schwierigkeiten sein? Du bist mit mir verheiratet.«

Genau deshalb. Hilflos sah Mina zu, wie Roland die Münze in seine Jackentasche steckte. »Ich werde sie für dich aufbewahren. Wir wollen schließlich nicht, dass irgendein Vagabund sie stiehlt.« Wieder das Grinsen. »Und jetzt lass uns den Papierkram erledigen.«

Der Agent schrieb Minas Daten auf und übergab Roland das Dokument. »Dieses Papier besagt, dass Sie im Gegenzug für Ihre Überfahrt nach Amerika vier Jahre lang für die Delta Iron Forge in Fort Wayne arbeiten werden. Unterschreiben Sie hier.«

Roland mühte sich mit seiner Unterschrift ab. »Ich denke, das sollte gefeiert werden, meinen Sie nicht?« Er winkte dem Wirt, der mit zwei weiteren Bechern erschien.

Mina fühlte sich verloren. Wenn sie sich zwang aufzubleiben, könnte sie Roland beobachten, aber sie war so erschöpft, dass sie kaum die Augen offen halten konnte. Außerdem würde er tun, was er wollte, egal, was sie sagte. »Ich lege mich hin.«

Sie rutschte von der Bank, als der Raum sich zu drehen begann, und erwischte mit ihrer rechten Hand gerade noch die Tischkante. Sie blinzelte zweimal und wartete, bis sich die Wände beruhigt hatten. Roland hatte es nicht einmal bemerkt. Er plauderte mit dem Agenten, als wären sie die besten Freunde.

Trotz ihrer Erschöpfung konnte sie nicht schlafen. Wieder lag sie in einem Raum mit zwei Dutzend Fremden, und die Decke war viel zu dünn, um die Kälte abzuhalten. Noch schlimmer war die Ungewissheit, was Roland tun würde, wenn er zurückkam.

Ein Schrei weckte sie. Irgendwo in der Dunkelheit knurrte eine Frau Beleidigungen. »… Trunkenbold … unschuldige Frau … Du solltest dich schämen.«

Mina erkannte Rolands trunkene Stimme. »Tut mir leid, habe mich geirrt.« Ein Schatten erschien, und Roland sackte neben ihr ins Stroh. »Du hättest mir ein Zeichen geben können.«

Im nächsten Moment rollte er sich auf den Rücken und begann

zu schnarchen, während Mina dem Geflüster ihrer Nachbarn lauschte und ihren Mann verfluchte.

Wo immer er auftauchte, machte er sich unbeliebt, und nun hatte er ihre Zukunft verspielt.

KAPITEL ZEHN

Davin
Davin brach am nächsten Morgen auf, nachdem der alte Mann das Frühstück zubereitet und ihm Brot und ein Stück Butter auf den Weg mitgegeben hatte. Ihm wurde bewusst, wie viel Glück er gehabt hatte, denn es hatte die ganze Nacht geschneit. Eine flauschige weiße Decke lag über der Landschaft, sodass er Mühe hatte, sich zu orientieren. Er hätte erfrieren können, Idiot, der er war. Warum plante er nicht sorgsamer? Sonst würde er es nie nach Dublin schaffen, ganz zu schweigen von der Eisenbahn in England.

Der zinngraue Himmel am Horizont versprach weiteren Schnee. Entlang eines Feldes bemerkte er die Form eines menschlichen Körpers unter dem Schnee. Wer auch immer es war, für ihn kam jede Hilfe zu spät. Er war schwach und desorientiert herumgeirrt und hatte schließlich aufgegeben.

Der alte Mann hatte Davin angeboten, ihn für eine weitere Nacht zu beherbergen, um das Wetter abzuwarten, aber Davin hatte abgelehnt. Er war ohnehin langsam, da ihm der Schnee bis zu den Waden reichte und jeder Schritt zusätzliche Energie erforderte. Wer reiste bei diesem Wetter? Aber seinen Eltern lief die Zeit davon.

Er kam an vereinzelten Bauernhöfen vorbei, an ein paar Häusern, die offensichtlich verlassen waren, nicht mehr als graue, leblose Hütten mit einem Strohdach und ohne Rauch im Schornstein, umgeben von nichts als eisigem Weiß. Gegen Mittag begann es wieder zu schneien. Es würde keine größere Stadt geben, was bedeutete, dass es keine Suppenküche gab. Er würde sich auf die Freundlichkeit von Fremden verlassen oder auf sein Glück vertrauen müssen, um eine geeignete Scheune zu finden, am besten mit Tieren zum Heizen. Die Pfundnote unter seinem Hemd raschelte. So weit, so gut. So wie er aussah, vermutete niemand, dass er überhaupt Geld besaß.

Während er den Weg entlangstapfte, musste er an die Kneipe denken, an die Szene mit Finn und daran, wie dumm er gewesen war, mit seinem Geld herumzufuchteln. Er versuchte, sich an die Männer zu erinnern und daran, ob einer von ihnen sich verdächtig verhalten hatte, aber seine Erinnerung blieb verschwommen.

Am frühen Nachmittag machte er Pause, aß zwei Äpfel und etwas Brot mit Butter. Er würde noch einen Tag überstehen, wenn er seine Vorräte ausdehnte, aber er würde auf jeden Fall wieder eine Unterkunft brauchen. Als er um eine Biegung der Straße kam, bemerkte er einen dunklen Fleck am Horizont. Jemand lief wie er in Richtung Norden.

Innerhalb einer Stunde holte er die einsame Gestalt ein. Es schneite jetzt stärker, was durch den Wind noch verstärkt wurde, und die Flocken krochen ihm unter den Kragen und kühlten ihn weiter ab.

»*Dia duit*, Sir«, rief er, um den Wanderer nicht zu erschrecken.

Als sich der Mann umdrehte, blinzelte Davin. Er erkannte das karierte Halstuch, das gerötete Gesicht. Es war der Mann, der ihn nach dem Überfall angesprochen hatte. »Malcolm, richtig?«

Malcolm sah ihn an und blinzelte. »Der Junge mit der Kopfwunde. Wieso treibst du dich an diesem schönen Tag hier herum?«

»Gehe nach Dublin, dann rüber nach Liverpool.«

»Endlich ein Reisegefährte, auch wenn ich nicht so schnell bin wie du.« Als sie ihren Weg fortsetzten, bemerkte Davin den sperrigen Rucksack, den Malcolm trug. »Ich bin Kesselflicker, weißt du, ein rechtschaffenes Handwerk. Nur ist es das schlimmste Jahr aller Zeiten. Die Menschen haben kein Geld mehr, sie haben kaum oder gar nichts zu essen – wozu brauchen sie Töpfe zum Kochen? Jeden Tag komme ich an Leichen vorbei, es ist eine Schande.«

Trotz des eisigen Windes und der Schneeflocken, die sie trafen, redete Malcolm weiter, und Davin war froh über die Ablenkung.

»Ich fürchte, wir müssen umkehren«, sagte Malcolm nach einer Weile und blinzelte in den dunkler werdenden Himmel. »Den Weg hinauf gibt es ein leerstehendes Haus. Es ist nicht viel, aber es wird den Wind abhalten.«

Sie verbrachten eine erbärmliche Nacht, zusammengekauert an der Wand. Es gab kein Feuerholz, nur ein bisschen schmutziges Stroh, während der Wind um das kleine Haus heulte. Davin stellte sich vor, wer hier gelebt hatte. Eine Familie mit Kindern oder ein altes Ehepaar, auf jeden Fall hatten sie nichts hinterlassen, nicht einmal ein Stück Holz. Der Raum fühlte sich leer an, und doch spürte er die Anwesenheit der früheren Bewohner. Wahrscheinlich waren sie vor kurzem umgezogen oder gestorben, ein weiteres Opfer der Hungersnot. Seine Zehen waren in den nassen Schuhen taub, sein Körpers schien von einer Gänsehaut überzogen zu sein. Nach einer Weile stand er auf, stampfte mit den Füßen und schwang die Arme wie die Flügel einer Windmühle. Die einzige Decke, die er bei sich trug, war diesen Temperaturen nicht gewachsen. Malcolm saß einfach zusammengekauert in seinem übergroßen Mantel – er schien viel härter im Nehmen zu sein.

Es stellte sich bald heraus, dass Davin Glück hatte, denn Malcolm kannte jedes Haus, jeden Bauernhof, jede Scheune und jeden Laden entlang des Weges. Manchmal rasteten sie, während er anbot, die Töpfe und Pfannen, Eimer und Tröge der Leute zu reparieren. Wenn Malcolm erfolgreich war, blieben sie ein oder zwei Tage, während Malcolm Feuer machte und mit Zinn und Kupfer zauberte. Davin hasste es, zu warten, aber er hatte zu viel Angst, allein weiterzuziehen. Der Winter hatte gerade erst begonnen, aber schlimmer noch, er fürchtete sich vor der Einsamkeit und der Ungewissheit.

Hier und da konnten sie übernachten und bekamen eine Mahlzeit als Bezahlung, ein anderes Mal sammelte Malcolm ein paar Farthing, eine Handvoll Zwiebeln oder Brot. In diesen Tagen war alles besser als nichts – jeder musste den Gürtel enger schnallen.

Die Hauptsache war, dass er bei diesem Wetter am Leben und in Sicherheit blieb. Sie kamen an mehreren Steinbrüchen vorbei, in denen Männer Steine für den Bau oder die Reparatur von Irlands Straßen abbauten. Die Männer sahen elend aus, und als Davin sie fragte, bestätigten sie, was er bereits vermutet hatte. Die Arbeit reichte gerade aus, um den Magen zu füllen, aber sicher nicht, um die Miete für seine Eltern zu bezahlen.

In Mitchelstown blieben sie zwei Tage. Davin machte die Ladenbesitzer und Einwohner auf Malcolms Anwesenheit aufmerksam, die ihrerseits ihre Töpfe und Pfannen zur Reparatur zu ihm brachten. Er fragte sogar an der Burg, einem riesigen Anwesen, das von einem der Grafen von Kingston bewohnt wurde, aber der Butler wies ihn sofort an, das Gelände zu verlassen.

Typisch, dachte Davin, als er durch den Schnee zurückstapfte. Malcolm hatte sich in einem Pferdestall eingerichtet und benutzte das Feuer des Schmieds, um die Metalle zu schmelzen. Davin half, indem er Töpfe und Eimer im Auge behielt, die Bezahlung einkassierte und eine Liste führte. Er reparierte sogar einen Stützbalken, der vor einer Woche Feuer gefangen hatte und einzustürzen drohte.

Abends, nach einer deftigen Suppe in der örtlichen Kneipe, blieben sie dort, ausnahmsweise im Warmen.

»Das ist ein gutes Arrangement, mein Junge«, sagte Malcolm, als sie sich, in Decken gehüllt, um das Feuer herum niederließen. Davin hatte eine flache Plattform aus Stroh darunter gebaut, und sie fühlte sich fast so bequem an wie sein Bett. »Du informierst die Leute und bietest ein paar Tischlerarbeiten an, ich mache meine Töpfe und Eimer.«

»Es dauert zu lange«, sagte Davin in die Dunkelheit.

»Du hast ein Drittel des Weges geschafft, Junge. Auf der Straße muss man mit dem Strom schwimmen, vor allem im Winter.«

Aber ich muss Geld verdienen, wollte Davin sagen, *für meine Eltern*. Stattdessen schloss er die Augen. Er wurde das Gefühl nicht los, dass das Schicksal ihn auf eine Reise mitnahm und dass er, egal, was er plante, keine Kontrolle hatte.

KAPITEL ELF

Mina
Minas Vater winkte, während er auf ein Pferd stieg und Minas Wagen folgte, der mit Möbeln und Hausrat beladen war. Neben ihr schwang ein Mann, den sie nicht erkannte, die Peitsche und rief dem Pferdegespann ein Kommando zu. Er sagte etwas, doch seine Worte wurden von den Pfiffen und Rufen der anderen Wagen übertönt. Vorn und hinten schlich die Karawane von Hunderten von Reisenden über die Prärie, am Horizont stiegen sanfte Hügel und in der Ferne schneebedeckte Berge in die Höhe. Mina zog den Schal enger um ihre Schultern, der heulende Wind ließ sie frösteln. Hoffentlich würden sie bald anhalten, um Feuer zu machen, denn auch ihre Zehen waren eiskalt.

Ein Schnauben weckte sie auf. Neben ihr lag Roland auf dem Rücken, den rechten Arm in ihrer Decke verwickelt, seine eigene Decke unter sich. Mit jedem Atemzug stieg eine Wolke von Alkoholdämpfen aus seinem Mund auf. Sie blinzelte ein paarmal, schüttelte den Traum ab und setzte sich auf. Die Scheune war bereits leer, die Reisenden waren wahrscheinlich beim Frühstück oder versuchten, einen der begehrten Plätze auf den Schiffen zu ergattern.

Sie stand auf und rieb sich die Arme, um die Kälte abzuschütteln. Die Erinnerung an die letzte Nacht kehrte zurück, an Roland, der ihr die Goldmünze abgenommen hatte, an die seltsame Mischung aus Wut und Erregung in seinem Blick. Die ganze Zeit über hatte sie sich eingeredet, dass es nur wenige Wochen dauern würde, bis er zur Vernunft käme und sie nach Hause zurückkehren konnten. Was auch immer er getan hatte, es ließ sich sicher klären.

Alles, was sie wollte, war, ihren Vater zu sehen und sich zu vergewissern, dass es ihm gut ging. Jetzt hatte Roland nicht nur dafür gesorgt, dass sie weiterreisen würden, er hatte sich auch an den Agenten und ein fremdes Unternehmen in Amerika verkauft. Und sie saß in der Falle, war gezwungen, sich ihm anzuschließen. Sie würde nie wieder nach Hause zurückkehren, nie wieder ihren Vater sehen. Der Raum verschwamm, während sie sich mühte, Heimweh und Kummer zu verdrängen.

Sie hatte wichtigere Dinge zu erledigen.

Sie sank auf die Knie und beobachtete ihren Mann. Vorsichtig zog sie die Decke, ihre Decke, auseinander, um nach seinen Taschen zu suchen, oder besser gesagt, nach dem, was darin stecken musste. *Bitte wach nicht auf. Lass mich wenigstens etwas von dem Geld retten, du hast doch sicher nicht alles ausgegeben.*

Ihre Finger wanderten über die Falten seiner Jacke, in die rechte Tasche. Nichts. Roland schnaubte erneut und murmelte etwas, bevor er wieder tiefe, gurgelnde Atemzüge machte. Mina beobachtete ihn und griff in die andere Tasche. Nichts. Blieb die Hose.

Leicht strich ihre Hand über den Stoff, bis sie glaubte, seine rechte Hosentasche gefunden zu haben. Andere Leute trugen Geheimtaschen, die sie unter ihrer Kleidung versteckten oder an ihrem Gürtel befestigten. Roland stopfte die Dinge einfach in seine Taschen, und die falsche Bewegung oder ein Taschendieb konnte ihn um seine Wertsachen erleichtern. Er hatte schon öfter Geld verloren, nicht nur durch Trinken, sondern auch durch Unachtsamkeit. Er war wie ein fünfjähriger Junge, der keinen Verstand hatte.

Ein scharfer Schmerz ließ sie aufschreien.

Roland beobachtete sie, seine Hand drückte ihre wie ein Schraubstock. Er bog ihre Finger zurück, und ihr Schrei verwandelte sich in ein Jammern. Er würde ihr die Knochen brechen.

»Was machst du da?«, fauchte er, ihre Hand immer noch festhaltend. Alkoholdämpfe vermischt mit Mundgeruch schlugen ihr entgegen. »Meine eigene Frau bestiehlt mich.«

»Ich suche nach meiner Münze.« Mina lehnte sich zurück und riss sich schließlich los. »Du hast sie genommen. Du hattest kein Recht dazu.«

Mit einer raschen Bewegung setzte sich Roland auf. »Kein Recht dazu? Wer verheimlicht mir denn etwas? Wir sind fast am

Verhungern und meine Frau trägt Dukaten? Ha! Wer weiß, was du noch alles vor mir verheimlichst.« Seine Augen trugen wieder diesen verrückten Glanz, den sie so gut kannte.

»Es war alles, was ich von meinen Eltern übrig hatte«, flüsterte Mina. »Für absolute Notfälle.«

»Wie nennst du das?« Roland machte eine ausladende Geste mit seinem Arm. »Wir hätten komfortabler reisen können, anstatt uns zu verausgaben.«

»Du hättest es schon vor Monaten für Schnaps vergeudet.« Es war heraus, bevor Mina sich zurückhalten konnte. Die Wut über Rolands Diebstahl ließ sie alle Vorsicht vergessen.

»Du kleiner Teufel«, schrie er, rollte sich auf die Knie und stand mühsam auf. Er überragte sie jetzt, bereit, sie zu schlagen.

»Mina?« Augustas Stimme klang besorgt. »Bist du wach? Wir frühstücken gerade.«

Roland riss Mina auf die Beine und gab ihr einen Schubs, sodass sie fast gefallen wäre. »Kein Wort, verstanden?«

Mina rieb sich die Augen, nicht dass sie geweint hätte, aber ihre rechte Hand brannte schmerzhaft von der harten Biegung. »Ich komme gleich, nur eine Minute.« Sie faltete ihre Decke zusammen und packte sie in ihre Tasche, fuhr mit den Fingern durch ihre Locken, um sie zu glätten. Sie hatte die mahagonifarbenen Locken ihrer Mutter, die selbst im Dämmerlicht der Scheune wie frische Kastanien leuchteten. Dann eilte sie zur Tür.

Auch ohne hinzusehen, wusste sie, dass Roland ihr folgte.

Augusta umarmte sie mit einem Lächeln, und Mina verlor fast die Beherrschung. Sie war an Rolands Beschimpfungen gewöhnt und hatte ihr Herz verschlossen, aber die Freundlichkeit einer fast Fremden war etwas, das Licht und Wärme hereinzulassen drohte. Im Moment konnte sie das nicht haben, konnte es sich nicht leisten. Sie lehnte sich zurück und nickte. »Hast du gut geschlafen?«

Augusta warf einen neugierigen Blick auf Roland, der hinter ihnen emporragte, bevor sie sich bei Mina unterhakte. »Nicht gut, fürchte ich. Ich bin einfach zu aufgeregt, und meine Gedanken galoppieren wie diese wilden Präriepferde, von denen sie sprechen.« Augusta drückte Minas wunde Hand, was sie aufstöhnen ließ. »Was ist mit dir? Was ist denn los?«

Mina zwang sich zu einem Lächeln. »Nichts. Ich bin nur müde. Es ist schwer, mit so vielen Fremden zu schlafen.« *Nicht annähernd so schwer, wie neben einem betrunkenen, diebischen Ehemann zu liegen.*

In der Gaststube herrschte reges Treiben, und die drei setzten sich zu Augustas Familie an einen Ecktisch.

Roland warf einen Blick auf das Brot und die Haferflocken, wurde blass und entschuldigte sich. Alle kannten den Grund, aber niemand sagte etwas.

Mina nickte Stefan zu. »Ich wollte mich bei Ihnen bedanken, dass Sie uns gestern Abend zum Essen eingeladen haben. Das war sehr nett von Ihnen.«

»Keine Sorge.« Stefans Lächeln verwandelte sich in ein Stirnrunzeln. »Habe ich richtig gehört, dass Roland mit dem Agenten verhandelt hat?«

»Warum lässt du Mina nicht das Frühstück bestellen, bevor du sie mit Fragen belästigst?« Augustas Mutter nickte dem Kellner zu, der am Nebentisch gerade das Geschirr abräumte.

Mina zuckte zusammen und bestellte eine Schüssel mit gekochten Haferflocken und Kräutertee, das billigste Angebot auf der Speisekarte. Wieder machte sie sich Sorgen um das Bezahlen. Wie sollten sie es sich leisten können, noch ein paar Tage zu bleiben, wenn Roland alles für Bier ausgab? Was würde geschehen, wenn sie in Bremerhaven ankamen? Sie drehte den Ring an ihrem Finger und wünschte sich zum ersten Mal, sie könnte ihn abnehmen.

Roland kam zurück, als der Kellner Minas Essen brachte. Er ignorierte sie, rutschte neben Stefan und erzählte mit lebhafter Stimme, wie er die Reise arrangiert hatte. Aus seinem Mund klang es, als hätte er das Unmögliche geschafft, denn der Agent sei so beeindruckt gewesen, dass er Roland unbedingt haben wollte, weil er so wertvoll war.

Neben Mina flüsterte Augusta. »Was ist mit deiner Hand passiert?«

Mina hatte den Löffel mit Mühe ergriffen, aber jetzt sah sie im Licht der Kerze, dass Mittel- und Ringfinger geschwollen waren und sich lila färbten. Verlegen ließ Mina den Löffel fallen und versteckte ihre Hand unter dem Tisch, woraufhin Augusta sie sanft in die ihre nahm.

»Das hat *er* getan, nicht wahr?« Augusta stand abrupt auf. »Entschuldigt uns, Mina und ich gehen auf die Toilette.« Sie führte Mina nach draußen, packte sie an den Schultern und schaute sie aufmerksam an. »Er ist nicht gut zu dir, ich wusste es. Was ist passiert?«

Mina entfuhr ein Schluchzer, ihre Kehle wurde eng. Sie

erinnerte sich an das zarte weiße Taschentuch und tupfte sich die Augen. »Ich hatte einen Dukaten für Notfälle aufbewahrt, Roland wusste nichts von … Er trinkt … Ich hatte Angst.« Sie sah Augusta in die Augen, in denen unvergossene Tränen glitzerten. »Gestern Abend ist die Münze herausgefallen, als ich meine Papiere gezeigt habe. Roland hat sie sich geschnappt.« Mina holte tief Luft, um den Kloß in ihrem Hals zu verdrängen. »Heute Morgen habe ich versucht, seine Taschen zu durchsuchen, um zu sehen, was er angerichtet, wie viel er ausgegeben hat … dabei hat er mich erwischt.«

»Darüber hat er dir fast die Finger gebrochen?« Augustas Stimme war voller Gift. »Er ist verrückt –«

»Der Alkohol macht ihn verrückt.«

»Ich spreche mit Papa. Er muss es wissen.« Augusta nahm Minas gute Hand in ihre. »Und wir sollten uns überlegen, wie wir dein Geld zurückbekommen, sonst schaffst du es nicht bis Bremerhaven. Es ist eine längere Reise, und wir müssen wieder zu Fuß gehen. Der Rhein ist nur der Anfang.«

»Dafür reicht es auf keinen Fall.«

»Ich dachte, der Agent würde helfen …«

Mina schüttelte den Kopf. »Der Agent tut nur das, was für den reichen Mann in Amerika gut ist. Er wird sich nicht um unsere täglichen Bedürfnisse kümmern.«

Als sie in den Schankraum zurückkehrten, waren Minas Haferflocken und Tee kalt, aber ihr Appetit war wieder da. Eine Freundin zu finden, gab ihr Hoffnung, auch wenn die Blicke, die Roland ihr über den Tisch zuwarf, dunkel und lauernd waren. Er saß neben Stefan an dem nun leeren Tisch.

Während Mina aß, stellte sich Augusta vor die Männer. »Papa, ich muss mit dir sprechen – unter vier Augen.«

Etwas in ihrer Stimme ließ ihren Vater überrascht aufblicken. Er entschuldigte sich und führte seine Tochter nach draußen.

»Du hältst besser den Mund«, schnauzte Roland, während er sich neben Mina setzte, die den Löffel weglegte. »Ich habe gerade gehört, dass es lange dauern wird, bis wir in Bremerhaven ankommen. Nach der Rheinstrecke müssen wir wieder laufen. Es sollen noch mindestens zwei Wochen sein. Der Agent wird –«

»Der Agent zahlt für unsere Überfahrt, nicht für alles.« Mina zwang sich, Roland anzuschauen. Seine Augen schimmerten rot, und er stank nach Schweiß. »Wie viel Geld haben wir noch?«

Roland wandte den Blick ab, als ob er sie nicht gehört hätte.
»Rede nicht so mit mir.«
»Wie denn?«
»Als ob du meine Mutter wärst. *Ich* habe das Sagen, vergiss das nicht.«
»Dann benimm dich wie ein Mann.« Stefan war schweigend an den Tisch gekommen, von Augusta war nichts zu sehen. Er war ein großer Mann mit massiven Schultern und kräftigen, fleischigen Händen. Mina hatte ihn immer lächeln sehen, aber jetzt wirkte sein Blick ernst und seine Augen hart. Er ließ sich gegenüber von Roland nieder und studierte ihn. »Diese Reise ist auch in den besten Zeiten anstrengend. Wir haben noch Monate vor uns. Wenn du dich nicht zusammenreißt, wirst du es nicht schaffen, hörst du? Du wirst erschöpft sein und an Fieber oder einer anderen Krankheit auf dem Schiff sterben.«
»Woher weißt du —«
Stefan schlug mit der Faust auf den Tisch. »Ich war noch nicht fertig. Es war deine Idee auszuwandern, richtig?«
Roland nickte.
»Dann hör mir gut zu. Du kümmerst dich um deine Frau und sorgst dafür, dass sie bekommt, was sie braucht.« Er erhob sich. »Und hör auf zu trinken.« Mit einem freundlichen Nicken zu Mina ging er.

Mina zitterte. Was würde Roland mit ihr machen, jetzt, wo es offensichtlich war, dass sie ihr Geheimnis verraten hatte? Zu ihrer Überraschung rief Roland den Kellner und bestellte Haferflocken und Tee … wie sie. Ohne sie anzusehen, aß er schweigend, dann kramte er in seiner linken Hosentasche und holte einen Groschen hervor. »Lass uns einen Spaziergang machen.«

Sie verließen das Gasthaus, ohne ein Wort zu sprechen. Es hatte aufgehört zu schneien, aber der Wind blies heftig, und Mina fröstelte bald. Roland nahm ihre Hand, blieb stehen und sah sie an.

Es war schwer zu sagen, was er dachte, seine Augen waren eine Mischung aus Bedauern, Wut und Unsicherheit. »Es tut mir leid.« Mina starrte den Mann nur an, sie fürchtete ihn nicht, noch verstand sie ihn. Es brauchte offensichtlich einen Außenstehenden, einen guten, starken Familienvater, um Roland zur Vernunft zu bringen. »Ich werde mich bessern. Alkohol«, er spuckte in den Schnee, »ist der Teufel.«

»Können wir über die Kosten sprechen?«, fragte Mina. »Ich

mache mir Sorgen, dass uns das Geld ausgeht, lange bevor –«
»Das meiste ist hier.« Roland zog eine Hand aus der Tasche, einen Haufen Münzen auf seiner Handfläche. »Ich habe gestern Abend nur wenig ausgegeben.«
»Ich möchte die Hälfte.« Mina streckte ihre Hand aus, Ring- und Mittelfinger waren jetzt wie Würste geschwollen.
»Ich ... ich wollte nicht ...«, stammelte Roland. Er drückte ihr drei Taler in die Hand. »Ich habe noch vier Groschen übrig. Wir werden von nun an sparsam sein. Ich trinke nichts mehr.«
Mina lächelte nicht, konnte nicht lächeln. Sie hatte das alles schon öfter gesehen und gehört, aber wenn es hart auf hart kam, und das war unvermeidlich, würde er Trost und Vergessen suchen. Nicht bei ihr, sondern in der Flasche. Zusammen hätten sie viel erreichen können, aber so wie es aussah, fühlte sie sich allein – ein winziges Ruderboot auf dem großen Ozean des Lebens.

KAPITEL ZWÖLF

Davin

Zwei Tage vor Weihnachten erreichten Davin und Malcolm Rathcoole. Es war nach vier Uhr und bereits dunkel, also eilten sie die einzige Straße entlang, die von Lehmhütten gesäumt war, deren Schilfdächer grau, zottelig und reparaturbedürftig waren. Ein paar Männer humpelten vorbei und zogen einen Karren mit Torf.

»Wir brauchen heute Nacht ein Bett«, rief Malcolm, als sie sie erreichten, und zeigte sein professionelles Grinsen, von dem Davin annahm, dass es den Leuten sagen sollte, dass er freundlich und harmlos war.

»Stroh reicht uns«, fügte Davin hinzu und bedauerte, dass sie sich nicht mehr beeilt hatten, um nach Dublin zu kommen. Soweit er das beurteilen konnte, waren es nur noch ein paar Stunden Fußweg bis zur Innenstadt. Aber Malcolm hatte Schwierigkeiten, am Morgen aufzustehen, seine Kniegelenke waren steif und seine Füße schmerzten. Und nicht nur das: Wann immer sie an einem Haus vorbeikamen, das bewohnt aussah, hielt er an, um seine Dienste anzubieten, obwohl es keinen Sinn ergab, für einen einzigen Kunden zu bleiben. Meistens bekam er sowieso keinen Auftrag.

Die beiden in Lumpen gekleideten Männer beäugten sie misstrauisch. »In diesen Tagen kommen viele Leute durch, die alle nach Dublin wollen. Warum versucht ihr es nicht dort?«

Malcolm zuckte mit den Schultern und behielt sein Lächeln. »Meine Herren, es ist einfach zu weit, um heute noch dort hinzukommen. Es ist hart für einen Mann, Tag für Tag bei diesem Wetter, das verstehen Sie doch sicher.«

»Wir können nicht helfen.« Der Dorfbewohner zuckte die Schultern und gab seinem Kumpel das Signal, weiterzugehen.

Davin biss sich auf die Unterlippe. Es war einfacher, zu zweit zu reisen, aber Malcolm war so schrecklich langsam. Indem er mitkam und half, hatte er seine Pfundnote gespart und sogar ein paar Münzen für sich selbst gesammelt, aber die Zeit war der Preis, den er bezahlte. Allein wäre er schon auf der anderen Seite von Liverpool gewesen, hätte wahrscheinlich bei der Eisenbahn angefangen und seinen Eltern das erste Geld geschickt.

»Vielleicht nur eine Scheune?« Malcolm rief den beiden Männern hinterher, doch die schlurften murmelnd davon.

»Dann gehen wir besser weiter.« Davin blickte in den sich verdunkelnden Himmel, erinnerte sich an die Nacht, in der er fast erfroren wäre, hätte ihn nicht das Licht zum Haus des alten Mannes geführt.

»Ihr könnt bei mir bleiben«, sagte eine Stimme. Die Tür eines der Lehmhäuser klaffte auf und gab den Blick auf eine zierliche Frau mittleren Alters frei. »Kostet einen Farthing pro Person.«

Malcolm eilte näher. »Liebe Frau, ich danke Ihnen für Ihre Gastfreundschaft. Hätten Sie vielleicht eine Suppe oder einen Tee für uns erschöpfte Reisende?«

Die Frau schüttelte den Kopf. »Kein Essen, ich kann Tee machen ... aus Brombeerblättern.«

Der Raum war kaum zehn Quadratmeter groß. Sobald sie die Tür geschlossen hatten, wurde es so düster, dass Davin mehrfach blinzelte, um nicht zu fallen. Das einzige Licht kam vom Feuer und einer einzelnen Talglampe auf einem Regal darüber. In den Dachsparren hingen Bündel von getrockneten Pflanzen, und die Frau pflückte jetzt Blätter in einen Topf.

»Ich bin hier die Hebamme und Heilerin«, sagte sie, »aber es ist ein schwieriges Jahr. Die Mütter verhungern, bevor ihre Kinder geboren werden. An manchen Tagen laufe ich nach Dublin, nur um eine warme Mahlzeit zu bekommen.«

Davin öffnete seinen Rucksack und reichte der Frau ein Stück Brot und einen Sack, die Bezahlung für einen der letzten erfolgreichen Stopps. »Vielleicht können Sie den Hafer für uns kochen? Wir teilen.«

Die Augen der Frau leuchteten auf, während sie sich am Feuer zu schaffen machte.

Davin schaute sich um, wo sie in der Enge heute Nacht schlafen sollten. Das einfache Bett an einer Wand war mit ein paar Decken bedeckt. Es machte nichts, morgen würden sie die große Stadt erreichen und er würde sich sofort nach einem Schiff nach Liverpool umhören. »Was wirst du tun, wenn wir in Dublin ankommen?«, fragte er Malcolm.

»Mich ein oder zwei Tage ausruhen und in eine andere Richtung weiterlaufen.« Der ältere Mann starrte ins Feuer. »Ein Kesselflicker ist nie mit dem Reisen fertig. Es ist Teil des Lebens.«

»Wird dir das nicht zu langweilig?« *Mühsam trifft es eher*, dachte Davin. Aber er wollte seinen alten Freund nicht beunruhigen.

Malcolm zuckte mit den Schultern, als sich ihre Blicke trafen. »Welche Wahl habe ich schon? Es ist das einzige Handwerk, das ich kenne.«

»Könntest du nicht in Dublin ein Geschäft eröffnen? Das wäre doch viel einfacher.«

»Mal schauen.« Mit einem Stöhnen zog er seine Schuhe aus und begutachtete die bläulichen Flecken an Fersen und Zehen.

»Dafür habe ich etwas.« Die Frau sortierte durch ihre Tontöpfe, roch an einem und nickte. »Ringelblumensalbe, heilt die Haut.« Sie ging zu Malcolm hinüber und sah sich seine Füße genauer an. »Nicht gut, du musst sie erst waschen.«

Es stimmte, der kleine Raum war mit dem übelsten Geruch erfüllt, nicht nur von Malcolm. Davin fühlte sich unwohl dabei, seine Stiefel auszuziehen. Er hatte sich seit seiner Abreise von zu Hause nicht mehr richtig gewaschen. Sie hatten keine Zeit, die Kleidung zu waschen und zu warten, bis sie getrocknet war.

Die Alte war wieder aufgestanden und goss Wasser in einen größeren Kessel. »Machen wir das nach dem Essen?« Sie warf einen Blick auf Davin. »Was ist mit dir, junger Mann? Ich nehme an, du hast ein paar Dinge, die dich plagen.« Sie ging zu ihm hinüber und klopfte ihm sanft auf den Hinterkopf. »Du hast eine Beule.«

Davin nickte nur, während die Erinnerung an diesen schrecklichen Nachmittag zurückkehrte. Er bekam regelmäßig Kopfschmerzen, besonders später am Tag, wenn er erschöpft war. So wie jetzt.

Die Hände der Alten fuhren sanft durch sein Haar, um den Scheitel herum und wieder hinunter in den Nacken. »Das war ein mächtiger Schlag, würde ich sagen.« Sie deutete auf die Pritsche. »Leg dich da hin, ja?«

Die Frau begann, seine Schultern zu bearbeiten, dann nach oben zur Schädelbasis bis hin zur Stirn. Sie murmelte, während sie arbeitete, schob und zog, drückte ein paarmal kräftig, dann hielt sie ihre Hände ein paar Zentimeter über ihn, und Malcolm sagte später, sie habe ihre Augen geschlossen. »Viel besser, die Energie fließt wieder. Deine Kopfschmerzen werden heute Abend vielleicht stärker, aber morgen sind sie weg.«

Sie reisten am Morgen ab und gaben der Frau beide fünf Farthing. Davin fühlte sich, als hätte sich ein Schleier von seinem Kopf gelöst, seine Sicht war klar. Er hatte sogar gut geschlafen, trotz der Enge und der schlechten Luft. Die Frau hatte Lavendelblüten zerstoßen, um den Geruch zu lindern und offenbar auch um den Schlaf zu fördern.

»Komm auf dem Rückweg vorbei«, sagte sie zu Malcolm, der sein breites Lächeln wiedergefunden hatte.

Sie klopfte Davin auf den Arm: »Leb wohl, mögen die Winde mit dir sein.«

Woher wusste sie das, dachte Davin. Sie hatten nicht über seine Pläne gesprochen, nach Liverpool zu segeln. Was auch immer sie war, sie hatte ein magisches Auge für den menschlichen Zustand. Malcolm pfiff sogar, als sie das Dorf verließen. In seinem Rucksack

trug er einen kleinen Topf mit Ringelblumensalbe.
Davin wusste, dass Malcolm zurückkehren würde.

KAPITEL DREIZEHN

Mina

Die Schlange am Rheinkai schien einen Kilometer lang zu sein, als sie darauf warteten, an Bord der Adeline zu gehen. Obwohl das Ziel Rotterdam war, würden Minas und Augustas Familien in Emmerich von Bord gehen, um die Reise nach Bremerhaven zu Fuß fortzusetzen.

Mina musterte das Schiff und den dazugehörigen Lastkahn nervös. Es war eines der modernen Dampfschiffe und würde die Strecke in weniger als vierundzwanzig Stunden zurücklegen. Sie war erleichtert, dass der Agent ihnen eine Passage auf demselben Schiff wie Augusta verschafft hatte, aber sie machte sich Sorgen wegen der beengten Verhältnisse. Bis auf den hinteren Teil des Schiffes, in dem wohlhabende Reisende unter einem Dach Zuflucht finden und bequem sitzen konnten, war das Schiff dicht mit Passagieren bepackt. Unter freiem Himmel waren sie dem Wetter ausgesetzt. Übermorgen war Weihnachten, kaum zu glauben, dass sie schon zwei Wochen unterwegs waren.

Als sie endlich die Landungsbrücke erreichten, wurden der Lärm und die Hektik noch intensiver. Der Geruch von Kohle, ungewaschener Haut und Wasser mischte sich mit der kalten Dezemberluft. Als sich die Schlange auf den Kai zubewegte, zitterte Mina und musste sich an Augusta festhalten, wobei sie ihren zu dünnen Schal enger um die Schultern zog. Sie blickte hinauf zu dem hoch aufragenden Schiff, dessen schwarzer Schornstein bereits Rauchwolken ausstieß. Es schien viel zu klein, um so viele Menschen aufzunehmen.

Immer wieder schaute sie auf die grauen Fluten, die mit erstaunlicher Geschwindigkeit gen Norden eilten. Unter anderen Umständen hätte sie den Anblick des majestätischen Flusses vielleicht genossen. Jetzt jagte ihr ein Schauer nach dem anderen über den Rücken. Nicht nur von dem eisigen Wind, der hier am Wasser noch feuchter schien. Sie hatte Angst, konnte nicht schwimmen. Und der Weg über die wackelnden Planken zwang sie unwiderruflich weiter weg von zu Hause und allem, was sie kannte. Sie teilte weder die Aufregung von Augusta noch die von Roland. Schlimmer, sie hatte ihren Vater zurückgelassen, der sich um ihren Verbleib Sorgen machen musste, wahrscheinlich tieftraurig war, dass sie ihn verlassen hatte. Was dachte er von ihr? Sie sah ihn vor sich, wie er mit hängendem Kopf am Tisch saß und im angebrannten Essen stocherte.

Als sie sich zwischen ein paar Familien mit kleinen Kindern quetschten und Roland Stefan auf die Toilette folgte, bat Mina Augusta um einen Zettel.

»Ich muss Vater schreiben. Er muss wenigstens wissen, was passiert ist.« Sie zerrte an ihrem Schal, als würde er sie ersticken. »Roland darf nichts davon erfahren.«

»Er läuft vor etwas weg, nicht wahr?« Augustas klare blaue Augen studierten Minas.

»Er sagt es mir nicht.«

Augusta kramte in ihrer Tasche und holte ein Blatt Papier, Tinte und einen Füller mit Stahlfeder hervor. »Beeil dich, bevor er dich sieht.«

Mina hielt den Stift fest in der Hand. In Gedanken hatte sie Hunderte von Briefen geschrieben, die ihre überstürzte Abreise erklärten. Jetzt verflüchtigten sich die Worte, als würde der Wind sie über den Rhein wehen.

Nach ein paar Versuchen schrieb sie:

Liebster Vater,

wenn du diesen Brief liest, sind Roland und ich auf dem Weg nach Bremerhaven. Roland möchte nach Amerika auswandern, obwohl er mich nicht nach meiner Meinung gefragt hat. Ich kann mit Worten nicht beschreiben, wie sehr es mir leidtut, dich zurückzulassen. Pass gut auf dich auf.

In Liebe,
deine Tochter Wilhelmina

Ihre Hände zitterten, als sie das Papier faltete und es Augusta reichte. »Hier, versteck es für mich.«

»Ich habe eine bessere Idee.« Augusta stopfte den Brief in ihren Schal und drängelte sich den Gang hinunter, ein schwieriges Manöver, da jeder Zentimeter der Schiffsoberfläche inzwischen mit Menschen bedeckt zu sein schien. Mina glaubte, in der Nähe des Ausgangs einen Hauch von blondem Haar zu sehen, war sich aber nicht sicher. Am Bug des Schiffes unter dem Dach hockte der Agent, den sie vor ein paar Tagen kennengelernt hatten. Er reiste mit den Wohlhabenden. Sie fragte sich, wie viele sich als Redemptioner verdingt hatten, wie Roland ihr Leben aufgegeben hatten und sich ins Ungewisse stürzten.

Unter ihr vibrierte das Schiff, eine schwarze Wolke stieg in den Himmel. Hier und da schrien die Menschen auf.

Sie schluckte den Kloß in ihrem Hals hinunter, quetschte sich zwischen die anderen und wartete.

»Freust du dich nicht?« Roland zwängte sich neben sie auf den Boden. »Denk nur an die Möglichkeiten, die wir dort drüben haben werden.«

Mina nickte, konnte sich aber kein Lächeln abzwingen. Wenn Roland wie andere Männer wäre, verlässlich und ehrlich, würde sie sich vielleicht besser fühlen. Aber es war nicht abzusehen, was passieren würde, wenn das nächste Problem auftauchte. Wenn sie mutig wäre, würde sie sich entschuldigen, das Schiff verlassen und nach Hause laufen, um sich um ihren Vater zu kümmern. Sollte Roland doch allein in das fremde Land gehen.

Aber sie war nicht mutig, sie fühlte sich festgefahren.

Die Motoren unter ihr brummten lauter, die Passagiere an der Reling winkten und riefen Grüße. Der Wind nahm zu, ihre Reise hatte begonnen. Mina warf Roland einen Blick zu und zog sich die Decke enger um ihre Schultern. Wie sie sich wünschte, in seinen Armen Zuflucht zu finden. Aber er schien nichts von ihren Gedanken zu bemerken – wie immer.

»Warum setzt du dich nicht zu Stefan?«, fragte Augusta Roland, während sie Mina aufmunternd zunickte. »Wir Mädels reden gerne über Frauensachen.«

Roland verzog das Gesicht und kletterte, halb krabbelnd, zum Gang, wo Stefan einen Arm um Augustas Mutter gelegt hatte.

»Er ist weg«, flüsterte Augusta. »Ich habe einen Mann von der Reederei bezahlt, um deinen Brief abzuschicken. So weiß dein Vater wenigstens, was passiert ist und dass du in Sicherheit bist.«

EIN SCHIMMER AM HORIZONT – ZWISCHEN DEN WELTEN

Ich würde es nicht als sicher bezeichnen. Laut sagte Mina: »Danke, was schulde ich dir für das Porto?«

Augusta warf ihr ein verschwörerisches Lächeln zu. »War nicht viel. Mädchen müssen zusammenhalten.«

Der Wind nahm zu, als das Schiff auf die Mitte des Flusses zusteuerte, wobei die Ufer oft mehr als fünfzig Meter entfernt waren. Den Nachrichten zufolge, die über das Deck liefen, würden sie gut vorankommen.

Mina lag fast die ganze Nacht wach, nicht nur, weil der eisige Wind unter ihre Kleidung kroch und sie zum Zittern brachte, sondern auch, weil die Nähe so vieler Menschen ihr Unbehagen bereitete. Es gab nicht einmal Platz, um sich hinzulegen oder die Beine auszustrecken. Jeder Muskel schmerzte, als sie am Morgen in Emmerich anlegten und sich durch die Menschenmenge zwängten, um das Schiff zu verlassen. Ein Drittel der Menschen ging von Bord, um die Reise nach Bremerhaven anzutreten.

Mina blickte über das Geländer in das graue Wasser des Flusses und unterdrückte ein Schaudern. Es wäre ein Leichtes, hineinzuspringen, es würde schnell gehen, das Wassergrab würde sie davontragen. *Reiß dich zusammen. Noch bist du auf deutschem Boden.* Auch wenn sie sich diesen Weg nicht ausgesucht hatte, musste sie mit dem fertig werden, was das Schicksal ihr bescherte. Morgen war Heiligabend, ein Fest, das sie immer gerne gefeiert hatte, besonders als Mutter noch gelebt hatte. Damals hatten sie im Wald einen Baum gefällt und ihn mit Strohsternen und Kastaniengirlanden geschmückt. Sie waren in die Kirche gegangen und hatten ein Festmahl zubereitet. Mina verdrängte das Bild ihres Vaters, wie er allein in seiner unordentlichen Küche hockte, nahm Augustas Hand und reihte sich hinter den anderen ein, die einem Treck von Männern, Frauen und Kindern nach Norden und Osten folgten.

KAPITEL VIERZEHN

Davin

In Dublin wimmelte es von Menschen, jede Straße und jeder Gehweg waren überfüllt, sodass Davin sich durchschlängeln, manchmal sogar stehen bleiben musste, wenn das Gewimmel zu groß wurde. Menschen riefen ihre Waren aus, andere bettelten, auch hier saßen die Schwachen wie betäubt und warteten auf den Tod. Er fühlte sich in dem Häusermeer orientierungslos und wollte so schnell wie möglich nach Liverpool übersetzen. Nachdem sie in einem der Arbeitshäuser einen Platz für die folgende Nacht ergattert hatten, ließ er Malcolm in der Stadt zurück und machte sich auf den Weg zum Hafen, wo Hunderte von Booten aller Größen vor Anker lagen.

Er fragte immer wieder, wo er eine Überfahrt nach Liverpool finden konnte, bis er in der Nähe der Quays landete. Hier war das Gedränge noch dichter. Die Gebäude trugen Namen wie Dublin General Steam Shipping Company Ltd. oder William J O'Toole Shipbrokers. Verwirrt und müde betrat er eine der Dienststellen.

»Ich suche eine Überfahrt nach Liverpool«, sagte er, als er den Tresen erreichte.

Der Mann im schwarzen Anzug mit langen grauen Koteletten musterte ihn, die Mundwinkel angewidert nach unten gezogen. »Nicht hier, Junge, frag bei B&I.«

»B&I?« Davin klopfte sich auf die Brust, wo die Pfundnote noch immer wartete.

»Die British and Irish Steam Packet Company«, sagte der Mann

EIN SCHIMMER AM HORIZONT – ZWISCHEN DEN WELTEN

langsam, als wäre Davin ein Schwachkopf. Er winkte in Richtung Tür. »Rechts lang, kannst es nicht verfehlen.«

Die B&I befand sich in einem größeren Steingebäude, dessen Türen so hoch waren wie Davins ganzes Haus. Eine Schlange von mehr als hundert Menschen erstreckte sich davor. Frustriert über die lange Wartezeit, die ihm bevorstand, stellte sich Davin ans hintere Ende. Entlang der Kais wanderten Hunderte Menschen, viele von ihnen trugen Kisten und Koffer. Einige zogen Karren mit ihren Habseligkeiten, alle hatten eines gemeinsam: Sie wirkten besorgt und gleichzeitig aufgeregt.

»Wo wollen sie alle hin?«, fragte Davin den Mann, der vor ihm stand.

»Liverpool und dann über den Ozean nach Amerika.«

»Amerika?«

»Junge, das halbe Land wandert aus – zumindest diejenigen, die es noch können. Wo bist du gewesen?« Der Mann beäugte ihn neugierig.

Natürlich wusste Davin, dass Leute wegzogen. Mark hatte davon gesprochen, nach Amerika oder Australien zu gehen. Er hatte gesehen, wie sein Dorf schrumpfte, aber er hatte geglaubt, dass die meisten nach Dublin gingen oder vielleicht nach Liverpool, um wie er bei der englischen Eisenbahn zu arbeiten.

»Das scheint ziemlich mutig zu sein.«

»Verzweifelt, würde ich sagen.« Der Mann schüttelte den Kopf. So wie er gekleidet war, ging es ihm besser, während viele der Familien arm und zerlumpt aussahen.

Als Davin am Schalter eintraf, war es bereits nach vier Uhr. »Ich brauche eine Überfahrt nach Liverpool.«

Der Mann nickte und studierte einen Kalender. »Dritter Januar, zehn Uhr morgens. Ein Pfund und zehn Schilling ... Name und Geburtsdatum, bitte.« Sein Stift schwebte über einem Buch mit einer langen Liste von Namen.

»Warum so spät? Ich dachte, ich könnte morgen fahren«, stammelte Davin.

»Hast du die Menschenmassen gesehen? Alle wollen nach Liverpool.«

Davin nickte. »Gibt es einen günstigeren Fahrpreis?«

Der Mann blinzelte und gab ein »tsk« von sich. »Kannst gerne rüberrudern. Willst du mit oder nicht?«

»Muss ich jetzt bezahlen?«

»Wenn du ein Ticket willst.«

Hinter Davin knurrte eine Stimme: »Beeil dich, Mann, du bist nicht der Einzige, der unterwegs ist.«

Davin schüttelte den Kopf. »Ich werde morgen wiederkommen müssen.«

»Warte nicht, Junge, morgen wird's noch länger dauern.« Er winkte ungeduldig. »Der Nächste.«

Mit gesenktem Kopf machte sich Davin auf den Weg zurück in die Stadt. Er hatte sich so darauf gefreut, seine Reise fortzusetzen, aber jetzt saß er fest. Der Fahrpreis war viel höher als er erwartet hatte, was auch immer er erwartet hatte. Schlimmer noch, er würde die restlichen Münzen aufbrauchen, während er wartete. Nein, er musste etwas tun, irgendwie an Geld kommen. Aber wie?

Malcolm trank ein Bier in der Kneipe neben dem Arbeitshaus. Es war ein dunkles, stinkendes Loch, nicht viel besser als der Ort, an dem sie untergebracht waren.

»So wie ich das sehe«, sagte Malcolm, »solltest du ein anderes Boot finden. Sicherlich gibt es andere, die übersetzen.«

»Sicherlich sind sie genauso gut gebucht wie die B&I und genauso teuer.«

»Es gibt nur einen Weg, das herauszufinden.«

Um Geld zu sparen, bestellte Davin nichts, und bald standen sie in einer anderen Schlange bei der Suppenküche, um die wenigen Münzen zu sparen, die sie hatten. Das Arbeitshaus war so überfüllt, dass sie zu fünfzehn in einem Zimmer schliefen. Frauen, Kinder, Männer mischten sich, einige niesten und husteten, andere wirkten lethargisch und halb tot. Die Luft war stickig und stank nach allem, was ein menschlicher Körper ausscheiden konnte.

»Ich bleibe nicht«, sagte Malcolm nach einer fast schlaflosen Nacht. Davin rieb sich das Gesicht, um die Spinnweben des Schlafes zu vertreiben. »Ich werde mein Glück lieber auf der Straße versuchen. Die ansässigen Kesselflicker werden einen Mann wie mich kaum begrüßen.« Mühsam erhob er sich und schnappte sich seinen Rucksack. »Lass uns gehen, bevor sie alles stehlen.« Er warf einen Blick auf einige der jüngeren Männer, die in der Halle herumlungerten.

»Ich kehre in den Hafen zurück«, sagte Davin.

»Lass mich dich wenigstens zum Frühstück einladen.«

Sie aßen gekochte Haferflocken und Brot mit Butter in einem nahe gelegenen Lokal, das genauso heruntergekommen wirkte wie die Kneipe gestern.

»Wir könnten zusammen wandern, Junge«, meinte Malcom, während er die letzten Haferflocken und das restliche Brot verputzte. »Das ist ein gutes Abkommen. Du hilfst bei der Organisation, nimmst hier und da einen Tischlerjob an. Es ist ein gutes Leben, ein freies Leben.« Er sah sich um, sein übliches Lächeln fehlte. »Hier ist alles verwahrlost und dreckig, noch dreckiger als in meiner Erinnerung.«

Davin schüttelte den Kopf. »Tut mir leid, Mann, ich kann einfach nicht. Ich muss meinen Eltern helfen, die Miete zu zahlen. Wenn ich das nicht tue, landen sie im Armenhaus, so wie der Ort, an dem wir übernachtet haben.« Malcolm blieb stumm und studierte den Tisch. Davin wusste, dass er enttäuscht war. »Du könntest mit mir nach England kommen und dir ein gutes Leben verdienen.«

»Ach, Junge, die Eisenbahn ist etwas für junge Leute. Sieh mich an.« Malcolms Augen glitzerten vor Tränen. »Ich bin ein alter Mann, der sich irgendwo niederlassen muss, denn meine Beine und Füße geben bald den Geist auf.«

»Vielleicht solltest du zu der Kräuterhexe zurückkehren. Ihre Salbe hat sicher geholfen.«

Ein verschmitztes Grinsen wanderte über Malcolms Gesicht. »Das werde ich vielleicht tun.«

Davin erhob sich zögernd, mit einem Mal saß da ein Kloß in seinem Hals. »Das war's dann.« Er umarmte den älteren Mann und klopfte ihm auf den Rücken. »Lebe wohl, mein Freund, pass gut auf dich auf.«

Aus Angst, er würde noch trauriger werden, eilte Davin zum Hafen. Er begann, sich bei den kleineren Schiffen umzuhören, und merkte bald, dass es unmöglich war. Jedes Schiff, das halbwegs vernünftig aussah, hatte andere Ziele oder war für Wochen ausgebucht.

Der Nachmittag brach an, und Davin war nicht vorangekommen. Er begann, die überfüllte Stadt zu hassen, denn er hatte sich Dublin als einen schönen Ort mit großen Häusern und reichlich gefüllten Geschäften vorgestellt. All das war vorhanden, aber der Dreck des Ansturms verzweifelter Reisender verwandelte die Stadt in einen Slum. Sogar auf den Straßen stank es, weil sich viele im Freien erleichterten und der Abfall verrottete, was Ratten in Katzengröße anlockte.

Er musste hier weg, und zwar schnell, doch er sah keinen Weg vorwärts. Als er einen Postdienst bemerkte, hielt er an. Er würde seinen Eltern schreiben, sie wissen lassen, dass es ihm gut ging.

Aus einer Laune heraus ging er hinein, kaufte Papier und schrieb:

Liebe Ma', lieber Da',
ich bin in Dublin eingetroffen und warte auf Überfahrt nach Liverpool. Die Reise hierher hat länger gedauert als erwartet, aber ich bin bei guter Gesundheit und werde bald in der Lage sein, Geld zu verdienen. Bitte sendet Nachricht an diese Postadresse. Ich werde ein paar Wochen hierbleiben.
Euer Sohn,
Davin

Er bezahlte den Brief mit einer der Münzen, die er von der Arbeit mit Malcolm erhalten hatte. *Du wirst für immer hier sein und bald wie diese Elenden im Armenhaus aussehen, wenn du nichts unternimmst.* Er war immer stolz auf seine Ausbildung gewesen, weil er einen richtigen Beruf erlernt hatte. Schon jetzt waren seine Hose schmutzig und die Manschetten ausgefranst. Die Jacke hatte ein Loch am Ellbogen, und seine Mütze war mehr grau als grün.

Er schlängelte sich wieder durch den Hafen, wurde aber bald müde und machte sich auf den Rückweg in Richtung Innenstadt. Irgendwo stieß er auf eine weitere Suppenküche und wartete darauf, dass er an der Reihe war, eine Mahlzeit zu bekommen. Er fühlte sich wie ein Bettler, als würde er sich in dem Gewühl verlieren. Außerdem vermisste er den alten Kesselflicker. Ihm war gar nicht bewusst gewesen, wie viel Vertrauen und Mut er durch Malcolm erworben hatte. Jetzt war er wirklich allein.

Noch schlimmer war, dass er sich unsicher fühlte. Horden von Jugendlichen bevölkerten die Straßen und klauten wahrscheinlich alles, was sie sahen. Was sollte sie davon abhalten, ihn zu überfallen, ihm seine Tasche mit den wenigen Werkzeugen, die er bei sich trug, und sein Geld zu stehlen? Er zog seinen Kragen hoch und eilte zurück zum Arbeitshaus. Drinnen war es furchtbar, aber es war umsonst.

Er stopfte sich seine Tasche als Kissen unter den Kopf und wickelte sich in seine Decke ein, in der Hoffnung auf eine gute Nachtruhe. Wenn er schlief, musste er wenigstens nicht über das Leben nachdenken.

Aber der Schlaf wollte nicht kommen. Im Zimmer war es laut, im Gang hockten weitere Menschen. Es schien, als würden sich die Leute die ganze Nacht rühren, einige, weil sie krank, andere, weil sie unruhig waren. Außerdem bemerkte er einen Juckreiz unter den Achseln und im Schritt. Zweifellos hatte er sich im schmutzigen Stroh Läuse eingefangen.

Schlapp und mit müden Augen stand er am frühen Morgen auf. Es war Weihnachten, aber der Tag, den er immer gefeiert hatte, hatte jede Bedeutung verloren.

Unschlüssig, was er tun sollte, wanderte er wieder zu den Quays. Der letzte Schilling brannte in seiner Hosentasche, und er würde bald den Pfundschein anbrechen müssen. Er holte sich Brot und Käse von einem Straßenverkäufer und lehnte sich an die Wand eines zweistöckigen Hauses.

Langsam kauend beobachtete er das geschäftige Treiben. Sogar so früh am Tag waren die Docks überfüllt. Einige Familien hatten offensichtlich der Kälte getrotzt und hier geschlafen, andere irrten wie betäubt umher. Boote kamen an, um Fisch zu verkaufen, andere fuhren wieder ab.

Direkt vor Davin dockte ein heruntergekommenes Fischerboot an, doch außer einem einzelnen bärtigen Mann mit dem gleichen feuerroten Haar wie Davin herrschte keine Aktivität an Bord. Der Fischer saß ruhig da, flickte ein Netz und rauchte eine Pfeife. Aus Neugierde, warum der Mann keinen Fisch verkaufte und sich nicht auf die Abfahrt vorbereitete, ging Davin auf ihn zu.

»*Dia duit,* Sir. Ist es ein schlechter Tag zum Fischen?«

Der Mann starrte auf das Netz, seine Finger wurden nicht langsamer. »Für mich schon.«

Früher wäre Davin wegen der mürrischen Erwiderung des Mannes gegangen. Aber er hatte viel von Malcolm gelernt und wusste, dass es immer Gründe gab, wenn ein Mensch mürrisch und unfreundlich wirkte. »Tut mir leid, das zu hören. Das Leben ist hart für die Iren, egal, wo man hinschaut. Ich bin viel gereist, und es ist eine Schande.«

Die Hände des Mannes wurden langsamer, und er schaute Davin an. »Sicher ist es das.« Da Davin schwieg, sagte er: »Was soll ein Mann tun, wenn das Einzige, was er tun kann, unmöglich ist?«

»Sie meinen, Sie können nicht fischen?«

»Nicht mehr. Das Ruder ist kaputt. Ich kann von Glück sagen, dass ich in einem Stück zurückgekommen bin.«

»Warum reparieren Sie es nicht?«

Der Mann spuckte und hob die Arme. »Alles, was diese Hände können, ist Fische fangen und ein Boot *fahren*, nicht es reparieren.

Zumindest nicht das.«
»Es ist aus Holz, nicht wahr?«
»Mein Sohn, alles, was du hier siehst, ist aus Holz.«
Davin konnte sich ein Lächeln nicht verkneifen. »Dann, Sir, ist heute Ihr Glückstag. Ich bin Zimmermann und brauche Arbeit.«

KAPITEL FÜNFZEHN

Mina
Der Treck nach Bremerhaven schlich im Schneckentempo dahin. Mina wäre schneller gegangen, schon allein weil es so kalt war, aber Augustas Großmutter und viele der Hunderte von Menschen auf dem Weg nach Nordosten waren alt oder schwächlich und brauchten häufige Pausen.

Seit dem Morgen, an dem er Mina das Geld überreicht hatte, hielt sich Roland zurück. Nicht dass sie vorher viel geredet hätten, aber zum ersten Mal schien er über die Tragweite seiner Entscheidung nachzudenken. Ihre Abreise war nichts anderes als eine panische Flucht gewesen. Auch er litt, seine Stirn war trotz der eisigen Temperaturen verschwitzt, und seine Hände zitterten. Mina vermutete, dass es der fehlende Schnaps war. Zu ihrer Überraschung empfand ein Teil von ihr Mitleid mit ihm.

Sie beobachtete, wie sich ihr Atem in Wölkchen aufblähte, und ihr Blick huschte gelegentlich zu Roland, der mit spürbarer Anstrengung ging, jeder Schritt ein Kampf gegen seine eigenen Dämonen. Die meiste Zeit verbrachte sie mit Augusta, deren Begeisterung abgeklungen war. Vielleicht lag es an den scheinbar endlosen Stunden auf der Straße oder an dem ungemütlichen Winterwetter. Weihnachten war vorbei, und je weiter sie nach Norden liefen, desto schlechter wurde das Wetter.

Die Landschaft bestand aus endlosen Feldern, Waldstücken und vereinzelten rot gemauerten Bauernhäusern. Sie durchquerten Sümpfe und Wiesen, die Schritte knirschten auf dem gefrorenen

Boden. Oft übernachteten sie in Scheunen, die die Bauern für ein paar Pfennig verpachteten. Wenn sie Glück hatten, bekamen sie ein Frühstück ... Hafer mit Honig, Bratkartoffeln, Eier und Brot mit Butter und selbstgemachter Marmelade. Das waren die glücklichen Tage. Viele andere Nächte verbrachten sie zusammengekauert hinter irgendeiner Mauer und knabberten an den Vorräten, die sie mit sich trugen.

Nach zehn Tagen wünschte Mina sich das Ende herbei. Das Jahr 1849 hatte begonnen, und sie hatte sich noch nie in ihrem Leben so elendig kalt und verloren gefühlt.

Selbst Stefan schien in diesen Tagen unsicher zu sein. Mina hörte, wie er sich mit seiner Frau über Augustas Großmutter unterhielt, die einen schlimmen Husten entwickelt hatte und fiebrig zu sein schien. Gemeinsam mit Augusta, führte Mina die alte Frau während einer Pause zu einem umgestürzten Baumstamm und wickelte sie in eine Decke, dann drehte sie sich zu Roland um, der darüber sprach, was sie in Bremerhaven finden würden.

Der Wind frischte auf und biss in ihre entblößte Haut. Mina zog ihren Schal fester und wünschte sich zum hundertsten Mal, sie hätte wärmere Kleidung dabei. Roland kam zurück und setzte sich neben sie, seine Augen waren eine Mischung aus Zweifel und Sorge. Mina wollte etwas Beruhigendes sagen, aber ihr Kopf schien wie leergefegt von ihren eigenen Ängsten. Die Ungewissheit, was sie in Bremerhaven erwartete, lastete schwer auf ihr.

»Wir hätten sie daheim lassen sollen«, flüsterte Stefan seiner Frau zu. Offensichtlich nahm er an, dass niemand zuhörte.

»Wie hätten wir sie verlassen können? Wir sind ihre Familie«, antwortete Augustas Mutter.

Am nächsten Tag ging es der alten Frau noch schlechter. Der Husten vertiefte sich und glich dem Bellen eines Hundes, ihre Augen glänzten fiebrig. Sie hatte Mühe, einen Fuß vor den anderen zu setzen, und der kleine Treck kam fast zum Stillstand. Immer mehr Reisende zogen an ihnen vorbei, die meisten schweigend, zu erschöpft, um die Kraft für einen Gruß aufzubringen.

Ein paarmal war es Stefan gelungen, ein Stück Weg auf einem Wagen in die nächste Stadt zu organisieren. An diesen Tagen kamen sie besser voran, aber wenn sie eintrafen, hockte Augustas Großmutter lethargisch in irgendeiner Ecke.

»Ich fürchte, wir müssen eine Pause einlegen«, sagte Stefan eines Morgens, nachdem sie kaum geschlafen hatten. Die alte Frau hustete und murmelte und hielt alle wach. Mina hatte die wenigen Kräuter angeboten, die sie aufgespart hatte, aber nichts schien zu wirken.

Augusta weinte ohne Unterlass. »Sie wird sterben«, sagte sie zu Mina auf dem Weg zum Plumpsklo. Sie hatten die Nacht auf einem großen Bauernhof westlich von Cloppenburg verbracht.

Mina behielt ihre Gedanken für sich. Sie wusste, dass Augustas Großmutter nie in Bremerhaven ankommen würde. Und sie war nicht die Einzige. Sie waren bereits an eilig ausgehobenen Gräbern entlang des Weges vorbeigekommen. Wenigstens waren sie auf deutschem Boden gestorben und nicht an einem fremden Ort fernab der Heimat. Laut sagte sie: »Die Pause wird ihr gut tun.«

»Wie werden wir dich finden?« Augustas Frage holte Mina in die Gegenwart zurück. Sie hatten sich darauf geeinigt, dass Roland und Mina vorausgehen würden, um wertvolle Ressourcen zu schonen.

»Spätestens in Bremerhaven. Ich vermute, wir müssen noch ein paar Tage warten, bis ...« *Sie stirbt.* Mina konnte sich nicht überwinden, es laut auszusprechen. Ein Teil von ihr hoffte immer noch, dass Roland zur Vernunft kam und sie umkehren würden. Sie hatte sogar erwogen, ihren Vater zu bitten, sich ihnen anzuschließen, aber auch das war keine Lösung. Er würde bald wie Augustas Großmutter aussehen und ihr ins Grab folgen.

Sie trennten sich unter Tränen und mit dem Versprechen, sich bald wiederzutreffen. Roland begann zu pfeifen, trotz des Windes, der ihnen von Osten her entgegenblies. »Endlich kommen wir voran«, sagte er, als sie eine Pause machten. In der Tat hatten sie zahlreiche Reisende überholt, aber Rolands neues Tempo war zu viel für Mina.

»Du musst langsamer gehen. Ich bin ziemlich müde«, sagte sie und prüfte die Sohlen ihrer Schuhe. Noch nie in ihrem Leben war sie so viel gelaufen. Außerdem fühlte sie sich einsam und vermisste Augustas Gesellschaft.

»Hast du das Schild nicht gesehen? Nur noch sechzig Kilometer und wir erreichen Oldenburg. Und dann noch fünfundvierzig und wir sind in Bremen.« Roland beobachtete die vorbeiziehenden Reisenden, die mit gesenktem Kopf gegen den beißenden Wind liefen. »Noch sechs Tage, höchstens eine Woche.«

»Ich dachte, wir müssen nach Bremerhaven.«

»Da fahren die großen Schiffe nach Amerika ab. Stefan sagt, dass wir in Bremen ein Boot nehmen müssen.«

Mina hörte nur halb zu. »Ich fühle mich schlecht, weil ich sie verlassen habe.« Es stimmte, Stefan hatte ihnen geholfen und Roland in Schach gehalten. Sie spürte bereits eine Veränderung, seine Ungeduld war wieder da, der suchende Blick.

»Unsinn, du weißt doch, dass wir nicht warten und das wenige Geld verschwenden können, es auf irgendeinem Bauernhof mitten im Nirgendwo lassen. Wer weiß, wie lange die alte Hexe noch durchhält, es könnten Wochen sein. Ob ihr klar ist, was für eine Last sie Stefan aufbürdet?«

In diesem Moment verstand Mina, dass Roland nicht fähig war, Empathie zu empfinden. Sie hätte es wissen müssen, so wie er sie behandelte, aber irgendwie hatte sie es nicht registriert – oder hatte sie den Gedanken verdrängt? Als sie ihn über Augustas sterbende Großmutter sprechen hörte, wurde ihr noch kälter. »Sie macht das nicht mit Absicht, Roland, sie ist krank.« *Wahrscheinlich vermisst sie ihr Zuhause.* Die Straße verschwamm, während Mina an Augustas Familie dachte, die einen geliebten Menschen auf einer unbekannten Straße begraben würde, um nie wieder zurückzukehren.

»Fertig?« Roland winkte ungeduldig. »Wir haben noch mindestens drei Stunden Tageslicht vor uns.«

Als sie sich erhob, stürmte er voraus und ließ Mina keine andere Wahl, als ihm hinterherzustolpern. Glücklicherweise war der Schnee von Tausenden von Füßen platt getrampelt worden. Aber der unerbittliche Wind trieb ihr die Tränen in die Augen, die Haut auf ihren Wangen wurde taub, die Innenseite ihrer Nase schmerzte und in ihrer Kehle brannte es. Trotz des zügigen Gehens wurde ihr nicht warm, was durch ihre feuchten Füße noch verschlimmert wurde.

Zeitweise war Roland fünfzig oder hundert Meter vor ihr. Sie rief ihm zu, woraufhin die anderen Reisenden den Kopf drehten. Der Wind trug ihre Worte so leicht fort, wie er den Rauch aus einem Schornstein vertrieb. Schließlich blieb Roland stehen und wartete auf sie, aber nicht ohne ihr einen wütenden Blick zuzuwerfen.

Es dämmerte bereits, als sie einen weiteren Bauernhof erreichten. Nach den Männern und Frauen zu urteilen, die vor ihnen standen, waren Mina und Roland nicht die einzigen, die Schutz suchten. Mina hatte bemerkt, dass die Straßen immer belebter wurden.

»Los, mach schon«, rief Roland, »bevor sie keinen Platz mehr haben.«

Heinzen Hof stand in großen Lettern am Eingang. Es roch nach Rinder- und Schweinemist, in einem Gehege scharrten ein Dutzend

Hühner im vereisten Dreck.

»He, warten Sie, bis Sie dran sind«, rief ein Mann in einem schwarzen Wollmantel und einem passenden Hut Roland hinterher, der auf die Tür des Bauernhauses zugestürmt war. »Die Schlange endet hier.«

»Wie viel kostet die Übernachtung?«, fragte Mina besorgt und stellte sich hinter den Mann.

»Keine Ahnung, aber ich *muss* einen Platz in der Scheune bekommen«, murrte er.

»Verdammte Menschenmassen«, murmelte Roland, der neben Mina auftauchte. »Ich wusste, wir sind zu langsam, wir hätten schon vor einer Stunde hier sein können.«

Mina biss sich auf die Lippe, sie war erschöpft und konnte kaum noch stehen. »Vielleicht solltest du vorausgehen, ich kann nicht schneller laufen.«

Roland warf ihr einen bösen Blick zu. »Vielleicht hätte ich …«

Ein Geräusch an der Tür lenkte ihn ab. Ein Mann in einer gefilzten Wolljacke, kahlköpfig und aufgedunsen, winkte mit den Armen. »Tut mir leid, aber wir können keine weiteren Personen für die Nacht aufnehmen. Es ist so eng geworden, dass die Gäste kaum noch Platz haben, sich hinzulegen.«

Roland spuckte und stürmte vor. Mina hörte ihn schreien und mit dem Bauern streiten, der bald müde wurde und sich abwandte. Mit flammenden Wangen kehrte Roland zurück und packte sie grob am Ellbogen. »Komm schon, beeil dich.« Um sie herum jammerten oder beschwerten sich die Leute lautstark, andere wandten sich einfach zum Gehen.

»Es wird schon dunkel«, brummte Roland nach einer Weile. »Wir müssen schneller sein als die anderen.«

»Ich tue mein Bestes.« Minas Atem kam stoßweise, während sie sich die Seiten hielt. Sogar ihre Rippen schmerzten jetzt, und sie wünschte sich nichts mehr als ein Bett. Aber es gab keins, nur offenes Land, unerbittlichen Wind und Fremde, die in die herannahende Nacht stolperten.

»Dein Bestes ist nicht gut genug. Kein Mond, es wird bald stockdunkel sein«, bellte Roland über die Schulter. Er war bereits dreißig Meter voraus, als ob er sie mit unsichtbaren Seilen vorwärtsziehen wollte.

»Vielleicht könntest du meinen Arm nehmen und mir helfen?«, rief Mina ihm hinterher. Als er sie ignorierte, senkte sie den Kopf

EIN SCHIMMER AM HORIZONT – ZWISCHEN DEN WELTEN

und zwang ihren schmerzenden Körper, sich vorwärtszubewegen.

Für kurze Momente konnte sie sich ablenken, indem sie an ihre Familie dachte, an die Art und Weise, wie sie hinter dem Schutzschild der Fürsorge ihrer Eltern gelebt hatte. Doch dann wurde sie von einer Windböe erfasst, die sie in die eiskalte Nacht zurückholte. Das Licht war nun fast verschwunden, und sie konnte die Umrisse der Straße nur noch erahnen. Nur ein Schatten blieb von Roland, der sich mit jeder Minute weiter zu entfernen schien. Bald würde sie ihn gar nicht mehr sehen. Panik ergriff sie, ihre Kehle schnürte sich zu, als ob etwas sie erwürgen wollte. Er würde es nicht einmal merken, wenn sie stürzte oder sich irgendwohin verirrte. Am Morgen würde sie festgefroren sein.

Erst als ein weiterer Bauernhof in Sicht kam, entdeckte sie Roland. »Wo bleibst du nur?«, rief er mürrisch und winkte zu den sich abzeichnenden Gebäuden. »Lass es uns hier versuchen.«

Doch kaum näherten sie sich dem Eingangstor, entdeckte Mina das Schild: *Ausgebucht – keine Plätze frei*. Sie war jetzt völlig erschöpft und konnte kaum noch stehen. *Was nun*, wollte sie sagen, aber kein Wort kam aus ihrem Mund.

»Komm schon«, maulte Roland nach einer Tirade von Flüchen. Mina sah ihn an, dann die Straße, die sich in der Dunkelheit verlor. Der Wind nahm weiter zu, und der Schnee wirbelte in jede Ritze, unter ihren Schal, in die Nase, und kühlte sie bis auf die Knochen aus.

In diesem Moment sah sie es, ein Licht irgendwo links in der schier unendlichen Schwärze. Es war schwer zu sagen, was es war oder wie weit es entfernt war. »Wir sollten die Hauptstraße verlassen, es muss Orte geben, die uns für die Nacht Schutz bieten können.« Sie deutete auf das winzige Glitzern. »Da drüben.«

Roland blinzelte in die Richtung, in die sie gezeigt hatte. »Ich sehe nichts, außerdem ist es zu weit von unserer Route entfernt und würde uns zurückwerfen.«

»Es nützt nichts, wenn wir erfrieren.«

»Halt die Klappe, Frau.«

Aber Mina war es leid, nett zu sein. »So können wir nicht weitermachen. Wir werden uns verirren oder in ein Loch fallen. Du hast doch die Toten am Wegesrand gesehen.« Sie zwang sich, Rolands Ärmel zu berühren. »Bitte, Roland, lass es uns mit dem Licht versuchen.«

»Und wenn es nur eine Laterne ist oder sie uns abweisen?«

»Es ist ein Risiko, aber dort weiterzugehen, wo Hunderte von Menschen unterwegs sind und nach einem Bett suchen, scheint mir aussichtslos.«

Roland schaute auf das Schild *Ausgebucht* und schüttelte den Kopf. »Ich hätte nie gedacht, dass es so viele sein würden. Wenn man bedenkt, wie es bei schönem Wetter sein muss.« Er streckte eine Hand aus. »Also gut, lass uns gehen.«

Zuerst befürchtete Mina, dass sie das Funkeln geträumt hatte, aber dann entdeckte sie es wieder, und zu ihrer Erleichterung wuchs das Licht, je näher sie kamen. Sie gingen querfeldein, wahrscheinlich über Felder oder Wiesen, kletterten über einen Zaun, dann über einen weiteren. Der Schnee war hier tiefer, und bald pochten ihre Schienbeine vor Kälte, ihre Oberschenkel fühlten sich an, als würden sie jeden Moment nachgeben, und ihr Atem kam stoßweise. *Bitte mach das Licht nicht aus*, dachte Mina immer wieder.

Das Glitzern wurde größer und heller, und nach einer gefühlten Ewigkeit betraten sie einen weiteren Bauernhof. Sie roch ihn mehr, als dass sie ihn sah, aber das machte nichts. Hinter einem Fenster leuchtete ein Licht, und drinnen mussten Menschen sein.

Roland klopfte an die Tür. »Hallo?«

Nach einem Moment öffnete ein Mann in Wollunterhose, eine Laterne in der Hand. »Ja bitte?«

»Wir brauchen dringend eine Unterkunft«, sagte Roland und klang dabei ausnahmsweise höflich. Die Erschöpfung hatte seine Stimme tief und kehlig werden lassen. »Die Scheune wäre völlig ausreichend.«

Mina machte einen Schritt nach vorn ins Licht. »Bitte, Herr, wir haben Angst, zu erfrieren.«

Der Alte, der trotz eines dichten Barts glatzköpfig war, musterte sie neugierig, das Blinzeln verschwand und wurde durch so etwas wie Mitleid ersetzt. »Ottilie, komm schnell«, rief der Mann über die Schulter, trat zurück und winkte sie hinein.

Eine kleine Frau mit einem grauen Dutt und einem um die Schultern gewickelten Schal eilte ihnen entgegen. »Ach du meine Güte«, sagte sie, ihre Hände flatterten wie Singvögel. »Kinder, was macht ihr um diese Zeit da draußen? Zieht eure Schuhe aus und kommt zum Feuer.«

Minas Hände waren so kalt, dass sich ihre Finger weigerten, die Schnürsenkel ihrer Stiefel zu öffnen. Sobald sie sich bückte, befürchtete sie, dass sie hier auf dem geschrubbten Holzboden des

Flurs liegen bleiben würde. Sie ließ sich auf den Boden sinken, um nicht zu stürzen. Der Mann und Roland waren bereits gegangen, aber die alte Frau eilte auf sie zu.

»Du liebe Güte, du bist ja ganz schön mitgenommen. Lass mich dir helfen.« Schnell löste sie die Knoten, zog Mina die Stiefel aus, ohne den Zustand der Socken zu kommentieren, und half ihr beim Aufrichten. »Schön langsam, Liebes, ruh dich am Feuer aus.«

Es war ein einfacher Raum mit hohen Decken und geraden schweren Eichenmöbeln, aber für Mina war es ein Palast. »Danke«, hauchte sie, als Ottilie sie in eine Decke wickelte. Während Roland dem Mann von ihren Reisen erzählte, saß Mina einfach nur da und beobachtete die tanzenden Flammen. Sie wäre eingenickt, wenn die Frau ihr nicht eine dampfende Tasse Tee gereicht hätte. Mina wickelte ihre Hände ein, um sie aufzutauen, und wurde bald von den köstlichsten Düften abgelenkt. Zwei dicke Scheiben Roggenbrot und ein Stück Hartkäse auf einem Brett erschienen neben ihr.

»Du musst hungrig sein«, sagte Ottilie. Sie hatte sich eine Wolljacke angezogen und beobachtete Mina neugierig. »Was um alles in der Welt macht ihr um diese Zeit da draußen?« Sie blinzelte Roland an, als wolle sie ihn für seine Dummheit ausschimpfen.

»Wir wussten nicht, dass es so überfüllt sein würde, alle Höfe entlang der Straße nach Bremerhaven sind voll mit Reisenden. Es wurde spät ...«

Ottilie schüttelte den Kopf. »Es sind schwere Zeiten.« Sie tätschelte Minas Hand. »Wie hast du uns gefunden? Hierhin verirrt sich sonst niemand.«

»Das Licht hat uns geführt. Ich dachte, wir würden da draußen umkommen.« Ein Schauer durchlief sie.

Ottilie warf einen weiteren Blick auf Roland. »Dein Mann sollte es besser wissen und sich um dich kümmern.« Ihre Blicke trafen sich. Die alte Frau nickte langsam. »Das dachte ich mir.«

KAPITEL SECHZEHN

Davin

Der Fischer, der Bill hieß, bot Davin einen Platz auf seinem Boot zum Schlafen an. Es zog und rasselte, schwankte die ganze Nacht unter ihm, aber es bedeutete auch, dass Davin sein Geld behalten und sogar ein paar Schillinge extra verdienen konnte.

In den nächsten Tagen gelang es ihm, das Ruder ins Boot zu heben, es zu inspizieren und zu zerlegen. Er benötigte das richtige Holz und einige Werkzeuge, die er fand, indem er Bill zu mehreren Fischern begleitete. Das Ganze dauerte viel länger, als er erwartet hatte, aber nach einer Woche war das Ruder repariert. In seiner Freizeit baute er eine neue Koje für Bill, reparierte den kaputten Klapptisch und baute verschiedene Holzkisten, die Bill zur Aufbewahrung seines Fangs benutzte.

Im Gegenzug teilte der Fischer sein Boot, kochte und erzählte Geschichten. »Sag mal, willst du immer noch nach Liverpool?«, meinte er eines Abends. Sie teilten sich eine Flasche Poitín, und Davin fühlte sich leicht und schwindlig zugleich. »Warum bleibst du nicht und hilfst mir beim Fischfang? Wir könnten uns die Arbeit teilen.«

Davin stellte sein Glas ab. »Ich muss genug verdienen, damit meine Eltern durch den Winter kommen. Soviel ich weiß, zahlt nur die englische Eisenbahn genug.«

»Du hast keine Angst vor der Arbeit?« Bill lehnte sich zurück und rieb sich die Stirn. »Es ist Knochenarbeit, wie ich höre, viel Steinarbeit.« Er deutete auf Davins Brust. »Du verstehst dein

Handwerk, aber dein Körper wird zusammen mit dem Stein brechen.«

»Ich habe keine andere Wahl.«

»Ich könnte mich umhören, sicher haben andere Männer Reparaturen an ihren Booten. Du könntest in Irland bleiben.«

»Ich habe schon rumgefragt, sie haben ein paar Arbeiten, aber das reicht nicht. Niemand hat die Mittel, nicht jetzt, wo Irland so schlecht dasteht.«

»Dank der Engländer.« Bill leerte sein Glas. »Dreckige Blutsauger.«

»Ich werde morgen einem von ihnen helfen, dann habe ich genug für die Fähre nach Liverpool. Bis sie fährt, helfe ich dir beim Fischen, wenn du willst.«

Sie schüttelten sich die Hände. Davin war erleichtert, dass seine Reise endlich weitergehen konnte. Es war bereits Januar, und bald würde der Landbesitzer seine Eltern zur Kasse bitten. Er schickte immer irgendeinen Agenten, um das Geld abzuholen – mit einem Mal erinnerte er sich an das Postamt. Vielleicht hatte Ma' geschrieben.

Aber am nächsten Tag war kein Brief angekommen, und Davin beschloss, einen weiteren zu schreiben. Er würde noch einige Wochen warten müssen, bis er einen Platz auf der Fähre bekam, genug Zeit, um auf die Post zu warten.

Liebe Ma' und Da',
ich habe es geschafft, genug für die Fähre nach Liverpool zu verdienen. Ich werde bald mit der Arbeit an der Eisenbahn beginnen und euch Geld schicken. Sagt dem Agenten, dass ich die Zinsen zahle, und macht euch keine Sorgen.
Euer Sohn,
Davin

Nachdem er den Brief abgeschickt hatte, machte sich Davin auf den Weg zu den Docks, um seine Fahrkarte zu kaufen. Wieder zog sich die Schlange um das Gebäude der B&I Steam Packet Company mit Hunderten von Menschen, die darauf warteten, die Überfahrt nach Liverpool zu buchen. Es war ihnen egal, dass ein eisiger Wind über das Meer blies, der Wangen und Stirn rot färbte und ihre Augen zum Tränen brachte.

Derselbe Mann in Schwarz wartete am Schalter.

»Einfache Fahrt nach Liverpool, so schnell wie möglich«, sagte Davin, wobei er die Pfundnote und die Münzen in seiner Tasche fest umklammerte.

»Ein Pfund, zehn Schilling.« Der Zeigefinger des Mannes, der von Tinte geschwärzt war, fuhr die Zeilen des Buches entlang, das jeden Passagier mit Namen auflistete. »Zwanzigster Januar, zehn Uhr.«

»Aber das ist noch später.«

»*Lad*, sieh dich um, es sind zu viele Leute unterwegs.«

Davin las die Ungeduld in den Augen des Mannes, der über seine Brille blickte. Zehn Tage Wartezeit, er würde weitere Jobs finden müssen, um die Ausgaben bis zur Abreise zu decken. Hatte er seinen Eltern nicht gerade geschrieben, dass er bald Geld schicken würde? Warum hatte er nicht gewartet? Es würde noch mindestens einen Monat dauern, bis er etwas schicken konnte. Er schob den zerknitterten Pfundschein und die Münzen über den Tresen. »Hier.«

»Name, Adresse, Zielort.«

»Davin Callaghan, Skibbereen, Liverpool.«

Der Mann tauchte die Feder in die Tinte und schrieb in langen, dünnen Buchstaben, dann reichte er Davin ein Ticket. »Sei eine Stunde früher da und bring dein eigenes Essen mit.«

Mit gesenktem Kopf eilte Davin die Docks entlang. Da er seine Reise fortsetzen konnte, hätte er sich eigentlich freuen sollen, doch alles, was er fühlte, war Grauen. Bills Bemerkung über die harte Arbeit kehrte zurück, gepaart mit seiner eigenen Verachtung für die Engländer. Er hatte immer mit Holz arbeiten wollen, und jetzt würde er in der Erde wühlen müssen, um Schienen zu legen. Nicht das, was er gewollt hatte, nicht das, wofür er ausgebildet worden war.

Er bewegte die Hände in den Hosentaschen, die sicher abgehärtet waren, aber den ganzen Tag Steine zu brechen, war eine andere Sache. Wie lange würde er durchhalten? Zumindest lange genug, um den Vermieter zu bezahlen und diese wahnsinnige Hungersnot zu überleben. Die Hauptsache war, dass er sich nicht verletzte.

Einen Moment lang dachte er daran, ins Arbeitshaus zurückzukehren, aber selbst Bills wackliges Boot war besser als die übel riechenden, unhygienischen Bedingungen im Armenhaus. In Wahrheit fühlte er sich einsam unter den Tausenden von Menschen, die sich an den Docks drängten. Es waren Fremde, und bald würde er sich noch isolierter fühlen. Die Engländer kümmerten sich nicht um die Iren, ihre Fehde war Hunderte von Jahren alt, ihre Herrschaft eisern und brutal.

Ein Junge von nicht mehr als vier Jahren lief ihm über den Weg und jagte einem grob genähten Stoffklumpen hinterher, der als Ball diente. »Entschuldigung, Sir«, rief seine Mutter. »Peter, komm sofort her.«

»Keine Sorge«, sagte Davin und half dem Jungen, seinen Ball unter einem Stapel von Kisten hervorzuholen. »Hier.«

Der Junge grinste kurz und huschte zurück zu seiner Mutter. Sicher in ihren Armen, beobachtete er Davin. »Gehst du auch nach Merika?«

»Es heißt *A-merika*«, sagte seine Mutter.

»Nur Liverpool.« Etwas in der Art, wie die Frau sprach, ließ ihn zögern. »Sind Sie allein unterwegs?«

Sie nickte. Auf ihrer Nase drängten sich die Sommersprossen, ihr kupferrotes Haar trug sie in einem Zopf. »Mein Mann, Peters Vater, starb in der Steingrube, Sie wissen schon, beim Straßenbau. Die Explosion ging schief, er wurde am Kopf getroffen.« Die Frau, die auf einer Transportkiste saß und Peter an einer Hand und eine fleckige Tasche in der anderen hielt, schüttelte den Kopf. »Irland ist verloren. Ich warte nicht darauf, Peter verhungern zu sehen.«

»Wann reisen Sie?«

»Am zwanzigsten nach Liverpool, und dann muss ich ein Schiff finden.« Sie zuckte mit den Schultern. »Ich mache mir Sorgen wegen des Fahrpreises. Es soll mehrere Pfund kosten.«

»Ich auch, ich meine, ich fahre an dem Tag nach Liverpool, vielleicht sehen wir uns ja auf der Fähre.«

Die Frau lächelte, ein helles Licht in dem tristen Grau des Morgens. »Peter würde es gefallen.«

In der Tat strahlte der Junge Davin an und kroch unter dem Rock seiner Mutter hervor. »Spielst du Ball mit mir?«

»Aber sicher«, hörte Davin sich sagen. »Ich freue mich schon darauf.«

»Ich meine, jetzt.« Peter streckte ihm den Ball entgegen.

Davin tätschelte die Wollmütze des Jungen und fragte: »Wo schlafen Sie bis dahin? Es sind ja noch zwei Wochen.«

Das Lächeln der Frau verschwand. »Im Arbeitshaus bei Nacht. Ein schrecklicher Ort, aber wir können uns kein Gasthaus leisten, außerdem sind sie alle für Monate ausgebucht.« Sie ließ ihren Blick über die windgepeitschte Bucht schweifen. »Es ist nur … jeder stiehlt. Ich habe mein Nachthemd verloren, hatte es nur kurz auf dem Bett abgelegt. Deshalb bringe ich unsere Sachen jeden Tag mit. Es gibt auch allerlei Ungeziefer.« Sie drückte Peter fest an sich. »Ich will nicht, dass er Läuse bekommt.«

Davin musterte die Frau. Sie musste Ende zwanzig sein, ihre Nase war zu groß, um hübsch zu sein, und sie hatte einen offenen, ehrlichen Ausdruck. Das Beste an ihr waren ihre grünen Augen, die etwas Farbe in den grauen Morgen brachten. Bis auf den Schmutzrand am Rocksaum war sie sauber, Peter auch, was in den schmierigen Straßen von Dublin eine Herkulesaufgabe sein musste.

»Vielleicht gibt es einen anderen Weg.«

Peter krabbelte aus den Armen seiner Mutter und hängte sich an Davins Hosenbein. »Willst du jetzt Ball spielen?«

Davin ging auf die Knie und schaute den Jungen an. Irgendwie erinnerte ihn Peter an sich selbst. »Ich sag dir was. Warum suchen wir nicht erst einmal ein Bett für dich? Und dann, wenn noch Zeit ist, spielen wir.«

Peter lächelte und winkte mit der kleinen Faust. »Abgemacht.«

»Sie sind ein Retter.« Die Frau streckte eine Hand aus. »Ich heiße Kate.«

Je näher sie dem Anleger kamen, desto unsicherer wurde Davin. Was hatte er getan? Wie konnte er einen Platz auf einem Boot versprechen, das ihm nicht gehörte? Er schluckte schwer, richtete den hölzernen Koffer, den er auf seiner Schulter trug, neu aus und fragte sich, wie Kate eine solche Last bewältigen konnte.

»Ich bin mir nicht sicher«, sagte er, als sie den Kai entlanggingen.

»Sicher in Bezug auf was?«

»Ich wohne bei einem Fischer, Bill. Er hat mir erlaubt, auf seinem Boot zu schlafen.«

Kates Schritte wurden langsamer. »Sie wissen nicht, ob er uns aufnehmen wird?« Ihr Blick fiel auf Peter und das kleine Päckchen, das er auf dem Rücken trug.

Davin antwortete nicht, und als sie sich der Stelle näherten, an der Bill normalerweise anlegte, war diese leer. »Wir warten, er ist sicher zum Fischen unterwegs.« Sobald Bill zurückkehrte, würde Davin für sie plädieren.

Aber das Boot tauchte nicht auf. Der Nachmittag verging, die Dämmerung setzte ein. Davin hatte seinen Rucksack und sein Werkzeug auf dem Boot gelassen, weil er dachte, er würde zurückkehren, wie er es in den letzten zehn Tagen getan hatte. Alle paar Minuten ging er zum Ende des Docks, schaute über das Wasser, dann in die andere Richtung.

Vielleicht hatte Bill sein Boot an einem anderen Ort festgemacht. Er eilte los, um die Stege zu überprüfen, an denen Hunderte von Booten auf und ab dümpelten. Keines kam ihm bekannt vor, die benachbarten Fischer schüttelten den Kopf.

»Vielleicht ist er die Küste hinaufgefahren«, sagte einer von ihnen.

»Die meisten von uns sind heute hier geblieben«, meinte ein anderer und blinzelte in den Abend. »Es ist riskant bei dem Wind und den hohen Wellen. Vielleicht sitzt er irgendwo fest und wartet es ab.«

Davin stellte sich vor, wie Bills Boot sich neigte und Wasser aufnahm, lautlos unter die eisigen Wellen glitt und seinen Rucksack und seine Werkzeuge mit sich nahm.

»Wir können hier nicht bleiben«, sagte Kate, als er zurückkam. »Peter ist halb erfroren.«

»Ich weiß, es tut mir leid.« Davin schämte sich und war gleichzeitig wütend. Das Wenige, das er besaß, war jetzt auch fort. Schlimmer noch, er hatte nur ein paar Schillinge übrig, hatte angenommen, er würde auf dem Boot schlafen und Bills Mahlzeiten teilen. »Wir sollten besser zum Arbeitshaus zurückkehren.«

»Wie lange kennen Sie diesen Mann ... Bill?«, fragte Kate, als sie sich auf den Rückweg machten.

»Ich traf ihn, nachdem ich hierhergekommen war, und half ihm, sein Boot zu reparieren. Ich dachte ...«

»Sie dachten, er wäre verlässlich?« Kates Stimme war leise und doch scharf.

»Es tut mir leid, wenn ich Sie in die Irre geführt habe.«

»Sie haben es gut gemeint, ich weiß.« Kate blickte nach vorn, wo das Arbeitshaus in Sicht kam. Im Eingang herrschte dichtes Gedränge, und Davin wünschte sich zurück auf das Boot. »Wissen Sie, mir ist es ziemlich egal, wo ich schlafe, aber Peter braucht Pflege. Er ist erst vier.«

Zwei Männer und eine Frau verstopften die Tür zum Armenhaus. »Sie sind voll«, sagten sie mit niedergeschlagenen Augen.

»Lassen Sie mich durch.« Ohne abzuwarten, drängte sich Kate mit Peter an ihnen vorbei.

Die Frau am Schalter schüttelte den Kopf. »Tut mir leid, es ist kein Platz. Versuchen Sie es morgen.«

»Bitte«, jammerte Kate. »Mein kleiner Junge kann nicht auf der

Straße schlafen. Wo sollen wir sonst hingehen?«

»Warum sind Sie so spät gekommen?«

Davin biss sich auf die Lippe. Es war seine Schuld. Er hatte Kate davon überzeugt, dass es einen Platz für sie geben würde, und jetzt ...

»Ich muss einen Platz haben, wir schlafen hier im Vorderzimmer, egal wo«, rief Kate, deren rote Wangen mit dem kupferfarbenen Haar um die Wette loderten.

Die Frau schüttelte den Kopf. »Unmöglich, wir haben schon zu viele, die Zimmer sind überfüllt und –«

Kate ergriff die Hand der Frau. »Bitte! Meinem Jungen zuliebe?«

Davin las den Zweifel in der Miene der Frau, doch dann schüttelte sie den Kopf. »Wie ich schon sagte, wir sind voll. Kommen Sie morgen früh wieder, dann finden wir schon einen Platz.«

Auf der Straße stellte sich Kate vor Davin. »Geben Sie mir die Kiste.«

»Lassen Sie mich tragen«, sagte er leise.

»Sie verstehen nicht, geben Sie sie mir und gehen Sie.« Kates Augen blitzten vor Wut. »Wir wären drinnen wenigstens sicher, wenn wir nicht auf Sie gehört hätten.«

»Ich helfe Ihnen.«

»Mama, mir ist kalt«, sagte Peter. Sein kleines Gesicht sah im flackernden Schein eines Straßenfeuers halb erstarrt aus. Überall versammelten sich die Menschen, um die Nacht zu verbringen, und verbrannten alles, was sie finden konnten, um sich warm zu halten.

»Ich will Sie nie wiedersehen.« Kate drehte Davin den Rücken zu und zerrte mit einer Hand an der Kiste, die andere fest um Peter und die Tasche geschlungen. Er sah zu, wie sie in der Nacht verschwanden, eine alleinerziehende Mutter, die seinetwegen auf der Straße stand.

»Du bist so dumm«, schrie er.

Ein paar Leute, die an ihm vorbeikamen, sprangen erschreckt zur Seite und warfen ihm wütende Blicke zu.

Der Weg verschwamm. Verdammtes Leben, jedes Mal, wenn er versuchte, etwas Gutes zu tun, bekam er einen Tritt in den Hintern. Vielleicht war es besser, nur an sich selbst zu denken und die anderen zu vergessen. Aber wie konnte er seine Eltern im Stich lassen, die sich um ihn gekümmert und ihr ganzes Leben lang Opfer gebracht hatten?

Aus einer Laune heraus kehrte er zum Postamt zurück, das zu seiner Überraschung noch geöffnet hatte. Unwahrscheinlich, dass etwas angekommen war, aber er sehnte sich danach, einen Brief von seiner Mutter zu lesen, etwas, das seine Stimmung aufhellte.

»Gibt es Post für Davin Callaghan?«

Der Postbeamte sortierte einen Stapel Briefe und reichte Davin einen grauen Umschlag.

Mit zitternden Fingern eilte Davin nach draußen. Er brauchte Licht, also beschloss er, in eine Kneipe am Ende der Straße zu gehen. Eine Flasche Bier musste heute Abend drin sein.

Nach der Bestellung riss er das Siegel auf und zögerte. Die Handschrift wirkte kurz, gedrungen und ungleichmäßig – dieser Brief war von jemand anderem geschrieben worden. Seine Augen rasten über die Zeilen ...

Lieber Davin,

ich schreibe Ihnen im Namen Ihrer Eltern. Vor zwei Wochen, kurz nach Beginn des neuen Jahres, erkrankten sie beide an Fieber. Einer Ihrer Nachbarn fand sie ein paar Tage später, nachdem sie nicht mehr gesehen worden waren. Beide waren kaum bei Bewusstsein und erkannten keinen von uns. Wir versuchten unser Bestes, wobei sich mehrere Nachbarn abwechselten und sich um sie kümmerten. Nicht alle halfen, weil sie selbst Angst hatten, sich mit der Krankheit anzustecken. Wir wissen immer noch nicht, was passiert ist, aber zuerst starb Ihre Mutter und innerhalb eines Tages folgte Ihr Vater. Wir sind untröstlich, genauso wie Sie es sein müssen, wenn Sie diese Zeilen lesen. Wollen Sie zurückkehren? Der Agent des englischen Landherrn war bereits hier und wird Haus und Grund übernehmen. Wir haben einige persönliche Gegenstände retten können. Ihre Eltern sind auf dem Dorffriedhof beerdigt, aber ich fürchte, es war eine sehr bescheidene Angelegenheit, denn wir hatten kaum genug, um den Priester zu bezahlen.

Es tut mir sehr leid, Ihr Nachbar und Freund,
Steven McGregor

Davins Hand sank auf den Tisch, seine Flasche stand vergessen da. Seine Eltern waren tot, schon seit Wochen, während er darum kämpfte, nach England zu kommen, um die Farm zu retten. Jetzt war alles weg. Seine Eltern hatten keine Verwendung mehr für ihr Haus, der englische Grundherr würde alles beschlagnahmen, was übrig war.

Davin schluckte, aber der Kloß in seinem Hals wurde von Sekunde zu Sekunde größer und erdrückte ihn. Abrupt stand er auf und drängte sich nach draußen. Er brauchte Luft, wollte schreien.

Seine Eltern waren weg, die einzigen Menschen, die ihm nahestanden, die beiden Menschen, die er am meisten auf der Welt geliebt hatte.

Wieder verschwamm die Straße. Tränen liefen ihm über seine Wangen, und er war zu verzweifelt und taub, um sie wegzuwischen. Es war alles egal, sollten sie starren. Er wanderte durch die überfüllten Straßen, seine Füße trugen ihn zurück zu den Docks. Vielleicht sollte er einfach weitergehen ... ins Wasser fallen. Die Wellen würden sich über seinem Kopf schließen und seine Existenz auslöschen. Wen würde das interessieren? Keine Menschenseele, niemand würde ihn vermissen oder zurückerwarten.

»Davin?« Die Stimme kam ihm bekannt vor, also drehte er sich um. Hinter dem Schleier seiner Tränen erkannte er Kate. Peter hatte sich auf einer Decke auf der Reisekiste zusammengerollt und schlief fest. Davin stand einfach nur da und starrte die junge Mutter an. »Was ist passiert?«

Er räusperte sich und stellte fest, dass sein Mund und seine Zunge funktionierten. »Ich ... Meine Eltern sind beide tot.«

Kate machte einen weiteren Schritt, legte eine Hand auf seinen Arm. »So plötzlich?«

Davin nickte. »Fieber.«

Der Griff um seinen Arm wurde fester. »Es tut mir leid. Nicht nur wegen Ihres Verlustes, sondern auch, weil ich Sie angeschrien habe. Ich weiß, Sie haben es gut gemeint, wollten Ihr Schlafquartier mit mir teilen.« Ihr Blick wanderte zu der kleinen Figur auf der Kiste. »Ich bin nur besorgt, dass er krank wird. Er ist alles, was ich habe.«

»Ich kann es Ihnen nicht verdenken.« Davin war überrascht, dass er normale Worte formulieren konnte. »Peter ist ein guter Junge und verdient ein anständiges Bett.« Als er merkte, dass seine Wangen nass waren, zog er das einzige Taschentuch, das er besaß, hervor und wischte sich das Gesicht ab.

»Was werden Sie jetzt tun?« Kates Frage traf ihn wie ein Faustschlag in den Magen.

Was wohl? Die ganze Zeit über war es sein Ziel gewesen, nach England zu reisen und bei der Eisenbahn zu arbeiten, auch wenn er alles hasste, wofür die Engländer standen. Jetzt brauchte er nicht mehr hin. Er war in gewissem Sinne frei. Er sah die kleine Frau vor sich an und schüttelte den Kopf.

»Ich habe nicht die leiseste Ahnung.«

KAPITEL SIEBZEHN

Mina

Mina fragte sich, ob man es ihr ansah – stand ihr die Verzweiflung, die Abneigung gegen den Plan ihres Mannes ins Gesicht geschrieben? Die alte Frau hatte ihr geholfen, sich zu waschen und umzuziehen, und sich um ihre halb erfrorenen Füße gekümmert, während Roland weiter mit dem alten Bauern gesprochen hatte. Sie hatte in dieser Nacht gut geschlafen, gewärmt unter einem Federbett, weiß und flauschig wie eine Wolke, und wollte nicht wieder hinausklettern. Aber Roland hatte bei Tagesanbruch nach ihr gerufen, und sie hatte die alte Ungeduld in seiner Stimme gehört.

Jetzt waren sie wieder zu Fuß unterwegs. Wind und Schneefall hatten aufgehört, es war ein schöner, klarer Tag mit einem Himmel so blau wie Kornblumen. Nur dass jeder Schritt knirschte. Die Straße war bereits von hunderten Reisenden bevölkert, viele sahen genauso misslich oder schlimmer aus als Mina und Roland.

Minas Schritte waren noch langsamer als gestern, die Angst vor dem Erfrieren saß ihr tief in den Knochen. Sie verstand Augustas Großmutter, wie ihr alles egal wurde und sie sich einfach nur hinlegen und ausruhen wollte. War sie inzwischen gestorben? Waren Augusta und ihre Eltern wieder unterwegs?

Sie ertappte sich dabei, wie sie über die Schulter schaute und die Menschenmengen musterte, die sich zu jeder Stunde auf der Straße aufhielten. Keiner kam ihr bekannt vor. Das Gefühl der Einsamkeit kehrte zurück – jeder Schritt brachte sie weiter von zu Hause weg, von ihrem Vater und allem, was sie kannte.

Roland schien keine solchen Gefühle zu haben, er stürmte einfach weiter, als ob die Polizei hinter ihm her wäre. Vielleicht war sie es auch. Er sprach nie über diese Nacht, aber Mina wusste, dass etwas passiert war, das ihn dazu gebracht hatte, so zu rennen.

Acht Tage später erreichten sie Bremen, und Roland machte sich sofort auf den Weg zu den Docks. Sie brauchten keine Wegbeschreibung, denn ein ständiger Strom von Reisenden marschierte in dieselbe Richtung. Alle trugen Koffer und Kisten, einige ritten auf Pferden oder lenkten Wagen.

Um Bremerhaven zu erreichen, wo die großen Schiffe abfuhren, um den Atlantik zu überqueren, stand ihnen eine weitere Schiffsfahrt auf der Weser bevor.

Roland wollte das Büro des Agenten von Hapag-Lloyd suchen, der Reederei, die ihre Überfahrt organisiert hatte. Als sie es fanden, war es bereits früher Nachmittag. Zwei weitere Stunden vergingen, bis sie den Schalter erreichten. Roland holte seine Papiere heraus, die der Mann sorgfältig studierte und mit einem Eintrag in einem dicken schwarzen Buch verglich.

»Reisedatum ist der siebenundzwanzigste Februar 1849. New York, zwei Personen, auf der Annabelle im Zwischendeck.« Er reichte Roland zwei Fahrkarten. »Nehmen Sie genug Proviant für sechs Wochen mit, falls das Schiff länger braucht.«

»Aber das ist in einem Monat«, rief Roland. »Was sollen wir in der Zeit machen?«

Der Mann zuckte mit den Schultern und winkte dem nächsten in der Reihe zu. »Ausruhen, nehme ich an. Wir sind seit Monaten ausgebucht, gut, dass Ihr Agent Sie frühzeitig angemeldet hat.«

Mina drängte sich neben Roland. »Wissen Sie, wo wir übernachten können?«

»Wir sind eine Reederei«, sagte der Mann. »An Ihrer Stelle würde ich so schnell wie möglich nach Bremerhaven fahren. Jetzt machen Sie Platz, es warten noch viele andere.«

Draußen beobachtete Mina, wie Roland die Fahrscheine in dem Lederbeutel versteckte, den er unterwegs aufgeschnappt hatte. Wenigstens hatte er so viel gelernt.

»Wir müssen uns ein Zimmer suchen«, rief Mina. Die feuchte und kühle Luft, die nach Salz und Fisch roch und so gar nicht an ihr Zuhause erinnerte, machte ihr zu schaffen.

»Du hast den Mann gehört. Wir sollen die Weser hoch.« Roland stapfte davon, ohne sie anzuschauen. Mina folgte ihm, so schnell sie konnte.

»Können wir uns nicht wenigstens eine Nacht hier ausruhen?« Mina hasste ihre eigene Stimme, ihren Körper, der so schwach geworden war.

Aber Gasthöfe und Herbergen waren überfüllt, und an den meisten hingen Schilder, auf denen keine freien Zimmer angegeben waren.

Am Nachmittag drängten sie sich mit Hunderten anderen am Weserufer, wo sie auf den nächsten Morgen vertröstet wurden. Nach einer weiteren miserablen Nacht ging es auf einen Kutter, der bessere Tage gesehen hatte. Fast hundert Menschen quetschten sich auf dem offenen Kahn.

Mina stand mit dem Gesicht an Rolands Brust gepresst. Es war so eng, sie konnte nicht mal die Arme heben, um an ihre Tasche zu kommen.

»Ich kriege keine Luft«, kam es von überall her.

»Geht hoffentlich schnell«, sagte Roland irgendwann, nachdem der Kutter endlich abgelegt hatte.

Doch es ging nicht schnell. Minas Füße wurden schwer, die Dunkelheit senkte sich auf den Fluss, doch der Kutter fuhr weiter.

»Wir wollen anhalten ... Halten Sie an, wir brauchen Proviant«, kam es von allen Ecken.

Doch der Kapitän tat so, als hörte er nichts. Als die Stimmen am nächsten Morgen lauter wurden, verkündete er, dass er nicht anhalten dürfe.

Als der Kutter zwei Tage später in Bremerhaven anhielt, konnte Mina kaum noch laufen. Ihr Körper kam ihr wie ein Brett vor, unbeugsam und ohne Gefühl. Sie fühlte sich schwach und wollte sich nur noch hinlegen.

Aber die Docks in Bremerhaven quollen vor Menschen über. Und als Roland nach mehreren Stunden zurückkehrte, las sie bereits an seinem Gesichtsausdruck ab, dass er kein Glück gehabt hatte, eine Unterkunft zu finden.

»In den Außenbezirken bauen sie riesige Scheunen«, meinte er.

Sie passierten überfüllte Kneipen, Restaurants und Kaschemmen, Tausende von Menschen, die einfach auf der Straße kampierten. Bei einem Straßenverkäufer kauften sie Brot und Kohlsuppe, lehnten sich an eine Hauswand, um zu essen. Der Wind zerrte an Minas Haaren, kroch unter ihre Haut. Sie musste inzwischen wie eine Wilde aussehen, mit Löchern in den Schuhen und aufgeweichten Sohlen. Der untere Rand ihres Kleides war mit Schlamm bespritzt, ihr Schal befleckt, ganz zu schweigen vom Zustand ihrer Unterwäsche. Es war peinlich. Sie war immer stolz auf ihr Äußeres gewesen, auch als sie dank Rolands magerer und unzuverlässiger Bezahlung wenig hatten.

»Woher bekommen wir so viel haltbares Essen?«, fragte sie, während sie an einem der Kanäle entlanggingen, die aus der Stadt hinausführten. Es wurde schon wieder dunkel, und die alte Sorge kehrte zurück. Das Wetter schien hier noch rauer zu sein, denn der heftige Wind blies ihnen über die Nordsee entgegen, als wollte er sie zurück nach Hause schicken.

Roland ignorierte sie und stürmte wie üblich weiter. Nachdem sie mehrere Leute gefragt und an Türen geklopft hatten, landeten sie schließlich auf einem Bauernhof acht Kilometer vor der Stadt. Drei neu aussehende Scheunen beherbergten Hunderte Menschen. Es gab zwei Stockwerke, die jeweils mit Stroh gefüllt waren. Ein Schild verkündete: *Feuer ist nicht erlaubt.*

Das Stroh war bereits verschmutzt, die Luft dick mit dem Geruch von zu vielen Menschen, als Mina sich zwischen einem Jungen von vielleicht vierzehn Jahren und Roland auf der anderen Seite hinlegte. Sie war so erschöpft, dass sie nicht einmal ihre Schuhe auszog, was auch gut war, denn die Luft wurde von Minute zu Minute kälter. Mina zog die Knie an ihren Bauch und umarmte sich, um etwas von der Wärme zu bewahren. Am liebsten hätte sie sich an jemanden gekuschelt, aber sie hatte keine Lust auf Rolands Nähe. Jedes Mal, wenn sie aufwachte, schnarchten, husteten, jammerten und flüsterten Leute, ein ständiger Geräuschpegel, der das Einschlafen fast unmöglich machte.

Wie, um Himmels willen, sollten sie hier wochenlang überleben? Es war billig, ja, aber sie würde nie zur Ruhe kommen. Der Bauer bot ein einfaches Frühstück aus gekochten Haferflocken und Brot mit Marmelade an, das Mina in wenigen Minuten verschlang, ohne aufzublicken, während sie nur darüber nachdachte, wie sie Roland überzeugen konnte, nach Hause zurückzukehren.

Seine Laune wurde im Laufe des Tages schlechter, und der nächste Tag schien schlimmer zu sein als der vorherige. Er schlenderte davon und murmelte etwas von »sich zurechtfinden«, während Mina ihren Rucksack sortierte und etwas Unterwäsche im Wassertrog draußen wusch.

Sie lauschte den aufgeregten Stimmen der Frauen, die in Gruppen zusammenstanden und sich über das neue Land unterhielten, das sie auf der anderen Seite des Ozeans erwartete. Natürlich schienen nicht alle von ihnen positiv gestimmt zu sein, einige der älteren Männer saßen in das Feuer starrend, das draußen brannte, und blieben für sich.

Sie langweilte sich an diesem Nachmittag und wunderte sich, wie sie sich so fühlen konnte, wo sie sich doch gerade am Vortag Ruhe und Erholung gewünscht hatte. Jetzt wanderte sie zwischen den Hunderten von Familien umher und fühlte sich deplatziert und ausgelaugt. Sie war es gewohnt, einen vollen Tag zu haben, den Haushalt zu führen und zu kochen, einzukaufen und den Garten zu pflegen, Kräuter und Blumen zu sammeln, die sie zur Heilung verwenden konnte. Jetzt hatte sie nichts mehr zu tun, nicht mal ihre alte Hütte, sie konnte nicht einmal ein Bett machen, konnte nirgends hingehen. Alles, was ihr blieb, war, herumzusitzen und darauf zu warten, in ein unbekanntes Land entführt zu werden.

Den Geschichten zufolge, die sie hörte, war Amerika ein Land der unbegrenzten Möglichkeiten, unendlicher Wälder voller Wild, vier Meter hoher Gräser, reicher Erde und freundlicher Menschen. Einige Reisende umklammerten Briefe und Pamphlete und lasen sie ihren Familien immer wieder vor, als wollten sie sich vergewissern, dass es in Ordnung war, zu gehen.

Mina konnte sich nichts davon vorstellen, trotz der blumigen Beschreibungen. Sie folgte einem mit Kiefernnadeln und -zapfen gesprenkelten Weg zum Strand. Über ihr flüsterte der Wind in den Bäumen, Harz und Meersalz vermischten sich zu einem berauschenden Aroma. Sie atmete tief durch, schwang die Arme vor und zurück. Endlich hatte sie Platz und ein wenig Ruhe – doch das Gefühl des Verlorenseins blieb.

Die Bäume lichteten sich und gaben den Blick auf einen Fleck mit Sand und bunten Steinen frei, der ihr unter anderen Umständen gefallen hätte, auch wenn die grauen Wellen und die schier unendliche Weite des Wassers ihr Angst bereiteten. Sie bog nach rechts ab, vorbei an Felsbrocken und Treibholz.

Keine hundert Meter entfernt hockte Roland auf einem Baumstamm und starrte in die Ferne.

»Was machst du hier draußen?«, rief sie und kam näher.

Roland drehte sich zu ihr um, sein Gesichtsausdruck war eine Mischung aus Wut und Traurigkeit. »Nichts.«

»Die Menschenmassen gehen mir auf die Nerven.« Mina ließ sich neben ihn sinken. »Können wir reden?«

»Worüber?«

»Diese ... diese Reise. Ich bin mir nicht sicher, ob es das Richtige ist. Ich wollte nie –«

»Psst, Frau. Du redest Blödsinn.« Roland sprang auf und drehte sich zu ihr um. »Wir sind den ganzen Weg hierhergekommen, es gibt Möglichkeiten in Amerika, viel fruchtbares Land – ein neues Leben.«

Aber hier hast du nie welche gefunden, wie willst du sie da entdecken ... in einer anderen Sprache? Laut sagte Mina: »Ich habe Heimweh. Warum können wir nicht mehr reden und sehen, ob es eine andere Lösung gibt? Ich vermisse meinen Vater.«

»Ich habe einen Ablösevertrag unterschrieben, ich gehe nach Amerika.« Roland winkte mit den Armen in Richtung der Weite des Meeres. »Wir werden dort ein neues Leben beginnen, Land kaufen und ein Haus bauen.«

Mina starrte den Mann an, an den sie sich durch Heirat gekettet hatte, und erkannte, dass sie nichts sagen oder tun konnte, um ihn umzustimmen.

KAPITEL ACHTZEHN

Davin
Die Tage vergingen wie im Flug. Davin hatte Schwierigkeiten, sich zu konzentrieren, war sogar gefühllos gegenüber der Kälte und dem Unbehagen. Jeden Morgen kehrte er zu der leeren Stelle zurück, an der Bills Boot gelegen hatte. Um sich über Wasser zu halten, verrichtete er Gelegenheitsarbeiten für andere Bootseigner und kehrte am Nachmittag zum Arbeitshaus zurück, um sicherzustellen, dass er einen Platz zum Schlafen hatte.

Manchmal begleitete Kate ihn bei der Arbeit und schaute vom Steg aus zu, während Peter mit seinem knubbeligen Ball spielte. Sie holten sich billige Mahlzeiten von Straßenhändlern, Kohl und Zwiebelsuppe oder Sodabrot mit Butter, gekochte Haferflocken und gelegentlich Hammelgulasch. Das Essen im Arbeitshaus war schlechter und weniger sättigend, aber es war kostenlos, solange sie sich an die Regeln hielten. Nicht dass es wichtig gewesen wäre, Davin schmeckte nicht viel, Mund und Zunge waren so taub wie der Rest von ihm.

Das Leben, das er für die absehbare Zukunft geplant hatte, nämlich den Hof zu retten und schließlich zurückzukehren, um die Nachfolge seiner Eltern anzutreten, hatte sich in Luft aufgelöst. Solange die Hungersnot anhielt, gab es keinen Grund, nach Skibbereen zurückzugehen. Er hatte keinen Platz zum Leben und noch weniger Arbeit.

Oft verfiel er ins Grübeln, starrte in die Ferne, ohne etwas zu sehen, während ihm Erinnerungen an sein früheres Leben durch den

Kopf gingen. Sie hatten nie viel gehabt, aber bis zur Hungersnot hatte er sich einigermaßen glücklich gefühlt, war an den Wochenenden ausgegangen, hatte getanzt und ein paar Mädchen geküsst, seine Jungfräulichkeit an eine Witwe verloren, die ihn angeheuert hatte, ihr Dach zu reparieren.

Eine kleine Hand kam ins Blickfeld. »Willst du jetzt spielen?« Peter hielt seinen Ball mit hoffnungsvoller Miene hoch. Sie saßen in der Nähe eines der Docks, und die Nachmittagssonne beleuchtete die Sommersprossen auf der Nase des Jungen.

Gegen die Dunkelheit ankämpfend, nahm Davin den Ball und führte Peter zu einem freien Platz neben einer Lagerhalle. »Na gut, mal sehen, was du kannst.«

Da Peter den Ball in alle Richtungen schoss, brachte Davin ihm bei, wie er mit der Seite seines Fußes die Schüsse lenken konnte und wie man auf ein Tor zielte. Es fühlte sich gut an, sich zu bewegen, und Peters Enthusiasmus lenkte ihn vom Grübeln ab.

Es war ihm gelungen, einen Satz gebrauchter Kleidung gegen die Reparatur eines undichten Fensters einzutauschen, und er hatte sich einen Rucksack aus Stoffresten gebastelt. Was er brauchte, war ein anständiges Projekt, etwas, für das er genug Geld bekommen würde, um sich ein Zimmer leisten zu können. Aber es war schwierig, eine solche Arbeit zu finden, wenn er niemanden kannte und die meisten Firmen Leute aus der Umgebung beschäftigten. Bill hatte sein Werkzeug mitgenommen, als er verschwunden war, also musste Davin mit dem arbeiten, was auf jeder Baustelle zur Verfügung stand. Er musste genug verdienen, um zumindest eine anständige Säge, Meißel, Wasserwaage, Hobel, Bohrer und Winkel zu kaufen. Es hatte ihn Jahre gekostet, eine solide Werkzeugausrüstung zusammenzustellen, ohne die er nie Erfolg haben würde.

Er spuckte in den Staub. Ohne Werkzeuge konnte er kaum etwas verdienen, aber er brauchte Geld, um überhaupt Werkzeuge kaufen zu können. Irgendetwas musste passieren, aber er wusste nicht, was.

»Warum kommst du nicht mit uns?«, fragte Kate, als sie außer Atem zurückkehrten. Immerhin war ihm wärmer, wenn auch nur für einen Moment. Kates Wangen hatten die gleiche rote Färbung angenommen wie die von Peter, ihr Gesichtsausdruck war schwer zu lesen.

»Nach Amerika?« Davin ließ sich auf eine Ankerboje sinken und

rückte seine Mütze zurecht.»Was soll ich dort?«
Kates Ausdruck verfinsterte sich.»Von vorn anfangen. Man sagt, es sei ein großes Land, viel größer als Irland. Du wärst nicht mehr unter englischer Kontrolle, könntest deinen eigenen Betrieb gründen und Häuser bauen.« Sie holte tief Luft.»Ich weiß, du würdest es gut machen.«
Davin blickte auf die im Sonnenschein glitzernden Wellen. Es war ein schöner Anblick, Möwen flogen darüber, die Luft war frisch und salzig.»Selbst wenn ich es wollte, ich habe kein Geld, um mir die Überfahrt zu leisten.« Er schüttelte den Kopf.»Ich würde lieber hier leben. Irland ist meine Heimat.«
»Aber du hast selbst gesagt, dass du Werkzeuge brauchst. Und selbst wenn du sie hättest ... Irland liegt im Sterben.« Ein Schauer durchlief Kate.»Ich spüre es in meinen Knochen. Erst saugen uns die Engländer aus, jetzt die Hungersnot. Ich bin froh, wenn ich wegkomme. Peter soll ein besseres Leben haben.«
Davin betrachtete die kleine Frau, die vor ihm stand. Er bewunderte ihre Stärke und die Art, wie sie sich um ihren Sohn kümmerte. Es war schon schwer genug, für sich selbst zu sorgen, aber ein kleines Kind aufzuziehen, schien eine enorme Aufgabe zu sein.»Vielleicht hast du recht«, hörte er sich sagen.»Ich werde darüber nachdenken.« Er stand auf und reichte Peter die Hand.»Wir sollten dir etwas zu essen und ein Bett besorgen, bevor sich das Arbeitshaus wieder füllt.«

In dieser Nacht konnte Davin nicht schlafen. Es war nicht nur das überfüllte, stinkende Zimmer in dem Dutzende Menschen auf Betten und auf dem Boden zusammengepfercht vegetierten, das Husten, Seufzen, Schnarchen und Flüstern zu jeder Stunde der Nacht. Er dachte über Kates Frage nach. Wenigstens kannte er sich hier aus, er war unter irischen Landsleuten. Seine Eltern waren hier begraben. Begraben. Eine Träne drückte sich durch seine geschlossenen Augenlider. Er hatte sie im Stich gelassen, hatte sich betrunken und war leichtsinnig gewesen. Sie hatten ihre letzten Atemzüge allein getan, er hatte ihnen keinen Trost spenden können. Selbst sein Brief war zu spät gekommen.

Aber er musste an die Zukunft denken und seinen Kummer irgendwie überwinden. Tatsache war, dass Tausende von Iren auswanderten, auf der Suche nach einem besseren Leben, nicht in England bei der Eisenbahn, sondern jenseits der Meere, in einem fremden Land. Für einen Moment erlaubte er sich, davon zu träumen, ein Geschäft zu führen, ein Dutzend Männer zu beschäftigen, solide Häuser mit Veranden und exakt quadratischen Fenstern zu bauen.

Die Reise würde hart sein, kein Zweifel, aber das hatte ihm noch nie Angst gemacht. Was ihm Angst machte, war das Unbekannte, das Ungewohnte, das ihn sogar hier in Dublin störte, ganz zu schweigen von den Scharen von Fremden, die jede Straße bevölkerten, Pubs, Gasthäuser und Docks füllten. Aber eine Rückkehr nach Skibbereen kam nicht infrage, warum also nicht etwas Gewagtes tun? Er erinnerte sich an den alten Kesselflicker Malcolm, wie er offen auf jeden Fremden zuging und ein Gespräch begann, immer fröhlich, immer ein Lächeln auf den Lippen und ein Kompliment parat, egal, wie schlimm seine eigene Lage war und wie dringend er den nächsten Topf zum Reparieren brauchte.

Warum konnte er nicht mehr wie Malcolm sein? Warum musste er jede Entscheidung abwägen und sich Gedanken über ihr Ergebnis machen? Offensichtlich funktionierte seine Planung nicht, denn das Schicksal lenkte ihn spontan und unerwartet auf einen anderen Weg. Er stieß einen Seufzer aus und drehte sich auf die Seite, wobei seine Nase Kates Haar berührte.

Wenn das Schicksal wollte, dass er nach Amerika ging, würde er gehen – vorausgesetzt, er würde es sich leisten können. Ein kleines Lächeln schlich sich auf sein Gesicht. Morgen früh würde er es Kate und Peter sagen.

In den nächsten Tagen erörterten sie seine Möglichkeiten. Kate hatte genug Reisegeld von der Firma, die ihren Mann angestellt hatte, aber Davin hatte keine Zeit zum Sparen.

»Ich habe gehört, wie ein Mann über das Redemptioner-System gesprochen hat«, sagte Kate. Im Arbeitshaus gab es eine wässrige Suppe, die sie aus verbeulten Blechtassen tranken, weil sie so dünn war.

Davin hatte es auch gehört. Es war nichts anderes als moderne Sklaverei, aber es schien die einzige Möglichkeit zu sein, sich die Passage zu leisten. Als Zimmermann würde er sehr gefragt sein. Er musste sich jetzt entscheiden, denn übermorgen legte das Schiff nach Liverpool ab. Wer wusste schon, was er dort vorfinden würde?

»Es ist nur für ein paar Jahre, bis du die Reisekosten abbezahlt hast ...«, meinte Kate und blickte auf Peter, der zwischen ihnen saß.

»Währenddessen könntest du dein eigenes Geschäft planen und dann sofort loslegen.«
Davin zuckte mit den Schultern. »Vielleicht. Aber dieses System erinnert mich an die Engländer.«
Kates Hand landete auf seiner. »Du wirst nie wieder für die Engländer arbeiten müssen.«
Ein kleiner Trost. Er spürte Kates Blick auf seiner Schläfe, aber er konnte sie nicht ansehen. Er wusste, dass sie einen neuen Mann wollte. Aber er war nicht bereit, und obwohl er das Gefühl hatte, Kate und Peter helfen zu müssen, konnte er sich nicht vorstellen, den Rest seines Lebens mit ihnen zu verbringen.
»Ich denke, es kann nicht schaden, mehr herauszufinden«, hörte er sich sagen. Überall im Hafen hingen Schilder von Agenturen, die qualifizierte Männer suchten, die bereit waren, ihr Leben wegzugeben – zumindest für ein paar Jahre. Er dachte an die Nachrichten über weitere Todesfälle, Zehntausende von Iren hungerten, bis sie zu schwach waren, um sich zu bewegen. Er wollte nicht einer von ihnen sein.

Als er zwei Tage später an Bord der Fähre ging, wieder eingezwängt zwischen Hunderten von Fahrgästen, wieder zitternd und mit dem Wunsch, die Fahrt möge zu Ende gehen, war alles vorbei.
In seiner Tasche befand sich ein Vertrag, der seine Überfahrt nach Amerika regelte. Im Gegenzug würde er für einen Betrieb in Indiana arbeiten. Was für ein seltsamer Name, gab es dort viele wilde Indianer? Er wusste nicht einmal, wo Indiana lag. Begeistert, dass Davin von Beruf Zimmermann war, hatte der Agent Williams Construction vorgeschlagen. Anscheinend bauten sie im ganzen Mittleren Westen Häuser und Brücken.
Es bedeutete eine längere Reise als die meisten, da viele Iren in New York blieben, wo sich eine wachsende Bevölkerung niederließ, hatte der Mann gesagt. Aber im Gegenzug würde er für Proviant und die Reise zum Zielort bezahlt werden.
Er musste sich nicht mehr fragen, was er mit sich selbst anfangen sollte, er hatte sogar eine Frau, die ihm Gesellschaft leistete.
Warum fühlte er sich dann so verloren?

KAPITEL NEUNZEHN

Mina
Mina und Roland durchstöberten die Gegend nach den besten Angeboten für Proviant. Sie mussten genug Lebensmittel für sechs Wochen kaufen, so hatte es der Agent gesagt. Aber Brot würde nicht reichen, da es in der feuchten Luft schnell verdarb, frisches Gemüse war nicht erhältlich. Gleichzeitig mussten sie für Unterkunft und Essen bezahlen, während sie auf das Schiff warteten.

Wenn sie zu früh kauften, bestand die Gefahr, dass sie einem Dieb zum Opfer fielen. Alles verschwand, wenn sie es nicht bei sich trugen. Wenn sie warteten, konnten die Preise steigen. Jeden Tag gingen Leute weg, andere kamen, nahmen die leeren Plätze in der Scheune ein, viele mussten weiterreisen. Es war ein ständiges Kommen und Gehen.

»Warum verständigen wir uns nicht mit einem Bauern und kaufen genug Getreide, um Haferschleim zu kochen? Ich habe gehört, auf dem Schiff gibt es Öfen, die man sich teilen kann«, sagte Mina eines Morgens. Sie waren schon zwei Wochen vor Ort, und sie hatte Angst, dass ihnen wieder das Geld ausgehen würde.

Roland blinzelte sie an, das Warten machte ihn noch mürrischer. »Ich treffe hier die Entscheidungen.«

»Aber wenn wir warten —«

Roland umklammerte ihr Handgelenk. »Hör auf zu jammern, es ist noch zu früh. Wo sollen wir die Sachen sicher aufbewahren?«

Mina riss die Augen auf, damit er ihre Tränen nicht sah. »Du tust mir weh. Wir könnten es vorher bestellen und kurz vor der Reise abholen.«

Ohne ein Wort zu sagen, ließ er sie los und marschierte davon. Jeden Tag verließ er sie für mehrere Stunden. Mina hielt das für einen guten Plan, aber Roland war so schwach, so wenig selbstbewusst, dass er es nicht ertragen konnte, wenn sie gute Ideen hatte – ein kleiner Mann in einem großen Körper.

Mina massierte sich das Handgelenk und schlenderte zur Straße, auf der Männer, Frauen und Kinder in beide Richtungen vorbeiliefen, einige noch auf der Suche nach einer Unterkunft, andere auf dem Weg zu den Docks von Bremerhaven.

»Mina!«

Mina traute ihren Ohren nicht und drehte sich abrupt um, als Augusta auch schon mit winkenden Armen und einem breiten Lächeln auf dem Gesicht auf sie zulief. Es war, als würde die Sonne die Straße erhellen.

Sie umarmten sich, beide mit Tränen in den Augen. »Ihr habt es geschafft«, sagte Mina atemlos.

»Wir haben in der Stadt gewohnt, aber Papa meinte, dass es zu teuer wird. Also suchen wir nach einem billigeren Platz.«

Mina drückte Augusta an sich. »Du hast abgenommen.«

»Du auch. Wo ist Roland?«

Mina verzog das Gesicht und sah weg. »Er läuft herum, hat ständig schlechte Laune.«

Augusta wollte gerade antworten, als Stefan näher kam, Augustas Mutter am Arm. »Wie schön, dich zu sehen. Glaubst du, sie haben Platz für uns?« Er nickte in Richtung der Scheunen.

»Jeden Tag gehen Leute weg, das ist heutzutage reines Glück.«

Während Stefan sich auf den Weg zum Hof machte, reichte Mina Augustas Mutter die Hand. »Mein herzliches Beileid für Ihren Verlust.«

Augustas Mutter schluckte, offensichtlich bemüht, ihre Fassung zu bewahren. »Es ging schnell. Es ist nur … Ich wünschte, ich hätte sie auf dem Friedhof begraben können, neben ihrem Mann.«

Mina tätschelte ihren Unterarm und stellte fest, dass ihr Vater wenigstens neben ihrer Mutter ruhen würde und nicht an irgendeiner einsamen Straße mitten im Nirgendwo. Der Gedanke tröstete sie ein wenig.

»Wie geht es dir?« Augustas Mutter, die dunkle Schatten unter den Augen hatte und müde wirkte, musterte Mina. »Das Warten ist schwierig, nicht wahr?«

»Ich mache mir Sorgen um die rechtzeitige Beschaffung von Vorräten. Wir müssen genug für Wochen haben. Woher wissen wir überhaupt, wie lange die Passage dauert? Die einen sagen vier Wochen, die anderen sechs oder acht.«

Mina spürte, wie sich Augustas Arm um ihre Schultern legte. Das war besser als jeder Schal. »Ihr solltet jetzt bestellen und abholen, bevor ihr abreist.« Sie klatschte sich die freie Hand auf den Mund. »Wann fährst du?«

»In zwei Wochen, am sechsundzwanzigsten Februar.«

Augusta drückte sich an sie. »Schade, unser Schiff fährt am dritten März. Wisst ihr schon, wohin ihr nach der Ankunft geht?«

Mina zuckte mit den Schultern. »Ein Ort namens Indiana. Das ist ein Staat irgendwo im Landesinneren.«

»Indiana.« Augusta ließ das Wort auf der Zunge zergehen. »Das klingt nach einem interessanten Ort. Gibt es dort Indianer?«

»Ich weiß es nicht, nur dass Roland in einer Eisenschmiede arbeiten wird.«

Stefan eilte auf sie zu. »Wir können bleiben. Schnell, lasst uns einziehen. Wir sind in dieser ersten Scheune.«

»Ich komme mit dir«, sagte Mina zu Augusta. »Dann weiß ich, wie ich euch finden kann. Es ist so voll.«

»Fast siebenhundert Menschen. Ich habe gefragt.« Stefan schnappte sich die beiden Koffer und ging voran, während Mina Augusta das restliche Gepäck tragen half.

Sie verabredeten sich zum Abendessen, und Mina machte sich auf die Suche nach Roland. Er würde sich freuen, Stefan zu sehen, da war sie sich sicher.

Jeden Morgen traf sich Augusta mit Mina zu einem Spaziergang. Gemeinsam erkundeten sie die Küste, erforschten Bauernhöfe und Wege. Mit Augusta an ihrer Seite fühlte sich Mina stärker und weniger ängstlich, obwohl sie feststellen konnte, dass Augusta weit weniger enthusiastisch war als bei ihrer ersten Begegnung.

»Weißt du schon, wo ihr euch niederlassen werdet?«, fragte Mina auf einem ihrer Spaziergänge. Es war ein eisiger Tag mit strahlender Sonne, der jegliche Wärme fehlte. Ihre Atemzüge ließen Wolken in der Luft aufsteigen.

»Papa spricht von Ohio, anscheinend haben wir dort Familie, einen entfernten Cousin.«

»Ich kann mir das alles nicht vorstellen.«

»Das kann ich auch nicht, aber es muss besser sein als Württemberg.« Augustas Augen trübten sich. »Die Menschen sind krank, hungern oder sterben vor Hunger. Wir haben andere aus Westfalen und Bayern getroffen. Es ist überall das Gleiche.«

»Wie weit ist Ohio von Indiana entfernt?« Mina versuchte, sich die Landschaft vorzustellen, während sie sich ausmalte, Augusta zu besuchen.

»Ich weiß es nicht. Papa sagt, Amerika ist viel größer als alles, was wir bisher gesehen haben. Er sagt, dort gibt es Berge, die so hoch sind wie die Alpen, weite Flächen und viel Land zum Besiedeln.«

»Woher weiß er das?«

»Bevor wir den Entschluss fassten, wegzugehen, hatte er schon Briefe mit Leuten aus Ohio und anderen Orten ausgetauscht. Er plant diese Reise seit zwei Jahren.« Augusta tippte mit einem behandschuhten Zeigefinger an ihre Unterlippe. »Wir sollten uns auf die Suche nach einer Karte machen. Dann wissen wir wenigstens, wo alles ist. Ich möchte dich besuchen.«

Mina nickte, obwohl sie sich insgeheim Sorgen machte. Als Redemptioner würde Roland bis zum Ende des Vertrags kein Geld verdienen. Sie würden von der Unterkunft abhängig sein, die der Arbeitgeber zur Verfügung stellte. Sicherlich war Augusta an ein großes Haus gewöhnt. »Du hast mir nie erzählt, was dein Vater beruflich macht«, sagte sie laut.

Ein Lächeln huschte über Augustas Gesicht. »Er ist Bierbraumeister, deshalb will er nach Cincinnati. Er hat gesagt, dass sich dort viele Leute niederlassen, um Bier zu brauen.«

»Cincinnati.« Mina probierte das fremde Wort aus. »Ich muss Englisch lernen.«

Augusta klatschte in die Hände. »Natürlich, wir sollten zusammen üben.« Sie zog ein Buch aus ihrer Tasche. *Englisch ohne Lehrer, ein Hilfsbuch für Auswanderer* stand auf dem Einband über einem Segelschiff.

Mina merkte schnell, dass sie sich Wörter gut merken konnte, obwohl sie sich wünschte, jemand würde ihr sagen, wie man sie aussprach. Bald zeigte Augusta auf etwas, und Mina platzte mit dem englischen Wort heraus. Sie wechselten hin und her und begannen, einfache Sätze zu bilden.

»Was machst du denn den ganzen Tag mit Augusta?«, fragte Roland eines Abends, als Mina zu ihm in die Scheune kam. Sie hatte es bis zur letzten Minute hinausgezögert, weil sie die dicke, stinkende Luft nicht ausstehen konnte.

»Üben.«

Roland ließ sich ins Stroh sinken und rückte seine Decke zurecht. »Was meinst du?«

»Englisch, natürlich. Wir müssen mit dem amerikanischen Volk sprechen können.«

Roland spottete. »Blödsinn. Es wird Tausende von Deutschen geben, die alle unsere Sprache sprechen. Ich habe gehört, dass sie sogar Straßen und Parks mit deutschen Namen versehen.«

Wortlos drehte Mina Roland den Rücken zu. Sie brauchte nicht zu antworten, sie würde nur eine böse Erwiderung bekommen. Sie war froh, dass sie sich die Zeit mit dem Erlernen der Sprache vertrieb. Weiter hoffte sie, er würde sie in Ruhe lassen. Es war Wochen her, dass er sie berührt hatte, ein Vorteil, wenn man auf so engem Raum schlief. Sie wusste, dass es einige gab, denen das egal war, hörte ihr Stöhnen und Rascheln. Roland war offensichtlich zu schüchtern.

Das war ohnehin besser. Ohne die wilden Karottensamen konnte sie schwanger werden und dafür war die Reise viel zu anstrengend.

Morgen würden sie Hafer auf dem Bauernhof bestellen, Stefan hatte Roland davon überzeugt, dass es das Richtige war. Mina klopfte auf den Beutel, den sie auf der Brust trug und in dem sie die Münzen aufbewahrte. Hoffentlich würde das Geld reichen.

KAPITEL ZWANZIG

Davin
Wenn in Dublin viel los gewesen war, war Liverpool schlimmer. Überall tummelten sich Menschen, und obwohl Davin viele seiner irischen Landsleute an ihrem Aussehen und ihrem Akzent erkannte, plapperten viele andere in allen möglichen englischen Dialekten – viele kehrten den arroganten Engländer heraus, ganz so wie Davin es erwartet hatte.

Die Überfahrt war schlimm gewesen, Kate hatte schlapp und seekrank über der Reling gehangen, während Davin sich um Peter gekümmert hatte. Nicht dass er irgendwo Ruhe gefunden hätte, das Deck war voll mit Passagieren gewesen. Diejenigen, die es nicht bis zur Reling schafften, spuckten auf sich selbst, den Boden oder ihre Sitznachbarn. Bald stank alles nach Erbrochenem, und Davin hielt seine Nase in den Wind, so gut er konnte.

Er hatte Kate beim Verlassen des Bootes helfen müssen, weil sie zu schwach gewesen war, um ihren Koffer zu tragen.

Jetzt hockten sie in einer Seitenstraße in der Nähe des Hafens und verzehrten einen Laib Brot, den Davin bei einem Straßenhändler organisiert hatte.

»Ich muss ein Zimmer finden«, sagte er. »Und, was noch wichtiger ist, eine Reederei.«

Kate nickte schwach und drückte Peter an ihre Brust. »Ich warte hier. Aber komm schnell zurück. Ich mag diese Gegend nicht.« In der Tat trieben sich jede Menge zwielichtiger Gestalten auf den Docks herum, von denen einige vor den Kneipen und Gasthäusern auf Beute lauerten. Es war bekannt, dass hier Diebe und Gauner ihr Unwesen trieben und versuchten, den Leuten eine Münze für eine versprochene Dienstleistung zu entlocken, die es gar nicht gab.

Wilson & Sons war kaum zu übersehen, die Büros waren groß und geräumig. Wie in Dublin wartete eine Menschenschlange vor der Eingangstür und den Weg entlang. Kate hatte Davin Geld gegeben, um ein Ticket für die Überfahrt zu kaufen. Dem Agenten in Dublin zufolge musste Davin nur seine Redemptioner-Papiere vorlegen, und er würde einen Platz auf dem nächsten verfügbaren Schiff bekommen.

»Sie haben Glück«, sagte der Mann hinter dem Schalter. »Die New-Orleans hält ein paar Plätze für Redemptioner frei. Ich werde einen reservieren.«

»Ich brauche einen weiteren Platz für meine Freundin und ihren Sohn.« Davin schob Kates Reisepass hinüber.

»Tut mir leid, Ihre Freundin wird noch eine Weile warten müssen. Die Schiffe sind für Monate ausgebucht.«

»Das geht nicht, ihr Junge ist erst vier ...«

Der Mann schüttelte energisch den Kopf. »Machen Sie die Augen auf, halb Irland verlässt uns. Sie wird warten müssen, bis sie an der Reihe ist. Es sei denn ...« Der Mund des Schreibers zuckte.

»Es sei denn was?«

»Wenn Sie verheiratet sind, können Sie Ihre Familie mitnehmen.«

»Verheiratet?«

Die Hand des Mannes schwebte über dem Buch. »Entscheiden Sie sich heute noch?«

Davins Gedanken rasten. Er würde Kate heiraten müssen, eine Frau, die er kaum kannte. Er mochte sie, aber er hatte gesehen, was eine Liebesbeziehung wie die seiner Eltern anrichten konnte. Für diese Frau empfand er keine Liebe, nur Zuneigung. Würde das ausreichen, würden seine Gefühle wachsen?

Er ahnte, was *sie* wollte, er hatte die Zeichen erkannt. Sie würde heiraten und versorgt werden *wollen*. Wieder errichtete das Leben eine Hürde vor ihm, ein weiteres Problem, das er überwinden musste. Er fühlte sich wieder einmal außer Kontrolle.

Hinter ihm wurden Stimmen laut, die Beleidigungen murmelten: »Beeilen Sie sich, Mann ... Lassen Sie uns vor ... Wir warten alle.«

»Na gut, ich werde sie heiraten.« Er schluckte die Sorge hinunter. Er würde es Kate erklären – und sich selbst.

Die Luft fühlte sich anders an, als er die Straße betrat, und die Fahrkarten raschelten leise an seiner Brust. Zuerst hatte er die Kontrolle über sein Berufsleben abgegeben, indem er die Arbeit als Redemptioner angenommen hatte. Jetzt hatte er auch seine persönliche Unabhängigkeit aufgegeben. Er würde heiraten, und einen Sohn hatte er auch schon. Nicht dass er Peter nicht mochte. Aber war es nicht etwas anderes, ein Kind zu zeugen, als eines zu erben?
Geh zurück zu Kate, kommentierte sein Verstand. *Den Rest klärst du später.*

Der Straßenrand, an dem er sie zurückgelassen hatte, war leer. Davin fragte einen Mann, der sich in der Nähe aufhielt und eine Zigarette rauchte. »Haben Sie eine junge Frau und einen kleinen Jungen gesehen? Sie saßen genau hier.«

Der Mann warf ihm einen seltsamen Blick zu und schüttelte wortlos den Kopf. Erst als Davin sich zum Gehen wandte, rief er ihm hinterher: »Geh lieber dahin zurück, wo du hergekommen bist, *Paddy*!«

War es so offensichtlich? Natürlich war die Art und Weise, wie er aussah und sich anhörte, für die versnobten Engländer seltsam. Er erblickte sich selbst im Fenster des Pubs und musste grinsen. Ganz zu schweigen davon, dass seine Sommersprossen und sein Haar es verrieten – nicht kupferfarben wie das von Kate, sondern viel heller, wie frischer Rost, rot genug, um überall aufzufallen, wo er hinging.

Er eilte davon und war erleichtert, als er die belebten Kais erreichte, an denen Schiffe aller Größen, die meisten davon Segelboote, anlegten, denn die Sorge um Kate drängte ihn zur Eile. Er bog nach links ab, quetschte sich durch die sich mischenden und wartenden Menschenmassen. Das Unbehagen wuchs, ließ ihn trotz der Kälte schwitzen. Was, wenn ein Mann sie angegriffen und in ein Gebäude gezerrt hatte, aus dem sie nie wieder herauskam? Nach allem, was er wusste, hätte es auch der schmierige Kerl gewesen sein können, mit dem er gesprochen hatte.

Abrupt drehte er sich um und rannte in die andere Richtung. Er würde zur Polizei gehen und erklären, was passiert war, doch dann wurde ihm klar, dass er nicht einmal Kates Nachnamen kannte. *Ja, Officer, ich habe sie in Dublin getroffen. Nein, ich kenne ihren Nachnamen nicht, aber sie hat einen Sohn, Peter.* Davin kaute auf seiner Unterlippe und eilte weiter, wobei er sich nach links und rechts umsah. Mit dem schweren Holzkoffer konnte sie doch nicht weit gekommen sein. Nicht nach der anstrengenden Überfahrt.

»Davin, hier drüben!«

Durch die Schlange der Menschen, die darauf warteten, ein Segelschiff namens Esmeralda zu betreten, erhaschte er einen Blick auf Kate, die auf ihrer Kiste hockte. Im nächsten Moment griff Peter nach seinem Bein. »Endlich bist du wieder da.« Seine blauen Augen leuchteten mit einer Mischung aus Angst und Freude.

Davin nahm Peters Hand und führte ihn zu Kate. »Ich konnte dich nicht finden.« Zu seiner Überraschung durchströmte ihn Erleichterung, und er ließ sich vor Kate auf die Knie fallen. Sie waren auf Augenhöhe, und zum ersten Mal stellte er sich vor, mit ihr zu schlafen. Sofort spürte er, wie seine Wangen warm wurden, also richtete er sich wieder auf und stellte seinen Rucksack ab. »Ich habe Karten.« Er kramte in seiner Tasche und reichte Kate ihre und den Rest ihres Geldes.

Kate sortierte vorsichtig die Scheine. »Aber das sind sechs Pfund weniger, als sie gesagt haben.« Sie blickte auf, eine Falte auf der Stirn. Sie misstraute ihm. »Was ist passiert?«

Da war er, der Moment, in dem er die Wahrheit sagen musste.

»Tut mir leid, es ist kompliziert.« Er blickte weg, dann wieder zu Kate, die ihn blinzelnd ansah. »Wir müssen heiraten.«

Auf Kates Gesicht zeigte sich eine Mischung von Emotionen: Überraschung, Sorge ... und zu seiner Überraschung auch Freude. Als sie schwieg, fuhr er fort: »Ich habe wegen des Ablösevertrags einen Platz auf einem früheren Schiff bekommen. Ich nehme an, sie wollen mich so schnell wie möglich haben. Aber du hättest noch zwei Monate warten müssen, es sei denn ...«

»Es sei denn, wir heiraten vorher.«

»Richtig.«

Kates Lächeln wurde breiter. »Es ist nicht der romantischste Antrag, aber ich nehme an.« Sie erhob sich und nahm seine Hand. »Ich reise viel lieber mit dir als allein. Außerdem, was würde ich hier ohne dich machen?«

»Richtig«, sagte er wieder und war überrascht, wie gut sich Kates schmale Hand in seiner anfühlte.

»Dann ist es abgemacht.«

Sie heirateten eine Woche später in einer kleinen Kapelle am Stadtrand von Liverpool, wo sie in einer billigen Pension untergebracht waren. Es war eine bescheidene Angelegenheit, Kate trug ein Kleid, das er noch nie gesehen hatte, und er seine normale Kleidung. Der Priester hatte ihre Papiere studiert und nur wenige Fragen gestellt. Offenbar passierte das ständig. Ihr Kuss war kurz und hastig. Draußen warteten bereits drei weitere Paare.

Zur Feier des Tages gingen sie in eine Kneipe und teilten sich Braten und Kartoffeln, wobei Peter zwischen ihnen saß und von einem Ohr zum anderen lächelte. »Ich nenne dich jetzt *Papa*«, verkündete er, als der Kellner ihnen den Nachtisch brachte, eine Art Pudding mit roter Soße.

Davin zwang sich zu einem Lächeln, obwohl seine Gedanken bei der Hochzeitsnacht waren. Er fühlte sich nicht sonderlich sicher, seine Erfahrung mit der älteren Frau, deren Dach er repariert hatte, war eine ferne Erinnerung. Er trank ein zweites Ale, um seine Nervosität zu vertreiben.

Sie hatten nur für eine Nacht ein Privatzimmer gemietet, eine Stunde Fußmarsch vom Hafen entfernt. In der näheren Umgebung waren die Zimmer und Scheunen überfüllt. Wenigstens war es hier ruhiger, ein Arbeiterviertel mit strohgedeckten Reihenhäusern.

Das Zimmer war winzig, ein Bett mit einer geblümten Decke, ein winziges Feldbett in der Ecke für Peter, eine Waschschüssel und ein Holzschrank mit einem fehlenden Fuß. Sie löschten die Kerze und zogen sich im Dunkeln aus, Peters Stimme war schläfrig von einem langen Tag. Kate deckte ihn zu und schlüpfte ins Bett, während Davin seine Kleider über den einzigen Stuhl hängte.

Er war selbst todmüde, aber auch seltsam wach. Dann war Kate da, in seinen Armen, und schmiegte ihren Körper an seinen. Sie trug eine Art Nachthemd, das nun an seiner Haut kratzte. Seine Hand wanderte umher und erinnerte sich bald daran, was getan werden musste. Kate unterdrückte ein Stöhnen, also musste er auf der richtigen Spur sein. Nach einer Weile zog sie ihr Hemd aus und ihn zu sich heran, und er vergaß seine Befürchtungen.

Außer Atem machte er es sich neben ihr bequem und schlief ein. In der Nacht wachte er kurz auf und bemerkte, dass sie sich wieder angezogen hatte. Das war gut so. Er zog seine Hose an, falls Peter vor ihm aufwachen würde. Es war vollbracht, er hatte geheiratet und würde nach Amerika gehen.

Wieder im Bett drehte er sich auf die Seite und legte einen Arm um Kate … *seine Frau*. Er war nicht mehr allein, nicht mehr ohne Ziel – ein neues Leben wartete auf ihn.

KAPITEL EINUNDZWANZIG

Mina

Am Morgen, an dem ihr Schiff ablegte, verließen Mina und Roland im Morgengrauen die Scheune. Augusta, die an der Straße auf sie wartete, um sich zu verabschieden, zog sie an sich. »Ich werde dich vermissen«, flüsterte sie. »Pass auf dich auf.« Minas Augen füllten sich mit Tränen, ihre Kehle wurde zu eng, um ein Wort zu sagen. Augusta drückte ihr ein Stück Papier in die Hand. »Der Cousin meines Vaters ist in Cincinnati. Schreib mir.«
»Das werde ich, ich verspreche –«
»Wir müssen los.« Die alte Ungeduld war in Rolands Stimme zurückgekehrt. »Wir werden ohnehin langsam sein.« Er nickte Augusta zu, hievte sich den Getreidesack auf die Schulter und wandte sich zum Gehen. Mina drückte Augustas Hand, bevor sie ihrem Mann in den Morgen folgte.

Der Wind hatte sich über Nacht gelegt, aber Minas Schritte knirschten auf dem gefrorenen Boden, jeder Atemzug brannte in ihrer Lunge. Nebel waberte über die Felder, während eine wässrige Sonne hinter ihnen über den Horizont kroch. Minas Arme schmerzten von dem ungewohnten Gewicht des Getreidesacks, der zwar nicht so groß war wie Rolands, aber schwer genug, um ihn alle paar Meter hin und her zu bewegen. Sie hatten auch eine Tüte getrockneter Kekse gekauft, die steinhart waren, aber den feuchten Bedingungen auf dem Schiff standhalten sollten.

Hin und wieder hielten sie an, um sich auszuruhen, Roland fluchte und massierte sich die Schultern. »Verdammtes Essen, wir hätten einen Karren nehmen sollen.«

Mina beherrschte sich. Sie hatten kein Geld für Extras, schon gar nicht für einen Karren, den sie entsorgen mussten, sobald sie an Bord gingen.

Roland blieb immer öfter stehen, und sie merkte, wie kraftlos er geworden war. Die Arbeitstage in einer Eisenschmiede in dem neuen Land würden hart und lang sein, und sie machte sich bereits Sorgen, wie er das verkraften würde. Diesmal konnte er nicht kündigen oder weglaufen, nicht wenn er einen Vertrag unterschrieben hatte. Wer wusste schon, was der Arbeitgeber mit ihm machen würde ... mit ihnen beiden?

Als sie die Docks von Bremerhaven erreichten, war es bereits später Morgen. Sie sollten um neun Uhr zum Ableger kommen, und selbst ohne Uhr wusste Mina, dass sie spät dran waren. Roland rannte los, um nach dem richtigen Schiff zu fragen, und kehrte armerudernd zurück.

»Sie sind fast bereit zum Ablegen, wir müssen uns beeilen.« Er schwang sich den Sack wieder auf die Schulter und lief los, und Mina hatte Mühe, mit ihm Schritt zu halten, so wie sie es getan hatte, als sie durch den Schnee gewandert waren. Bald war er fünfzig Meter vor ihr, dann hundert, und sie befürchtete, ihn aus den Augen zu verlieren.

Doch dann blieb er abrupt in der Nähe des Wassers stehen, wo mehrere Männer Pakete, Kisten und elegante Koffer über eine Planke hinauftrugen ... zu einem Schiff – ihrem Schiff, der Annabelle.

Mina hatte erwartet, aufgeregt zu sein, aber als sie das Schiff sah, sank ihr Herz. Es war ein Segelschiff mit zwei zusätzlichen Schornsteinen, nicht länger als vierzig Meter. Das Vorderdeck wirkte so überfüllt, dass es wie eine Masse aus Menschenleibern aussah. Nur der hintere Bereich wurde von einem Dach beschattet, unter dem eine Handvoll gut gekleideter Männer und eine Frau mit blondem Haar, das in modischen Locken lag, auf sie herabblickten. Einen Moment lang dachte Mina, es sei Augusta. So ein Unsinn, Augusta saß in der Scheune und wartete auf ihr Schiff, das in zwei Wochen auslaufen sollte. Der verbliebene Platz war mit Fässern und Holzkisten gefüllt, armdicke Schnüre schlängelten sich in alle Richtungen, und alles wurde von einem Gewirr von Segeln überschattet.

Roland sprach mit einem Mann, der den Steg bewachte und mit

den Armen fuchtelte. »Ich weiß, wir sind spät dran, aber ich habe einen Vertrag«, rief er. »Sie wollen doch sicher keinen Ärger. Wir haben Tickets.« Er zog das Papier aus seinem Beutel und wedelte damit vor dem Mann herum, der sich den Bart rieb.

Alles in Mina sträubte sich dagegen, über die Planke zu gehen und sich auf dieses unmöglich volle Schiff zu zwängen, das zu klein und zu baufällig aussah, um sie über einen riesigen Ozean zu tragen. Sie wollte nach Hause zurückkehren, bei ihrem Vater einziehen, wenn es sein musste. Alles war besser als das hier. Einen Moment lang zögerte sie, sah, wie sie sich von den Docks abwandte ... den langen Weg nach Hause machte ... ihren Vater umarmte.

»Komm her, beeil dich«, unterbrach Rolands Stimme ihre Gedanken.

Mina nahm ihren Sack und die kleine Reisetasche und gesellte sich zu Roland, in der Hoffnung, zu hören, dass man sie abweisen würde.

»Das ist meine Frau, wir müssen zusammen reisen, Sie wollen doch sicher nicht, dass sie zurückbleibt und länger warten muss.« Er senkte die Stimme. »Sie ist schwanger, wissen Sie. Je eher wir ankommen, desto besser.«

Die Augen des bärtigen Mannes wanderten über Minas Körper, als ob er nach Anzeichen für ihre Schwangerschaft suchte. Mina starrte Roland schockiert an, der so einfach log, wie er über das Wetter sprach. Sie hoffte, dass der Mann Rolands List durchschaute und sie zurückwies.

Doch zu ihrem Entsetzen nickte er. »Also gut, beeilen Sie sich. Suchen Sie sich einen Platz im Zwischendeck, zwei Treppen runter. Fünf pro Koje, nicht mehr und nicht weniger.«

Minas Knie wackelten, als sie die schwingende Planke über eine dunkle, tiefe Wassermasse überquerte, die sie vom Land abschnitt. Dann ging es eine Treppe hinauf auf das Schiff, auf dem die Menschen jeden Zentimeter verfügbaren Platz einnahmen und wie eine Mauer vor ihr standen. Ohne Roland wäre sie einfach steckengeblieben, aber er drängte sich durch die Menge und rief: »Machen Sie Platz.«

Vom Deck führte eine Treppe in den Bauch des Schiffes. Es war ein provisorisches Deck, das nur für die Fahrten nach Amerika eingerichtet worden war, was Roland sofort zum Fluchen brachte, denn die Decke war so niedrig, er musste bei jedem Schritt den Kopf einziehen. Es gab keine Fenster, und jedes Abteil, das sie betraten, war bis zum Rand gefüllt, und bald fragten sie nur noch: »Fünf?«

Am Ende des Korridors fanden sie in getrennten Abschnitten jeweils einen Platz. Vor jeder Koje stapelten sich Koffer, Fässer, Säcke und mit Lebensmitteln gefüllte Vorratskisten, sodass wenige Zentimeter Boden übrig blieben, um sich hindurchzuzwängen. Da die meisten Menschen an Deck waren, legte Mina ihre Decke aus und verstaute den Sack mit den Lebensmitteln am Fußende des Bettes. Abgesehen von einer Laterne war es dunkel, die Luft stickig, ohne die geringste Brise, sie wollte sich die Nase zuhalten, damit sie den Gestank nicht riechen musste. Kein Wunder, dass die meisten Menschen draußen blieben.

Am Ende des Ganges entdeckte sie hinter einer provisorischen Tür ein paar Eimer, die als Toilette benutzt wurden. Es war nicht einmal ein separater Raum, und es gab auch keine Waschgelegenheit. Ein gusseiserner Herd ohne Geschirr und Töpfe stand in einer Nische. Er war winzig, und sie fragte sich, wie sie alle Mahlzeiten auf einer so kleinen Fläche zubereiten würden. Sie würde sich einen Topf leihen müssen, um das Getreide zu kochen. Meine Güte, sie hatten nicht einmal Löffel. Wie um alles in der Welt sollte sie hier vier oder gar sechs Wochen überleben?

Sie beschloss, Roland zu warnen. Ein kleiner Teil von ihr hoffte immer noch, ihn dazu bewegen zu können, das Schiff zu verlassen. Doch Roland lag in der Koje und füllte fast die Hälfte des Raumes aus, der für fünf Passagiere reichen sollte. »Wir haben keine Teller oder Töpfe, nicht mal Besteck«, sagte sie.

Roland winkte ab, als sei sie eine lästige Fliege. »Dann leihen wir eben was.«

Verdammtes Schiff, verdammter Mann. Sie hatte jetzt schon die Nase voll. Doch Mina verschluckte den Fluch und beschloss, frische Luft zu schnappen. Die Leute standen selbst auf den oberen Stufen, um einen Blick auf das Land zu werfen, das sie verlassen wollten, und Mina gab auf. Stattdessen kletterte sie eine Etage tiefer. Das Schild an der Tür verkündete, dass *der Zutritt für Passagiere des Zwischendecks verboten* war. Frustriert kletterte sie wieder nach oben und kämpfte sich auf das Deck vor. Neben dem abgetrennten Bereich, in dem sie vorhin die wohlhabenderen Passagiere gesehen hatte, verkündete ein Schild, dass *der Zutritt für Passagiere des Zwischendecks verboten* war. Nie hatte sie sich mehr gewünscht, genug Geld zu haben, um mit etwas Komfort, etwas Würde zu reisen, wie ein Mensch und nicht wie eine Ratte, die sich von Abfällen ernährte. Als sie Roland mit siebzehn

Jahren kennengelernt hatte, hatte sie geglaubt, dass er Berge versetzen würde. Er war so enthusiastisch und gutaussehend gewesen, hatte ein sorgenloses Lächeln auf den Lippen gehabt. Es hatte eine Weile gedauert, bis sie seine Geschichten durchschaut hatte, die großartigen Pläne, die er sich ausdachte und ebenso schnell wieder verwarf.

Sie erhaschte einen Blick auf das Dock, wo zwei Männer die armdicken Taue lösten, winkten und Befehle riefen. An Deck kletterte eine Handvoll gelenkig aussehender Männer um die Masten und bereitete Seile und Segel vor.

Irgendwo unter ihr hörte sie ein schleifendes Geräusch, ein Klopfen und Rumpeln, als sei dort unten ein wildes Tier gefangen. Aus den Schornsteinen entwich eine schwarze Wolke Rauch. Augustas Vater, Stefan, hatte ihnen erklärt, dass die meisten Segelschiffe heutzutage Dampfmaschinen hatten, mit denen sie in die Häfen ein- und ausliefen. Er hatte davon gesprochen, dass es bald große Dampfschiffe ganz ohne Segel geben würde, die die Passagiere viel schneller befördern würden.

Offensichtlich war dieses Schiff älter und würde für den größten Teil seiner Reise vom Wind abhängig sein. Das Brummen unter ihr wurde lauter, das Dock bewegte sich, vielmehr glitt das Schiff vom Land weg. Auf dem Kai winkten und schrien Männer und Frauen, oben pfiffen und riefen die Passagiere, und die Frau neben Mina, die ein strenges schwarzes Kleid trug, weinte, stille Tränen kullerten über ihre Wangen. Sie musste Ende vierzig sein, die Haare an den Schläfen ergraut, die Falten um den Mund tief, als hätte sie schon eine Weile nicht mehr gelächelt. Trotz der Menschenmenge umgab sie ein Hauch von Einsamkeit.

Mina schluckte wiederholt. Sie wollte nicht weinen, wollte sich nicht dem Gefühl der Hilflosigkeit hingeben. Sie saß jetzt fest, war abhängig von den Launen des Wetters und ihren Mitreisenden, den Fähigkeiten des Kapitäns. Rolands abrupte Flucht hatte sie mit nichts als einer Decke und den Kleidern an ihrem Körper auf eine Reise um die halbe Welt geschickt. Mit gesenktem Kopf schlich sie zurück in ihr Quartier und kroch unter ihre Decke. Sie wollte nur noch schlafen und diesem Albtraum entkommen.

Mina wachte auf, weil ihr jemand von hinten in die Kniekehlen drückte. Sie drehte sich halb um und wurde sich eines Mannes bewusst, dessen Gesicht nur Zentimeter von ihrem entfernt war.

Trotz der Düsternis spürte sie, dass die Kojen mit Menschen gefüllt waren, deren Geruch ihr in die Nase stieg. Sie wollte wieder einschlafen, aber ihr Magen hatte andere Pläne.

Sie schälte sich aus ihrer Decke und kletterte von der Plattform, um Roland zu suchen. Sie wollte Hafer zubereiten, aber sie hatte keine Ahnung, wie sie kochen sollten. Roland saß im Gang, mit dem Rücken an der Außenwand, die Augenlider geschwollen im flackernden Licht einer Öllampe.

Sie ließ sich neben ihm nieder und fragte: »Wie sollen wir das Getreide essen?«

Wenigstens war die Luft hier draußen besser. Oben knarrten die Dielen, und das Rauschen und Pfeifen des Windes in den Segeln war zu hören. Schlimmer noch war das ständige Schütteln des Bodens, wenn das Schiff durch die Wellen schnitt, das Zittern und Ächzen des Holzes. Auf und ab ging es in einem nicht enden wollenden Muster.

»Keine Ahnung, wir müssen uns einen Topf leihen. Ich bezweifle, dass sie uns erlauben, ein Feuer zu machen, während wir so hohe Wellen haben.«

»Was essen die Menschen dann?«

Er zuckte mit den Schultern. »Mindestens die Hälfte der Reisenden in meinem Abschnitt übergibt sich. Es ist unmöglich, da drin zu bleiben, ohne dass mir übel wird.«

In der Tat war die Luft erfüllt vom Gestank von Erbrochenem, Stöhnen und weinenden Stimmen. Mina hatte von der Seekrankheit gehört, von Menschen, die sich tagelang erbrachen, weil sich ihr Körper nicht an die Bewegung gewöhnen konnte. Auch sie fühlte sich unwohl, aber eher hungrig.

»Warum gehen wir nicht an Deck?«

»Geht nicht«, höhnte Roland. »Die Öffnung ist abgeschlossen. Jemand hat gesagt, die See sei zu schwer. Sie haben Angst, wir würden über Bord gespült werden oder fallen. Ich glaube, sie wollen uns aus dem Weg haben, um die Segel zu bedienen.«

Mina stand auf und wickelte ihr Tuch über Nase und Mund. »Aber wir müssen Luft haben. Es ist schon schwer zu atmen.«

»Ich weiß.« Roland rieb sich die Stirn und sah sie an. »Es tut mir leid, dass ich dir das angetan habe.«

Mina schluckte. Es war ziemlich spät für Entschuldigungen, jetzt, wo es kein Zurück mehr gab. Aber er bemühte sich, also nickte sie. »Können wir uns nicht beschweren?«

»Bei wem? Keiner von der Besatzung ist hier unten. Sie wissen, warum. Es ist unerträglich.«

Minas Hals fühlte sich trocken und rau an, wann hatte sie das letzte Mal etwas getrunken? »Was ist mit Wasser?«

Roland stand auf und reichte ihr die Hand. »Komm, ich helfe dir.«

An der Treppe waren zwei Fässer mit Gurten befestigt worden. Darüber stand ein Schild: *Eine Kelle pro Person viermal am Tag.* Roland füllte den Schöpflöffel und reichte ihn ihr. »Trink langsam. Ich frage mich, wie sauber das Wasser ist. Jemand sagte, sie würden uns verdünntes Bier oder Tee geben.«

Das Feuer in ihrer Kehle erloschen, folgte Mina Roland zurück in den Gang und hielt sich bei jedem Schritt an den Seiten fest. Das Schiff schaukelte und ruckelte und versuchte, sie umzuwerfen. Das Halbdunkel machte es noch schlimmer, Stöhnen und Würgen kam aus verschiedenen Kojen. Das Grummeln in ihrem Bauch hielt an, obwohl sie nicht sagen konnte, ob ihr von dem schrecklichen Gestank, der Seekrankheit oder dem Hunger übel war. Es war, als wandle sie im dichten Nebel, ihr Kopf leer und ihre Augen fast blind. Sie konnte sich kaum darauf konzentrieren, ihr Gleichgewicht zu halten.

Ein Mann in einem langen Mantel erschien im Gang und stolperte an ihnen vorbei zur Treppe. Sie hörten Klopfen und Rufen, und kurz darauf kehrte der Mann zurück. »Sie haben uns eingeschlossen.« Er schaute wild um sich und fuchtelte mit den Armen. »Ich kann hier nicht bleiben, ich werde verrückt.«

»Sie können sich gerne zu uns setzen«, sagte Roland. »Die Luft ist etwas besser als da drin.« Aus den Kojen ertönten Würge- und Hustengeräusche. Der Mann schüttelte den Kopf und stolperte in die andere Richtung davon.

»Was sollen wir tun?«, flüsterte Mina. »Er ist nicht der Einzige, der den Verstand verliert.«

KAPITEL ZWEIUNDZWANZIG

Davin
Die Tage vergingen in langsamer Agonie. Davin hatte kaum Arbeit gefunden, die Engländer waren misstrauisch wegen seines Akzents und seines Aussehens, und noch schlimmer war die Tatsache, dass er kein Handwerkszeug hatte. Sie sahen ihn mit diesem arroganten, halb angewiderten Blick an und schüttelten dann den Kopf. In gewisser Weise konnte er es ihnen nicht einmal verübeln. Er sah nicht mehr aus wie der Mann, der in Skibbereen gearbeitet hatte, sorgfältig gekleidet und immer mit seiner Werkzeugtasche. Jetzt wirkte er wie ein Bettler – er war ein Bettler. Kein Wunder, dass sie ihm nicht trauten.

Aus Langeweile begleitete er Kate und Peter zu den Docks, wo sie Tausende von ausgehungerten Iren auf Schiffen auslaufen sahen, die er nicht einmal zum Angeln genommen hätte, geschweige denn für eine Atlantiküberquerung. Die Reisenden schlichen die Gangway hinauf, Koffer, Säcke und Kisten an der einen Hand, kleine Kinder und ältere Männer und Frauen an der anderen. Die meisten von ihnen sahen mit weit aufgerissenen Augen verängstigt aus, als hätten sie ein Gespenst gesehen oder würden ins Fegefeuer springen.

So musste es sich anfühlen, wie eine Art Hölle. Oder war es die Tatsache, dass sie alles zurückließen, was sie je gekannt hatten, das Gefühl der Zugehörigkeit, das Land, in dem sie geboren worden waren? Er hatte sich umgehört und wusste, dass die meisten Menschen auf dem Zwischendeck reisten, einer schmalen, provisorischen Plattform unterhalb des Passagierdecks, das wohlhabenderen Gästen vorbehalten war und die maximale Zuladung an Menschen ermöglichte. In der Regel handelte es sich um Frachtschiffe, die Waren nach Irland transportierten. Um den Gewinn eines ansonsten leeren Schiffes auf der Rückfahrt zu maximieren, hatten die Reedereien eine Möglichkeit gefunden, Auswanderer zu transportieren, indem sie sie wie Vieh unter Deck stopften. Das war nichts anderes als Sklaverei.

Du bist ein Sklave, kommentierte sein Verstand. *Du hast dein Leben verkauft, sogar geheiratet. Du hast die Kontrolle über absolut nichts.*

Wenn Kate nicht gewesen wäre, hätte er umgedreht. Selbst jetzt dachte er daran, sich der Eisenbahn anzuschließen und einfach in der englischen Landschaft zu verschwinden. Sie würde ihn nie finden. Aber wie konnte er der jungen Mutter, die jetzt seine Frau war, das antun? Es würde ihr das Herz brechen, und Peter würde nie verstehen, warum der neue Mann, den er Da' nannte, verschwunden war. Solange er sich erinnern konnte, hatte er sich immer um die Menschen in seiner Umgebung gekümmert. Er würde es noch ein wenig länger tun müssen.

Wie lange? Würde er jemals tun können, was er wollte? Und das wäre was?

»Ist alles in Ordnung?« Kate nahm seine Hand in ihre, ihr Blick wirkte neugierig und besorgt. Sie saßen vor der Herberge, um noch ein wenig kalte Sonne zu tanken, bevor sie sich schlafen legten. Peter baute gerade eine Umzäunung aus Stöcken für die zwei Holzschafe, die Davin für ihn geschnitzt hatte.

Seit der ersten Nacht im Gasthaus hatten sie nicht mehr zusammen geschlafen, es gab keine Privatsphäre im Zimmer der Herberge, das sie mit einem Dutzend anderer teilten. Manchmal, in der Nacht, hörte er das Stöhnen um sich herum. Offensichtlich nahmen es andere nicht so genau, aber er konnte nicht die Energie aufbringen, im Dunkeln herumzufummeln. Die Wahrheit war, dass Kate für ihn genauso ein Rätsel war wie damals, als sie sich kennengelernt hatten.

Es schien sie nicht zu stören, sie begnügte sich mit einer gelegentlichen Umarmung oder einem Händedruck, wenn niemand hinsah.

Er zwang sich zu einem Lächeln. »Alles ist in Ordnung«, log er. »Ich bin es nur leid, zu warten. Und wir müssen mehr Proviant organisieren.« Er war stolz darauf, ein Fass Sauerkraut und einen Sack Hafer erworben zu haben. Mithilfe von Kates Topf und

EIN SCHIMMER AM HORIZONT – ZWISCHEN DEN WELTEN

Geschirr, das sie in ihrer Reisekiste aufbewahrte, würden sie in der Lage sein, warme Mahlzeiten zuzubereiten. Kate nahm seine Finger und beugte sich vor. »Ich bin so dankbar, dass ich dich getroffen habe. Ich kann mir nicht vorstellen, dass ich das allein schaffen würde.« Er drückte ihre Hand, starrte aber weiter geradeaus. Es wurde zu kalt, um still zu sitzen, aber er wollte auch nicht in die überfüllte Herberge zurück.

Am Morgen machten sie sich auf den Weg, um in den Geschäften nach weiteren Vorräten zu suchen. Das Problem war, dass alles, was auch nur annähernd reisetauglich war, das Zehnfache kostete, als er es von daheim gewöhnt war. Selbst Dublins Preise waren dagegen niedrig gewesen.

In Smiths Gemischtwarenladen war es nicht anders. Schon jetzt wimmelte es in den Gängen von irischen und englischen Reisenden auf der Suche nach Schnäppchen.

Zu Davins Überraschung rief der Mann hinter dem Tresen ein herzliches »*Dia duit*«… der übliche irische Gruß, was so viel bedeutete wie *Gott sei mit dir*. Aber Davin hätte einen irischen Landsmann überall wiedererkannt. »Ich suche etwas, das wir auf der Reise essen können«, sagte er und fühlte sich sofort sicherer.

»Ihr geht nach Amerika, nehme ich an.« Der Ladenbesitzer, der eine lange braune Schürze trug, schlüpfte um den Tresen herum und gab einem jungen Mann ein Zeichen, sich um einen anderen Kunden zu kümmern. Er musste in den Fünfzigern sein, sein Kopf war so kahl wie der eines Babys, aber der graue Bart machte das wieder wett.

»Indiana.« Kate klammerte sich an Davins Arm.

»Eine lange Reise also.« Der Mann kratzte sich am Bart. »Salziges Schweinefleisch vielleicht, aber das ist teuer und macht durstig.« Er schielte zu Davin, wahrscheinlich, um den Inhalt seines Geldbeutels abzuschätzen. Davin wusste, wie heruntergekommen er aussah, aber immer noch besser als viele der Familien, die auf den Straßen herumlungerten und um Almosen bettelten.

Der Ladenbesitzer führte sie an der Seite zu einer Ansammlung von Behältern. »Ihr könntet Zwiebeln und Kartoffeln mitnehmen. Aber die werden nach ein paar Wochen verderben. Das liegt an der salzigen, feuchten Luft.« Er zeigte auf Stapel von Säcken. »Mehl oder Getreide ist am besten.« Er schien noch mehr sagen zu wollen, schloss aber wieder den Mund. »Ihr könntet Suppe oder Brot machen.«

»Wie viel kostet das Mehl?«

»Zehn Schilling pro Beutel, zwei für achtzehn.« Er deutete auf ein Regal neben der Eingangstür. »Ich lege noch ein Glas Brombeerkonfitüre dazu.«

»Wie viel kostet das Pökelfleisch?«, fragte Kate.

»Ein Pfund, sechs Schilling.«

Davin schüttelte den Kopf, aber Kate holte ihr Portemonnaie heraus und begann, die restlichen Scheine zu zählen. Nach dem Gasthaus und der Herberge, den täglichen Ausgaben für Lebensmittel, hatten sie kaum mehr als fünf Pfund übrig.

»Ich hätte gern das Schweinefleisch.« Kate betrachtete die gestapelten Fässer, in deren Holz die Form eines Schweins eingebrannt war.

»Vielleicht sollten wir mehr Getreide nehmen«, sagte Davin. »Das hält länger. Wer weiß, wie viel Wasser wir erhalten.«

»Ihr macht das schon.« Der Ladenbesitzer pfiff, und ein Junge von nicht mehr als zwölf Jahren trug das Schweinefleisch zur Theke.

»Das wird gut für Peter sein«, sagte Kate. »Und mehr Abwechslung. Wir nehmen auch zwei Säcke mit Haferflocken.«

Davin biss sich auf die Zunge. Es war nicht sein Geld, er war der Bettler, der am Gängelband einer Frau reiste. *Du würdest gar nicht erst reisen*, kommentierte die Stimme in seinem Kopf.

»Ist das Ihr Laden?«, fragte Davin, während Kate den jungen Mann bezahlte.

»Habe eine Engländerin geheiratet, das war der Laden ihres Vaters. Er ist jetzt weg ... und sie auch.« Er bekreuzigte sich.

Davin nickte ernst und versuchte, sich eine jüngere Version des Mannes vorzustellen, der eine englische Dame umwirbt. Warum sollte sich jemand in einen Fremden verlieben, geschweige denn in eine Engländerin? Laut sagte er: »Sie sind also schon eine Weile hier.«

»Fünfundzwanzig Jahre.« Der Ladenbesitzer senkte seine Stimme. »Liverpool ist fast irisch, wegen der Hungersnot, und viele Leute kommen, um ein besseres Leben zu finden. Aber um euch die Wahrheit zu sagen. Ich habe mich nie daran gewöhnt und werde es auch nie.«

Sie verabschiedeten sich mit einem freundlichen Nicken, wobei Davin das Fass und einen Sack auf den Schultern trug und Kate den anderen Beutel übernahm. In fünf Tagen sollte das Schiff ablegen. Es war immer noch Zeit, zu verschwinden.

In den frühen Morgenstunden, wenn er wach lag, schmiedete er Pläne, sich aus dem Staub zu machen, in einen Zug zu steigen oder zur Eisenbahn zu laufen ... oder eine Fähre zurück nach Dublin zu nehmen, um Bill zu suchen. Beim Frühstück war er wieder unentschlossen. Und so ging es Tag für Tag weiter. Am Morgen der Abfahrt des Schiffes war er immer noch da. Sie reisten früh ab. Mit dem letzten Geld von Kate hatte Davin einen irischen Landsmann angeheuert, der ihnen half, ihre Vorräte zum Schiff zu tragen.

Hunderte mischten sich auf den Docks, als sie ankamen, die meisten von ihnen standen schweigend da, den Blick auf das dreimastige Segelschiff gerichtet. Hämmern kam aus dem Inneren, tiefe Stimmen riefen Befehle, die Davin nicht verstand.

Die Abfahrtszeit um zehn Uhr kam und ging. Ein leichter Nieselregen befeuchtete die Luft, und Kate wickelte ihre Decke um Peters Schultern. Um sie herum flüsterten die Leute, und ihre Mienen wirkten genauso besorgt wie er selbst.

»Was ist denn los?« Davin sprach einen Mann neben ihnen an. Wenn sie noch länger warteten, würde der Regen sie völlig aufweichen.

»Ich habe gehört, dass es wegen der Reparaturen eine Verzögerung gibt«, sagte der Mann.

»Reparaturen?«

Der Mann hob die Arme. »Mehr weiß ich auch nicht.«

Davin sagte Kate, sie solle sitzen bleiben, und drängte sich nach vorn, wobei er sich eine Reihe markiger Worte zurechtlegte. »Warum die Verzögerung?«, fragte er erneut, als er den Kai erreichte. »Wir sollten schon vor Stunden an Bord gehen.«

Der Mann in Matrosenkleidung bewachte mit verschränkten Armen den Zugang über die Planken. »Reparaturen.«

»Wie lange noch?«

»Schwer zu sagen, gedulden Sie sich.«

»Ich bin Zimmermann, ich könnte helfen.« Der Mann beäugte ihn misstrauisch, derselbe Ausdruck, den Davin bei anderen gesehen hatte, wenn sie ihn taxierten. Er sah nicht mehr aus wie ein Mann des Wissens, ein Vertreter seines Berufsstandes. »Ich habe mein Werkzeug auf der Reise verloren.«

»Sie werden warten müssen«, brummte der Seemann.

Im Laufe des Nachmittags wurde das Gemurmel um sie herum lauter. »Lasst uns einsteigen, wir erfrieren hier draußen«, riefen immer mehr Stimmen. Pfiffe trillerten, einige Frauen riefen, dass ihre

Kinder krank würden.

Kate fütterte Peter mit einem Stück von dem Brot, das sie heute Morgen gekauft hatten. Seine kleine Nase war rot, und er sah halb erfroren aus, während er das Essen knabberte. Der Regen hatte nicht aufgehört, und jetzt kam auch noch der Wind dazu und zerrte an den Seilen und Segeln über ihnen.

Schreie ertönten, und dann sah Davin es. Rauch quoll aus einer Öffnung an Deck, wurde sofort vom Wind zerrissen und aufs Meer hinausgefegt.

»Feuer«, rief jemand vom Deck des Schiffes. »Zurücktreten, es brennt.«

Das Gemurmel um sie herum wurde lauter. »Macht Platz, geht zurück.« Männer, Frauen und Kinder drängten sich gegen Davin und drohten, seine sorgfältig gestapelten Kisten und Vorräte umzuwerfen.

Sie befanden sich in angemessener Entfernung vom Schiff, es gab keinen Grund, sich zu bewegen, aber die Leute in der Nähe des Wassers schienen in Panik zu sein. »Wir bleiben hier«, rief er Kate zu. Er schnappte sich Peter und setzte ihn auf ihre Vorräte. Wie eine Insel standen sie inmitten der drängelnden Menge.

Davin fiel auf, dass der Rest der Besatzung vom Deck verschwunden war und offensichtlich half, das Feuer einzudämmen. Irgendetwas war furchtbar schiefgelaufen. Das konnte nur eines bedeuten. Sie würden heute nicht mehr weiterreisen. Und morgen auch nicht. Wer wusste schon, wie lange sie brauchen würden, um das Schiff zu reparieren? Ihre Plätze in der Herberge waren längst mit neuen Reisenden belegt, die nach Amerika aufbrechen wollten. Außerdem hatten sie kein Geld mehr, um sich weitere Wartezeiten zu leisten.

Aus einer Laune heraus sagte er Kate, sie solle warten. Er musste etwas tun – und zwar schnell.

KAPITEL DREIUNDZWANZIG

Mina

Mina wachte mitten in der Nacht auf, ohne dass sie sagen konnte, wie spät es war. Die Luft war so dick – eine Mischung aus Körpergeruch, Erbrochenem und Exkrementen –, dass sie Mühe hatte, zu atmen. Obwohl sie sich mit dem Gesicht so dicht an die Trennwand schmiegte, dass ihre Stirn nur wenige Zentimeter von dem rauen Holz entfernt war, spürte sie, wie der Körper des Mannes hinter ihr gegen ihren Rücken drückte.

Sie musste mit Roland sprechen, ihn bitten, mit dem Mann zu reden. Sie wusste, dass sie es selbst tun sollte – Roland hatte eine Art, Konflikte eskalieren zu lassen, was keine gute Idee war, wenn sie hier unten wie Ratten gefangen waren –, aber sie scheute sich.

Sie dachte an Augusta und daran, wie sehr sie sie vermisste, nicht nur als Freundin, sondern auch die Leichtigkeit, die sie zu umgeben schien und die alles erträglicher machte. Mina schwor sich, ihr bei der ersten Gelegenheit zu schreiben.

Die ältere Frau am anderen Ende des Abteils hustete unaufhörlich – den ganzen Tag und die ganze Nacht hindurch. Schlief sie denn nie? Sie konnte natürlich nichts dafür und klang bereits schwächer als gestern.

Unter Mina bewegte sich das Schiff durch die Wellen, auf und ab ging es, nicht mehr so extrem wie vorher, aber das Wasser peitschte gegen die Bordwände. Nur ein paar Zentimeter trennten sie vom eisigen Ozean. Alles Mögliche konnte passieren und sie in ein eisiges Grab reißen. In ihrer Vorstellung hatte sich das Schiff in völliger Stille bewegt, in Wirklichkeit war die Luft erfüllt vom Knarren des Holzes, dem Heulen der Segel, dem Krachen der Wellen, ganz zu schweigen von dem Lärm der Mitreisenden. Nicht in ihrer schlimmsten Vorstellung hatte sie das Elend, hier unten festzusitzen, verstanden.

Und mit jeder Minute entfernte sie sich weiter von zu Hause … von ihrem Vater und allem, was sie kannte.

Auf dem Flur murmelten Stimmen, und ein Licht tanzte vorbei und weckte Mina aus ihrer Benommenheit. Sie kletterte aus der Koje, zog sich die Schuhe an, warf sich einen Schal um die Schultern und trat in den Gang. Das Licht war verschwunden, eine einzige Laterne brannte, kaum genug, um den Weg zu zeigen.

Aber halt, da waren Stimmen in der Nähe. Mina bog nach rechts und folgte ihnen, ihre Ohren in höchster Alarmbereitschaft. Die Stimmen wurden lauter. Drei Sparten weiter blieb Mina stehen. Im Inneren stritten sich die Leute.

»Irgendetwas stimmt hier nicht, das sage ich Ihnen.«

»Beruhigen Sie sich«, erklärte die andere Stimme viel ruhiger, aber dennoch bestimmend. »Wann haben die Symptome begonnen?«

»Sobald sie von dem Wasser getrunken haben, ist nicht nur meine Frau erkrankt, sondern auch meine Schwester und meine Mutter. Soweit ich weiß, ist das ganze Schiff infiziert. Das geht auf Ihre Kappe!«

»Sie könnten seekrank sein.«

»Sie waren schon mal auf dem Wasser …«

»Die Bedingungen hier sind ziemlich extrem.«

»Was Sie nicht sagen.« Die Stimme des Mannes klang scharf und wütend. »Ich verlange, dass Sie nachforschen. Und zwar schnell! Und meine Familie braucht Hilfe. Es geht ihnen immer schlechter.«

In der Pause zwischen den Stimmen hörte Mina Stöhnen und Wimmern. Das mussten die kranken Frauen sein.

»Ich bin auch krank«, sagte ein Mann auf der anderen Seite der Wand. »Meine Frau auch.«

Wieder eine Pause, dann sagte die autoritäre Stimme: »In Ordnung, ich werde eine Untersuchung anordnen. Bleiben Sie, wo Sie sind, und trinken Sie nichts von dem Wasser. Ich lasse Tee bringen.«

Ein Mann in Matrosenkleidung, die beiden schwarzen Schnüre seines Hutes flatterten hinter ihm, eilte aus dem Raum und rannte in die andere Richtung, die Treppe hinauf und durch die Öffnung. Ein Hauch von Seeluft wehte in den Zwischendeckbereich, und Mina erkannte, dass die Tür unverschlossen war. Sie folgte schnell und kletterte an Deck. Über ihr funkelte der Himmel mit Millionen von Sternen und einem Viertelmond. Sofort wurde sie von dem Wind erfasst, der sie mit eisigen Messern durchbohrte. Aber die Luft, oh herrliche Luft, so frisch und gut. Sie atmete tief durch und schritt vorsichtig zur Reling. Die Segel über ihr machten ein zischendes Geräusch, und für einen Moment hatte sie das Gefühl zu fliegen. Im Halbdunkel nahm sie eine Bewegung hinter sich wahr. Drei Männer eilten über das Deck und verschwanden in der Tür.

Was war hier los? Sie hatte vorhin von dem Wasser getrunken und fühlte sich gut. Nun, nicht gut. Allein der Gestank machte sie schwindlig, aber es war keine Krankheit, so viel wusste sie. Sie musste mit Roland sprechen. Wenn eine schreckliche Krankheit umging, würden sie bald alle daliegen, vielleicht sogar sterben. Angst kroch in ihr hoch und verstärkte das Unbehagen an dieser unmöglichen Reise. Zu Hause hätte sie ihre Kräuter studiert, Tinkturen und Tees gemischt. Hier hatte sie nichts.

Als sie die Kälte wieder spürte, schlüpfte sie zurück unter Deck. Sie hatte erwartet, dass es jetzt mit den zusätzlichen Männern lauter sein würde, aber es war gespenstisch still. Erst als sie sich näherte, hörte sie die flüsternde Stimme eines anderen Mannes, der Fragen darüber stellte, was die Passagiere gegessen, was sie vor dem Betreten des Schiffes getan hatten.

Sie beschloss, Roland zu wecken, und schlich auf Zehenspitzen um die beiden anderen Besatzungsmitglieder herum, die sich über das Wasserfass im Flur beugten. Es war ein anderes Fass als das, zu dem Roland sie gebracht hatte – das eine stand ganz hinten, das andere ganz vorn. Aus Angst, gescholten zu werden, ging sie weiter zu Rolands Koje.

»Was ist passiert?«, brummte er, als sie seine Beine tätschelte.

»Pssst. Komm mit mir.« Aus Angst, belauscht zu werden, eilte Mina zurück in den Gang.

»Irgendetwas stimmt nicht mit dem Wasser«, flüsterte sie. »Die Leute sind krank.« Sie zeigte den Gang hinunter. »Oder es ist eine Krankheit. Einige Männer der Besatzung schauen sich um.«

Roland rieb sich den Schlaf aus den Augen. »Dafür hast du mich geweckt? Ist dir klar, wie schwer es ist, überhaupt einzuschlafen?«

»Was ist, wenn wir alle krank werden?«

EIN SCHIMMER AM HORIZONT – ZWISCHEN DEN WELTEN

»Was wäre, wenn dies … was wäre, wenn das?«, äffte er. »Sie werden es schon klären, da bin ich mir sicher.«

Wie kannst du sicher sein, wollte Mina sagen. *Wie kannst du diesen Leuten vertrauen, die uns wie Vieh behandeln und wochenlang unter Deck stopfen?* Laut sagte sie: »Kannst du sie wenigstens fragen?«

»Was soll ich sie fragen? Wenn sie auf der Suche sind, sollen sie suchen. Ich gehe wieder ins Bett.«

Er machte auf dem Absatz kehrt und verschwand in seiner Koje, sodass Mina allein zurückblieb. Unsicher, was sie tun sollte, eilte sie zurück zu ihrem Bett und kroch unter die Decke, wobei sie den Arm ihres Bettnachbarn zur Seite schob, um Platz zu schaffen. Ihre Zehen waren taub vor Kälte, ebenso Hände und Gesicht. Wütend und besorgt massierte sie ihre Haut und fiel in einen unruhigen Schlaf.

Sie erwachte in einem fast leeren Abteil. Nur die alte Frau am anderen Ende war noch da. Wenigstens war sie jetzt ruhig. Neugierig geworden, tapste Mina näher heran. Sie wusste nichts über die alte Frau, nur dass sie mit einem Ehepaar aus dem nächsten Abteil reiste. Sie schien noch älter zu sein als Papa. In diesem Moment war Mina froh, dass sie ihren Vater nicht mitgenommen hatte. Ältere Menschen waren nicht fit genug für die Strapazen dieser Reise.

Sie schaute die Frau an und lauschte ihrem rasselnden Atem, der sie an das Schnurren einer Katze erinnerte. Leise zog Mina ihren Schal und ihre Schuhe an und eilte den Gang hinunter. Jetzt bewegte sich das Schiff ruhiger. Aber vor allem war niemand zu sehen, und von der Treppe her wehte ihr ein kalter Luftzug entgegen. Die Tür musste offen sein.

Nachdem sie einen Schluck getrunken hatte, ging sie zurück in ihre Koje, zog alle Kleider an, die sie besaß, wickelte das Tuch fest um ihren Kopf und kletterte nach oben.

Das Licht war so hell, dass sie blinzelte und sofort Tränen in den Augen hatte. Das Deck war überfüllt mit Reisenden, einige standen und unterhielten sich, andere drängten sich um ein paar Öfen und kochten, wieder andere klammerten sich an die Reling und suchten offensichtlich den Horizont ab. Mina trat an die Brüstung und starrte über die gräulichen Wellen. Irgendwo da draußen lag New York.

Die Frau neben ihr, gekleidet in ein knöchellanges schwarzes Kleid und einen passenden Hut, rief: »Schauen Sie, da unten sind

Fische.« Mina erkannte sie vom ersten Tag wieder, den traurigen Gesichtsausdruck, die tiefen Furchen um ihren Mund.

»Delfine«, sagte ein Mann auf der anderen Seite. »Sieh dir die Schwänze an, sie sind waagerecht.«

Zum ersten Mal lächelte Mina. Die Tiere sprangen und glitten so leicht und geschmeidig durch das Wasser, dass sie sich ihnen anschließen wollte. Sie waren frei, konnten sich bewegen, wohin sie wollten. Im Gegensatz zu ihr.

Sie hob den Blick aufs Meer hinaus und schloss die Augen, genoss die Helligkeit hinter ihren geschlossenen Lidern und die frische Luft in ihren Lungen. Sie merkte, wie ausgehungert sie war. Bisher hatten sie nur den harten Zwieback essen können, da sie weder Topf noch Ofen hatten.

»Wohin reisen Sie?«, fragte die Frau in Schwarz. Sie schien noch strenger als am ersten Tag, ihre Augen passten fast zu dem klaren Blau über ihr, nur dass sie trotz des Sonnenscheins wie im Schatten lagen und Traurigkeit ausstrahlten.

»Indiana«, sagte Mina und probierte das seltsame Wort noch einmal aus. »Und Sie?«

»Zu einem Cousin zweiten Grades in Illinois.«

»Sie reisen allein?«

Die Frau nickte. »Mein Mann sollte mich begleiten. Er ist vor zwei Monaten gestorben.« Ihre Oberlippe zitterte, aber sie fing sich wieder. »Wir hatten bereits alles verkauft, also beschloss ich, trotzdem zu gehen.«

Mina tätschelte den Unterarm der Frau. »Es tut mir so leid, was für eine schreckliche Zeit, um allein zu reisen.«

Die Frau lächelte schwach und streckte eine Hand aus. »Regine Graf, freut mich, Sie kennenzulernen.«

Mina erwiderte den Gruß. »Ich fürchte, ich muss Sie verlassen. Ich habe seit gestern Mittag nichts mehr gegessen und muss jemanden finden, der einen Kochtopf besitzt.«

»Sie sind ohne Kochutensilien unterwegs?« Regine beäugte sie neugierig. Doch als Mina nicht antwortete, fuhr sie fort: »Sie können sich meine leihen. Oder wir können zusammen kochen.«

Eine Stunde später hatte Mina es geschafft, den Hafer in Regines Topf zu erhitzen. Sie und Roland hockten auf einem Stapel Seile und aßen abwechselnd den Haferschleim und knabberten an den Keksen. Eine herrliche Wärme erfüllte Minas Bauch, als sie die

Schüssel auskratzte, die sie sich ebenfalls ausgeliehen hatte, während Regine sich eine Suppe zubereitete. Im Gegensatz zu Mina und Roland schien die Witwe genauso gut vorbereitet zu sein wie Augustas Familie.

Schläfrig, mit halb geschlossenen Augen, wurde Mina auf eine Bewegung in der Nähe der Treppe zum Zwischendeck aufmerksam. Zwei Matrosen erschienen und trugen eine in Tücher gehüllte menschliche Gestalt. Ihre Müdigkeit vergessen, sprang Mina auf. Sie war nicht die Einzige, die alarmiert war, Gemurmel ging über das Deck, jeder beobachtete die beiden Matrosen, die den Leichnam zur Reling im Hintergrund trugen. Sie zögerten einen Moment, sprachen ein paar Worte und warfen die Leiche dann über Bord.

Mina schluckte, der beruhigende Geschmack des Hafers wurde durch Bitterkeit ersetzt. Sie waren noch keine zwei Tage an Bord, und schon war ein Mensch gestorben.

»Was wohl passiert ist?«, sagte Regine.

Mina schwieg, ihre Gedanken waren bei dem Streit, den sie in der Nacht überhört hatte. Innerhalb weniger Minuten tauchten die Matrosen wieder auf, eine weitere Leiche zwischen ihnen. Dann noch eine. Waren das die Menschen, denen sie in der Nacht zugehört hatte? Woran waren sie gestorben?

Etwas Kaltes stieg in ihr auf, eine zitternde Angst, die sich in ihrem Bauch festsetzte und drohte, den Brei, den sie gerade gegessen hatte, zu erbrechen.

»Ich habe gehört, wie sie gestern Abend über das Trinkwasser gesprochen haben«, sagte Mina und richtete ihren Blick auf den Horizont. »Mehrere Leute behaupteten, davon krank geworden zu sein.«

Um sie herum wurde das Gemurmel lauter. Drei Menschen waren in der Nacht gestorben und wurden wie Abfall über Bord geworfen.

»Was ist hier los?«, rief ein stämmiger Mann in einem besser geschnittenen Anzug, als die beiden Besatzungsmitglieder ihn passierten.

»Da müssen Sie den Kapitän fragen«, sagte einer der Matrosen.

»Dann holen Sie ihn, wir verlangen Antworten.«

Die Seeleute verschwanden mit einem Nicken, während der stämmige Mann eine Gruppe von Männern zu einer zweiten Tür führte, die für die Passagiere des Zwischendecks nicht zugänglich war.

»Totenschiff«, murmelte jemand neben Mina. »Wir werden alle sterben, lange bevor wir Amerika erreichen.«

»Totenschiff«, ging es in Wellen über das Deck, bis auch der letzte der Reisenden die schrecklichen Worte gehört hatte.

Wir sind dem Untergang geweiht, dachte Mina. *Kaum zwei Tage auf dem Wasser, und schon fürchten wir zu sterben.* Nicht durch die Kraft des Meeres, sondern durch einen unbekannten Feind, der sie krank machte.

Roland richtete sich auf. »Ich werde sehen, was der Kapitän zu sagen hat.«

Er macht sich nie die Mühe, zu fragen, wie es mir geht. Mina schluckte ihren Kommentar hinunter und wandte sich an Regine. »Ich will es auch hören. Wollen Sie mitkommen?«

Nach einer gefühlten Stunde des Wartens – der Lärm an Deck wurde immer lauter, eine Mischung aus lauten Diskussionen und wütenden Rufen – erschien der Kapitän und hob beschwichtigend die Arme.

»Beruhigen Sie sich.«

Das Gemurmel und die Rufe verstummten nur zögerlich, doch Mina spürte, wie der Zorn wie eine dicke Wolke über ihr schwebte und ihre eigenen Ängste nährte. Roland stand in der vorderen Reihe, und sie machte sich Sorgen, dass er die Unruhe weiter schüren oder dem Kapitän einen Schlag versetzen könnte.

»Was hat das zu bedeuten?«, donnerte der stämmige Mann.

»Wir sind genauso besorgt wie Sie«, meinte der Kapitän. »Im Moment ist unklar, was passiert ist. Wahrscheinlich waren die drei Verstorbenen bereits krank, als sie an Bord kamen. Wir können nicht sicher sein …«

»Unsinn«, rief Roland. »Euer Wasser ist schlecht!«

»Das Trinkwasser?«, flüsterte Regine und griff nach Minas Hand. »Ich wusste es.«

»Das Wasser ist vergiftet … Wir sind verloren … Wir werden alle sterben«, schrien die Menschen, während der Kapitän wieder die Arme hob.

»Bitte, Leute, das wissen wir nicht. Im Moment ist es nur eine Theorie.«

»Was wollen Sie dagegen tun?« Roland klang aggressiv. »Wir haben gutes Geld bezahlt und viel aufgegeben, um ein neues Leben zu beginnen.«

»Genau … er hat recht«, hallte es aus der Menge.

EIN SCHIMMER AM HORIZONT – ZWISCHEN DEN WELTEN

»Wir sind bereit, einen Zwischenstopp einzulegen. Es wird eine Verzögerung geben, aber Ihre Sicherheit ist wichtiger.« Mina konnte den Kapitän nicht mehr sehen, aber sie hörte einen Hauch von Unsicherheit in seiner Stimme. »Wir werden in Liverpool Zwischenstopp machen, um das Wasser zu ersetzen. Nur für den Fall der Fälle. Von nun an werden wir Tee zum Trinken und Wasser nur noch zum Kochen anbieten.«

»Wie lange dauert das?«, fragte der stämmige Mann. »Wir haben nur begrenzte Vorräte.«

»Eine zusätzliche Woche, vielleicht weniger. Sie können das Schiff verlassen und mehr Proviant kaufen.«

Weitere Schreie und Rufe ertönten. »Wir sind so schon pleite … Machen Sie Witze …«

»Das ist Ihre Verantwortung«, rief Roland. »Ihr schlechtes Wasser ist die Ursache, jetzt kümmern Sie sich um unseren zusätzlichen Nahrungsbedarf.«

Wieder rief die Menge: »Genau richtig … das ist Ihre Pflicht.«

Der Kapitän schüttelte den Kopf und eilte davon, gefolgt von ein paar Seeleuten, die zweifellos zu seinem Schutz da waren.

»Eine extra Woche?« Regine schüttelte den Kopf. »Als ob es nicht schon die Hölle wäre.«

Mina empfand das Gleiche, doch die Alternative, schlechtes Wasser zu trinken und krank zu werden oder gar nicht zu trinken, war schlimmer. »Wir werden uns gegenseitig helfen.« Sie streckte eine Hand aus und führte ihre neue Freundin zur Reling.

KAPITEL VIERUNDZWANZIG

Davin
Als Davin zu den Docks zurückkehrte, war es früher Abend. Er war zur Reederei gerannt, hatte stundenlang in der Schlange gestanden und überlegt, was er sagen sollte.

Am Ende fragte er nur, was sie mit dem verbrannten Schiff zu tun gedachten. Der Mann hinter dem Schalter schüttelte den Kopf. »Sie müssen sich noch etwas gedulden. So wie ich gehört habe, werden die Reparaturen umfangreich sein. Es kann ein paar Wochen dauern, bis …«

»Ein paar Wochen? Wir haben nichts mehr zu essen und keinen Platz zum Schlafen«, rief Davin. »Alles ist genau rationiert, und ich bin sicher, wir sind nicht die Einzigen.«

Der Gesichtsausdruck des Sachbearbeiters verhärtete sich. »Ich habe keine Antwort, melden Sie sich alle paar Tage bei uns.«

In Davin stieg die Wut auf. »Ich habe eine junge Frau und einen kleinen Jungen. Die können nicht auf der Straße schlafen. Was sollen wir essen?«

Der Mann schaute ihn über den Tresen hinweg an, als stünde seine Ehe auf Davins Stirn geschrieben. »Sie sind jung, schauen Sie, ob Sie arbeiten können.«

»Ich bin gelernter Zimmermann. Niemand wird mich einstellen, nicht wenn es all diese etablierten Unternehmen in Liverpool gibt, nicht ohne mein Werkzeug.«

Die Augen des Angestellten weiteten sich vor Überraschung.

EIN SCHIMMER AM HORIZONT – ZWISCHEN DEN WELTEN

»Warten Sie hier. Ich bin gleich wieder da.« Er schlüpfte nach hinten und verschwand in einem Büro, aus dem er wenige Minuten später wieder auftauchte. Inzwischen wurde die Menge hinter Davin ungeduldig. Offensichtlich warteten noch andere Passagiere des abgebrannten Schiffes.

Zu seiner Überraschung winkte ihn ein Mann in Anzug und Zylinder zu einem anderen Schalter. »Sie sind Zimmermann?«

»Das bin ich.«

»Sie können helfen, das Schiff zu reparieren. Fast die Hälfte des Zwischendecks ist abgebrannt.« Er schrieb Davins Namen auf und gab ihm ein Stück Papier. »Geben Sie das dem Kapitän. Sie werden bezahlt und erhalten drei Mahlzeiten.«

»Was ist mit Betten? Ich habe eine Frau und einen Sohn.«

»Das werden wir sehen. Beeilen Sie sich, Mann.« Er winkte Davin weg wie ein widerspenstiges Kind.

Halb erleichtert, halb besorgt kehrte Davin zum Hafen zurück. Er wollte nach einem anderen Gasthaus oder einer Herberge suchen, aber jetzt würde er stattdessen arbeiten. Kate würde die Aufgaben allein bewältigen müssen.

Der Schaden am Schiff war beträchtlich. Das Feuer war im Zwischendeck ausgebrochen, hatte sich nach oben durch die Decke gefressen und den Speisesaal, die Privatkabinen und die darüber liegenden Mannschaftsräume angegriffen. Diese hatten Fenster und offene Räume, in denen man herumlaufen konnte. Der Gestank von verkohltem Holz nahm ihm den Atem, sobald er unter Deck kletterte, und am Abend war er mit schwarzem, öligem Ruß bedeckt.

Die Gruppe der Holzarbeiter versammelte sich an Deck, wo der Schiffskoch Suppe, Brot und Bier bereitgestellt hatte. Davin versteckte mehrere Stücke Brot in seiner Tasche und schlürfte seine Suppe hinunter, während er an Kate und Peter dachte. Sie waren da draußen auf dem Dock, der Kälte ausgesetzt, und warteten auf ihn, während er hier saß und sich vollstopfte. Abrupt stand er auf und ging auf den Aufseher zu, einen Mann, den die Reederei geschickt hatte, um die Reparaturen zu überwachen.

»Meine Frau und mein Sohn warten da draußen. Wir sollten mit dem Schiff reisen und haben keinen Platz zum Schlafen. Sie wissen, was das bedeutet.«

Der Mann musterte ihn neugierig. »Sie wollen nach Amerika, was?«

Davin nickte. »Ich möchte etwas aufbauen, ein besseres Leben führen.«

»Sie machen gute Arbeit. Ich hätte es nicht gedacht, aber …« Er nickte, mehr zu sich selbst. »Wie alt ist das Kind?«

»Peter ist vier.«

»Ein kleiner Junge also. Ich habe selbst eine Handvoll.« Er kratzte sich am Kopf. »Ich sag Ihnen was. Bringen Sie sie hoch, sie können im hinteren Teil des Zwischendecks schlafen. Es ist dunkel und stinkt, aber es ist besser als die Straße.«

»Danke Ihnen, ich werde es nicht vergessen.« Davin wandte sich zum Gehen.

»Nur für diese Nacht. Morgen sollten Sie sich einen anderen Ort suchen. Sehen Sie zu, dass Ihre Familie aus dem Weg bleibt. Wir wollen keine Unfälle.«

Am frühen Morgen, noch bevor jemand wach war, verließ Davin die Docks, um einen anderen Platz zu suchen. Er würde heute Abend bezahlt werden, aber wie er gelernt hatte, war das nicht nur eine Frage des Geldes, sondern auch eine des Glücks und des richtigen Zeitpunkts.

Als er zur Arbeit zurückkehrte, war es schon nach neun, aber er hatte einen Platz in einer Herberge gesichert, die eine halbe Stunde Fußweg vom Hafen entfernt lag. Kate und Peter warteten vor dem Schiff, eingewickelt in eine Decke, Peters Nase rot und seine Augen trüb.

»Ich habe einen Platz gefunden«, rief er aus der Ferne.

Kate drückte ihren Sohn an ihre Brust. »Er ist krank, er muss ins Warme.«

Jetzt, da er näher kam, erkannte er die Anzeichen des Fiebers. Peters Augen wirkten glasig, seine Wangen leuchteten. Schlimmer noch, er lag regungslos in den Armen seiner Mutter, obwohl er normalerweise aufsprang, um ihn zu begrüßen.

»Lass mich dir etwas von dem Frühstück bringen, dann gehst du zum Gasthaus.« Er erklärte die Adresse und eilte die Planke hinauf. »Ich bringe unser Gepäck heute Abend.«

»Sie sind spät dran«, brummte der Aufseher, als er die Reste von Brot, Käse und Haferflocken, die zwischen schmutzigen Schüsseln und Tassen verstreut lagen, einsammelte.

Davin straffte die Schultern und wandte sich dem älteren Mann zu. »Ich musste einen Platz für meine Familie finden. Peter ist krank.

Bitte lassen Sie mich ihnen etwas zu essen bringen, damit sie verschwinden können.«

»Beeilen Sie sich.«

Davin stopfte sich das Brot in den Mund, eilte zurück zum Dock, reichte Kate Brot und Käse und schickte sie auf den Weg.

»Wird spät heute Abend, muss das wiedergutmachen«, rief er ihnen nach. »Wir werden bezahlt, ich bringe Essen mit.«

Kate schien kaum zuzuhören und trug Peter auf ihren Schultern. Davin erinnerte sich an seine Arbeit und eilte zurück. Er konnte es sich nicht leisten, selbst diese temporäre Stelle zu verlieren, sonst würden sie wieder auf der Straße landen.

Die Schufterei in den engen Räumen, die Beseitigung der öligen, stinkenden Überreste des Feuers, fühlte sich an, als wäre er selbst in der Hölle gelandet. Die Luft schien hier unten festzustecken, die einzige Öffnung befand sich zwei Stockwerke höher an Deck. Er hatte Nase und Mund mit einem Lappen bedeckt, um dem Gestank zu entgehen, aber es nützte nichts. Jeder Atemzug war mühsam, und bald wünschte er sich weit weg.

Zur Mittagszeit traten er und die anderen rußverschmiert wieder aufs Deck. Davin war froh, dem Gestank zu entkommen, und wusch sich in einem Eimer, um zu vermeiden, dass Brot und Suppe ebenfalls geschwärzt wurden. Als er den Steg absuchte, sah er Kate nicht.

Am Abend hatten sie die verbrannten Überreste des Zwischendecks und der Decke darüber entfernt. Nach einem eiligen Abendessen und dem Einstecken seines Lohns für zwei Tage machte er sich auf die Suche nach Kate. Irgendwie hatte er erwartet, dass sie draußen auf ihn warten würde, aber es gab kein Zeichen, was nur eines bedeuten konnte: Peter war zu krank.

Er hielt an, um drei Fleischpasteten, Käse, ein Apfelgebäck für Peter und genug Brot für morgen zu kaufen. Von dem restlichen Geld erstand er ein Hemd, eine Hose und eine Jacke. Seine Arbeitskleidung – die nicht mehr zu reparieren war – würde er wegwerfen, sobald er mit der Arbeit fertig war.

»Kate?«, rief er, als er den Familienschlafsaal im zweiten Stock der Herberge betrat. Jeder Quadratzentimeter des Raumes war mit schlafenden, sitzenden und ruhenden Menschen gefüllt. Er drängte sich durch und entdeckte Kate in der hintersten Ecke, mit dem Rücken an der Wand und Peter in den Armen.

»Kate.« Davin kniete sich neben sie. Selbst in der Dämmerung bemerkte er Peters glühendes Gesicht. Er schien an einem Tag abgenommen zu haben, seine Nase wirkte spitz in seinem schmalen Gesicht, und plötzlich hatte Davin Angst. Es war schon schlimm genug, zu Hause krank zu werden, aber dieser Ort konnte tödlich sein. Die Luft war schmutzig, das Stroh nicht besser. Überall, wo er hinsah, husteten und schnieften die Menschen. Was sie brauchten, war ein Arzt oder zumindest jemand mit Kräutern, der Peter helfen konnte.

Kate hatte ihn kaum beachtet und hielt ihren Sohn weiter im Arm. Er wusste, dass er nach Ruß und Schlimmerem stank, aber das spielte an einem Ort wie diesem keine Rolle.

»Wie geht es ihm?«

Kate schluchzte auf. »Er ist so heiß, ich weiß nicht, was ich tun soll.«

»Ich werde einen Arzt suchen«, sagte er, knochenmüde und wohl wissend, dass er kein Geld mehr hatte, um einen zu bezahlen. Aber er konnte nicht hier sitzen und zusehen. Er würde es sich nie verzeihen, wenn Peter etwas passierte.

Er stoppte in jedem der Zimmer, drängelte sich durch die Gänge und fragte, ob einer der Reisenden einen Arzt kenne. Jeder schüttelte den Kopf. Sie waren alle neu hier, keiner hatte Geld für einen Doktor. Der Vermieter schickte ihn die Straße hinunter, aber in der Praxis des Arztes rührte sich nichts. Er klopfte und rief ein paarmal – vergeblich.

Niedergeschlagen eilte er weiter die Straße hinunter, vorbei an Kneipen, Gasthöfen und Hotels. Sicherlich waren einige der Reisenden Ärzte, und die konnten es sich wahrscheinlich leisten, an solchen Orten zu übernachten. Er schluckte seinen Stolz hinunter und betrat ein Gasthaus, in dem er sofort vom Besitzer aufgehalten wurde.

»Was wollen Sie?«

»Ich suche einen Arzt, mein kleiner Junge ist krank.«

»Sieht es hier aus wie in einem Krankenhaus?«, bellte der Mann, wobei sein Blick an Davins geschwärzten Hosenbeinen hängen blieb. »Bitte gehen Sie, bevor ich die Polizei rufe.«

Davin drehte sich um und versuchte es am nächsten Ort, aber auch hier kam er nicht über die Eingangshalle hinaus.

Als er zurück auf die Straße stolperte, nahm ihn eine Frau am Arm. »Versuchen Sie es im Old Liverpool Hospital in der College Street. Es ist ein weiter Weg von hier, aber sie haben Ärzte.« Sie zeigte die Straße hinunter. »Fragen Sie herum, jeder kennt es.«

Davin bedankte sich bei der Frau und rannte los. Er war so müde von der Arbeit, dass seine Füße sich weigerten, einer geraden Linie zu folgen. Die Panik in ihm wuchs, drückte auf seine Lunge und raubte ihm den letzten Rest an Energie. Er sah aus wie ein Wrack, aber was blieb ihm anderes übrig? Mit gesenktem Kopf fragte er so lange, bis das lange vierstöckige Backsteingebäude des Old Liverpool Hospital in Sicht kam.

»Das Wartezimmer ist geradeaus«, sagte ihm der Mann an der Tür.

Offensichtlich musste er selbst krank aussehen, überlegte Davin. Er folgte den Schildern und merkte bald, dass er die ganze Nacht hier sein würde. Der Wartebereich war überfüllt mit hustenden, niesenden und lethargischen Männern, Frauen und Kindern. Allein die Tatsache, dass er hier war, bedeutete das Risiko, sich eine neue Krankheit zuzuziehen.

Er eilte zurück in den Flur, stieg die Treppe hinauf und fand die gleichen überfüllten Verhältnisse vor. Betten säumten die Flure, gefüllt mit meist stillen, todkrank aussehenden Patienten. Der Geruch von Urin und Exkrementen machte ihn krank, aber noch schlimmer war der Mantel der Krankheit, der wie eine erstickende Decke über allem lag und ihm die Luft nahm. Frustriert stolperte er zurück nach unten und blieb vor einem Schreibtisch stehen, an dem eine Krankenschwester Notizen in einer Akte machte.

»Ich brauche einen Arzt für meinen Sohn. Er hat Fieber. Wir wissen nicht –«

»Bringen Sie ihn her«, meinte die Frau, ohne aufzusehen. »Ich sorge dafür, dass ihm geholfen wird.«

»Ich hatte gehofft, ein Arzt könnte mitkommen ...«

Die Krankenschwester legte die Akte hin und musterte ihn. »Kein Arzt kann Hausbesuche machen, wir sind ohnehin schon überlastet. Sie sollten sich eine Praxis in Ihrer Nähe suchen oder Ihren Sohn mitbringen.«

Davin murmelte »Danke« und eilte wieder nach draußen. Kalter Regen begrüßte ihn, als er zu den Docks zurückkehrte. Das ganze Herumlaufen war sinnlos gewesen. Er hatte sich erschöpft und würde bald selbst daliegen. Aber wie sollte er ohne Hilfe, ohne jedes Heilmittel und einen Funken Hoffnung zu Kate zurückkehren? Im nächsten Moment war er überzeugt, dass Peter bereits tot war.

Die Bilder des Jungen, der mit seinem krummen Ball Fußball

spielte, kehrten zurück, und Davin blinzelte, um die Tränen zu verdrängen. Er wurde langsamer und wich einer Gruppe von Männern aus, die johlend eine Kneipe verließen.

Irgendwann blieb er stehen, seine Beine wollten einfach keinen Schritt mehr tun. Den ganzen Abend war er durch diese gottverlassene Stadt gelaufen, und was hatte es ihm gebracht? Er sank auf den Bordstein. Verdammtes Leben, worauf hatte er sich eingelassen? Bedauern breitete sich wie Gift in seinen Adern aus, erstickte ihn. Er hatte nichts als schlechte Entscheidungen getroffen, seine Zeit vergeudet, war diesen und jenen Weg gegangen, um was genau zu tun – in der Gosse vor irgendeiner Kneipe zu landen. Er verspürte den Drang, hineinzugehen und sich genauso zu betrinken wie die Männer, die sich auf der Straße drängten. Wenigstens würde er für eine Weile vergessen.

Ein bitteres Lächeln wanderte über sein Gesicht. Womit denn? Er war wieder einmal pleite. Wie Irland.

Ein paar Meter von ihm entfernt pissten zwei Männer in den Rinnstein, sodass er aufsprang, sich umdrehte und mit jemandem zusammenstieß.

»Hast du keine Augen im Kopf?«, rief eine scharfe Stimme, während eine Ledertasche auf den Boden krachte und vor seinen Füßen landete.

Davin schüttelte seinen Frust ab und konzentrierte sich auf die Person vor ihm, eine Frau, die ihn an die arme Kräuterhexe erinnerte, die Tee gekocht und Malcolm und ihm einen Platz in ihrer Hütte angeboten hatte. Nur dass diese Frau nicht so alt war, sondern klein mit einem störrischen Kinn und großen grünen Augen wie die irischen Hügel, die er so liebte. Er zog seinen Hut und sagte: »Verzeihen Sie, Miss, ich habe Sie nicht gesehen.«

»So viel ist klar.« Sie warf ihm einen Blick zu, in dem sich Verachtung und Neugierde mischten. Sie war Irin, so viel wusste er, und Davin spürte, wie er lächelte.

»Sie sind weit weg von zu Hause, nehme ich an.«

Die kleine Frau zuckte mit den Schultern, bevor sie sich bückte, um ihre Tasche aufzuheben. »Ein kleiner Ort in der Grafschaft Cork, wenn du es wissen willst.« Vorsichtig entstaubte sie die Tasche und tätschelte sie liebevoll.

»Ich komme aus der Grafschaft Cork, Skibbereen.«

Sie blinzelte ihn an, wieder das Aufblitzen von Neugier. »Kenne ich, bin aus Ballylinch.« Sie musterte ihn. »Was macht ein junger Ire hier mitten in der Nacht in der Gosse?« Sie schniefte. »Du trinkst doch nicht.«

»Ich habe einen kranken Jungen und suche überall nach einem Arzt, der ihm helfen kann.«

»Was ist los mit ihm?«

»Er hat Fieber, ist kaum wach. Ist ohnehin zierlich. Ich habe sogar im Krankenhaus gefragt, aber sie können keinen Arzt schicken.«

Ein »tsk« entkam den Lippen der Frau. »Ein Krankenhaus ist ein Leichenhaus. Die Leute gehen rein, um Hilfe zu bekommen, und sind nach ein paar Tagen tot.«

Davin rieb sich das Gesicht, um die Erschöpfung zu vertreiben. »Es hat wirklich furchtbar gestunken.«

»Wo ist dein Sohn?«

»Wir wohnen in einer Herberge und warten darauf, nach Amerika auszuwandern.«

Sie schien mit sich zu ringen, packte den Griff der Tasche fester. In dem flackernden Licht bemerkte er die Linien um ihre Augen. Sie war nicht mehr so jung, wie sie schien, oder vielleicht nur müde. Er tippte an seinen Hut und wandte sich zum Gehen. »Alles Gute, es ist schon spät ...«

»Ich kann ihn mir ansehen.«

Sofort spürte er einen Funken Energie. »Sie sind Ärztin?«

»Hebamme. Habe gerade ein Baby entbunden.« Sie musterte ihn. »Zu Hause habe ich meistens als Heilerin gearbeitet, aber die Leute sind fortgezogen oder verhungert. Ich konnte es nicht mehr aushalten.«

Davin blickte auf die zierliche Frau hinunter, die sich wahrscheinlich lieber ins Bett verkriechen wollte, als noch mehr Stunden damit zu verbringen, Fremden zu helfen. »Ich wäre Ihnen ewig dankbar. Lassen Sie mich Ihre Tasche tragen.«

KAPITEL FÜNFUNDZWANZIG

Mina
Der Hafen von Liverpool war ein einziges Durcheinander von Schiffen, Lastkähnen und Booten aller Größen. An diesem Morgen lag dichter Nebel über der Bucht, und Mina und ihre Mitreisenden wurden aufgefordert, das Schiff zu verlassen, während die Besatzung die Quartiere ausräucherte und neue Vorräte, insbesondere frisches Wasser, organisierte. Sechs weitere Menschen waren gestorben und auf See begraben worden, darunter auch die alte Frau in Minas Abteil.

Mina hasste es bereits, ins Zwischendeck zurückzukehren, denn die Vorstellung, wochenlang unter Deck zu bleiben, war unerträglich. Die Passagiere hatten darauf bestanden, dass das Wasser schlecht sei, aber Mina war sich da nicht so sicher. In diesen Tagen starben die Menschen an allen möglichen Krankheiten, an Schwindsucht, Typhus, Ruhr, Lungenkrankheiten und wer weiß, was noch alles. Sie waren kaum eine Woche an Bord gewesen, und sie selbst fühlte sich schon schwach.

Roland war unruhig und stürmte wieder voran. Sie wusste, dass er den Alkohol vermisste, eine willkommene Flucht vor der Welt und den Dämonen, von denen er besessen schien. Jedes Mal, wenn sie an einer Kneipe vorbeikamen, bemerkte sie seinen suchenden Blick, die Art, wie er sich über die Lippen leckte wie ein hungriges Tier.

Sie hielten bei einem Straßenhändler an, um Kohlsuppe und Brot zu kaufen, und gingen weiter in Richtung der belebten

Geschäfte. Die Luft war erfüllt von Kochfeuern, verschiedenen Lebensmitteln von Straßenhändlern, Müll und Schlimmerem in den Gossen. Sie passierten Schaufenster, in denen feine Wollkleidung angeboten wurde, Schilder versprachen Anzüge und Kleider nach Maß, Schuhe und Stiefel aus Leder, handgeschöpftes Papier und feine Tintenschreiber, Delikatessen aus aller Welt. Die Geschäfte gingen weiter, eine schwindelerregende Auslage von Dingen, die sie sich niemals würden leisten können. Dass sie nicht dazugehörten, verdeutlichten die arroganten Blicke der Männer und Frauen, die aus eleganten Kutschen stiegen und ihre zierlichen Nasen in Spitzentaschentüchern vergruben.

»Lass uns zurück zu den Docks gehen.« Mina wickelte ihren Schal fester um Schultern und Kopf. Die feuchtkalte Luft machte ihr zu schaffen. »Ich will das Schiff im Auge behalten.« Man hatte ihnen gesagt, dass sie ihr Hab und Gut zurücklassen und am Abend wieder an Bord gehen könnten. Wie konnte sie darauf vertrauen? Aber Regine und die meisten anderen Passagiere hatten getan, was man ihnen gesagt hatte. So sehr sie es auch verabscheute, an Bord zurückzukehren, ein Teil von ihr konnte es kaum erwarten, diese schreckliche Reise hinter sich zu bringen.

Liverpool wirkte genauso überfüllt und noch schmutziger als Bremerhaven. Überall wimmelte es von Menschen, und je näher sie dem Wasser kamen, desto zwielichtiger wirkten die Leute. Man hatte sie vor Händlern gewarnt, die Reisende ausnutzten und versprachen, ihnen für einen Penny warme Zimmer und heiße Suppen zu zeigen, nur um zu verschwinden, nachdem sie das Geld eingesteckt hatten. Auch Diebe und Banditen hatten es auf die Ahnungslosen abgesehen, doch Mina hatte das Gefühl, dass sie selbst für Verbrecher uninteressant war.

»Komm schon, beeil dich.« Roland wartete an einer Ecke, die alte Ungeduld im Gesicht. Er hatte kaum ein Wort gesprochen, seit sie das Schiff verlassen hatten.

Mina folgte ihm auf der Suche nach Regine, die sich eine Taschenuhr kaufen wollte, um die Zeit im Blick zu behalten. Sie hätte ihre neue Freundin gerne begleitet, aber Roland erlaubte es nicht. »Du bleibst bei mir«, hatte er gesagt. »Was denkst du dir eigentlich dabei, ganz allein durch die Stadt zu ziehen, Frau?«

Was sah er überhaupt in ihr, außer *Besitztum*? Er liebte sie nicht, hatte sie wahrscheinlich nie geliebt. Was waren seine Träume? Sie redeten nie über etwas anderes als Rolands hochfliegende Idee, Land zu kaufen und einen Hof mit Vieh und Hühnern zu gründen. Wie und wo, und vor allem womit, darüber sprach er nie. Wenn sie ehrlich zu sich selbst war, war sie bereit, ihn zu verlassen. *Du bist verrückt*, kommentierte ihr Verstand. *Was soll eine alleinstehende Frau in einem fremden Land tun? Du hast kein Geld. Du hättest gleich zu Hause bleiben können.*

Mit gesenktem Kopf hastete sie hinter ihrem Mann her und war froh, als die Docks in Sicht kamen. Das Schiff schien so leer, wie sie es verlassen hatten, und die Wache schickte sie weg, sobald sie sich näherten. »Versucht es in ein paar Stunden. Das Wasser ist noch nicht da.«

Roland fluchte und wanderte den Kai entlang, ohne sich umzudrehen, um zu sehen, ob sie ihm folgte. Mina ließ sich auf eine Holzkiste sinken und murmelte mehr zu sich selbst: »Ich warte hier.« Ihre Knöchel pochten, und sie fühlte sich erschöpft.

Um sie herum warteten andere Fahrgäste, darunter eine nicht viel ältere Frau mit einem kleinen Jungen. Sie hielt ihn wie ein Baby, obwohl er mindestens vier oder fünf Jahre alt sein musste.

»*You are sitting on my luggage*«, sagte eine Stimme hinter ihr.

Obwohl Mina nichts verstanden hatte, sprang sie auf, drehte sich um und sah sich einem Mann mit feurigem Haar gegenüber, dessen Nase Sommersprossen aufwies, als hätte Gott ihm goldene Punkte ins Gesicht geworfen. Er musterte sie aufmerksam, seine intensiv grünen Augen erinnerten sie an einen Spaziergang in den dichten, immergrünen Wäldern ihres Heimatdorfes. Er musste Ire sein, nicht nur wegen der Augen, sondern auch wegen des Haares, das nicht kupferfarben war wie das des Jungen und seiner Mutter, sondern wie das satte, warme Rot eines Herdfeuers.

»Tut mir leid«, erklärte sie. Sie suchte nach etwas, das sie auf Englisch sagen konnte, nach einigen Wörtern und Sätzen, die sie mit Augusta geübt hatte, aber alles, was ihr einfiel, war: »Sorry.«

Der Ire nickte und wandte sich der Frau mit dem kleinen Jungen zu, bevor er davoneilte. Als sie ihm nachsah, bemerkte sie Roland, der bei einer Gruppe von Männern stand. Einige von ihnen gestikulierten, andere redeten oder lachten. Sie spielten eine Art Würfelspiel, und zu ihrem Entsetzen hatte sich Roland zu ihnen gesellt. Nicht dass es wichtig gewesen wäre, er konnte nichts setzen, weil sie nichts von Wert hatten. Wenigstens würde er sich die Zeit vertreiben, ohne ihr gegenüber aufbrausend zu sein.

»… *to America*?« Der Junge, den die Frau vorhin in den Arm

genommen hatte, musterte sie. Er war sehr dünn, seine Haut fast durchscheinend.

»Tut mir leid«, sagte Mina. Dann fügte sie hinzu: »Ja, Amerika.« Der Junge sagte noch etwas, das sie nicht verstand. So musste es sich anfühlen, in einem fremden Land zu leben. Die Leute sprachen Kauderwelsch. Für sie war es natürlich das Gleiche. Deutsch war nicht gerade eine einfache Sprache. Sie holte das Englischbuch hervor, das Augusta ihr bei der Abreise geschenkt hatte, und suchte nach einem passenden Satz.

»Ich gehe nach Amerika«, sagte sie langsam auf Englisch.

Das Gesicht des Jungen hellte sich auf. »Ich auch. Ich bin Peter.«

Mina winkte. »Mina.« Sie suchte nach einer passenden Antwort. »Freut mich, dich kennenzulernen.«

Peter zeigte auf seine Mutter. »Das ist Kate. Papa ist zur Arbeit gegangen.«

Mina formte das Wort in ihrem Mund. »*Work* – was ist das?« Sie suchte weiter, bis sie die Übersetzung gefunden hatte, und schwor sich, ab sofort jede freie Minute damit zu verbringen, Englisch zu lernen.

Ein Pferdewagen hielt vor dem Schiff, begleitet vom Kapitän. Er sprach mit ein paar Seeleuten, die sofort begannen, Fässer über die Planke zu tragen. Er wollte ihnen gerade folgen, als der rothaarige Mann mit den Waldaugen wieder auftauchte und mit ihm zu sprechen begann.

Peter hatte seinen Vater offensichtlich entdeckt und rannte mit winkenden Armen zu ihm. Der Mann hörte auf zu reden und tätschelte den Kopf des Kindes. Ein scharfer Stich durchfuhr Mina, als hätte etwas ihr Herz gezwickt. So sah also Liebe aus. Eine einfache Liebkosung, ein bisschen Aufmerksamkeit. Im nächsten Moment zog der Mann ein Papier hervor und reichte es dem Kapitän, der nickte.

Minas Blick wanderte zu Roland, der die Arme in die Höhe warf, weil er offenbar eine Runde gewonnen hatte. Sie wollte gerade zu ihm hinübergehen, als der Ire mit aufgeregten Rufen herbeieilte. Mina verstand nur »Schiff«, aber es war nicht schwer zu erkennen, dass Peters Familie sich ihnen anschließen würde.

Nach einigem aufgeregten Geplauder ging der Mann an Mina vorbei und zog seinen Hut. Diesmal lächelte er, was sein ganzes Wesen in etwas Helles und Leichtes verwandelte. Ohne es zu beabsichtigen, lächelte Mina zurück.

Sie sah zu, wie er an Rolands Spiel vorbeieilte und in der Menge verschwand. Seltsamerweise fühlte sie sich mit einem Mal besser.

»Du siehst fast fröhlich aus. Was ist passiert?« Regine stand vor ihr, sie waren inzwischen zum Du übergegangen, und trug einige Päckchen, die mit einer Schnur zusammengebunden waren.

Mina schüttelte den Kopf. »Ich bin nur froh, wenn wir unsere Reise fortsetzen können. Was hast du gefunden?«

»Schal und Socken. Du wirst nicht glauben, welch exquisite Wollstoffe die Engländer herstellen. Es ist eine Schande, dass ich kein Geld mehr habe.«

Mina wusste, dass das nicht stimmte. Regines Mann war wohlhabend gewesen, aber sie wollte wahrscheinlich nicht noch mehr Geld umtauschen, vor allem nicht in diesem zwielichtigen Hafen. Es wurde gemunkelt, dass die Banken Reisende ausnutzten, indem sie die englische Währung überbewerteten.

»Ich habe eine Taschenuhr bekommen.« Regine senkte ihre Stimme. »Ich zeige sie dir später, sie wurde in London hergestellt.«

»Ich sehe besser nach Roland.« Mina führte Regine zu der irischen Frau mit ihrem Sohn. »Wartest du hier? Ich bin bald zurück.«

Aber das war nicht nötig, denn Roland kam auf sie zu, sein Gesichtsausdruck wirkte so finster wie an den ersten Tagen der Reise. *Was ist passiert*, wollte Mina fragen. Aber sie biss sich auf die Lippe, weil sie vermutete, dass er die Spiele verloren hatte.

»Schau«, sagte Regine und hakte sich bei Mina unter. »Der Kapitän winkt. Wir können wieder einsteigen – endlich.«

KAPITEL SECHSUNDZWANZIG

Davin
Davin hielt Peter in seinen Armen. Der Junge schlief, während er selbst hellwach war – unmöglich zu wissen, wie spät es war, denn die Düsternis im Zwischendeck war immer dieselbe, egal zu welcher Tageszeit. Er fühlte sich gefangen wie ein eingesperrtes Tier. Als er auf dem anderen Schiff gearbeitet hatte, war die Tür des Decks offen gewesen, und er hatte sich frei bewegen können. Ein bisschen Luft war durchgekommen.

Dieser Ort war überfüllt mit Männern, Frauen und Kindern, und ihrem Aussehen nach zu urteilen, waren die meisten von ihnen genauso arm oder noch ärmer als er selbst. Wenigstens hatten er und Kate reichlich Proviant dabei, aber die Luft hier unten war so verdorben, als würde er seine Nase in ein überlaufendes Plumpsklo stecken. Während er sich an den Brandgeruch auf dem englischen Schiff gewöhnt hatte, stank es auf diesem Schiff mit überwiegend deutschen Passagieren zum Himmel. Und dann war da noch der Lärm, eine ständige Kakophonie aus Keuchen, Husten, Flüstern und Schnarchen.

Es war erst der dritte Tag, und er hatte bereits das Gefühl, den Verstand zu verlieren. Dazu kam, dass sie offenes Wasser erreicht hatten und der mächtige Atlantik sie wie ein Spielzeugboot in einem Orkan hin- und herschubste. Und das, obwohl Davin gehört hatte, wie einer der wenigen englischen Seeleute gesagt hatte, wie ruhig die Wellen für Ende Februar seien.

Wie würde es bei schlechtem Wetter sein? Die Wände und

EIN SCHIMMER AM HORIZONT – ZWISCHEN DEN WELTEN

Kojen knarrten bei jeder Welle, und er verspürte den Drang, die Holzarbeiten zu inspizieren. Ihm war bereits die schlampige Verarbeitung des Zwischendecks aufgefallen, aber er wusste, dass sie es nur vorübergehend für die Reise nach Amerika eingebaut hatten.

Er hatte wegen der überstürzten Abfahrt von Liverpool auf einen halben Tageslohn verzichtet, aber sie würden mindestens vier Tage, vielleicht eine Woche sparen, wenn sie nicht warteten. Der Kapitän des deutschen Schiffes schien froh zu sein, sie an Bord nehmen zu können, obwohl Davin sich fragte, warum es noch Platz gab, wo doch alle Schiffe voll besetzt waren.

Er hatte außer mit Kate und Peter mit kaum jemandem gesprochen, denn außer einigen Besatzungsmitgliedern waren alle anderen Deutsche. Nur diese seltsame Frau, die ihn auf den Docks fast umgemäht hatte, hatte mit Kate und Peter gesprochen.

Vorhin hatte er gesehen, wie sie ein Buch studierte und dann mit sich selbst sprach, wobei ihre Worte vom Wind weggerissen wurden. Er vermutete, dass sie Englisch lernte, ein kluger Schachzug. Sie war nicht so klein wie Kate, aber auf ihre eigene Art hübsch, mit einer kecken Nase und schön geformten Lippen. Was ihn verwirrte, war ihr Äußeres: Ihr Kleid war an mehreren Stellen zerrissen und geflickt, und obwohl sie trotz der Strapazen der Reise erstaunlich sauber war, sah sie arm aus – ein krasser Gegensatz zu ihren intelligenten Augen und der Tatsache, dass sie las und studierte. Die Wahrheit war, dass er sie nicht einschätzen konnte.

Warum solltest du? Du hast eine Frau und einen Sohn.

Davin stieß einen Seufzer aus. Zum Glück hatte sich Peter nach dem Besuch der Heilerin einigermaßen erholt. Verwundert hatte er zugesehen, wie sie ihre Tasche geöffnet und Fläschchen und Stoffsäcke sortiert hatte, bis sie das Richtige gefunden hatte, daran schnupperte und heißes Wasser verlangte.

Sie hatte Schafgarbentee gekocht und Kate angewiesen, Peters Waden mit kalten Tüchern zu kühlen. Am nächsten Abend, als Davin von der Arbeit zurückkehrte und sich Sorgen machte, was er vorfinden würde, hatte Peter im Bett gesessen und mit Holzmurmeln gespielt, die ihm eine der anderen Mütter geschenkt hatte.

Die Heilerin war ein zweites Mal gekommen, und obwohl sie abgelehnt hatte, bezahlte Davin sie gut.

Vielleicht sollte er auf das Göttliche vertrauen. Seit er vor hundert Jahren das Dach in Skibbereen fertiggestellt hatte, war er von einer Herausforderung in die andere geworfen worden. War er wirklich sein eigener Mann? Wohl kaum.

Es fühlte sich eher so an, als würde er zu einer Theatervorstellung kommen, bei der jemand anderes Regie führte.

Sein ganzes Leben lang hatte er sich vorgestellt, in der Grafschaft Cork zu leben und alt zu werden, ein schönes Haus zu bauen und eine Familie zu gründen. Ha! So ein Blödsinn.

Ein Seufzer erhob sich, als Davin sich auf den Rücken drehte und sofort gegen Kates Schulter stieß. Der Raum war so eng, dass sie alle auf der Seite schlafen mussten. Er nahm seine frühere Position ein, auch wenn seine rechte Schulter von der harten Oberfläche schmerzte.

Etwas krabbelte über sein Handgelenk, wahrscheinlich war das Stroh von Läusen und Wanzen befallen. Der Drang, wegzulaufen, kehrte zurück, und seine Lunge fühlte sich an, als würde jemand auf ihr sitzen. *Denk an etwas anderes*, kommentierte sein Verstand.

Die seltsame deutsche Frau mit dem Mahagonizopf war das Letzte, woran er sich erinnerte, bevor er einschlief.

Am nächsten Morgen durften sie an Deck. Davin eilte am Fockmast vorbei, so weit wie möglich zum Bug und spähte über die Köpfe seiner Mitreisenden hinweg. Zum Glück war er größer als die meisten, und der feuchte Wind schlug ihm ins Gesicht. Luft hatte sich noch nie so gut angefühlt. Er schloss die Augen und atmete tief ein … langsam, um die verdorbene Luft, die er die ganze Nacht mit sich herumgetragen hatte, aus seiner Lunge zu vertreiben.

Er wusste, dass er zu Kate zurückkehren sollte, die darauf wartete, ihr Frühstück an einem der Öfen zuzubereiten, aber seine Beine weigerten sich. Trotz der Kälte, die unter seine Haut kroch, stand er weiter da, starrte auf den Horizont und drängte das Schicksal, ihm zu sagen, was es als Nächstes für ihn bereithielt.

Irgendwo vor ihm lag Amerika, ein riesiges Land, bevölkert von Europäern und Einheimischen. Er hatte überhört, wie die Leute von New York sprachen, einer großen Stadt, in der sich viele Iren niedergelassen hatten. Immer wenn er Indiana erwähnte, waren die Gesichter der Leute ausdruckslos geworden. Es lag irgendwo im Westen, eine weitere Reise über Land, die sie bewältigen mussten.

»Eins nach dem anderen«, murmelte er vor sich hin. Hatte er nicht inzwischen gelernt, dass es wenig Sinn machte, zu planen oder vorauszudenken?

»Hallo.« Er drehte sich um und sah sich einem Mann gegenüber, den er in Begleitung der deutschen Frau gesehen hatte. Der Mann sagte etwas wie »Help« und fuchtelte mit den Armen.

Davin nickte und eilte zurück zu den beiden Öfen, bei denen er Kate vorhin zurückgelassen hatte.

»Kate?«

»Hier drüben.«

Er fand sie an einen Stapel Seile gelehnt, ihre rechte Hand hielt sie mit der linken umklammert, während Peter an ihrem Bein hing.

Neben ihr kniete die deutsche Frau und tauchte Kates Hand in einen Eimer Wasser.

»Ich habe mich verbrannt«, rief Kate. »Ich wurde von hinten geschubst, verlor das Gleichgewicht und berührte die Herdplatte. Mina hat mir geholfen. Es ist schon viel besser.« Sie zog ihre Hand heraus und streckte sie Davin entgegen. Die Haut auf ihrer rechten Handfläche spannte sich rot und glänzend bis zum Daumen.

»Sie muss ... Fett ...«, sagte Mina. Offensichtlich suchte sie nach dem richtigen Wort. »Fett vom Schaf ... Honig.« Sanft nahm sie Kates Hand, führte sie zurück ins Wasser und sah zu Davin auf. Graue Augen, durchdringend und gleichzeitig beruhigend, trafen seine. Sie hatten nicht nur eine graue Farbe, sondern mehrere Schattierungen, manche so hell, dass sie zu funkeln schienen.

Er dachte an die Grautöne des *Blarney*-Steins, den er einmal mit ein paar Freunden im Blarney Castle besucht hatte. Es hieß, wenn man den Stein auf den Kopf gestellt küsste, würde man wortgewandt und geistreich werden. Er hatte nie geglaubt, dass es funktionierte, aber als er nach Hause gekommen war, hatte er seinen Eltern erzählt, dass er Zimmermann werden wollte.

Die Frau schaute ihn noch an, und er merkte, dass er nicht geantwortet hatte. »Fett ... vielleicht. Ich werde fragen.«

»Warte«, rief Mina ihm nach. Sie stand auf und wandte sich ab, um Kate zu signalisieren, ihre Hand im Eimer zu lassen. »Ich frage.«

Ohne seine Antwort abzuwarten, begann sie, mit ihren Mitreisenden Deutsch zu sprechen, und kehrte nach wenigen Minuten mit einem Tongefäß in der Hand zurück. Während Davin Peter half, den Haferschleim zu essen, den Kate zuvor gekocht hatte, trocknete Mina sanft Kates Hand und verabreichte das Fett, das stark nach Schaf roch.

»Danke«, sagte Davin, als die Frau das Töpfchen schloss. »Ich weiß Ihre Hilfe wirklich zu schätzen.« Mina lächelte, obwohl er keine

Ahnung hatte, was sie verstand. »Danke!« Er deutete auf sich selbst und sprach langsam, denn plötzlich hatte er eine Idee. »Ich helfe mit Englisch?« Die Stimme in seinem Kopf gackerte. *Seit wann bist du Lehrer?* Er ignorierte seine Zweifel und streckte eine Hand aus. »Ich – bin – Davin.«

Die Frau erwiderte seinen Handschlag. »*Mina.*«

Sie schenkte ihm ein kleines Lächeln und wollte sich gerade umdrehen, als ihr Mann nach ihr rief. Das Lächeln verschwand, während sie ihm gegenübertrat, ihr Gespräch klang schnell und unfreundlich – irgendwie hart. Etwas war los, etwas, das Davin nicht verstand. Die Frau folgte ihrem Mann und verschwand in der Menge.

»Sie war nett«, sagte Kate und begutachtete die gerötete Haut auf ihrer Handfläche. »Der Schmerz ist viel besser.«

Davin nickte, half seiner Frau beim Essen und kratzte dann die verbrannten Reste aus, wobei er Peter im Auge behielt, während seine Gedanken bei der Frau mit den grau gesprenkelten Augen waren.

KAPITEL SIEBENUNDZWANZIG

Mina
Die Tage schlichen in quälender Langsamkeit dahin, und nach einer Weile verschmolzen Tag und Nacht, vor allem wenn Mina gezwungen war, unter Deck zu bleiben. In der fast kompletten Dunkelheit wurde die faulige Luft von Minute zu Minute dicker, es schien Mina, als ob geisterhafte Hände sie würgten, ihr Magen schwankte oft zwischen Hunger und Übelkeit. Um sich abzulenken, kaute sie auf einem Keks herum, wobei sie zuerst die Rüsselkäfer entfernte, die sich in jedem einzelnen Keks eingenistet hatten, und schlich sich zu einer der Öllampen im Flur, um ihr Buch zu studieren. Bald schmerzten ihre Augen von der Anstrengung, also schloss sie sie und murmelte die Wörter ... Haus, Schiff, Mensch, Essen, Wasser, Brot ... Sie zählte Gemüse, Tiere, die Wochentage, Monate und Zahlen auf. Dann ging sie zu einfachen Sätzen über. »Ich heiße Mina ... Wie geht es dir? ... Ich esse Brot ... Ich mag Vögel ...«

Wieder war sie dankbar, dass Augusta ihr das Buch geschenkt hatte. Wie sehr sie ihre Freundin vermisste, ihren Optimismus und ihre Lebensfreude. Hier unten, in diesem Kerker, war es leicht, den Weg zu verlieren und der Hoffnungslosigkeit zu erliegen, während das Schiff im starken Wind knarrte und ächzte und versuchte, sie in seinem Inneren zu zerreißen.

Regine gesellte sich oft zu Mina, war aber streng oder geradezu depressiv, und jetzt, in diesem schrecklichen Raum, schwiegen sie oft, keine von ihnen brachte die Kraft auf, ein Gespräch in Gang zu halten. Roland sah sie kaum an und ließ sich oft stundenlang nicht blicken, nur wenn sie das Essen zubereitete, erschien er und starrte ins Leere, während er den geschmacklosen Brei hinunterschlang.

»Haus – *house*«, sagte Mina laut, »Tisch – *table* ... Bier – *beer.*«

»Das Wort ist wichtig.« Der irische Mann, Davin, dessen Frau sich die Hand verbrannt hatte, stand vor ihr, ein halbes Lächeln auf den Lippen. Zu ihrer Überraschung erwiderte sie es.

»*Im-por-tant.*«

»Genau.« Er zeigte auf sich selbst, dann auf sie. »Wir lernen?«

Sie nickte. »Wie geht es ... Kate?«

Er zeigte auf seine Handfläche. »*Better.*«

Mina begann, die Worte zu wiederholen, die der irische Mann sagte, probierte sie mit ihrer Zunge aus und schüttelte manchmal den Kopf. Er stand auf und zeigte auf Dinge wie seine Schuhe oder seine Nase und sagte die englischen Wörter, die sie dann wiederholte. Sie arbeiteten an Körperteilen und Kleidung, an einfachen Verben.

Pfiffe und Rufe klangen vom anderen Ende des Korridors. Auch ohne nachzusehen, wusste Mina, dass Roland wieder spielte. Jede freie Minute hing er mit derselben Gruppe von Männern herum, die Würfel und bayerischen Schafkopf spielten, ein Kartenspiel, von dem er ihr stolz erzählt hatte, wie er es gelernt hatte und dass es ihm Spaß machte.

Mina hatte sich auf die Lippe gebissen und einen Kommentar unterdrückt, obwohl sie sich Sorgen machte, was der ständige Müßiggang und das Spielen mit seinem Kopf anstellten. Das einzig Gute war, dass es so gut wie keinen Alkohol gab. Die meisten Reisenden waren arm, die wenigen wohlhabenden Passagiere blieben im oberen Deck unter sich.

Die Kommunikation mit Davin verlief stockend, doch Mina genoss es, ihren Geist herauszufordern, nach Worten zu suchen und die ungewohnten Laute zu bilden. Besonders die Wörter mit *th* bereiteten ihr Schwierigkeiten, und sie hielt ihre Zunge oft zwischen den Zähnen, um zu üben.

Nach einer Weile stand der irische Mann auf, dessen Waldaugen in der Düsternis fast schwarz funkelten. »Morgen?«

Sie nickte und musste erneut lächeln. »Ja, danke ... dir.«

»Du verbringst viel Zeit mit dem Iren«, sagte Regine, als sie sich nachher am Herd zum Kochen trafen. »Ist er nicht verheiratet?«

Mina ignorierte den anklagenden Ton der Witwe. »Er bringt mir Englisch bei. Ich glaube, er ist froh, dass ich ihm bei der Verletzung

seiner Frau geholfen habe.«
»Hmm.«

Mina schüttete zwei Portionen Getreide in den Topf, fügte Wasser hinzu und fragte: »Glaubst du nicht, dass es wichtig ist, die neue Sprache zu lernen?«

»Natürlich, aber solltest du sie nicht mit deinem Mann lernen?«

»Roland hat kein Interesse.« Mina seufzte und verdrängte ihre Sorgen, wie es ihm ergehen würde, wenn sie erst einmal im neuen Land waren und er zur Arbeit ging. Angeblich gab es in Fort Wayne in Indiana bereits eine Reihe deutscher Familien. Vielleicht würde er so zurechtkommen.

Schweigen senkte sich zwischen sie, während Mina den Brei in Schüsseln umfüllte und Regine den Topf reichte. »Danke«, sagte sie auf Englisch.

Regines Augen weiteten sich vor Überraschung. »Kein Grund anzugeben.«

»Ich kann dich unterrichten ... oder du kannst mit uns lernen.« Mina sah zu, wie Regine ihren Topf vorbereitete und ihn wieder auf den Herd stellte. Neben ihnen rührten mehrere Frauen in ihren Gefäßen, andere warteten, bis sie an der Reihe waren. Es war ein ständiges Gerangel um Plätze und dauerte Stunden, bis alle Mahlzeiten zubereitet waren.

»Ich kann mich nicht konzentrieren.« Regine sah nachdenklich aus. »Hier nicht. Ich bin überrascht, wie gut du es schaffst.«

Mina nickte. Sie freute sich, dass sie sich die Worte merken und sogar so gut sprechen konnte, dass der irische Mann sie verstand. Wenn sie ehrlich war, würde sie zugeben, dass ihr das Lernen seinetwegen Spaß machte.

Kopfschüttelnd ging sie auf der Suche nach Roland den Gang entlang und versuchte, die Schüssel mit dem Haferschleim nicht zu verschütten. Normalerweise kam er zu ihr, denn er musste sicher hungrig sein.

Sie fand ihn immer noch dort sitzend, wo er zuvor gespielt hatte. Er war allein und starrte ins Leere.

»Hattest du Spaß?«, fragte sie und ließ sich neben ihm auf dem Boden nieder. Sie wechselten sich beim Essen ab, da Regine ihnen nur einen Löffel und die Schüsseln geliehen hatte. Trotzdem war Mina dankbar für die Hilfe der Witwe.

Roland schien aus seiner Benommenheit zu erwachen. »Wobei?«

»Beim Spielen.«

»Sehr witzig.« Er sprang auf, seine Brauen voller Wut zusammengezogen, bevor er zu begreifen schien, dass Mina Essen mitgebracht hatte. Mit einem Seufzer ließ er sich wieder neben ihr nieder und begann zu essen.

»Ich lerne Englisch«, sagte Mina nach einer Weile.

»Schön für dich.«

»Ich kann dir helfen, wir können zusammen lernen.«

Er leckte den Löffel ab und reichte ihn ihr. »Nein, danke.«

Wie so oft behielt Mina ihre Gedanken für sich, weil sie befürchtete, das Feuer zu entfachen, das in ihm schwelte. Er sprang wieder auf und zupfte an seinem Hemd. »Ich brauche Luft. Verdammtes Schiff, verdammter Ozean. Ich halte es nicht aus.« Dann steuerte er auf die Treppe zu, eine Aufgabe für sich, denn der Gang war voll von Reisenden, die es leid waren, in ihren Kojen zu sitzen.

Dieses eine Mal hatte er recht. Mina versuchte sich zu erinnern, wie viele Tage sie schon unterwegs waren. Mindestens fünf. Nachdenklich wanderte sie zu ihrem Schlafplatz und verstaute Regines Schüssel. Der große Mann, der neben ihr geschlafen hatte, war an das andere Ende gezogen, wo die alte Frau gestorben war. Roland hatte seinen Platz eingenommen, was Mina ebenfalls beunruhigte. Schon zweimal hatte er sich an sie herangemacht, immer in der Nacht, wenn die meisten Leute schliefen. Natürlich waren sie nicht die Einzigen, selbst in diesem Höllenloch fanden die Menschen Wege, miteinander zu schlafen.

Es war nicht so sehr die grobe Behandlung, die er anwendete, er fragte nie vorher, berührte sie nie auf liebevolle Weise, küsste sie nicht einmal. Nein, es war ihre Angst, schwanger zu werden. Sie konnte nur hoffen, dass die Bedingungen hier unten ihren Körper davon abhielten, seinen Samen anzunehmen.

Sie wollte sich nicht an ihn binden, wollte nicht in ständiger Angst leben, was er tun würde und wie sie ohne Geld für ihr Kind sorgen sollte. Es war schon schwer genug, als Paar zu überleben.

Oben an der Treppe ertönte Geschrei und Gepolter. Rolands Stimme und die mehrerer anderer dröhnte. »Wir brauchen Luft, lasst uns raus. Die Toiletteneimer quellen über.«

Es stimmte, die Toiletten waren jetzt so schlecht, dass Mina den Gang dorthin so lange wie möglich hinauszögerte. Nachdem sie Liverpool verlassen hatten, war auch das Wasser rationiert worden, und sie hatte wenig Bedarf, obwohl die verschmutzte Luft einen ständigen Durst und den Wunsch hinterließ, den schrecklichen Geschmack wegzuspülen.

Mina folgte den Männern und Frauen in den Korridor, blieb aber in der Menge stecken, die jeden freien Platz ausfüllte.

Von Deck aus waren Stimmen zu hören, aber sie waren zu leise, um sie zu verstehen. Stattdessen flüsterte die Menge und trug das Gespräch von Person zu Person weiter. »Bald«, sagten sie.

Was hat das zu bedeuten? Mina kehrte zu ihrer Koje zurück und legte sich hin. Mit dem Gesicht zur Wand kehrten ihre Gedanken zu der Englischstunde zurück, dann zu dem irischen Mann, der sie so geduldig unterrichtete. Sie konnte sich nicht vorstellen, dass er grob zu der kleinen Frau war. Mina hatte beobachtet, wie er sich um den Jungen, Peter, kümmerte, seine Bewegungen waren sanft und liebevoll. Etwas in ihr schmerzte, eine Art Schmerz oder Sehnsucht nach etwas, das sie nicht definieren konnte.

Als sie erwachte, waren die Kojen leer, und sie bemerkte sofort eine Brise und eine Verbesserung der Luft. Das Deck musste offen sein. Sie kroch aus ihrer Koje und eilte die Treppe hinauf. Das Deck war voller Menschen, die alle ihre Nasen in den Wind streckten. Über ihnen blähten sich die Segel, unter ihnen zischten die Wellen.

Mina arbeitete sich zur Reling vor.

Regine starrte in die Ferne, ihre schmalen Lippen wirkten bläulich, ihr Kinn zitterte. »Ich weiß nicht, was schlimmer ist, hier oben zu erfrieren oder unter Deck zu ersticken.«

Mina gluckste grimmig. Schon jetzt schnitten der Wind und die feuchte Luft durch sie hindurch, ihre Wangen und ihre Nase fühlten sich taub an. Es war eiskalt, aber die Aussicht, nach unten zu gehen, war schrecklicher. »Bewegen wir uns ein wenig«, sagte sie und streckte den Arm aus. »Das wird uns aufwärmen.«

Sie schlurften, schlängelten und drängten sich durch die Menge, gingen zum Bug und dann zurück zum Heck. Es ging nur langsam voran, aber wenigstens spürte Mina, wie ihre Muskeln erwachten und sich ihre Laune verbesserte.

Auch Regine fand ihre Stimme wieder. »Kaum vorstellbar, dass wir noch drei oder vier Wochen hier draußen sein werden.« Sie standen wieder am Bug und blickten auf den Horizont, wo der Himmel auf das Meer traf und nichts als Wasser dazwischen lag.

Das Schiff bewegte sich auf und ab, obwohl Mina die Bewegung kaum noch wahrnahm. Sie war dankbar, dass sie von der

Seekrankheit verschont geblieben war, an der so viele von ihnen litten. Selbst jetzt schnupperte sie hin und wieder einen Hauch von Erbrochenem.

»Wo ist dein Mann?«, fragte Regine nach einer Weile. »Ich sehe ihn nie mit dir.«

»Nur wenn es etwas zu essen gibt.«

Mina spürte den Blick von Regine an ihrer Schläfe. »Er erliegt dem Glücksspiel, nicht wahr?«

»Und er trinkt, wenn er etwas findet.«

Ein »tsk« kam von Regines Lippen, während sie sich bekreuzigte. Sie hatten nicht darüber gesprochen, aber Mina wusste, dass die Witwe sehr fromm war. »Schande über ihn. Er hat ein Ehegelübde abgelegt.«

»Erzählst du mir von deinem Mann?«

Regine seufzte, ihr Blick wieder auf das Meer gerichtet. »Er war tugendhaft, ein bisschen langweilig vielleicht, aber eine gute Seele. Wenn überhaupt, dann arbeitete er zu viel, liebte Zahlen und führte die Bücher für die vielen Geschäftsleute.« Ihre Augen funkelten vor Tränen. »Wir hatten ein gediegenes Zuhause, bis vor zwei Jahren, als es schwierig wurde. Die Leute konnten es sich nicht mehr leisten, ihn einzustellen. Sie verloren ihre eigenen Geschäfte, konnten sich kein Brot mehr leisten. Da kam er auf die Idee, nach Amerika zu gehen.«

Mina drückte Regines Hand. »Ihr hattet alles geplant.«

Im Gegensatz zu dir, kommentierte die Stimme in ihrem Kopf. *Du hattest nichts geplant, bist deinem Mann blind gefolgt.*

KAPITEL ACHTUNDZWANZIG

Davin
Jeden Tag, wenn sie unter Deck festsaßen, traf Davin die deutsche Frau, um Englisch zu lernen. Manchmal begleitete Kate ihn, ohne mitzumachen, nur um zuzuhören, während Peter in der Nähe spielte.

Kates Hand hatte sich gut erholt, die Haut war noch empfindlich, aber ansonsten intakt geblieben. Davin wusste, dass es ohne Minas Hilfe vielleicht ganz anders ausgesehen hätte. Er fragte sich, woher sie solche Dinge wusste, wo sie gelebt und was sie getan hatte. Er war auch neugierig auf ihren Mann, der nie da war. Aber es gehörte sich nicht, solche Dinge zu fragen, und außerdem war ihr Englisch noch nicht gut genug.

Ihm war klar, dass er ihr Englisch mit einem irischen Dialekt beibrachte, aber es ließ sich nicht ändern. Zumindest würde sie in der Lage sein, sich zu verständigen, sobald sie angekommen waren. Es gab dort bereits viele Iren und, soweit er wusste, auch viele Deutsche.

Mina wirkte heute Morgen nachdenklich, irgendwie unglücklich. Er fragte sie einfach: »Bist du traurig?«

»Traurig?«

Er machte ein Gesicht, zog die Mundwinkel nach unten, was ihr ein Kichern entlockte. Er lächelte zurück, dann wurde er wieder ernst. »Nicht glücklich, traurig.«

Die Frau antwortete nicht, schüttelte nur den Kopf und wich seinem Blick aus. »Ich möchte Englisch lernen.«

»Gut.«

Sie schlug ihr Buch auf, und bald waren sie damit beschäftigt, Wörter und einfache Sätze zu sprechen und zu wiederholen.

Als er fertig war und Kate zurück in ihr Abteil führte, beäugte sie ihn neugierig. »Du magst die Deutsche.«

»Sie ist eine gute Frau, die versucht, die Sprache zu lernen«, beeilte sich Davin, zu sagen.

»Du hilfst immer noch, weil sie sich um meine Hand gekümmert hat?« Kates Stimme trug eine leichte Schärfe. »Es ist acht oder neun Tage her, das sollte wohl genug sein.«

»Wem schadet es?«, sagte er und hob Peter in ihre Koje. »So kann man sich die Zeit besser vertreiben.«

»Du kannst dir die Zeit mit mir vertreiben.«

Wir verbringen ohnehin jede freie Minute miteinander. Laut sagte er: »Warum nicht jemandem helfen, der es braucht? Es hat dir nichts ausgemacht, dass ich dir geholfen habe.«

Kates Mund öffnete sich, aber dann nickte sie, also deckte er sie zu und kehrte in den Flur zurück ... den Gang hinunter zu dem, was als Abort diente.

Es hatte sich eine Schlange gebildet, und der Gestank wurde mit jedem Schritt stärker. Außerdem juckte es ihn von Kopf bis Fuß, vor allem nachts, wenn er zu schlafen versuchte und keine Möglichkeit hatte, sich abzulenken. Das Wasser war rationiert und reichte kaum zum Trinken und Kochen. Kein Tropfen durfte zum Waschen oder Reinigen der Kleidung verschwendet werden.

Davin bemerkte mehrere Striemen am Hals des Mannes vor ihm, so wie seine eigene Haut aussehen musste.

Er hatte sich noch nie so dreckig gefühlt, solche Bedingungen erlebt, die nicht einmal für eine Ratte geeignet waren, geschweige denn für Familien mit Kindern. Sie hatten etwas Besseres verdient. Alle von ihnen. War das der Grund, warum er der deutschen Frau immer noch half? Kate hatte recht, die Schuld war sicher beglichen, und doch zog ihn jeden Tag etwas in den Korridor oder bei gutem Wetter an Deck, um Zeit mit Mina zu verbringen.

Er kannte sie kaum, ihre Unterhaltung war so begrenzt wie ein Gespräch mit einer Dreijährigen. Aber ...

Aber was? Er konnte es sich nicht erklären, außer dass er in ihr einen verwandten Geist spürte.

Sei nicht albern, kommentierte die Stimme in seinem Kopf. *Sie kommt aus einem anderen Land, ihr habt nichts gemeinsam.* Vielleicht tat sie ihm leid ... wegen der Art und Weise, wie ihr Mann sie behandelte. Es war deutlich zu sehen, wie er es vorzog, zu spielen und zu prahlen. Auch wenn Davin die Worte nicht verstand, spürte er, wann ein Mann sich verstellte.

Wie hatte Mina diesen Mann kennengelernt und sich an ihn gebunden? Jemand klopfte ihm auf die Schulter. Er war an der Reihe, die Eimer zu benutzen. Jede Nacht liefen sie über, schwappten auf den Boden und wurden erst am nächsten Morgen geleert. Er beeilte sich, sein Geschäft zu erledigen, und kehrte zu Kate zurück, zog nur seine Schuhe aus, bevor er sich zu ihr ins Bett legte. Zu seiner Überraschung führte sie seine Hand zu ihrer Brust. Peter schlief an der Wand, also folgte er ihrem Beispiel.

Er schirmte seine Augen gegen die tiefstehende Sonne ab, als er ein Lachen hörte. Auch ohne sich umzudrehen, wusste er, dass sie es war. Dann stand sie vor ihm, atemlos, die Lippen zu einem Lächeln verzogen, ein Grübchen auf der rechten Wange. Sie nahm seine rechte Hand in ihre, legte die andere auf seine Brust und sah zu ihm auf, ihr Gesicht so nah ... Er küsste sie, ein langer Kuss, dann drückte er sie an sich und vergrub seine Nase in ihren kastanienbraunen Locken. Überall, wo sie sich berührten, fühlte er sich heiß und lebendig, einen Drang, mehr und mehr von ihr zu erkunden ...

Davin wachte auf, sein Herz pochte bis zum Hals. Er erinnerte sich daran, wo er war, fühlte Kates Rücken an seinem Bauch, seine Erregung hart zwischen ihnen. Hatten sie nicht gerade erst miteinander geschlafen? Er rückte ein kleines Stück zurück, wohl wissend, dass er seinem Nachbarn, einem bärtigen Mann in den Fünfzigern, der mit seiner Frau und seinem erwachsenen Sohn reiste, zu nahe kam.

Was war nur los mit ihm? Er hörte noch immer das Lachen der deutschen Frau in seinem Kopf, leicht und fröhlich wie Kirchenglocken an einem Frühlingstag. Zwei Kojen weiter hustete eine Frau unaufhörlich, ihr Atem ging rasselnd dazwischen. Er hatte sie kommen und gehen sehen und kannte ihren Namen nicht, hatte sich nicht darum gekümmert, aber er wusste, dass sie ziemlich krank war. Es waren bereits drei Passagiere gestorben, ein junges Mädchen von zwölf Jahren und zwei ältere Männer. Zweifellos würde es noch mehr geben.

Die Sorge kehrte zurück, die Sorge um Peter, der seit dem Fieber noch zerbrechlicher schien. Er musste ihn beschützen, dafür sorgen, dass er genug zu essen bekam, und mit ihm spielen. Die Sorge um Kate, die Frau, der er geschworen hatte, für sie da zu sein. Er fühlte sich hilflos, gefangen im Bauch dieses Schiffes, im Dunkeln und ohne zu wissen, wohin er ging, wann er in Amerika ankam oder was passieren würde, wenn sie endlich an Land gingen – falls sie es schafften. Und dann träumte er diesen Unsinn von einer Frau, die er kaum kannte. Das Schiff verdrehte ihm den Kopf, machte ihn verrückt.

Er war noch wach, als sich die Leute in seinem Abteil zu rühren begannen. Die Frau hustete weiter, aber jetzt gab es ein Flüstern und Rascheln, jemand stand auf, dann der nächste. Er schlüpfte aus seiner Koje und machte sich auf den Weg zur Decköffnung. Die Bewegung des Schiffes war an diesem Morgen ruhig, und tatsächlich wehte ihm ein schwacher Wind entgegen, und als er nach oben kletterte, war alles in grauen Nebel gehüllt.

Sogar die Segel über dem Schiff verloren sich in einer wabernden Wolke, jedes Tuch war voll ausgefahren und hing doch schlaff herab, manchmal klatschten sie wie ein halbherziger Versuch, die Luft einzufangen. Das Plätschern der Wellen klang gedämpft, als hätte man eine Decke über das Schiff geworfen, um alle Geräusche auszublenden. Er eilte zur Reling und genoss die freie Bewegung. Unter ihm lag das Wasser des Atlantischen Ozeans, keine aufgewühlten Wellen mit weißen Kappen, die vom rauen Wind schäumten, sondern ein flaches, graues Brett, das sich nach wenigen Metern im Dunst verlor.

Davin zitterte, sein Gesicht und sein Haar wurden feucht, dann nass, doch er genoss die Ruhe. Als ein Seemann an ihm vorbeiging, fragte er: »Wie lange wird sie andauern ... die Flaute?«

Der Mann starrte auf die schlaffen Segel über ihnen. »Wer weiß, vielleicht einen Tag, vielleicht drei.« Er tippte an seine Mütze und eilte davon.

Davin wanderte zum Bug. Er hätte genauso gut blind sein können, der Nebel war undurchdringlich. Es schien, als könne er das Weiße mit den Fingern greifen. Von hier aus konnte er nicht einmal die andere Seite des Decks sehen, geschweige denn das Heck des Schiffes. Es war, als würde er im Nichts schweben.

Er ging weiter und stieß fast mit einem Mann zusammen, der seinen Weg kreuzte, ohne zu schauen. Es war Minas Ehemann.

»Entschuldigung«, sagte er mit einem freundlichen Nicken.

Roland blieb stehen, warf ihm einen wütenden Blick zu und

sagte etwas auf Deutsch, das zweifellos eine Beleidigung war.
Davin versuchte ein Lächeln, aber der Mann blinzelte nur, bevor er im Nebel verschwand. Mina hatte recht, ihr Mann lernte nicht einmal die einfachsten Wörter wie *sorry*. Davins Bauchgefühl sagte ihm, dass er sich fernhalten sollte, dass dieser Mann Ärger mit sich brachte, wohin er auch ging. Mina schien nett und lernbegierig zu sein und half ihren Mitmenschen. Wie war sie nur an einen solchen Mann geraten? Davin sehnte sich danach, mehr über ihr Leben zu erfahren, was sie getan hatte, bevor sie auf dieser Rattenfalle von einem Schiff gelandet war.
»Du bist früh aufgestanden.« Kate erschien neben ihm, Peter im Schlepptau.
Davin schüttelte seine Gedanken ab und legte einen Arm um sie. »Konnte nicht schlafen. Lass uns die Ruhe ausnutzen und kochen, bevor alle aufwachen.«

Am Nachmittag versuchte eine schwache Sonne, den Nebel aufzulösen, aber der Wind blieb aus. Jeder, der konnte, war an Deck, spazierte, saß, unterhielt sich oder genoss einfach die frische Luft.
Davin döste, mit dem Rücken an die Kapitänskabine gelehnt, als er laute Stimmen wahrnahm. Er verscheuchte die Spinnweben des Schlafs und ließ Kate und Peter zurück, um nachzusehen, was los war. Sein Geist war so ausgehungert nach Unterhaltung, dass er sogar einen Kampf begrüßen würde.
In der Nähe des Eingangs zum Zwischendeck schrie Minas Mann, und die drei Männer, die neben ihm saßen, beäugten ihn argwöhnisch. Keiner von ihnen schien sich einmischen zu wollen.
Roland schrie etwas, warf theatralisch die Karten hin, die er in den Händen gehalten hatte, und sprang auf.
Davin vermutete, dass er verloren hatte und nun Geld schuldete. Er musste Mina suchen, die ihren Mann hoffentlich beruhigen konnte, denn Roland sah aus, als wolle er jemanden erwürgen. Jemand anderes hatte sie bereits gefunden, denn sie eilte ihrem Mann zur Seite. Der Streit hörte jedoch nicht auf, ganz im Gegenteil. Die Männer sprachen, Roland gestikulierte und brüllte, und Mina schien Mühe zu haben, sich Gehör zu verschaffen.
Ohne nachzudenken, trat Davin an ihre Seite. »Was ist passiert?«, fragte er.
Mina, ihre Wangen gerötet, warf ihm einen hilflosen Blick zu. »Die Männer sagen ... Roland«, sie schien nach den richtigen

Worten zu suchen, »hat mit Karten gelogen, dass er drei ... Taler schuldet.«

»Taler?«

»Geld.«

Inzwischen standen alle Männer, die drei starrten Roland an, der es sich offenbar anders überlegt hatte und auf einmal ängstlich schien.

Minas Hand wanderte zu ihrem Mund. »Sie wollen es dem Kapitän sagen und ihn verhaften lassen.«

In diesem Moment ergriff Roland Minas Hand, aber so grob, dass sie aufschrie. Er zog an ihrem Finger und war offensichtlich scharf auf den Goldring, den sie trug.

Mina kreischte.

Davin sprang vor und schob Rolands Hand weg. »Stopp!«

Roland sah aus, als wolle er Davin einen Schlag versetzen, aber dann sank sein Arm, weil Davins abgehärtete Finger sein Handgelenk fester umklammerten. Obwohl Roland einige Zentimeter größer war, hatte Davin keinen Zweifel, dass er jeden Kampf gewinnen würde.

Mina rieb sich die Finger, ihr Blick wanderte zwischen Roland und Davin hin und her.

Einer der drei Spieler streckte die Hand aus.

»Was wollen sie?«, fragte Davin.

Mina verschränkte die Hände hinter dem Rücken. »Meinen Ring?«

Roland drehte sich wieder zu Mina um, berührte sie aber nicht. »Gib ihn mir.«

Mina presste die Lippen aufeinander, der Ausdruck des Trotzes überraschte Davin. Sie schüttelte den Kopf.

Während er Roland im Auge behielt, wandte sich Davin an die drei Männer. »Das können Sie nicht machen.«

Einer von ihnen, ein Mann mit den buschigen Augenbrauen eines Holzfällers, schien zu verstehen und antwortete in grobem Englisch. »Sie sind verheiratet, sie teilen.«

Mina schüttelte den Kopf. »Er ist von meiner Mutter.«

Davin verstand nicht viel mehr als *Mutter*, aber er legte eine beruhigende Hand auf Minas Unterarm. »Ihr spielt mit ihrem Mann, nicht mit einer hilflosen Frau.«

Der stämmige Mann sagte etwas zu seinen Freunden, dann deutete er mit dem Zeigefinger auf Rolands Brust, sagte etwas

Bedrohliches und ging mit seinen Freunden im Schlepptau davon.
Roland drehte sich mit mörderisch blitzenden Augen zu Mina um. Aber Davin war vorbereitet, und obwohl er kein einziges Wort sagte, senkte Roland den Kopf und mischte sich dann unter die Menge.

Mina massierte immer noch ihre Finger, und anstatt erleichtert auszusehen, wirkte sie ängstlich. »Er ist sehr ... wütend, gefährlich.«

Davin nickte. Kerle wie Minas Mann machten ihm keine Angst. Er streckte eine Hand aus und sagte: »Komm und setz dich zu uns.«

KAPITEL NEUNUNDZWANZIG

Mina

Was war gerade passiert? In Minas Kopf wiederholte sich die Szene an Deck: Roland wurde des Betrugs beschuldigt, sein Zorn richtete sich gegen sie, er verlangte die Herausgabe des Rings, Davin, der Ire, kam ihr zu Hilfe und beschützte das einzig Wertvolle, das sie von ihrer Familie noch hatte.

Ihr Herz hob und senkte sich zur selben Zeit. Ein praktisch Fremder hatte ihr geholfen, aber sie wusste, dass Rolands Zorn unberechenbar sein würde. Er würde gegen das vermeintliche Unrecht kämpfen, das er erfahren hatte. Sie hatte keinen Zweifel daran, dass er gemogelt hatte, wahrscheinlich schon seit Tagen. Jetzt hatten sie ihn erwischt, und um sich zu schützen, hatte er versucht, den Ring ihrer Mutter zu stehlen.

Kälte breitete sich in ihrer Brust aus, und das lag nicht an der feuchten Luft an diesem Nachmittag. Sie fürchtete, Roland würde sie in der Nacht angreifen, ihr den Ring vom Finger stehlen, während sie schlief ... und um den irischen Mann. Sie wusste nicht, was Roland tun würde, um sich zu rächen. Wenn sie eines wusste, dann war es, dass Roland nie vergaß. Er hegte jahrelang einen Groll, auch wenn es nur eine Kleinigkeit gewesen war. Dies war keine Kleinigkeit. Roland war peinlich aufgefallen, er war vor dem ganzen Schiff beschimpft worden.

Was würde er tun, wenn sie in ihre Koje zurückkehrte?

Jetzt saß sie neben Kate, der Frau, der sie zuvor geholfen hatte. Der irische Mann war gegangen, offenbar um für sie zu kochen.

»Kann ich Hand sehen?«, fragte sie, um sich abzulenken.

Kate nickte und streckte den Arm aus. »Dein Englisch wird immer besser.«

Mina nickte. »Ich versuche es.« Sie begutachtete die Haut, die dunkler und glänzender war als die übrige. »Tut es weh?«

»Kaum. Aber ich habe jetzt Angst vor Feuer.«

»Es wird vorübergehen«, sagte Mina. Sie sah auf und entdeckte Regine, die Witwe, die ihr zuwinkte. Als Mina sie aufforderte, näher zu kommen, schüttelte Regine den Kopf. Mit einem Seufzer erhob sich Mina. »Ich komme zurück.« Ihr Lächeln gefror, als sie sich der Witwe näherte, denn Regine sah so ernst aus, als würde sie einer Beerdigung beiwohnen.

»Sie reden, das ganze Schiff redet«, rief sie und hielt drei Meter Abstand.

»Er ist ein schwieriger Mann.«

»Ich spreche nicht von deinem Mann, ich spreche von *dir*!« Mina öffnete den Mund, doch es kam kein Wort heraus. »Wie konntest du das tun?«

»Was habe ich getan? Er hat mir fast den Finger abgerissen, um meinen Ring zu stehlen.«

Regines Stimme erhob sich, etwas, das Mina noch nie erlebt hatte. »Er ist dein Mann, ihr *teilt* euer Leben ... alles.«

»Er hat nicht geteilt, er hat genommen.« Minas Kehle wurde eng vor Wut. »Er ist gewalttätig und launisch.«

»Du bist seine Frau und verbringst lieber Zeit mit diesem irischen Trottel? Die Leute sagen, du bist eine Hure.« Ihr Blick wanderte zu Kate und ihrem Jungen. »Ist er nicht auch verheiratet?«

Mina starrte die Witwe an, die so rechtschaffen wirkte, als würde sie *selbst* Gottes Willen ausführen. »Davin hat mir nur geholfen, mich vor dem Zorn meines Mannes zu schützen. Was ist daran falsch?«

Zu ihrer Überraschung trat Regine näher. »Du solltest zu deinem Mann zurückkehren. Unterstütze ihn, kümmere dich um ihn. Das ist deine Aufgabe.« Sie gab Mina einen kleinen Schubs. »Na los, koch ihm sein Abendessen, oder du kannst dir deinen Topf woanders leihen.«

Mit einem letzten Blick auf Kate, die sie beobachtete, aber wahrscheinlich nicht verstanden hatte, worum es ging, stolperte Mina davon. Zu ihrem Entsetzen starrten ihr viele der Frauen, an denen sie vorbeikam, nach, einige flüsterten ihren Nachbarinnen etwas zu. »Hexe ... Flittchen«, riefen ihr einige nach. Mina hielt ihren

Kopf hoch, auch wenn ihr übel war. War es, weil Davin Ire war? War es, weil sie mit einem anderen Mann Zeit verbrachte, um Englisch zu lernen? Es war nichts passiert, außer dass sich ein Mann auf ihre Seite gestellt und ihr geholfen hatte. Sie war dankbar gewesen ... war dankbar dafür, dass sie ihren Ring behalten hatte, für diese Unterstützung, für den Schutz gegen einen gewalttätigen Mann. Was war daran falsch?

Sie fiel fast hin, als sie in den Zwischendeckbereich kletterte, und beim Gestank, der sie empfing, wurde ihr übel. Sie wartete, bis sich ihre Augen an die Dunkelheit gewöhnt hatten, und beeilte sich, Regines Kochgeschirr zu holen. Als sie ihr eigenes Abteil betrat und begann, das Getreide abzumessen, packte Roland sie an der Schulter. »Verdammtes Weib. Vor allen Leuten, was fällt dir ein?«, wetterte er.

Mina, die wegen der verletzenden Behandlung durch die Frauen an Deck mit den Tränen gekämpft hatte, richtete sich auf und sah ihren Mann an. »Es scheint, dass alle auf *deiner* Seite sind. Egal, ob du schlägst und misshandelst, egal, ob du mir das Einzige nehmen wolltest, was mir von meiner Familie geblieben ist.« Die Worte sprudelten nur so aus ihr heraus, Worte, die sie schon tausendmal gedacht und nie den Mut gehabt hatte, laut auszusprechen. Es spielte keine Rolle mehr. Sollte er sie doch schlagen. Sie wollte sich nur noch hinlegen und alles vergessen. Rolands Augen verengten sich, obwohl er ihre Schulter losließ.

»Du hast mich gezwungen, auf diese unmögliche Reise zu gehen, mit nichts als den Kleidern am Körper.« Die Luft war aus ihrer Lunge gewichen, und sie machte sich auf einen Schlag gefasst. Aber er kam nicht. Roland stand einfach nur da, überragte sie und starrte in ihr Gesicht, sein Ausdruck war schwer zu lesen. Da war Verachtung, aber auch Selbstverachtung und Wut.

Mina schluckte noch einmal. »Wenn es dir nichts ausmacht, werde ich jetzt unser Essen kochen.« Sie drehte sich um und marschierte los. Im Korridor wischte sie sich über die Augen, dann kletterte sie nach oben, um einen freien Herd zu finden.

Sie ignorierte die Blicke und das Getuschel und beschäftigte sich mit dem Topf. Es fühlte sich gut an, Roland gegenüberzutreten und ihm die Meinung zu sagen. Er hatte nichts erwidert, hatte sie nicht berührt. Sie hatte keine Ahnung, was jetzt passieren würde. Nur eines war klar: Mit Davin konnte sie nicht mehr sprechen, schon gar kein Englisch lernen. Plötzlich fühlte sie sich traurig ... enttäuscht. Die Zeit mit dem irischen Mann war etwas Besonderes gewesen, sie hatten gelacht, aber vor allem hatte er ihr das Gefühl gegeben, wichtig zu sein, als wäre sie es wert, die neue Sprache zu lernen.

»Sind Sie hier bald fertig?« Eine ältere Frau in einem zimtbraunen Kleid und einem zerzausten Hut blinzelte sie an.

»Sie ist fertig, wenn ihr Essen gekocht ist.« Eine behandschuhte Hand erschien auf Minas Unterarm. »Sie lassen sich Zeit, wie alle anderen auch.«

Mina blickte überrascht auf. Eine Frau um die dreißig mit blonden Locken, die sie schon am ersten Tag gesehen hatte, als sie vom Deck der privilegierten Reisenden auf sie herabgeblickt hatte, und die sie an Augusta erinnerte, lächelte sie an. »Ich danke Ihnen.« Und mit leiser Stimme fügte sie hinzu: »Sind Sie sicher, dass Sie mit mir reden wollen? Ich bin offenbar ein lockeres Weib.« Aus welchem Grund auch immer, sie spürte, wie sie lächelte. Es brauchte nicht viel, um das ganze Schiff in Aufruhr zu versetzen.

»Sie haben nur für sich selbst gesprochen«, sagte die Frau und streckte eine Hand aus, die so bemerkenswert sauber war, dass Mina nur auf die weiße Haut und die perfekt glänzenden Nägel starrte. »Margarete Weber, freut mich, Sie kennenzulernen.« Lauter sagte sie: »Es wäre für uns Frauen hilfreich, wenn wir öfter unsere Meinung sagen würden.«

Mina schüttelte die Hand der eleganten Frau. »Wilhelmina ... Mina Peters.«

»Ich weiß schon alles über Sie.« Margarete grinste. »Na ja, das, was diese bösen Zungen über Sie zu wissen glauben.« Sie beugte sich vor, und der Duft von Rosen stieg in Minas Nase. Er war so überraschend, dass sie tief einatmete und sich sofort in das Haus ihrer Eltern zurückversetzt fühlte, wo ihre Mutter ein halbes Dutzend Rosensträucher gepflegt hatte. »Lassen Sie sich von den anderen nicht verrückt machen.«

Mina fühlte sich sofort besser, während sie den Hafer noch einmal umrührte und dann den Topf mit einem Lappen aufnahm. »Ich kenne Sie auch. Das erste Mal, als wir an Bord gingen, habe ich Sie an Deck gesehen. Und später ... Ihr blondes Haar erinnert mich an eine Freundin.« Minas Gedanken wanderten zu Augusta, die sicher inzwischen auch auf dem Ozean schipperte. Sie verdrängte den Anflug von Traurigkeit. »Ich bin überrascht, dass Sie sich hierher trauen. Wir haben keinen Zugang zu Wasser, das Leben im Zwischendeck ist der reinste Horror.«

Mina spürte die Blicke der anderen Frauen, aber alle schwiegen,

EIN SCHIMMER AM HORIZONT – ZWISCHEN DEN WELTEN

vielleicht weil diese Frau inmitten des Schmutzes des Zwischendecks so ungewöhnlich achtbar aussah. In der Tat hatte sie nichts mit den Familien gemein, die unter Deck hausten. Margaretes Kleid war sauber und elegant, mit Spitzen am Halsausschnitt, ihr Haar in ordentlichen Locken unter einem winzigen Hut hochgesteckt.

Mit einer behandschuhten Hand deutete Margarete auf den hinteren Teil des Schiffes. »Wir bleiben unter uns ... meistens im Aufenthaltsraum. Aber ich sterbe vor Langeweile, und der enge Raum ist unerträglich.«

»Sie haben einen Aufenthaltsraum?«

Margarete gluckste. »Und einen Speisesaal. Er ist zwar klein, aber wir sind ja auch nur ein paar Leute.«

»Hier stinken alle, es gibt nicht einmal Wasser zum Waschen. Ich schäme mich für den Zustand, in dem ich bin.«

»Es wird vorbeigehen. Hauptsache, wir überleben die Fahrt, alles andere wäscht sich ab.« Sie warf Mina ein aufmunterndes Lächeln zu. »Genau wie diese hässlichen Kommentare.«

»Wohin reisen Sie?«

»Nach Chicago.« Das Grinsen war wieder da. »Ich reise allein, ziemlich skandalös, finden Sie nicht?«

Wieder fühlte sich Mina an Augusta erinnert. »Warum haben Sie Deutschland verlassen?«

»Vater wollte mich mit einem alten Grafen verheiraten, und als ich mich weigerte, schlug er vor, ich solle eine lange Reise machen, um ihn nicht noch mehr in Verlegenheit zu bringen. Vor allem, weil ich längst über das Heiratsalter hinaus bin.« Margarete seufzte. »Er hält mich für hoffnungslos ... was ich auch bin. Ich will keine Kinder haben, ich will keinen Ehemann.«

»Ich auch nicht.« Es rutschte so schnell heraus, dass Mina eine Hand auf den Mund schlug.

Aber Margarete lachte nur. »Zumindest nicht den, den Sie derzeit haben.«

Ihre Blicke trafen sich. Es bedurfte keiner Worte, und doch war ihre Verständigung so klar, als hätten sie miteinander gesprochen. Mina war erstaunt, wie offen die elegante Frau ihre Verachtung für gesellschaftliche Erwartungen zum Ausdruck brachte. Sie wollte nicht einmal eine Familie, wollte unabhängig bleiben. Nichts, was Frauen taten.

»Da bist du ja.« Roland überragte sie. »Ich bin am Verhungern, und du trödelst herum wie ein Marktweib.«

Mina hielt wortlos den inzwischen abgekühlten Topf hin, den sie auf den Boden gestellt hatte. »Ich habe auch noch nichts gegessen.«

»Es ist sowieso Zeit, zurückzukehren«, sagte Margarete. »Ich werde wieder nach Ihnen schauen.« Sie klopfte Mina sanft auf den Arm und sagte mit leiser Stimme. »Kopf hoch, Sie sind stark.«

Mina schluckte, plötzlich hatte sie einen Kloß im Hals. »Sie sind sehr freundlich.«

Aber die elegante Frau winkte und verschwand durch eine Tür, die Mina noch nie passiert hatte. Sie wusste nur, dass der Kapitän und die Besatzung direkt unter dem Deck wohnten, eine Etage über dem Zwischendeck, und dass wohlhabende Passagiere in Privatkabinen untergebracht waren.

Als ihr Roland wieder einfiel, hatte er den Topf bereits zur Hälfte geleert. Wortlos streckte sie die Hand aus, und er reichte ihr den Löffel, den sie gemeinsam benutzten. Mina erwartete, dass die Witwe bald ihren Topf ganz zurückverlangen würde, aber vielleicht konnte Margarete helfen. Nicht dass sie so aussah, als hätte sie jemals selbst gekocht, aber die Welt funktionierte anders, wenn man Geld hatte. Mina hatte reiche Männer gesehen, die den Bürgermeister besuchten, und war einmal zufällig auf eine Hochzeitsgesellschaft gestoßen, die zum nahen Schloss fuhr. Sie erinnerte sich noch an die schwarzen Wagen und die perfekt gepflegten Pferde mit ihren geflochtenen Mähnen und dem glänzenden Lederzeug. Das livrierte Personal hatte Wache gehalten, um sicherzustellen, dass kein Bürger den Kutschen in die Quere kam.

So etwas hatte sie noch nie erlebt, man musste schon hineingeboren werden. Trotzdem war Margarete nett gewesen, was Mina nicht erwartet hatte. In ihrer Vorstellung waren alle Reichen arrogant und herablassend, behandelten Menschen wie sie schlecht oder ignorierten sie ganz und gar.

»Was machst du denn mit dieser blonden Schlampe?«, fragte Roland. Mina hatte vergessen, dass er noch neben ihr stand, genauso wie sie nicht bemerkt hatte, dass sie den Hafer aufgegessen hatte.

»Sie ist nett«, sagte Mina einfach. *Im Gegensatz zu fast allen anderen.* Roland schielte auf den leeren Topf. »Du hättest mir was übrig lassen können.«

»Du hattest schon mehr als deinen Teil«, schoss Mina zurück und war selbst überrascht, dass sie es so sagte, wie es war. Sofort machte sie sich auf eine Beleidigung oder einen Schlag gefasst, aber

EIN SCHIMMER AM HORIZONT – ZWISCHEN DEN WELTEN

Roland blinzelte nur wütend, bevor er sie allein stehen ließ. Sie erinnerte sich an den leeren Topf, den sie Regine zurückgeben musste, und machte sich auf den Weg nach unten.

Margarete hatte gesagt, sie sei stark. Sie fühlte sich nicht stark, nur müde von der Tortur dieses unmöglichen Lebens.

KAPITEL DREISSIG

Davin

»Die Leute reden«, rief Kate, als Davin mit dem Essen zurückkam. Er hatte eine Extraportion vorbereitet, in der Erwartung, sie mit Mina zu teilen.

»Worüber?« Davin setzte sich, kurzzeitig abgelenkt, und fragte sich, wo die deutsche Frau geblieben war.

Kate füllte zwei Schüsseln und reichte Peter eine davon. »Dich und diese Deutsche. Sie macht sich an dich ran und spielt das hilflose Mädchen. Und jetzt kochst du ihr Essen?«

Davin biss sich auf die Lippe. Vor nicht allzu langer Zeit war er Kate zur Hilfe geeilt. *Das hast du dir ausgesucht,* kommentierte sein Hirn. *Du hast dich entschieden, sie zu heiraten.* »Du glaubst, ich hätte zulassen sollen, dass ihr Mann ihr den Ring vom Finger reißt, damit er seine Spielschulden bezahlen kann?«

Kate zuckte mit den Schultern. »Sie geht dich nichts an. Ich verstehe nicht, warum du dich einmischst.«

»Sie hat dir bei deiner Verletzung geholfen.«

»Es war eine Gefälligkeit, und ich bin dankbar dafür.« Sie wedelte ihm mit dem Löffel vor der Nase herum. »Aber du hast genug getan. Ich habe gehört, wie einer der Deutschen Englisch gesprochen hat ... dass sie eine lockere Frau ist, die Zeit mit *dir* verbringt, anstatt sich um ihren Mann zu kümmern.«

Davin wollte zurückschreien, die Wut überraschte ihn. Dumme Menschen. Es ging sie nichts an, aber dieses Schiff war wie eine Miniaturwelt, die auf einem riesigen Ozean mitten im Nirgendwo schwamm. Sie konnten alle Regeln aufstellen, die sie wollten. Er würde später nach Mina sehen, insgeheim hoffte er, dass sie weiter mit ihm lernen würde.

Über ihm blähte sich ein Segel auf, dann knallte es im Wind. Die Seeleute begannen zu schreien, eilten um die Menschenmenge herum und versuchten, die Spannung zu regulieren. Die Planken knarrten, das Schiff ruckte und schob sich vorwärts. Mehrere Dinge geschahen gleichzeitig: Das Schiff kippte zur Seite, Kate schrie auf, Peter rutschte weg und Davin sprang ihm hinterher, wobei er gerade noch Peters Jacke festhalten konnte ... die Menschen schrien, rutschten, stolperten und fielen gegen die linke Reling.

Während Davin Kate und Peter festhielt und die Schalen in die Tasche zwischen ihnen schob, dachte er an die deutsche Frau und stellte sich vor, wie sie über Bord fiel. Niemand würde *sie* retten.

Während die Menschen auf Knien herumkrabbelten und sich an Seilen und Reling wieder hochzogen, rief der Kapitän, sie sollten sofort in ihre Kojen zurückkehren. Der Wind war wieder da, und damit auch ihre Gefangenschaft im Zwischendeck.

Den ganzen Abend blieb Davin bei Kate und Peter, der sich die Handflächen aufgeschürft hatte, aber ansonsten wohlauf war. Die hölzerne Konstruktion des Schiffes knarrte bei jeder Auf- und Abwärtsbewegung, während die Wellen gegen das Holz schlugen und der Wind über ihnen heulte. Zwischen der eisigen See und dem sicheren Tod lag nicht mehr als eine dünne Wand, die irgendwann einmal von Zimmerleuten wie ihm selbst gefertigt worden war. Fast zwanghaft hatte er die Wände und Nähte des Schiffes untersucht, die meisten waren in gutem Zustand. Das Zwischendeck war eine andere Sache. Es war in Eile errichtet worden, die Kojen hingen krumm und waren aus grobem Holz gebaut, die Böden uneben. Sobald sie ankamen, würde der Kapitän alles herausreißen lassen, um den Schiffsbauch mit wertvoller Fracht zu füllen.

Hier unten war das Elend zurückgekehrt. Die Menschen wurden seekrank und spuckten ihre kostbaren Mahlzeiten in die Eimer und immer öfter auf den Boden. Die Luft verwandelte sich in einen fauligen Gestank, der Boden war glitschig von Erbrochenem. Um sich abzulenken, kletterte Davin aus seiner Koje und suchte sich einen Weg in den Korridor.

Vielleicht würde Mina auftauchen und er könnte kurz mit ihr sprechen, sich vergewissern, dass es ihr gut ging. Er musste sich an der Decke festhalten, die niedriger als sein Kopf war, und an den Wänden, um aufrecht zu bleiben, denn die Wellen waren so stark, dass er sie auf der anderen Seite gegen die Wand knallen hörte. Es würde nicht viel brauchen, um dieses Schiff zu versenken. Er blickte nach oben, schickte ein Gebet, etwas, das er schon lange nicht mehr getan hatte. Der Korridor war menschenleer, der Kapitän hatte sie aufgefordert, in ihren Kojen zu bleiben, weil es zu gefährlich war, sich zu bewegen und Gefahr zu laufen, zu fallen und sich die Knochen zu brechen.

Das Schiff bäumte sich auf, zog ihm die Beine unter den Füßen weg und warf ihn gegen die Wand. Er stürzte schmerzhaft auf seine Schulter und rutschte zu Boden, tastete nach einem Pfosten oder Balken, um sich Halt zu verschaffen. Schließlich gelang es ihm, zum Eingang eines anderen Abteils zu kriechen und sich, immer noch sitzend, an der Seitenwand festzuhalten, um einen klaren Kopf zu bekommen.

Es war nichts gebrochen, aber seine Schulter brannte und pochte. Er hatte sich irgendwie den Daumen verdreht, der jetzt bei jeder Bewegung schmerzte. Verdammtes Schiff. Er schluckte einen Fluch hinunter und versuchte zu entscheiden, was er als Nächstes tun sollte. Es war offensichtlich, dass niemand, der bei klarem Verstand war, seine Koje verließ, und sein Plan, die deutsche Frau zufällig zu treffen, war völliger Unsinn. Aber eine Rückkehr zu Kate und dem Gestank der Kojen kam nicht infrage. Wenigstens war die Luft hier draußen ein bisschen besser. Wenn es sein musste, würde er einfach hier sitzen bleiben, bis das Wetter umschlug.

Das Stöhnen um ihn herum hielt an, manchmal hörte er Stimmen, oder war es der Wind, der in den Segeln heulte? Er lächelte grimmig. Wenigstens würden sie in diesem Sturm gut vorankommen.

Was war, wenn sie jetzt krank würden? Es stand fest, dass einige seiner Mitreisenden ein frühes Grab im Meer gefunden hatten. War es das alles wert? War es es wert, sein Leben zu riskieren, in der Hoffnung auf ein besseres Dasein? Er wusste es nicht mehr. Hier unten schien es zu schwer, sich Amerika vorzustellen, das weite Land und den fruchtbaren Boden, von dem die Menschen gesprochen und geschrieben hatten, ganz zu schweigen von Indiana, einem Ort mehr als eintausend Kilometer westlich von New York, wo er eines Tages arbeiten würde, um eine Reise zu bezahlen, die nichts als Leid verursacht hatte. Wieder zweifelte er an seiner Vernunft, sich erst an einen unbekannten Arbeitgeber gebunden zu haben und dann an eine fremde Frau. Die Entscheidungen, die er getroffen hatte, fühlten sich weder gut noch richtig an. Wenn er ehrlich war, fühlte er sich gefangen, so gefangen, wie er im Bauch dieses Schiffes saß.

»Davin?« Mina, die sich mit beiden Händen an der Wand festhielt, stand über ihm. »Was machst du hier? Du brichst dir den Kopf.«

»Den Hals.«

»Was?«

Trotz seiner Situation musste Davin grinsen und zeigte auf seine Kehle. »Das nennt man Hals.«

Mina erwiderte sein Lächeln. »Ich vermisse unseren Unterricht.«

Davin klopfte auf den Boden. »Wie wäre es jetzt?«

Mina suchte hastig den Korridor ab, der leer zu sein schien. »Nein. Die Leute sagen Dinge ... über mich.«

»Ich habe es gehört. Lass sie reden.«

Mina schüttelte den Kopf, als eine neue Welle das Schiff erbeben ließ. Sie verlor fast das Gleichgewicht, fing sich aber wieder und drückte sich an die Wand. »Es geht nicht.«

»Dein Mann?« Ihre Blicke trafen sich in der Düsternis. Sie hatten sich schon tausendmal angeschaut, aber etwas hatte sich verändert. Es war noch genauso düster, genauso stinkend, aber er wollte nicht mehr woanders sein. Hitze kribbelte in seiner Magengrube, und er wollte aufspringen und sie umarmen. Er atmete durch die Nase, um den Aufruhr in seiner Brust zu beruhigen, und sah weg.

Mina hatte seine Verwirrung nicht bemerkt. »Er ist ... gut. Ich meine, er lässt mich in Ruhe.«

Wieder deutete er auf den Boden neben sich. »Setz dich besser hin, sonst tust du dir noch weh.«

»Ich kann nicht, ich wollte auf die Toilette. Aber es ist zu gefährlich. Ich gehe zurück in meine Koje.«

Nein, wollte Davin sagen, aber er nickte nur. »Sei vorsichtig.«

Er blieb an seinem Platz und wartete auf die Wellen und die Bewegungen des Schiffes. Die abgestandene Luft machte ihn müde, und doch blieb er. Irgendwie konnte er nicht zu Kate zurückkehren und sich neben sie legen. Es fühlte sich wie ein Verrat an.

An wem, spottete sein Verstand. *Du bist verheiratet und an Kate gebunden.* Gleichzeitig sehnte er sich danach, in der Nähe der deutschen Frau zu sein. Das Schiff spielte ihm einen Streich, das

EIN SCHIMMER AM HORIZONT – ZWISCHEN DEN WELTEN

nicht enden wollende Klatschen der Wellen, die Düsternis machte ihn verrückt. Er brauchte nur etwas frische Luft und einen vollen Arbeitstag, dann würde er wieder zur Vernunft kommen.

KAPITEL EINUNDDREISSIG

Mina
Mina lag wach in ihrer Koje. Die Begegnung mit Davin, der dort draußen allein herumsaß, hatte sie beunruhigt. Am liebsten hätte sie sich hingesetzt und Englisch geübt, nicht nur um sich auf das neue Land vorzubereiten, sondern auch um sich abzulenken und die Zeit zu vertreiben.

Aber böse Zungen würden über sie herziehen, und das wollte sie nicht riskieren. Es war eine Sache, an Deck zu sein und weggehen zu können, vielleicht mit der Unterstützung der eleganten Frau Margarete. Aber hier unten waren sie so eng zusammengepfercht, dass sie das Gefühl hatte, zu ersticken. Die schreckliche Luft und die mageren Rationen machten sie schwach und müde. Aber sie konnten es sich nicht leisten, mehr zu essen, denn sie wussten nicht, wie lange sie noch unterwegs sein würden.

Regine hatte den Kapitän gefragt, doch der hatte geschwiegen. Sie hatte Mina verärgert erzählt, dass er sich weigerte, eine Schätzung abzugeben. Mina wusste, dass andere es versucht hatten. Hier unten wurde fast alles mitgehört, und eine Nachricht verbreitete sich in wenigen Minuten vom Bug bis zum Heck.

Roland hatte seit der letzten Mahlzeit nicht mehr mit ihr gesprochen, aber wenigstens ließ er sie in Ruhe. Das Warten und der Müßiggang waren Gift für einen Mann wie ihn, besonders jetzt, da er sich nicht mehr mit Glücksspielen ablenken konnte. Im Gegensatz zu einigen der Passagiere, die Geige oder Mundharmonika spielten oder sangen, interessierte sich Roland nicht für Musik.

    Mina befürchtete, die anderen Männer würden etwas Drastisches tun, um die Schulden einzutreiben, entweder ihn bestrafen oder versuchen, ihren Ring mit Gewalt an sich zu nehmen. Sie überlegte, ihn abzunehmen und zu verstecken. Er saß schon so locker, dass er sich fast von allein löste, wenn sie sich die Hände abwischte. Sie beschloss, Margarete um eine Schnur oder Wolle zu bitten, die sie zusammenflechten und mit der sie den Ring um ihren Hals befestigen konnte.

    Ob sie jemals wieder an Deck gelassen würden? Keine zwei Meter von ihr weinte ein Kind. Es war klein, nicht mehr als drei oder vier Jahre alt, und schien genauso kränklich zu sein wie seine Mutter. Sie hatten sich jedes Mal übergeben, wenn das Schiff in schweren Seegang geraten war, und jetzt lagen sie beide matt in ihrer Ecke. Zu Hause hätte Mina ihnen Kräuter verabreichen können. Kamille zur Beruhigung des Magens, die violette Doldenblüte zur Stärkung, Pfefferminze zur Erfrischung und Aufhellung der Stimmung. Aber sie hatte nichts, womit sie hätte arbeiten können, und auf dem Schiff gab es nicht einmal einen Arzt, sondern nur einen Medizinkasten, den sie einmal gesehen hatte, ein paar Instrumente und braune Flaschen, mit denen niemand etwas anzufangen wusste.

    Das Gefühl der Hilflosigkeit kehrte zurück. Zu Hause waren sie arm gewesen, aber sie hatte sich frei bewegen können, die Hütte und den Garten bearbeiten, im Wald spazieren gehen oder den Markt besuchen können. Hier saß sie fest, zwischen Roland und einem Fremden, eingeklemmt im Bauch des Schiffes. Sie drückte ihr Gesicht in das Kissen, um den Gestank von Erbrochenem zu dämpfen, und schlief ein.

Sie spazierte durch einen großen Garten mit blühenden Heilkräutern. Sie wusste, dass sie sie gepflanzt hatte, und die Luft war erfüllt vom Duft von Lavendel und Zitronenmelisse. Die Sonne schien heiß, doch sie spürte, wie sie lächelte. In der Ferne pflügte ein Mann mit einem Ochsengespann ein Feld. Sie winkte ihm zu, rief ihm zu, aber er sah sie nicht an. Als sie den Blumengarten verließ, verschwamm der Mann und seine Ochsen, als ob sich eine Nebelwand zwischen sie geschoben hätte. Sie rief noch einmal, aber ihre Stimme drang nicht zu ihm durch, und als sie ihm folgte, fand sie sich am Rande einer Schlucht wieder, deren Abgrund sich vor ihr mit Wolken füllte, die den Grund verbargen. Sie stellte fest, dass sie auf einer Insel stand, die von einer riesigen Schlucht umgeben war. In diesem Augenblick starben und verwelkten die Blumen, wurden grau und

EIN SCHIMMER AM HORIZONT – ZWISCHEN DEN WELTEN

zerfielen zu Staub ...

Sie wachte vor Schreck auf. Die Haut auf ihrer Brust und ihrem Rücken juckte, die Bettwanzen taten ihr Werk. Jeden Tag sammelte sie alle ein, die sie finden konnte. Aber sie kamen einfach vom benachbarten Stroh zu ihr herüber. Sie kratzte sich, drehte sich auf den Rücken und starrte in die Dunkelheit. Der Traum hatte in ihr ein Gefühl der Trostlosigkeit und Einsamkeit hinterlassen.

Der Wind ließ so weit nach, dass sie zwei Tage später an Deck gelassen wurden. Mina stand einfach da, dem Meer zugewandt, und zwang ihre Augen, über den Horizont hinauszusehen. Sie waren nun schon mehr als vier Wochen unterwegs, was bedeutete, dass sie mindestens zwei Drittel des Weges zurückgelegt hatten – wenn alles nach Plan lief. Die Luft war an diesem Morgen mild, und Mina nahm ihren Umhang ab, damit die Sonne ihren Hals und ihr Gesicht traf.

Sie zwang sich, den Augenblick zu genießen, die frische Luft zu atmen und den Wind zu spüren. Heute Morgen hatte die Besatzung die junge Mutter und ihr Kind herausgeholt, die in der Nacht gestorben waren, zwei weitere Tote. Mina spürte, wie sich ihre Kehle vor Wut und Traurigkeit zusammenzog. So eine Verschwendung! Weil die Schiffe ihren Profit maximierten, boten sie unmenschliche Reisebedingungen.

Sie spürte eine Bewegung hinter sich, als Regine sich neben ihr an die Reling klammerte. Ihr Gesicht wirkte heute Morgen grau, ihre Augen eingefallen. Ein starker, unangenehmer Geruch ging von ihr aus, der Stoff ihres Kleides war fleckig.

»Was ist passiert?«, fragte Mina und stützte den Ellbogen der Witwe.

»Ich kann nichts bei mir behalten«, keuchte sie. »Ich bin schwach, aber wenn ich weiter in dieser Koje liege, verliere ich den Verstand.« Die Witwe versuchte zu lächeln, aber es gelang ihr nicht, die Haut um ihren Mund war von Falten durchzogen, die Mina noch nie bemerkt hatte.

»Ich hole dir Wasser.«

Regine schüttelte den Kopf. »Es hat keinen Zweck. Mir dreht sich schon bei einem Tropfen der Magen um.«

Mina schluckte ihren Kommentar hinunter. Keine Flüssigkeit zu sich zu nehmen, war lebensgefährlich, aber sie wollte die Witwe nicht noch mehr verunsichern. Regine war so nett gewesen, ihre Kochutensilien mit ihr zu teilen, auch wenn ihre strenge Moral schwer zu ertragen war. Was sie natürlich brauchte, war ein anständiger Tee, vielleicht Kamille oder Pfefferminz, etwas, das ihre Eingeweide beruhigte. Wieder war Mina ratlos. Sie erinnerte sich an die elegante Frau, Margarete, und beschloss, sie zu suchen.

»Kannst du eine Weile durchhalten? Ich werde versuchen, einen Tee für dich zu finden.«

Regine nickte, obwohl Mina sich Sorgen machte, dass die Witwe jeden Moment umkippen könnte. Sie bemerkte Davin, der seine Frau und seinen Sohn zu einem Platz unter dem Hauptmast führte, eilte zu ihm und erklärte ihm etwas außer Atem, dass die Frau in dem schwarzen Kleid zu schwach war, um selbst zu stehen.

»Kannst du, ich meine ...«

»Ich werde ihr helfen«, sagte Davin einfach.

Mina warf ihm ein kurzes Lächeln zu, bevor sie sich in die Menge drängte. Es schien unwahrscheinlich, dass Margarete sich unter die Leute aus dem Zwischendeck mischte. Es war reiner Zufall gewesen, dass sie sich überhaupt getroffen hatten. Mina vermutete, dass Margarete sich in dem kleinen Bereich aufhielt, der an der Seite abgesperrt war. Leider durfte sie dort nicht hin.

»Ich muss mit der Dame sprechen, Frau Weber, die in der ersten Klasse reist«, wandte sie sich an den einen Matrosen, der ihren Weg kreuzte.

»Tut mir leid, ich muss arbeiten«, sagte der Junge. Er war nicht älter als sechzehn, sein Kinn noch glatt wie das eines Kindes.

»Wer kann mir dann helfen?«, rief sie ihm hinterher, aber der Junge ignorierte sie und kletterte affenschnell auf einen der Masten.

Frustriert eilte sie die Stufen hinunter und klopfte an die Tür der Hauptkabine. Als niemand antwortete, öffnete sie die Tür, wohl wissend, dass sie in große Schwierigkeiten geraten würde, sobald sie jemand entdeckte. Sie roch sich selbst, ihr Kleid und ihre Haut waren mit einer Schmutzschicht überzogen, die sie nie für möglich gehalten hätte, schon gar nicht bei einem Menschen.

Sie schluckte ihre Angst hinunter und machte einen Schritt in den Raum, dann noch einen, um zu erraten, wo Margarete sich aufhielt. In der Luft lag der appetitliche Duft von gebratenem Fleisch, der sie daran erinnerte, dass sie noch nicht gefrühstückt hatte. Irgendwo auf dem Flur klapperte das Geschirr – der Speisesaal konnte nicht weit sein.

Entmutigt blieb sie stehen. Für die Leute hier bedeutete ein kranker Passagier nichts, nur jemand aus dem Zwischendeck, nicht wichtiger als eine Ratte.

»Mina?« Mina drehte sich auf den Absätzen um und stand Margarete gegenüber, die ein cremeweißes Kleid und einen passenden Hut trug. »Ich wollte gerade zum Frühstück gehen.«

»Ich habe Sie gesucht und gehofft, Sie könnten mir helfen.« Margarete warf einen Blick in den Flur, dann zog sie Mina in den Korridor und von dort in eine Kammer, ein kleineres Zimmer mit einem schmalen Bett und einem winzigen Fenster, durch das ein Lichtstrahl auf den Tisch und den Stuhl fiel. Ein Schreibtisch an der gegenüberliegenden Wand war mit Papier, Büchern und einem Sortiment von Federkielen bedeckt. Für Mina sah es aus wie der Himmel auf Erden.

»Schnell, was ist los? Ich will nicht, dass Sie Ärger bekommen.«

Mina, die sich ihrer Schmutzigkeit wohl bewusst war, hielt Abstand. »Es tut mir leid, die Witwe Regine ... Frau Graf ist sehr krank. Ich frage mich, ob Sie Zugang zu einem Kamillen- oder Pfefferminztee haben, um ihren Magen zu beruhigen. Ich fürchte, sie wird sterben, wenn sie nicht bald etwas zu sich nimmt.«

Margarete ergriff Minas schmutzige Hand mit ihrer sauberen. »Ich werde sofort fragen. Wie soll ich Sie finden?«

»Ich warte oben vor dem Eingang.«

»Geben Sie mir ein paar Minuten.« Margarete öffnete leise die Tür und schaute in den Flur, dann winkte sie Mina durch.

Mina eilte zum Zwischendeck, erleichtert, dass sie unentdeckt geblieben war. Sie wollte den Kochtopf der Witwe holen, nur für den Fall, dass Margarete Erfolg haben würde. Wenn nicht, würde sie wenigstens das Frühstück zubereiten, zuerst für die ältere Frau und dann für sich und Roland.

Die Öfen waren von einem Dutzend Frauen umringt, die versuchten, das Essen zuzubereiten, das sie an Bord gebracht hatten, während Mina vor der Kabinentür wartete. Der junge Seemann, den sie zuvor gefragt hatte, stand daneben und beobachtete die Menge. Sie hatte keinen Zweifel daran, dass er für Ordnung sorgen sollte.

Einen Moment später schlüpfte Margarete auf das Deck, eine Teekanne aus Porzellan in der Hand. »Hier«, sagte sie, sobald Mina sich näherte. »Das ist ein Kraut.« Sie schüttete den Inhalt, in dem braune Samen schwammen, in Minas Topf.

»Ich bringe das besser zurück.« Margarete blickte den jungen Seemann an, der Wache hielt. »Du verrätst mich doch nicht, oder?«

Die Wangen des Jungen glühten rosa, als sie wieder

hineinschlüpfte.

Mina nahm einen sanften Anisgeruch wahr und wusste sofort, dass es sich um Fencheltee handelte, der perfekt für Magenverstimmungen war. Vorsichtig, um keinen Tropfen zu verschütten, schlängelte sie sich durch die sich mischende Horde und suchte nach Regine.

Die Witwe lehnte mit geschlossenen Augen an der Reling.

»Sie war zu schwach, um stehen zu bleiben«, sagte Davin, sobald Mina näher kam. »Sie ist nur halb bei Bewusstsein.« Mina verstand nicht viel von dem, was Davin sagte, doch es war unnötig, denn das Gesicht der älteren Frau war jetzt grau, ihre Augen matt.

»Sie muss das trinken«, sagte Mina und fiel auf die Knie. Davin ging zu Regines anderer Seite und hob sanft ihren Kopf.

»Lass mich schlafen«, murmelte sie, als sich ihre Blicke trafen.

»Alles wird gut.«

Mina führte den Topf an Regines geschlossene Lippen. »Bitte öffne deinen Mund, nur ein wenig.«

Von irgendwoher tauchte ein Löffel auf. Um sie herum bildete sich eine Menschenmenge, die meisten starrten nur, andere flüsterten. Ein Mann betete.

Mina nahm den Löffel und tippte ihn leicht auf Regines Mund. »Das ist Fencheltee. Du wirst ihn mögen.«

Die Lippen blieben geschlossen. Erst als Mina den Löffel wieder in den Topf fallen ließ, sprach Regine. »Ich bin bereit, meinen Mann zu sehen.« Sie nahm Minas Hand und hielt sie an ihre Brust. »Mach dir keine Sorgen. Es wird alles gut. Sag ihnen, ich möchte, dass *du* meine Sachen bekommst. Ich habe es aufgeschrieben. Sprich ein Gebet ... für ...« Regines Augen starrten geradeaus, das letzte Wort verflüchtigte sich, ihr Ausdruck war fast fröhlich und frei von der Traurigkeit, die sie im Leben begleitet hatte.

Davin legte zwei Finger auf Regines Hals und schüttelte dann den Kopf. »Sie ist tot.«

Minas Sicht verschwamm, als sie Regines Lider schloss. Roland, der aus dem Nichts aufgetaucht war, kündigte an, dass er den Kapitän holen würde.

Davin streckte eine Hand aus, aber Mina blieb auf dem Boden und verschränkte die Hände von Regine auf ihrem Bauch. Sie verdrängte den Kloß in ihrem Hals und wandte sich an die Menge. »Sprecht ein Gebet, ich weiß, dass Regine es gewollt hätte.«

»*Vater unser im Himmel* ...«, begannen sie das Gebet des Herrn, und immer mehr Stimmen gesellten sich hinzu, bis alle an Deck die Worte sprachen, außer Mina und Davin, die wortlos über die tote Frau wachten.

Mina sah schweigend zu, wie der Kapitän und die vier Mannschaftsmitglieder Regines Leiche ins Meer versenkten, sie hatten sogar ein paar Segel heruntergelassen, um das Schiff zu verlangsamen. Mina, die den Tee mit Roland geteilt hatte, erinnerte sich irgendwann daran, dass sie noch nichts gegessen hatte, und machte sich auf die Suche nach ihrem Getreidesack.

»Frau Peters?« Der Kapitän hielt sie am Eingang zum Zwischendeck auf. »Die Leute sagen mir, dass Frau Graf Ihnen ihr Hab und Gut vermacht hat. Wir haben auch eine Nachricht gefunden. Ihr Name?«

Mina räusperte sich. »Ich ... ja. Ich bin Wilhelmina Peters.«

»Wie gut kannten Sie Frau Graf?«

»Wir haben uns auf dem Schiff kennengelernt.«

Der Kapitän beobachtete sie aufmerksam, seine buschigen weißen Augenbrauen standen in starkem Kontrast zu seinem ledrigen Gesicht. »Es ist nur ... Ihr Mann wurde beschuldigt, beim Kartenspiel zu betrügen. Ich bin besorgt ...«

»Mein Mann hat nichts damit zu tun«, rief Mina. »Er kannte Regine nicht einmal.«

Der Kapitän hustete. »Wie dem auch sei, ich bin verpflichtet, für Ordnung zu sorgen und sicherzustellen, dass auf meinem Schiff keine unlauteren Geschäfte passieren.«

»Geschäfte?« In Minas Mitte sammelte sich Hitze. »Ich habe versucht, für Frau Graf da zu sein, sie hatte kürzlich ihren Mann verloren. Ich hatte keine Ahnung, dass sie mir ihre Sachen hinterlassen würde, bis sie starb.«

»Beruhigen Sie sich, Frau Peters, wir gehen jetzt nach unten.«

In Regines Koje herrschte Chaos, aber ihre Reisetasche und die Kiste mit Haushaltswaren und Lebensmitteln schienen in bester Ordnung.

»Im Stauraum ist auch ein Koffer, den Sie abholen können, wenn wir ankommen.« Der Kapitän wies einen der Matrosen an, die Reisetasche und die Haushaltsgegenstände in Minas Koje zu bringen. »Bevor ich es vergesse.« Er holte einen Leinensack aus einer Innentasche. »Diese Gegenstände hatte Frau Graf bei sich, als wir sie für die Beerdigung vorbereiteten. Ich hielt es nicht für klug, solche Kostbarkeiten zu verschwenden.« Er zögerte. »Und dies.« Er reichte ihr einen Gürtel aus Stoff, der leise klirrte. »Informieren Sie unbedingt Ihren Mann. Es ist höchst ungewöhnlich, dass er in solchen Angelegenheiten abwesend ist.«

Mina erinnerte sich an Margaretes Worte und sagte: »Ich bin durchaus in der Lage ... Mein Mann hat damit nichts zu tun ...«

Der Kapitän nickte wortlos, doch sie las seine Missbilligung in seinen Augen. *Versteht er meine Haltung,* fragte sich Mina. *Sicherlich hat er auf Reisen Tausende von Menschen getroffen und gelernt, sie zu lesen.* Betäubt von dem Hin und Her, stopfte sie Tasche und Gürtel in ihren Schal und kehrte in ihre Koje zurück.

Zum Glück war Roland unterwegs, wahrscheinlich suchte er nach einem Zeitvertreib. Allein in ihrer Koje, ließ sie sich auf ihr Bett sinken und schüttete den Inhalt des Beutels auf ihren Schoß. Eine Brosche mit einem Rubin, die neue Uhr, die Regine in Liverpool erstanden hatte, zwei Eheringe, einer klein, einer größer, eine goldene Halskette mit einem Diamantanhänger, dessen Stein im Licht der Laterne golden funkelte, und ein passender Diamantring. Mina starrte die Juwelen ungläubig an. Die Witwe war wohlhabend gewesen, trotz ihrer schlichten Kleidung. Sie hätte viel bequemer reisen können, so wie Margarete, hatte es aber vorgezogen, unbeobachtet zu bleiben. Mina erinnerte sich nur daran, den goldenen Ehering gesehen zu haben. Alles andere war versteckt gewesen, wahrscheinlich unter ihrem strengen dunklen Kleid. Sie erinnerte sich an den Stoffgürtel, und als sie ihn öffnete, funkelte etwas Gelbes: Dutzende von Golddukaten lagen darin. Sie stieß einen Seufzer aus. Regine hatte erwähnt, dass es ihrem Mann bis vor zwei Jahren gut gegangen war. Mina hatte angenommen, dass er sein Einkommen verloren hatte ...

Als sie eine Bewegung hörte, versteckte Mina alles in ihrem Mieder. Ein solcher Reichtum würde den Verzweifelten Grund zum Stehlen oder Schlimmerem geben. Wenn Roland von Regines Geschenk erfuhr, würde er alles verspielen, bevor sie das Land erreichten.

Mina erhob sich schnell aus der Koje und tat so, als würde sie sich die Schuhe zubinden, als ein Mann mit seinem kleinen Sohn hereinkam. Jetzt war sie wirklich neugierig, was der große Koffer enthielt. Hatte die Witwe noch andere Schätze versteckt?

Die ganze Zeit über hatte sie angenommen, dass Regine sie verachtete, vor allem, weil sie zu viel Kontakt mit dem Iren gehabt hatte. Augenscheinlich hatte sich Mina geirrt, sie hatte die Witwe nicht wirklich verstanden, ihre Einsamkeit und ihre Gedanken. Mina hatte ihr mehr bedeutet, als sie hatte zeigen können.

Sie spürte, wie die schweren Teile ihre Haut berührten, und machte sich auf den Weg zurück an Deck.

KAPITEL ZWEIUNDDREISSIG

Davin
Am Abend blieb Davin an Deck. Kate hatte Peter nach dem Abendessen nach unten gebracht, die meisten anderen Passagiere waren ebenfalls in ihre Kojen zurückgekehrt. Der Wind trug leichten Regen heran, der sich auf dem Schiff in Nebel zu verwandeln schien, nicht genug, um zu durchnässen, aber um zu kühlen und unter die Haut zu kriechen.

Trotzdem blieb er mit dem Rücken an den Fockmast gelehnt und starrte geradeaus. Es gab natürlich nichts zu sehen, nur den dunkler werdenden Himmel über einem noch dunkleren Meer, dessen graue Wellen unendlich schienen. Aber das regelmäßige Auf und Ab des Schiffes, das Knarren des Mastes und der Wind, der an den Segeln rüttelte, beruhigten ihn irgendwie.

Er fragte sich, ob sie ihn hier oben vergessen würden und ob er gezwungen sein würde, die Nacht draußen zu verbringen. Der Frühling hatte Einzug gehalten, die Temperaturen waren nicht mehr abschreckend kalt, aber eine ganze Nacht an Deck wäre schwer zu ertragen. Er dachte an die deutsche Frau, wie sie sich von ihrer Freundin verabschiedet hatte, an die Art und Weise, wie sie versucht hatte, Hilfe zu holen, und sogar ein paar Regeln gebrochen hatte, um das Richtige zu tun. Kate würde das nie tun, sie wartete immer darauf, dass er die Initiative ergriff, erwartete, dass er sich um alles kümmerte.

Er seufzte laut, und der Wind schien ihm das Geräusch von den Lippen zu reißen und in die herannahende Nacht zu tragen. Er musste aufhören, über Frauen nachzudenken, und sich auf das konzentrieren, was vor ihm lag. Wenn alles gut ging, würden sie in einer Woche in New York ankommen, und jeder würde seinen eigenen Weg gehen. Er würde Mina nie wiedersehen. Die Schwere in seiner Brust kehrte zurück, die Überzeugung, dass er einen Fehler gemacht hatte ... viele Fehler.

Irgendwo läutete eine Glocke und holte ihn zurück. Langsam erhob er sich, seine Beine waren steif vor Kälte, der Stoff seiner Jacke und seiner Hose feucht. Einige wenige Passagiere bewegten sich auf die Tür zum Zwischendeck zu, an der ein Matrose wartete, um sie einzuschließen.

Es fühlte sich an, als würde er in sein Grab gehen, hinabsteigen in die Dunkelheit. Die Tür schlug hinter ihm zu, die stickige, verbrauchte Luft verschluckte ihn und nahm ihm gleichzeitig den Atem. Unten angekommen, ließ er sich auf die Treppe sinken, als er Mina auf sich zukommen sah. Sie hatte ihn noch nicht gesehen, schien tief in Gedanken versunken zu sein und stützte sich mit einer Hand an der Wand des Schiffes ab.

»Mina?« In seinen Ohren klang seine Stimme schwach und verzweifelt.

Sie sah auf, ihre Blicke trafen sich und überbrückten die Distanz mit Leichtigkeit. »Du bist nass«, sagte sie, als sie ihn erreichte. Sie waren auf Augenhöhe, er saß immer noch auf einer niedrigen Stufe, sie stand vor ihm. Sie trug ein anderes Kleid, dessen Ärmel die Hälfte ihrer Hände bedeckten, dunkel und zu weit, was ihre Haut viel blasser erscheinen ließ, wahrscheinlich ein Vermächtnis der toten Frau.

Er wischte sich mit dem Ärmel über das Gesicht und sagte: »Und du musst traurig sein.«

»Regine hätte nicht sterben dürfen. Nicht hier ... so.« Sie deutete auf den dunklen Raum hinter sich, als das Schiff ruckte und sie nach vorn schleuderte.

Dank Davins schneller Reflexe, die er durch seine jahrelange Arbeit in gefährlichen Umgebungen entwickelt hatte, öffnete er automatisch die Arme, um sie aufzufangen. Sie war jetzt ganz nah an seine Brust gepresst, ihr Gesicht nur wenige Zentimeter von seinem entfernt. Keiner der beiden sprach, aber sein Körper reagierte sofort, eine Hitzewelle durchströmte ihn wie Lava, sein Atem stockte. Er schüttelte halb den Kopf, verwirrt darüber, was er tun sollte, kämpfte gegen den Drang an, sie noch näher an sich heranzuziehen, seine Arme um sie zu schlingen ... sie zu küssen.

Der Moment verging, als sie sich von seiner Brust abstieß. »Tut mir leid.« Ihre Wangen waren gerötet, als sie sich wieder an der Wand festklammerte. Mit einem »Du solltest dich abtrocknen« drehte sie sich abrupt um und machte sich auf den Weg in den Korridor.

Davin blieb wie erstarrt stehen, die Szene wiederholte sich in seinem Kopf: Mina flog auf ihn zu, das Gefühl ihres Körpers in seinen Armen, anschmiegsam, gleichzeitig fremd und vertraut. Allein der Gedanke an sie machte ihn wieder atemlos. »Reiß dich zusammen«, murmelte er.

»Mit wem sprichst du?« Kate stand vor ihm und hielt Peter mit einer Hand fest, mit der anderen stützte sie sich an der Wand ab. Als Davin den Kopf schüttelte, fuhr sie fort: »Wo warst du? Ich habe überall nach dir gesucht.« Ihre braunen Augen blitzten. »Peter konnte nicht einschlafen. Ich dachte, du könntest eine Weile mit ihm spielen.«

Davin schluckte eine böse Bemerkung hinunter und wandte seine Aufmerksamkeit dem Jungen zu. Es war nicht seine Schuld, dass sie hier unten festsaßen. Aber Ball spielen, während das Schiff sich ständig aufbäumte und schlingerte, war zu gefährlich. »Was hast du vor?«, fragte er.

Peter sah zu ihm auf, das kleine Gesicht blass selbst im Halbdunkel. »Weiß nicht.«

Davin reichte ihm die Hand. »Komm her.« Er klopfte sich auf die Knie, und Peter kletterte auf ihn und sah sofort fröhlich aus. »Lass uns reiten.« Davin wackelte mit den Knien auf und ab wie ein bockendes Pferd. Peter schrie vor Vergnügen, als Davin ihn anscheinend fallen ließ und ihn wieder auffing. Irgendwann hielt er inne und warf einen Blick auf Kate, die sie immer noch beobachtete. »Du kannst gehen, ich kümmere mich um ihn.«

Kate schaute überrascht, schien etwas sagen zu wollen, schloss den Mund und ging wortlos davon.

»Glaubst du, ich bekomme ein Pferd?«, fragte Peter nach einem besonders wilden Ritt.

Davin lächelte. »Wir werden sehen, ob wir einen Stall finden. Ein Pferd braucht viel Platz, es braucht Gras und jemanden, der es putzt und füttert.«

»Ich kann es füttern.«

»Natürlich kannst du das. Aber wir wollen, dass es glücklich ist, und es ist zu früh, um Pläne zu machen.« Er hielt inne und sah den kleinen Jungen ernst an. »Ich verspreche, dass wir darüber reden, sobald wir uns eingelebt haben.« Peter nahm Davins ausgestreckte Hand und schüttelte sie.

Als Peter müde wurde, trug Davin ihn zu ihrer Koje, in der Kate bereits schlief. Er war froh, leise neben sie zu schlüpfen. Seine Kleidung war immer noch feucht, aber die Hitze hier drin, auch wenn der Gestank penetrant war, wärmte ihn schließlich.

Schlaf war eine andere Sache. Er war müde, seine Knochen fühlten sich so alt an wie die Zeit, und doch weigerte sich sein Geist, abzuschalten. War Mina wach? Er stellte sich vor, wie sie in ihrer Koje lag, an ihren Mann gedrückt, der ...

Er holte tief Luft. Sie waren verheiratet, genau wie er und Kate. Warum hatte Mina ihn so abrupt verlassen? Hatte sie auch etwas für ihn empfunden?

Er sehnte sich danach, mit ihr allein zu sein und einfach zu reden, mehr über sie zu erfahren, sie zum Lächeln zu bringen. Unmöglich, besonders jetzt, wo die Leute sie beobachteten.

Es war früher Morgen, als er einschlief.

KAPITEL DREIUNDDREISSIG

Mina

So aufregend Regines Geschenk auch gewesen war, jetzt gab es für Mina einen weiteren Grund zur Sorge. Wenn Roland sie irgendwie an der falschen Stelle berührte, würde er Regines Schmuck und Gold finden, es ihr vielleicht abnehmen. Den Gürtel mit dem Gold hatte sie sich unter ihrem Kleid um die Taille gelegt, unsichtbar für die Augen der anderen. Aber nachts war das etwas anderes, wenn Roland so nah schlief und sein Arm manchmal auf ihr landete. Ganz zu schweigen davon, wenn er bei ihr liegen wollte. Wenn jemand anderes das herausfand, würde er sie bestehlen oder vielleicht angreifen. Es waren schon Menschen für weniger getötet worden. Gleichzeitig fühlte sie sich schuldig, weil sie so viele Wertsachen bei sich trug, während Roland den Leuten auf dem Schiff Geld schuldete.

Am nächsten Morgen traf sie eine Entscheidung. Als Roland aufstand, wühlte sie schnell in der Tasche, nahm den kleineren der beiden Eheringe heraus und tauschte ihn mit dem an ihrem Finger. Zum Glück war er nicht viel breiter. Jetzt brauchte sie eine Gelegenheit, um mit den Männern zu sprechen, die immer noch Karten spielten, jetzt mit einem anderen vierten Mann.

Am Vormittag entdeckte sie die vier auf dem Gang. Glücklicherweise hielt Roland in diesen Tagen Abstand und unterhielt sich lieber mit anderen Passagieren.

»Ich werde Ihnen meinen Ring geben«, sagte sie leise zu dem Mann mit den buschigen Augenbrauen, »vorausgesetzt, Sie halten sich von meinem Mann fern. Ich möchte nicht, dass er erfährt, dass ich seine Schulden bezahlt habe.«

Der Mann beäugte sie neugierig, legte dann seine Karten verdeckt ab und stand auf. »Sie befürchten, dass er weiterspielen wird.«

»Er hat ein Problem. Ich wusste nicht, dass Sie um Geld spielen und dass er Schulden hat ...«

Der Mann grinste und zeigte schiefe Zähne, die dringend geputzt werden müssten. »Das ist sehr nett von Ihnen.«

Mina zog den Ring vom Finger und reichte ihn dem Mann. »Kein einziges Wort, einverstanden?«

Wieder grinste der Mann, steckte den Ring ein und gesellte sich zu den anderen. »Schön zu wissen, dass Sie das Richtige tun.«

Mina eilte schwitzend davon. Wenn sie nur wüssten, wenn nur einer von ihnen wüsste, dass sie unter diesen Kleidern Goldmünzen trug. Roland hatte sie bereits gedrängt, das Gepäck der Witwe zu durchsuchen, aber sie hatte sich geweigert, hatte vorgegeben, dass es riskant wäre, wenn alle zuschauen konnten. Sie schauderte. Wenn er sie dabei erwischte, wie sie wissentlich solche Reichtümer bei sich trug, würde ihn das noch wütender machen als alles andere, was sie je getan hatte.

Warum hatte sie die Sache nicht einfach auf sich beruhen lassen? Sicherlich hätten diese Männer Roland nichts angetan, nicht hier, wo alle zusahen. Aber manche Männer hegten einen ewigen Groll. Vielleicht würden sie warten, bis er das Schiff verließ, um ihn zu bestrafen. Sie könnte nicht damit leben, wenn ihm etwas zustoßen würde. Auch wenn sie ihn die meiste Zeit über verachtete.

Am Ende des Korridors erkannte sie Davin, der mit seiner Frau und seinem Sohn zusammensaß. Konnte sie ihm vertrauen? Und was war mit Margarete im Obergeschoss? Sie war wohlhabend, aber hieß das, dass man ihr Gold und Juwelen anvertrauen konnte?

Hör auf dein Bauchgefühl, kommentierte sie. *Wen kennst du?*

Aber kannte man jemals jemanden? Sie alle trugen eine Rüstung und verbargen ihre Gedanken und Gefühle. Wenn dann noch Gier hinzukam, war das ein Rezept für eine Katastrophe. Männer ermordeten andere, um zu bekommen, was sie begehrten. Hätte sie den Schatz von Regine dem Kapitän überlassen sollen?

Der schwere Gürtel kniff ihren Bauch. Sie musste schnell etwas tun – bevor Roland es herausfand.

Am Nachmittag begegnete sie Davin, der Wasser holte. Sie erhielten inzwischen strenge Rationen, ein Matrose verteilte gleichmäßige Mengen an jeden Passagier.

»Ich muss reden«, sagte sie, als er an ihr vorbeiging.

»Wir treffen uns gleich oben?« Die See hatte sich so weit beruhigt, dass ihnen ein Abend an Deck versprochen worden war.

Mina schluckte ihre Portion Wasser hinunter, wohl wissend, dass sie bald durstig sein würde. In diesen Tagen war sie eigentlich ständig durstig. Sie vermutete, dass die Wasserfässer fast aufgebraucht waren und sie bald noch weniger bekommen würden. Am Anfang hatten sie noch ein wenig Tee oder wässriges Bier getrunken, aber das war nach ein paar Wochen abgeschafft worden. Mina vermutete, dass die Kabinenpassagiere oben keinen Mangel an Getränken hatten.

Sie zog ihren Schal fester um ihre Brust und ging die Treppe hinauf. Auf dem Deck wurde es bereits eng. Wenn alle Passagiere an Deck waren, gab es kaum genug Stehplätze. Sie beschloss, zum vorderen Mast zu gehen, sich dahinter zu stellen und zu warten.

Der Abend war mild, der Wind fast angenehm. Alle Segel waren gesetzt, um das letzte bisschen Luftbewegung einzufangen. Weniger Wind bedeutete mehr Tage auf See. Mina schloss kurz die Augen. *Bitte lass es bald vorbei sein.* Sie wollte ein Bad, Seife und saubere Unterwäsche.

»Wie geht es dir?« Davins Stimme war sanft, aber klar und ganz nah an ihrem rechten Ohr.

Sie öffnete die Augen und war überrascht von dem Flattern in ihrer Mitte. »Gut genug.« Sie schaute sich um, aber niemand schien sie zu beachten, und Roland unterhielt sich wahrscheinlich immer noch mit den Männern, die in Illinois Land kaufen wollten.

Gegen den Drang, sich an ihn zu lehnen, flüsterte sie: »Ich brauche einen Rat. Kann ich dir vertrauen?«

Davin nickte. »Natürlich.«

»Regine gab mir ...« Was war das Wort für Wertsachen auf Englisch? Sie zeigte auf ihren leeren Ringfinger.

»Ring ... Schmuck?«

»Ja, Schmuck. Ich weiß nicht, wie ich ihn schützen soll.« Ihre Blicke trafen sich. In Davins Augen lagen Überraschung und ein wenig Neugier, aber sie fand keine Gier. Ermutigt fuhr sie fort: »Ich kann Roland nicht trauen. Er spielt gerne ...«

»Glücksspiele um Geld?«

»Um Geld.« Sie sah ihn noch einmal an. »Wenn er es erfährt, mache ich mir Sorgen ... Er vergeudet alles, anstatt uns einen guten Start in Amerika zu geben.«
»Ich soll deine Wertsachen beschützen.«
»Ich kann dir doch vertrauen, oder?«
»Ja.«
Es war nur ein kleines Wort, aber in diesem Moment wusste sie, dass er sie niemals hintergehen würde. »Kannst du die Sachen gut verstecken?«
Er starrte sie an. Über ihnen blähte sich das Segel, Gesprächsfetzen wehten herüber. »Ich weiß nicht, ob ich das kann ... Die Leute sind überall.«
Mina schaute ihn an. Wie gut er aussah ... und auch ernsthaft. »Bitte?« Sie ergriff seine Hand. »Wenn Roland es findet, bin ich in Schwierigkeiten. Zumindest würde er spielen.«
Davin nickte langsam. »Nicht jetzt. Ich werde dich in der Abenddämmerung hier treffen.«
Nachdem Mina ihn gehen gesehen hatte, richtete sie ihre Aufmerksamkeit auf den Horizont. Noch immer war kein Land zu sehen, aber es würde nicht mehr lange dauern. Der Goldgürtel lastete schwer auf ihr, der Schmuckbeutel drückte gegen ihre Brust. Wie hatte die Witwe eine solche Bürde ertragen können?
Weil sie in ihrer dunklen Kleidung bescheiden gewirkt, sich zurückgehalten hatte. *So wie du heutzutage aussiehst, erwartet niemand Reichtum von dir*, kommentierte ihr Verstand. Warum hatte sie solche Strapazen auf sich genommen, wenn sie in einer Kabine im Oberdeck hätte reisen können? Man wusste nie, warum die Menschen taten, was sie taten, vielleicht hatte Regine Angst gehabt, ausgeraubt zu werden. Oder sie wollte den bestmöglichen Start in ihr neues Leben finanzieren.
Der Juckreiz von der ungewaschenen Haut war jetzt eine Konstante, ein anderes Kleid hatte das nicht geändert.

Nach der Zubereitung des Abendessens erschien Roland an ihrer Seite und vertilgte wortlos seinen Brei, den Mina mit ein wenig Zucker aus Regines Vorräten verfeinert hatte.
»Bist du denn gar nicht neugierig, was sie dir hinterlassen hat?«, fragte er und stellte die leere Schüssel ab.
»Natürlich, aber ich will nicht, dass die anderen zusehen. Es geht sie nichts an, was da drin ist, und sie werden sagen, ich sei gierig.«

»Das sagen sie sowieso. Erst lässt du dich mit diesem irischen Mick ein und jetzt erbst du die Sachen der toten Frau. Ganz schön praktisch, findest du nicht? Wenn ich's nicht besser wüsste, würde ich denken, dass du ihr etwas ins Essen gemischt hast.«

Mina ließ fast die Schüssel fallen. »Ist es das, was die Leute sagen?«

»Nein, aber man sagt, du seist eine Hexe, immer auf der Suche nach Kräutern und geheimen Mixturen.« Er hielt inne. »Damit werden wir aufräumen, wenn wir uns in Indiana niederlassen.«

Mina betrachtete den Mann, den sie geheiratet hatte. Wie hässlich er war. Nicht äußerlich, aber sein Wesen, seine Gedanken waren so faul wie zu lange gelagerte Äpfel. »Ich habe mich mit niemandem eingelassen, ich versuche nur, Englisch zu lernen, damit wir besser mit den Einheimischen in Kontakt treten können.«

Roland spuckte. »Hah, ich habe gesehen, wie er dir nachgeschaut hat.«

Mina beschloss, seine Bemerkung zu ignorieren, und beugte sich vor, um das Kochgeschirr einzusammeln. »Ich werde jetzt aufräumen.«

Seine Finger bissen schmerzhaft in ihren Arm. »Ist das alles, was du zu sagen hast?« Rolands Stimme war leise und bedrohlich.

Mina richtete sich noch einmal auf und schaute ihn unverwegen an. »Du tust mir weh.« Abrupt zog sie ihren Arm zurück, und zu ihrer Überraschung ließ er los. »Was willst du von mir hören? Ich weiß, dass du unglücklich bist ... gelangweilt. Keiner von uns hat etwas zu tun, du bist nicht allein.« Sie blickte zu ihm auf, stolz auf ihre starke Stimme. »Bald werden wir ankommen, und eine weitere Reise wartet auf uns, mehr als tausend Kilometer. Vielleicht solltest du dich über den Weg informieren, den wir zurücklegen werden, mit einigen Männern sprechen.«

Rolands Gesichtsausdruck war schwer zu lesen. »Sag mir nicht, was ich tun soll.« Trotz seiner Worte klang er unsicher.

Mina nahm Topf und Schüsseln und ging wortlos zur Treppe. Er durfte den Aufruhr in ihrem Gesicht nicht sehen. Die Leute redeten ... Der Ire war aufmerksam, aber war da noch mehr? Sie dachte an den Moment zurück, als er sie während der rauen See in seinen Armen aufgefangen hatte. Er hatte sich an sie geschmiegt, hatte gezögert, sie loszulassen.

Sie hatte es auch gespürt, ihr Körper reagierte auf eine Weise auf die Berührung dieses Mannes, die sie erröten ließ. Sie wollte nicht nachgeben, durfte es nicht. Er war verheiratet, sie auch.

Sie schob das Kochgeschirr zurück in den Koffer und holte tief Luft. *Beruhige dich. Er ist nur höflich.*

Zu nervös, um zu bleiben, und besorgt, dass sie die Tür schließen würden, eilte sie noch einmal an Deck. Es war jetzt ruhiger, die Abendessenszeit lag hinter ihnen, einige hatten sich bereits zur Nachtruhe begeben. In gewisser Weise verstand sie, warum. Es war einfacher, sich die Zeit mit Schlafen zu vertreiben, eine Flucht vor der Realität des unaussprechlichen Schmutzes und der Überfüllung. Nicht einmal die Ärmsten von ihnen hatten so in Deutschland gelebt.

Langsam schritt sie zum Fockmast, hielt manchmal inne, um die Wellen zu betrachten und nach Delfinen Ausschau zu halten, die sie kilometerweit begleiteten, oder beobachtete die vom Wind aufgebauschten Segel. Die ganze Zeit über schaute sie den Menschen um sich herum zu, in der Hoffnung, dass keiner von ihnen vorn bleiben würde, wo der Wind am stärksten war.

Die Sonne stand tief, hing wie ein glühender Ball über dem Horizont. Die Tage wurden länger, und doch blieb es kaum länger hell. Zu Hause wäre es jetzt Frühling, die Bäume und Sträucher würden blühen, und sie? Wahrscheinlich würde sie in den Wäldern und auf den Wiesen nach Essbarem und ihren geliebten Kräutern suchen, die Aussicht auf die Täler und Berge genießen.

Rolands verletzende Worte kehrten zurück, er hatte sie eine Hexe genannt. Auch wenn die Passagiere so über sie sprachen, hatte er sie sicherlich nicht in Schutz genommen, verachtete sie für ihr Wissen. Im Gegenteil, sie wusste es besser, wusste, dass er auf alles neidisch war, was sie tat ... oder besser oder anders machte. Er war kleinkariert, und je länger sie zusammen reisten, desto sicherer war sie sich, dass sie sich irgendwann ein anderes Leben suchen musste.

Wie soll das gehen, ging es ihr durch den Kopf. *Du bist an ihn gebunden.*

Sie lehnte sich an den Fuß des Vorsegels, um sich zu beruhigen. Die Sonne glitt jetzt unter die Wellen und verwandelte den Rand des Horizonts in ein prächtiges orange-goldenes Spektakel.

Sie schrie auf, als sich ein Schatten über ihr erhob, dann erkannte sie Davin.

»Es tut mir leid«, beeilte er sich, zu sagen. »Ich wollte dich nicht erschrecken.« Er zog die Kapuze vom Kopf und lächelte sie an.

»Ich bin abgelenkt«, bot sie an, unsicher, ob das Wort überhaupt das richtige war.

»Wir sollten uns beeilen, sie schließen das Deck bald.«

»Versprich mir, es niemandem zu sagen.«

Da ergriff er ihre Finger, hielt sie fest zwischen seinen. Die Berührung beruhigte sie, sein Gesicht war jetzt ganz nah, unanständig nah. Sie atmete tief ein. *Konzentriere dich*, kommentierte ihr Verstand. Sie zog ihre Hand weg und holte den Leinensack unter ihrem Schal hervor, reichte ihn ihm.

»Hier, der Schmuck.« Er wollte den Sack gerade in seine Jacke stecken, als sie ihn aufhielt und ihre Hand auf seinem Unterarm landete. »Warte, ich will meinen Ring behalten.« Sie hatte den Ring ihrer Mutter zu den anderen Stücken gelegt, als sie den Spielleuten einen der Eheringe der Witwe gegeben hatte. Irgendwann würde Roland das Fehlen ihres Rings bemerken und misstrauisch werden. Sie kramte in der Tasche und steckte den Ring wieder an ihren Finger. »Hier. Und das.« Den Gürtel mit den Goldmünzen hatte sie bereits unter ihrem Schal versteckt und reichte ihn ihm nun.

Wenn er überrascht war, ließ er es sich nicht anmerken. Wie den Sack steckte er auch den Gürtel in seine Jacke. »Ich habe eine Idee. Wenn ich alles verstaut habe, sage ich dir Bescheid.« Wieder fand seine Hand die ihre. »Bitte mach dir keine Sorgen. Ich werde dir alles zurückgeben, sobald wir ankommen.«

Ihre Finger verschränkten sich ineinander, als hätten sie einen eigenen Willen. Minas Handfläche wurde augenblicklich warm, ihr Atem beschleunigte sich. Sie wollte nur hier mit diesem Mann stehen, sich an ihn lehnen, die Güte seines Herzens spüren.

Irgendwo hinter ihnen rief ein Seemann, dass es Zeit sei, unter Deck zurückzukehren. Eine Glocke läutete.

Davin lugte um den Mast, beugte sich zu ihr und flüsterte: »Du solltest besser gehen.« Er war jetzt so nah, dass sein Atem ihre Wange streifte. Es war das Aufregendste, was sie je erlebt hatte.

Mit einem letzten Ruck ließ sie los und eilte über das Deck, ohne nach links oder rechts zu schauen. Hinter ihr knallte die Tür zu. Der irische Mann hatte sich entschieden, draußen zu bleiben. Sicherlich würde er später jemanden finden, der ihm öffnete.

KAPITEL VIERUNDDREISSIG

Davin

Davin spürte, wie Minas Sack und Gürtel gegen seine Brust drückten. Sie waren von beträchtlichem Gewicht. Offensichtlich war die Witwe wohlhabend gewesen, zumindest im Vergleich zu Leuten wie ihm. Er freute sich für die deutsche Frau, ihr Leben würde erheblich einfacher werden. Wenn nur ihr Mann kein Spieler und Trinker wäre. Davin verstand, warum Mina die Wertsachen nicht bei sich haben wollte. Die meisten Leute dort unten besaßen wenig bis gar nichts, aber wenn einer von ihnen davon erfuhr, würde es zu einem Diebstahl kommen. Wenn ihr Mann davon Wind bekam, würde er in kürzester Zeit alles verprassen.

Er kehrte mit seinen Gedanken zu dem Plan zurück, der in seinem Kopf Gestalt angenommen hatte, seit Mina die Wertsachen erwähnt hatte. Alles, was er brauchte, war ein anständiges Werkzeug, und er würde die Dinge in die Hand nehmen. Zumindest, bis sie an Land gingen.

Es wurde langsam dunkel an Deck, und er spähte vorsichtig um den Mast herum. Nichts rührte sich, wahrscheinlich genoss die Besatzung bei dieser etwas ruhigeren See das Abendessen. Irgendwo in der Nähe des Hecks befand sich das Steuerrad, das immer bemannt war. Er hatte die Mannschaft beobachtet und das Deck inspiziert, er wusste, dass es versteckte Fächer und Kästen mit Werkzeugen und Gerätschaften gab. Alles, was er brauchte, war ein Meißel oder Schraubenzieher, idealerweise auch ein Hammer. Auf Zehenspitzen schlich er zu einer Holzkiste in der Nähe der Treppe und öffnete sie vorsichtig. Da er nicht sehen konnte, was sich darin befand, nahm er die Öllampe von dem Haken neben der Tür und spähte hinein.

Unter den unterschiedlich dicken Seilrollen sah er etwas glitzern, eine Art Metallhaken. Besser als nichts. Er steckte ihn unter seinen Mantel und brachte alles wieder an seinen Platz, dann begann er laut zu pfeifen.

»Du ... was machst du noch hier draußen?«, kam der prompte Ruf vom Steuermann. Im Schein einer weiteren Öllampe band der Matrose das Rad des Schiffes fest und eilte ihm entgegen.

»Tut mir leid, ich bin vorn eingeschlafen. Die Luft war gut und —«

»Schon gut.« Der Steuermann schloss die Tür auf und ließ Davin passieren. »Lass es nicht noch einmal vorkommen.«

Davin lüftete seinen Hut und kletterte ins Zwischendeck, wo die Luft mit jeder Sekunde dicker und unangenehmer wurde. Hinten, im Gang gegenüber dem letzten Abteil, hatte er eine Tür gesehen, die bis auf ein Vorhängeschloss kaum von der sie umgebenden Wand zu unterscheiden war. Am Tag der Abreise, als Besatzungsmitglieder Kisten und Koffer dorthin getragen hatten, hatte sie offen gestanden. Es handelte sich also um einen zusätzlichen Lagerraum. Er ging lässig zum Ende des Flurs, setzte ohne Zögern das Eisenwerkzeug an die Kante und zog mit geübtem Griff nach unten. Die von einem Nagel gehaltene Metallöse, die das Schloss hielt, brach aus dem Holz. Schnell öffnete er die Tür und schloss sie hinter sich, blieb abrupt stehen. Er hatte das Licht vergessen.

Im Flur nahm er eine der beiden Öllampen von der Wand, die kaum mehr als Schatten warfen, und eilte zurück, in der Hoffnung, dass ihn niemand gesehen hatte. Es war ein Risiko, aber er konnte Minas Wertsachen nicht im Bett oder in seinem Koffer lassen, er musste einen Ort finden, der das Risiko, entdeckt zu werden, weitgehend senkte.

Der Raum war bis unter die Decke mit Holzkisten, Lederkoffern und Körben aller Größen vollgestopft. An der Außenwand klopfte er auf die Vertäfelung, die hohl klang, löste die Nägel entlang der Naht, bis sich die Holzleiste abheben ließ. Dahinter befand sich ein Zwischenraum von wenigen Zentimetern Tiefe, der durch Querbretter verstärkt war. Rasch legte er Minas Schatz hinein und setzte das Brett ein, benutzte das Werkzeug, um die Nägel einzuhämmern. Einer war verbogen, also richtete er ihn gerade, froh über das Wissen, das er hatte, mit Holz zu arbeiten und Dinge zu bauen.

Er richtete sich auf und zog mehrere Kisten vor die Wand. Am letzten Tag würde er zurückkehren, um das Gold zu holen. Bis dahin würde es sicher sein.

Er steckte den Kopf durch die Tür. Gut, der Korridor war fast leer, die meisten Leute lagen längst in den Kojen. Schnell schlug er den Nagel, den er aus dem Schloss gezogen hatte, mit zwei kräftigen Schwüngen wieder ein. Erledigt. Manchmal war die Dunkelheit eine gute Sache. Er hängte die Öllampe an ihren Platz zurück und kämpfte gegen den Drang an, Mina zu suchen und ihr zu sagen, dass er ihren Schatz versteckt hatte, wusste er doch, dass das unklug war.

Er würde bis morgen warten müssen.

KAPITEL FÜNFUNDDREISSIG

Mina
Mina wachte auf und stellte erleichtert fest, dass Roland bereits aufgestanden war. Wie spät war es? Hier unten war es immer düster, aber nach den vielen leeren Betten zu urteilen, musste es später Vormittag sein. Zum ersten Mal seit Tagen hatte sie gut geschlafen, weil sie wusste, dass sie Regines Erbe nicht zu schützen brauchte.

Sie wischte sich die Hände an einem Lappen ab und beschloss, Frühstück zu machen. Roland würde sie finden, sobald es etwas zu essen gab.

Glücklicherweise hielt das gute Wetter an, und so nahm sie ihren Platz in der Schlange zum Kochen ein, froh über die frische Luft und den Wind auf ihrer Haut. Einige Passagiere hatten kaum noch Vorräte und sahen ausgezehrt und kränklich aus. Noch immer war kein Land in Sicht. Im Geiste zählte Mina rückwärts. Sie waren nun schon fast sechs Wochen auf dem Schiff. Wenn alles perfekt lief, dauerte die Reise sechs Wochen. Aber sie hatten zwei Tage lang keinen Wind gehabt.

Hinter der Absperrung entdeckte sie Margarete mit einem Mann in einem eleganten Anzug. Sie waren in ein Gespräch vertieft, und sie blickte nicht auf. Mina wollte ihr zurufen, hielt sich aber zurück. Eine reiche Dame wie Margarete würde nicht von einer verlotterten Frau aus dem Zwischendeck gestört werden wollen, auch wenn sie vorher noch so freundlich gewesen war.

Aber du bist nicht mehr arm, kommentierte ihre innere Stimme. *Zumindest nicht mittellos wie die meisten der anderen Passagiere.* Aber das spielte keine Rolle. In ihrer Vorstellung war sie arm und so verhielt sie sich auch.

Sie war gerade mit dem Kochen fertig und suchte nach Roland, als er aus dem Nichts auftauchte, seine Augen glühten vor Wut. »Wie hast du das gemacht?«, rief er, ohne auf die neugierigen Blicke der anderen Reisenden zu achten. Er ergriff ihre Hand, wie das letzte Mal, als er versucht hatte, ihren Ring zu entfernen. Nur tippte er dieses Mal darauf.

»Was meinst du –«

»Wie kommt es, dass du deinen Ehering trägst, obwohl du ihn den Männern geschenkt hast?«

Minas Mund öffnete und schloss sich. Sie hatte den Mann mit den dicken Brauen gebeten, ihr Geheimnis für sich zu behalten, und er hatte es Roland natürlich trotzdem erzählt.

Roland stand immer noch über ihr, seine Stimme war leise. »Woher hast du ihn? Er ist von der Witwe, nicht wahr?«

Mina beschloss, sich zu verstellen. »Was?«

»Der Ring, mit dem du meine Schulden bezahlt hast. Was versteckst du sonst noch? Sie hatte noch mehr Schmuck, nicht wahr? Nur wolltest du ihn für dich behalten.« Die Drohung in seiner Stimme durchdrang Mina. Sie wäre nicht überrascht gewesen, wenn er sie über Bord geworfen hätte. Stattdessen begann er an dem Tuch zu zerren, das sie zum Schutz ihrer Schultern und ihrer Brust trug. Noch vor einem Tag hätte er ihr Versteck gefunden. Jetzt gingen seine Hände leer aus. Mina wollte lächeln, doch stattdessen sah sie zu Boden. Er durfte nichts von Regines Geschenk erfahren. Niemals. Zumindest nicht hier, wo sie sich trotz all der Menschen so allein fühlte.

Um sie herum hatte sich eine Menschenmenge versammelt, eine willkommene Ablenkung von der Langeweile des Ganges.

»Es war der Ring von Regine«, sagte Mina schließlich. »Ich wollte deine Schulden bezahlen, damit die Männer dich in Ruhe lassen.«

»Ich glaube dir nicht«, sagte Roland mit ruhigerer Stimme, aber immer noch glühenden Augen. »Du hast die Goldmünze auf unserer Reise vor mir versteckt. Jetzt schleichst du herum und machst Geschäfte mit anderen Männern.«

»Ich mache keine Geschäfte, ich habe deine Spielschulden bezahlt.« Mina hatte auch leise gesprochen, aber außer dem Wind in den Segeln lauschten die Passagiere um sie herum, um auch das letzte

Wort zu verstehen. Ihre Gedanken wanderten zu Davin, der in der Nähe stand und sie beobachtete. In seiner Miene las sie den Wunsch, sich einzumischen, sie zu beschützen, auch wenn er den Streit nicht verstand. Das würde alles nur noch schlimmer machen.

Sie nickte in seine Richtung und wandte sich dann wieder Roland zu. »Ich wollte nicht, dass du zu Schaden kommst.« Es war fast eine Lüge. Nein, sie wollte nicht, dass ihm etwas geschah, aber gleichzeitig wünschte sie sich ihre Freiheit von ihm.

Wortlos griff Roland nach der Schüssel mit dem Essen, das sie gekocht hatte, und drängte sich durch die Menge, wobei er zweifellos seine Wunden leckte.

Die Gespräche begannen von neuem, ein Mann setzte seine Fiedel an, ein anderer sang. Die Unterhaltung des streitenden Paares war zu Ende.

Mina rückte ihr Halstuch zurecht und suchte sich einen Platz zum Essen unter dem Fockmast. Es schien nur passend, dort zu sitzen, wo sie den Iren getroffen hatte.

Sie hatte gerade einen Bissen genommen, als Davin mit Kate und Peter im Schlepptau auf sie zukam. »Was ist passiert?«, fragte er, wobei er seiner Frau half, sich neben sie zu setzen.

»Roland war wütend«, sagte Mina, wohl wissend, dass sie ihre Worte sorgfältig wählen musste. So gut sprach sie ohnehin noch nicht. Aber sie wollte nicht, dass Davins Frau etwas erfuhr. »Ich habe für Rolands Spiele bezahlt. Er glaubt, ich verheimliche etwas.« Insgeheim schaute sie, ob der Ire ausgebeulte Taschen hatte. Was, wenn er ihre Wertsachen immer noch bei sich trug?

Als ob er ihre Sorgen gehört hätte, sagte er: »Tut mir leid, bei uns ist alles *in Ordnung*.« Ihre Blicke trafen sich, und er zwinkerte ihr zu. »Vielleicht können wir das schöne Wetter genießen.«

»Ich kann es kaum erwarten, dass dieses verflixte Schiff ankommt«, sagte Kate und richtete ihre Aufmerksamkeit auf Peter, der gerade ein armdickes Seil untersuchte.

Mina murmelte ein leises »Danke« und lehnte sich zurück, um ihre Mahlzeit zu beenden, während sich ihre Gedanken um den irischen Mann vor ihr drehten. Er stand seitlich, sodass sie sein Profil sehen konnte, das feurige Haar, viel röter als ihr eigenes, die gerade Nase und das kräftige Kinn. Er würde es gut machen, wo auch immer er hinging.

Plötzlich schmerzte ihr Inneres, der Neid auf die Frau neben ihr bohrte sich wie eine Faust in ihr Brustbein. Aber ihr Blick wanderte weiter ... seinen Hals hinunter, zu den starken Schultern und der breiten Brust, noch tiefer ... Ihre Wangen wurden heiß. *Was ist nur mit dir los,* bemerkte die Stimme in ihrem Kopf.

In diesem Moment drehte sich Davin zu ihr um. Kein Wort wurde gesprochen, Kate beobachtete Peter immer noch, die Luft zwischen ihnen war voller Spannung, ein unsichtbares Seil verband sie wie eine intime Berührung. Im Sonnenlicht schimmerten seine Augen in einem hellen Waldgrün, wie an einem Frühlingstag, wenn die Blätter frisch und saftig waren.

Minas Wangen wurden noch heißer, und sie wandte ihre Aufmerksamkeit der Schüssel und dem Topf zu. »Ich räume besser auf.« Sie rappelte sich auf und eilte davon, wobei sie sich vorstellte, wie Davins Blick ihr folgte.

In der Nähe des Eingangs zum Zwischendeck wurde sie auf Roland aufmerksam, der bei den Männern saß und Karten spielte, als ob nichts geschehen wäre. Wie konnte es sein, dass sie ihn wieder aufnahmen, nachdem er ihnen etwas schuldig geblieben war, nur um von seiner eigenen Frau gerettet zu werden? Die alte Wut über seine Impulsivität und Respektlosigkeit, ihre Unfähigkeit, sich auf ihn zu verlassen, kehrte zurück. Sie zögerte, denn ihre Gefühle für den irischen Mann waren noch frisch. Sie brauchte Zeit und Raum, um sich zu sammeln und nicht wieder in einen Streit zu geraten.

Sie ignorierte ihren Mann, eilte unter Deck, stopfte das Kochgeschirr in die Kiste und ließ sich auf ihre Koje fallen. Das Abteil war ausnahmsweise völlig leer, also legte sie sich zurück und starrte an die Decke.

Was hatte Davin ihr mitteilen wollen, als er sie auf diese Weise angesehen hatte? Sie schwitzte und fühlte sich unwohl, ihr Magen war ein Wirbelwind, der es fast unmöglich machte, ruhig zu liegen. Sie erinnerte sich an den Abend zuvor, als er ihre Hände berührt hatte, an die Elektrizität, die sie zwischen ihnen gespürt hatte. Sie wurde verrückt. Und zum ersten Mal gestand sie sich ein, dass der Mann aus Irland ihr Herz erobert hatte. Es hatte keiner langen Diskussionen, Spaziergänge im Park oder gesellschaftlicher Besuche bedurft. Ein Funke war übergesprungen und hatte eine Flamme von Gefühlen ausgelöst, wie sie sie noch nie erlebt hatte.

Wie konnte sie so tun, als sei nichts geschehen? Aber sie musste ... Rolands Frau spielen, die unglückliche Frau, die mit ihrem Mann durch dick und dünn ging und sogar seine Schulden bezahlte. Ein Leben mit einem Fremden, einem Mann aus einem anderen Land, der noch dazu verheiratet war und einen Sohn hatte, war so unmöglich, wie nach Amerika zu schwimmen. Wenn sie ihn richtig verstanden hatte, war Peter nicht sein leiblicher Sohn, aber trotzdem liebte der Junge seinen Vater. Wie konnte sie sich dazwischen stellen?

Ein Seufzer erhob sich, und sie faltete die Hände auf dem Bauch. Welche Verrücktheit? Sie musste sich ablenken, vermeiden, Davin zu sehen, vermeiden, mit ihm zu sprechen. Er hatte sie vor Rolands Zorn gerettet, beschützte ihren neu gefundenen Reichtum. Aber das hier, was auch immer es war, musste aufhören. Und zwar sofort!

Sie rollte sich auf die Seite und versuchte zu schlafen. Es gelang nicht. Stattdessen tauchte Davins Gesicht vor ihr auf, manchmal so nah, dass sie seinen rötlichen Bart in der Sonne glühen sah, dann wieder weiter weg durch einen Nebel, unwirklich und schwebend.

Ihre Haut war wach, kribbelte und summte, als ob ein Bienenschwarm sie umfing. Neben ihr füllte sich das Abteil mit Passagieren. Es musste Abend sein, doch sie spürte keinen Hunger. Würde Roland erwarten, dass sie kochte, oder würde er es wegen des von ihm so geliebten Spielens vergessen? Damals in Württemberg war er manchmal die ganze Nacht unterwegs gewesen.

Sie beschloss, der Sache nachzugehen, und fand ihn und die Männer im Korridor, wo der Mann mit den buschigen Augen Karten mischte, während Roland ihn aufmerksam beobachtete. Hatte er wieder verloren? Es war möglich, wahrscheinlich. Er bemerkte nicht, dass sie vorbeiging, und als sie sich auf der Treppe umdrehte, hob er gerade seine Karten auf.

Mit einem weiteren Seufzer kletterte sie an Deck. Die Sonne stand tief am Horizont, es musste also schon nach sieben Uhr sein. Sie schlenderte an der Reling entlang, eine Hand ausgestreckt, um sich zu fangen, sollte das Schiff zu wild ruckeln. Der Wind hatte noch einmal zugenommen, und sie fürchtete schon, unter Deck geschickt zu werden, vielleicht tagelang. *Bitte lass es bald vorbei sein*, dachte sie. Der Platz am Fockmast war leer. Vielleicht lag Davin jetzt gerade neben Kate, seinen Körper an ihren gepresst, sein –

»Mina?«

Sie drehte sich um, während Davin auf sie zueilte. »Ich habe dich den ganzen Nachmittag nicht gesehen. Stimmt etwas nicht? Geht es dir gut?«

»Sehr gut.« Sie zupfte an ihrem Umhang, kaum in der Lage, ihn nach ihren anzüglichen Gedanken anzusehen.

Er nahm ihre Hand und drückte sanft ihre Finger. »Ich habe deine Sachen hinten im Lagerraum versteckt ... hinter einer Wand. Dort sollten sie sicher sein, bis wir anlegen.« Er sprach hastig, als wäre er außer Atem. Sie versuchte, sich auf seine Worte zu konzentrieren, aber seine Hand auf ihrer lenkte sie ab. Er hielt sie immer noch fest, die Haut seiner Finger voller Schwielen. »Mina? Hörst du mir zu?«

Sie widmete ihre Aufmerksamkeit wieder seiner Stimme, dem tiefen, starken Ton, nach dem sie sich gesehnt hatte. »Ja, Entschuldigung. Es ist ... Ich bin dir sehr dankbar.«

Bemerkte er das Zittern in ihrer Stimme? Sein Gesicht war so nah, dass sie sich danach sehnte, den roten Bart zu berühren, die Linie seines Kiefers zu streicheln. Erneut verlegen zwang sie ihren Blick an seiner Schulter vorbei. »Wir gehen besser hinein.«

Er hielt ihre Hand immer noch fest, nickte und beugte sich auf einmal heran, berührte ihren Mund mit seinen Lippen. Nur ganz leicht, nicht mehr als ein Flattern. Dann entlud sich ein Sturm, als Mina ihren Arm um seinen Hals schlang und ihn zu sich heranzog. Ihre Lippen trafen sich, der Kuss wurde tiefer, bis sie nur noch seine Brust an der ihren spürte, seine Wärme, die sie umgab wie die Wolljacke, die sie einst von ihren Eltern geschenkt bekommen hatte.

Jemand rief, die Glocke läutete. Mina wich zurück, sah sich nervös um. Sie fühlte sich hungrig, nicht nach Essen, sondern nach diesem Mann ... um alles über ihn zu erfahren, Zeit mit ihm zu verbringen, bei ihm zu liegen ...

»Wir müssen gehen«, flüsterte er mit heiserer Stimme. Seine Wangen glühten, und seine Augen funkelten. »Ich möchte dich sehen. Allein.« Er seufzte, dann sah er sie wieder an. »Es ist schwierig. Ich weiß nicht, was los ist, ich weiß nur, dass dies hier etwas Einzigartiges ist, dass du ...«

Mina hörte eine Bewegung, und dann erschien ein Besatzungsmitglied hinter Davin. Sie drehte sich schnell zur Reling und fragte sich, was der Mann gesehen hatte.

»Zeit, unter Deck zu gehen. Sie auch, Fräulein.«

Mina eilte ohne einen weiteren Blick davon. Sie musste zu ihrer Koje gelangen, ohne gesehen zu werden.

Was passiert war, stand ihr sicher ins Gesicht geschrieben.

KAPITEL SECHSUNDDREISSIG

Davin

Davin wachte auf und spürte Kates Hand auf seinem Bauch. Es musste mitten in der Nacht sein, denn abgesehen von gelegentlichem Schnarchen waren alle Kojen still. Er lag still, wartete und hoffte, dass sie ihn in Ruhe lassen würde. Zwei Tage waren vergangen, seit er die deutsche Frau geküsst, ihren Körper an seinen gepresst, ihrem beschleunigten Atem gelauscht hatte. In ihren Augen hatte er gelesen, was er selbst fühlte. Wie falsch, wie unangebracht auch immer, sie wollten einander. War das Liebe? War das die ständige Sehnsucht, das Gefühl, fliehen zu wollen und in der Gesellschaft des anderen zu sein, wovon Lieder und Geschichten erzählten?

Die Hand wanderte zu seiner Brust, dann wieder nach unten. Er wurde sofort hart, sein Bedürfnis nach Erleichterung war so stark, dass er schreien wollte. Zugleich fühlte er sich schuldig. Hatte er Mina nicht gerade gezeigt, was er fühlte? Jetzt lag er bei seiner Frau.

Kates Hand fühlte sich heiß an, und etwas in ihm gab nach.

Minuten später legte er sich zurück und schnappte nach Luft. Er hatte kaum gewusst, was er mit der Intensität seiner Gefühle anfangen sollte, und ihre Quelle war nicht Kate. Sie war das Ventil gewesen, ein Weg, den Tag zu überstehen, ohne den Verstand zu verlieren.

Nachdem er Mina geküsst hatte, hatte er vergeblich versucht, sie wiederzusehen, hatte an beiden Abenden am Fockmast auf sie gewartet, war im Korridor an ihr vorbeigegangen, in der Hoffnung, sie zu sprechen. Sie hatte ihn kaum angeschaut und stattdessen an einem Nähprojekt gearbeitet, mit anderen Frauen zusammengesessen oder für ihren Mann gekocht.

So wie es aussah, war Roland wieder einmal am Spielen, und bald würde es erneut zu einem Eklat kommen. Er hatte erwogen, sie aufzuhalten, aber er wollte nicht verzweifelt wirken. Zumal er sicher war, dass jeder die Emotionen in seinem Gesicht lesen konnte. Er hatte das Gefühl, dass Kate ihn in diesen Tagen genau beobachtete, ihr Blick wirkte nachdenklich und misstrauisch. Er lenkte sich ab, indem er mit Peter spielte, ihm das Alphabet beibrachte und Wortspiele machte.

Am dritten Abend schlenderte er nach dem Abendessen zurück an Deck, während Kate Peter ins Bett brachte. In der Ferne war ein weiteres Segelboot zu sehen, kaum mehr als ein Fleck am Horizont, aber ein Zeichen dafür, dass sie nicht allein auf dem weiten Ozean waren.

Schon jetzt tat ihm das Herz weh, wenn er daran dachte, dass er Mina nicht wiedersehen würde, wenn sie in New York ankamen. All die Sehnsucht würde verpuffen, und er würde sich für immer fragen, was aus ihr geworden war. Ein Teil von ihm wünschte sich, hier draußen zu bleiben, um die Hoffnung aufrechtzuerhalten, sie wiederzusehen, wenn auch nur flüchtig. Er hatte sich in einen Narren verwandelt.

Er ging weiter die Reling hinunter, als er sie in der Nähe des Fockmastes stehen sah, die Haare in den Schal gewickelt, den Rücken zu ihm gewandt. Aber er hätte sie überall wiedererkannt, die geraden Schultern und die schmale Taille, die teilweise von dem zu großen Kleid der Witwe verdeckt wurde.

Er eilte hinüber und vergewisserte sich, dass niemand in der Nähe war. »Ich habe dich vermisst«, flüsterte er.

Ihr Blick traf seinen und setzte sein Inneres sofort in Flammen. »Ich vermisse dich auch.«

Er berührte ihre Hand, dann ihre Wange. »Was sollen wir tun?«

Sie schüttelte den Kopf. »Nichts. Wir sitzen fest, wir beide.« Sie drehte sich um und schaute über ihre Schulter, sah ihn wieder an. »Vielleicht können wir schreiben.«

»Keiner von uns hat eine Adresse.«

»Aber wir lassen uns alle in Fort Wayne nieder. Wir könnten uns auf der Straße treffen.«

»Das ist nicht das, was ich mir vorgestellt habe.«

Wieder schaute sie weg, diesmal über das Meer. »Es hat keinen Sinn.«

»Und wenn wir es ihnen sagen?«

»Du meinst, ich soll es Roland und du willst es Kate sagen?« Mina seufzte. »Er bringt mich um, bevor er mich mit einem anderen Mann zusammen sein lässt ... Außerdem ist es eine Sünde.«

»Willst du mich treffen?«, kam es aus ihm heraus. »Heute Abend?«

»Die Menschen sind überall ...«

»Im Gepäckraum, hinten. Ich kann dir zeigen, wo deine Wertsachen versteckt sind.« Der Gedanke war ihm heute früh gekommen.

Mina schien zu zögern, ihre Augen waren groß vor Sorge. »Ich weiß nicht.«

»Bitte?«

Endlich nickte sie. »Nach Einbruch der Dunkelheit ... am Ende des Ganges.«

Davin schlich auf Zehenspitzen in den Korridor, den Flur hinunter, das Eisenwerkzeug, das er in seiner Koje versteckt hielt, in sein Hemd gestopft. Bis auf den Schein einer einzigen Öllampe war es dunkel. Er zündete eine zweite Lampe an der Wand an und trug sie zu der verschlossenen Tür, entfernte die Nägel ein zweites Mal, schlüpfte hinein und schob die Tür hinter sich zu.

Bis auf einen schmalen Platz am Eingang war der Raum fast bis zur Decke mit Gepäckstücken gefüllt. Sein Herz hämmerte heftig in seinem Hals, sein Atem klang laut in der Stille. Die Luft hier drin roch abgestanden und schwach nach feuchtem Leder. *Reiß dich zusammen.* Er kehrte zur Tür zurück und spähte hindurch. Was, wenn sie es sich anders überlegt hatte, was, wenn sie eingeschlafen war oder Roland aufpasste?

Er schloss die Tür wieder und nahm eine der Kisten von einem Stapel, um sich zu setzen. Sie hatten keine bestimmte Zeit genannt, keiner von ihnen hatte eine Uhr, also würde er eine Weile warten, die ganze Nacht, wenn es sein musste.

Trotz seiner Anspannung musste er eingeschlafen sein, denn ein Geräusch an der Tür schreckte ihn auf. Er sprang auf, als ein Schatten hereinschlüpfte und dann Mina vor ihm stand.

»Ich bin spät dran«, sagte sie mit zittriger Stimme.

Davin vergewisserte sich, dass die Tür geschlossen war, und

umarmte sie. »Du bist hier.« Zum ersten Mal konnte er sich ausschließlich auf die Frau vor ihm konzentrieren, musste keine Angst haben, belauscht oder beobachtet zu werden. »Lass mich dir zeigen, wo deine Sachen –«

Minas Hand streichelte seine Wange, und sie lächelte ihn an. Es war das erste volle Lächeln, das er sah. »Später.«

Im nächsten Moment wurde ihre Umarmung fester, und ihre Lippen trafen sich, warm und weich. Davins Körper begann zu kribbeln und zu vibrieren, während er ihren Mund erforschte. Ihr Atem beschleunigte sich, ihre Hand wanderte seinen Hals hinunter zu seiner Schulter, tiefer.

Seine Finger hatten ihren eigenen Willen, begannen zu wandern und hielten dann abrupt inne. »Ich bin in dich verliebt, Mina Peters. Ich kann dir das Versteck zeigen, und dann solltest du zurückkehren. Es war falsch von mir –«

»Vielleicht sehen wir uns nie wieder. Diese Nacht«, Mina legte eine Handfläche auf seine Brust, »ist alles, was wir je haben werden. Etwas, an das wir uns in schwierigen Zeiten erinnern können.« Ohne seine Antwort abzuwarten, begann sie, seine Hose aufzubinden.

Davin tat so, als schliefe er, als Kate und Peter aufstanden. Sein Körper war so empfindlich, dass er kaum wusste, was er mit sich anfangen sollte. Was in diesem Gepäckraum geschehen war, übertraf alles, was er je empfunden hatte. Der Gedanke, dass er so unwissend gewesen war, überwältigte ihn. Mit Kate hatte er seine Pflicht erfüllt, aber er hatte nie eine emotionale Verbindung zu ihr entwickelt. Bei Mina hatte die Welt angehalten, ihre Körper hatten miteinander getanzt, Haut auf Haut, jeder Zentimeter von ihm war lebendig und glühte.

Das war es, worum es in Liedern und Geschichten ging. Jetzt wusste er es ... und war gleichermaßen begeistert und am Boden zerstört. Schon jetzt sehnte er sich wieder nach ihr, wollte sie sehen und mit ihr sprechen, sie berühren, um ihr diese köstlichen Laute zu entlocken, die er gehört hatte. Und er wusste, dass er dazu nie wieder Gelegenheit haben würde, selbst wenn sie in dieselbe Richtung nach Indiana reisten. Wie er im Gespräch mit einigen der Männer erfahren hatte, reisten die meisten Menschen mit dem Schiff auf dem Erie-Kanal. Aber die Entfernung war unvorstellbar groß, und es gab Tausende von Reisenden. Wer wusste schon, welche Pläne Roland gemacht hatte?

EIN SCHIMMER AM HORIZONT – ZWISCHEN DEN WELTEN

Er hatte Liebe gefunden und verloren. Sie gehörte zu einem anderen, genau wie er. Nicht dass er sich Kate gegenüber schuldig fühlte, na ja, ein bisschen, aber vielleicht hatte sie ihn irgendwie manipuliert. *Blödsinn, du hattest die Wahl. Du hättest zurück nach Irland gehen oder bei der englischen Eisenbahn arbeiten können, niemand hat dich gezwungen, sie zu heiraten.* Nein, das war ganz allein sein Verdienst, und wenn er sich Kate nicht angeschlossen hätte, wäre er Mina nicht begegnet. Es war offensichtlich Schicksal, dass er die Liebe zur selben Zeit fand und verlor.

Draußen begann eine Glocke zu läuten, gefolgt von Rufen. Langsam erhob er sich aus der Koje, zog seine Schuhe an und kletterte an Deck, wo alle Passagiere gleichzeitig aufsprangen, lachten und winkten.

In der Ferne erhob sich die Skyline von New York.

KAPITEL SIEBENUNDDREISSIG

Mina

Mina hatte in dieser Nacht kaum geschlafen, nachdem sie sich in ihre Koje zurückgeschlichen hatte. Sie war sich ziemlich sicher, dass Roland ihr Fehlen nicht bemerkt hatte, er schlief die meiste Zeit wie ein Toter, vor allem, nachdem er den ganzen Tag gezockt hatte, aber ihr Geist und ihr Körper waren so aufgewühlt, dass sie sich nicht beruhigen konnte. Was hatte sie getan? Abgesehen davon, dass sie herausgefunden hatte, wie sich Liebe anfühlte, war das eine gewaltige Veränderung gegenüber dem, was sie bis jetzt gekannt hatte. Sie hatte sich selbst für ziemlich klug gehalten, zumindest im Vergleich zu vielen in ihrem Dorf. Aber dieses neue Wissen über körperliche Freuden war überwältigend. Wie hatte sie das übersehen können? Wie konnte es sein, dass es mit einem Mann eine lästige Pflicht war und mit einem anderen der Himmel auf Erden?

Und die andere Sache ... Sie war mit einem anderen Mann zusammen gewesen und hatte ihr Ehegelübde gebrochen. Es war eine Sünde. Warum fühlte es sich dann so gut an, so richtig? Warum fühlte sich *dieser* Mann so gut an? Würde Gott sehen, dass sie einen Fehler gemacht und den Falschen geheiratet hatte?

Kaum war sie eingedöst, wurde sie durch Rufe und Gelächter geweckt. Schnell folgte sie den anderen Passagieren an Deck, wo alle in eine Richtung blickten.

»New York ... Wir sind da ... endlich ...«, riefen sie. Einige hatten Tränen in den Augen, andere umarmten sich. Der Mann mit der Geige spielte *Das Wandern ist des Müllers Lust*. Einige sangen mit, andere summten nur oder standen schweigend da, während sich das Schiff der Stadt näherte.

Sie erinnerte sich an Roland und entdeckte ihn vorn, seine Augen auf die neue Welt gerichtet. Er schenkte ihr ein seltenes Lächeln, als sie sich zu ihm gesellte. Ihr Herz war schwer und verwirrt, nicht nur wegen dem, was sie getan hatte, sondern auch wegen der Traurigkeit, die sie empfand. Schnell wischte sie sich über die Augen und zwang sich, zurückzulächeln.

Roland verwechselte ihre Tränen mit Freude. »Ist es nicht großartig?«, rief er und legte einen Arm um ihre Schultern, etwas, das er seit Monaten nicht mehr getan hatte. »Endlich können wir dieses verdammte Schiff verlassen.«

Mina antwortete nicht, konnte nicht antworten. Eine weitere Reise lag vor ihnen, eine, die noch viele Wochen dauern würde. Tief in ihrem Inneren hoffte sie, dass Davin, der ebenfalls nach Indiana unterwegs war, mit ihnen zusammen reisen würde – irgendwie.

Sie wagte es nicht, sich umzusehen, aus Angst, dass sie Blickkontakt aufnehmen und sich verraten würde. Ihr Herz klopfte, nur weil sie wusste, dass er hier oben war, wenige Meter entfernt, und dieselbe Luft atmete. Sie verdrängte die Gedanken an letzte Nacht, an die intimsten Berührungen ihrer Haut, seine Küsse, die sie streichelten, seine Finger, die sie erforschten.

Wenigstens wusste sie jetzt, was ihr gefehlt hatte, sie konnte von ihm träumen und die Erinnerung an ihn wie einen Edelstein in sich tragen.

Ihr Inneres krampfte sich zusammen. Das Gold ... Regines Schmuckstücke. Sie würde die Sachen an sich nehmen müssen, bevor sie das Schiff verließ ... bevor sie Davin für immer zurückließ.

Der Kapitän erschien an Deck und rief Anweisungen ... Es würde noch ein paar Stunden dauern ... Sie würden am South Street Seaport in Lower Manhattan anlegen ... Jeder müsse warten, bis er an der Reihe war. Sie würden ihr restliches Gepäck einsammeln, sich in einer Reihe aufstellen und das Schiff mit den Papieren in der Hand verlassen ...

»Wohin gehen wir als Nächstes?«, fragte sie, als sie sich an Roland erinnerte.

»Ich glaube, ein Agent von Hapag-Lloyd wird im Hafen warten ... mit Anweisungen, wie man nach Indiana kommt.«

Aber Mina hörte nur halb zu, denn vor ihr bot sich ein Schauspiel, das sie sich in ihren wildesten Träumen nicht hätte vorstellen können: Vor ihnen erstreckten sich hohe Gebäude, Schiffe aller Größen, Schiffe wie ihres, Fischerboote und Dampfer, die ein- und ausfuhren. Sie hatte noch nie so viele Häuser und so viel Geschäftigkeit gesehen. Die Luft bestand aus einer Mischung aus Rauch, Fisch und Salz. Das war New York ... Amerika, eine fremde Welt, an die sie sich irgendwie gewöhnen musste.

»Wir sollten unsere Taschen sortieren und einsammeln«, sagte Roland und meinte damit Regines Sachen. Als sie unter Deck ankamen, bemerkte sie, dass die Tür zum Gepäckraum, in dem sie vor wenigen Stunden mit Davin gewesen war, weit offen stand und Leute mit Kisten und Koffern herauskamen.

Sie bedeutete Roland, ihr zu folgen, um Regines letzten Koffer zu holen, den der Kapitän mit ihrem Namen gekennzeichnet hatte. Die Wand lag nun frei, und es gab keine Anzeichen dafür, dass dahinter ihre Wertsachen versteckt lagen. Davin würde sich hineinschleichen müssen, wenn alle fertig waren, was in dem Chaos der Dinge nicht schwer sein würde. Aber wie sollte er ihr die Geschenke von Regine überreichen? Wie sollte sie den Gürtel mit den Goldmünzen am helllichten Tag an ihre Taille legen?

Sie würden bald getrennte Wege gehen, dafür würde Roland sorgen. Oder hatte Davin vor, alles zu behalten? Die kleine Stimme in ihrem Kopf nörgelte, als sie Roland den Korridor entlang folgte, zurück zu ihrem Abteil, in dem die Leute angeregt plauderten, während sie packten.

»Vielleicht solltest du wieder an Deck gehen«, sagte Mina. »Ich passe auf die Dinge auf.«

»Warum nicht.« Roland lächelte wieder, offensichtlich froh, die Ankunft des Schiffes im Hafen beobachten zu können. »Ich hole dich, wenn wir anlegen.«

Mina blieb, in der Hoffnung, dass die anderen, die meisten hatten nur wenige Habseligkeiten, gehen würden, in der Hoffnung, dass Davin kommen und nach ihr suchen würde. Sie setzte sich auf die Kiste und flickte ein Loch in ihrem Umhang. Dank der Witwe besaß sie nun ein komplettes Nähset und konnte Reparaturen vornehmen. Das Licht war schlecht, sodass sie blinzeln musste.

»Ich habe dich gesucht.« Davin schien außer Atem zu sein, blieb aber ein paar Meter entfernt stehen. In der letzten Koje war ein Mann dabei, den Inhalt seiner Tasche zu sortieren. Davin nickte ihm zu und fuhr fort: »Ich muss noch meine Sachen aus dem Gepäckraum holen.«

Allein das Wort Gepäckraum ließ Minas Wangen heiß werden. »Wir sollten an Deck gehen«, sagte sie und beobachtete, wie der andere Passagier seine Tasche hochhob und ihnen zum Abschied zunickte.

Davin schlüpfte sofort hinein und eilte zu Mina. »Endlich. Es tut mir leid.« Er nahm ihre Hände, und sie spürte die Wärme sofort auf ihrer Haut. »Im Lagerraum stehen immer noch Koffer. Ich muss warten, bis sie alle weg sind. Wo werde ich dich finden?«

»Ich warte hier, so lange wie möglich.«

»Ich meine, wenn wir das Schiff verlassen.«

»Roland plant, einen Agenten zu finden, damit wir die restliche Passage organisieren können.«

»Ich auch. Es ist ein weiter Weg.«

Sie spürte seine Augen auf sich, sein Gesicht so nah. Sie wollte sich an ihn lehnen, seine Stärke spüren. »Wir sollten die Sachen jetzt holen ... bevor Roland sie sieht ...«

»Was macht ihr da?« Roland stand hinter ihnen, die Brauen bedrohlich zusammengezogen.

Mina zuckte zusammen, während Davin ihre Hände losließ und sich ihrem Mann zuwandte. »Nichts. Ich verabschiede mich nur, das ist alles.«

Roland verstand natürlich kein Wort, also schaltete sich Mina ein. »Er will sich verabschieden.«

»Ist das alles?« Rolands Stimme triefte vor Sarkasmus. »Ich wusste schon immer, dass mit euch beiden etwas nicht stimmt. Offensichtlich habt ihr hinter meinem Rücken mehr als Englisch gelernt.« Er trat vor und hob den Arm, als wolle er Davin schlagen. Der wich geschickt aus und schlüpfte leichtfüßig um ihn herum.

»Ich habe ihm gedankt, dass er mir Englisch beigebracht hat«, beteuerte Mina, wobei ihr schon wieder das Blut in die Wangen schoss.

Roland spottete, sein Gesichtsausdruck war eine Mischung aus Aggression und Abscheu.

»Bis dahin.« Davin war schon fast an der Tür, als Roland zum Schlag ausholte, der dank Davins schneller Reflexe harmlos auf seiner Schulter landete. Im Nu packte Davin Rolands Handgelenk und bog es nach unten und hinter den Rücken, offensichtlich schmerzhaft, denn Rolands wütender Gesichtsausdruck verzog sich schmerzvoll.

»Ich bin schon weg«, sagte Davin leise und doch voller Energie, und ließ keinen Zweifel daran, was passieren würde, wenn Roland noch einmal versuchte, anzugreifen. Er nickte Mina zu und verschwand den Gang hinunter.

Mina blieb stehen und versuchte, ihre Fassung zu bewahren, um Roland nicht sehen zu lassen, wie aufgewühlt sie war. »Wir sollten Regines Sachen an Deck bringen.«

Roland blinzelte, dann griff er nach der großen Kiste. »Um dich kümmere ich mich später.«

Mina folgte langsam mit den restlichen Taschen. Der Korridor war leer, die Tür zum Gepäckraum weit geöffnet. Sie hoffte, dass Davin ihre Sachen holen würde. Sollte sie eine Ausrede finden und hierher zurückkehren? Roland schleppte das schwere Teil in den Korridor, dann bat er einen der Kartenspieler, ihm zu helfen, es auf das Deck zu heben.

Mina folgte. Es hatte sich bereits eine Schlange gebildet, um das Schiff zu verlassen, und die ersten Kabinenpassagiere liefen die Planke hinunter. Die Luft roch nach Salz, Müll und Fisch, doch im Vergleich zum Zwischendeck war sie himmlisch. Sie atmete tief ein und versuchte, alles in sich aufzunehmen. Links und rechts waren Schiffe zwischen verschiedenen Gebäuden angedockt. Überall bewegten sich Pferdekutschen, Wagen und Menschen. Dies war die neue Welt, Amerika, ein riesiges Land, das sie bald ihr Zuhause nennen würde.

Zuhause, was für ein Unsinn. Sie hatte es in dem Moment verlassen, als sie Roland in die Nacht gefolgt war.

Die etwa zwanzig Mann Besatzung waren dabei, die Segel zusammenzufalten und das Deck zu schrubben. Der Kapitän stand schweigend da und schaute zu. Unten auf dem Dock ging Margarete auf ein Gebäude zu. Natürlich durften die Wohlhabenden zuerst von Bord.

Mina seufzte. Was machte das schon? Sie hatten diese unmögliche Reise über den Ozean überlebt, mit nichts als ein paar Holzbrettern zwischen sich und einem flüssigen Grab.

Roland stand neben ihr und beobachtete alles, aber sie sah weder Davin noch Kate und Peter. Waren sie schon fort? Wie konnte er Regines Gold aushändigen, ohne gesehen zu werden? Abgesehen von Roland war es nicht ratsam, Wertsachen am helllichten Tag zu zeigen. Man hatte sie immer wieder gewarnt, sich vor Dieben und Opportunisten in Acht zu nehmen, vor schnell redenden Verkäufern, die nur ein Ziel hatten: den müden Reisenden die letzten Münzen abzunehmen. Ihre Zweifel von vorhin kehrten zurück. Vielleicht hatte Davin die ganze Zeit über vorgehabt, die Sachen für sich zu behalten, hatte seine Zuneigung vorgetäuscht.

Mina schloss die Augen und merkte, wie sehr sie sich nach einem Fünkchen Liebe, nach etwas Freundlichkeit gesehnt hatte. Ihr Herz hämmerte, als die Schlange sich langsam vorwärtsbewegte. Sie hatte sich völlig geöffnet, vielleicht war sie einem Betrüger zum Opfer gefallen. Ihre Brust schmerzte, als sie sich an seine Augen erinnerte, an die Art, wie er sie angesehen hatte. Hatte er nur mit ihr gespielt, und sie war zu naiv gewesen, es zu bemerken?

Die Menschen schlängelten sich näher zur Planke. Der Kapitän hatte sie angewiesen, das flache, lange Gebäude zu ihrer Rechten zu betreten, ihre Papiere vorzuzeigen und sich registrieren zu lassen. Danach sollten sie sich bei dem Agenten von Hapag-Lloyd melden, um Anweisungen zu erhalten, wie sie nach Indiana weiterfahren sollten, damit Roland den Redemptioner-Vertrag erfüllen konnte.

Wieder suchte sie die Docks ab, schaute über ihre Schulter, aber sie sah weder Davin noch Kate und Peter. Mit jeder Minute, die sie sich dem Festland näherten, sank ihr Herz ein wenig mehr. Sie war für dumm verkauft worden, ihr Verstand hatte sie verlassen, während sich ihr Körper nach dem Iren sehnte. Sie war in ihn verliebt. Und jetzt hatte er sich mit Regines Erbe aus dem Staub gemacht. Nicht dass sie eine Sonderbehandlung von der Witwe verdient hätte, sie hatte nichts Besonderes getan, sie hatte Glück gehabt.

Die hölzerne Planke bebte unter ihren Füßen, als sie zum Kai hinunterkletterte. Und dann stand sie auf festem Boden, mit beiden Füßen, ohne die geringste Bewegung. Aber ihr Kopf bestand darauf, dass die Erde, auf der sie sich befand, schwankte. Tränen schossen ihr in die Augen. Das Land, das sie geliebt hatte, war fort. Sie war in Amerika, ihrer neuen Heimat, aber es fühlte sich so seltsam an, so fremd, die Stimmen sprachen viel zu schnell Englisch, als dass sie sie verstehen konnte. Einige der Paare um sie herum umarmten sich und weinten vor Freude. Sie hatten hierherkommen wollen, wollten ein neues Leben beginnen – gemeinsam.

Sie blinzelte ein paarmal, um die Tränen zu vertreiben, und beeilte sich, Roland einzuholen, der Regines Kiste heruntergenommen hatte und sie jetzt weiterschob, während die Warteschlange dahinkroch.

EIN SCHIMMER AM HORIZONT – ZWISCHEN DEN WELTEN

Port Authority ... Hafenbehörde stand über der Tür. Mina formte die Wörter in ihrem Mund, sprach sie laut aus. Es klang seltsam, ganz und gar nicht wie ihre Stimme.

Der Mann hinter dem Schreibtisch trug eine schwarze Mütze und einen buschigen Schnurrbart, der die Hälfte seiner Wangen bedeckte. Er deutete mit einem Zeigefinger auf den Tresen. »Papiere bitte.«

Roland verstand nicht, also forderte Mina ihn auf, ihre Pässe und das Redemptioner-Dokument auszuhändigen.

»Sie gehen nach Indiana, richtig?«

»Indiana«, sagte Roland und nickte dem Mann zu.

»Sie müssen Ihren Agenten aufsuchen, um Ihre Reiseanweisungen zu erhalten.«

Roland starrte den Mann an, woraufhin Mina sich wieder einmischte. »Jawohl, Sir, wir sehen den Agenten. Danke.«

Der Mann stempelte ihre Papiere ab und reichte sie zurück. »Der Nächste.«

Sie stolperten durch die Tür und fanden sich auf der Straße wieder. »Warum suchst du nicht den Agenten, damit wir wissen, wohin wir als Nächstes gehen müssen?« Mina suchte eine Stelle, an der sie nicht im Weg war. Menschen eilten hierhin und dorthin, Pferde und Kutschen fuhren an ihnen vorbei, Straßenverkäufer boten ihre Waren an.

»Glaubst du, das weiß ich nicht?« Roland verzog das Gesicht, was er immer machte, wenn er nervös war und es nicht zugeben wollte. Er stellte Koffer und Kiste neben ihr ab und rieb sich den Rücken. »Verdammt schwer. Ich glaube nicht, dass ich das lange tragen kann.«

Mina hörte nicht zu. Sie winkte einen Mann im Anzug heran, wohl wissend, dass sie abstoßend aussehen musste. »Entschuldigen Sie, Sir, wir suchen die Hapag-Lloyd.«

Der Mann machte ein Gesicht, als würde er in eine Zitrone beißen, und zeigte die Straße hinunter auf ein Backsteingebäude. »Da drüben ...«

»Wo finde ich ein Badehaus?«

Doch der Mann eilte so schnell er konnte davon und winkte mit dem Arm, als befürchtete er, sich bei ihr anzustecken.

»Was hat er gesagt?«

»Der Agent ist da drüben. Und ich habe ihn gefragt, wo wir uns waschen können.«

EIN SCHIMMER AM HORIZONT – ZWISCHEN DEN WELTEN

»Ein Badehaus können wir uns nicht leisten«, sagte Roland.
»Auch sonst nichts ... Ich werde den Agenten suchen.«
Mina blieb stumm. Sie hatten nur noch ein paar deutsche Münzen, die hier ohnehin nichts mehr wert waren. Sie mussten eine Wechselstube finden, einen Ort, an dem sie einen oder zwei Dollar bekommen konnten. Sie hatte keine Ahnung, wie viel ein Dollar wert war, aber sie würde lieber hungern, als noch eine Stunde dreckig zu bleiben.

Der Gedanke an Davin kehrte zurück, an den Mann, der mit ihrem Geld abgehauen war. Mit ihm hätten sie gut leben und stilvoll reisen können. Jetzt waren sie wieder mittellos, wie in Württemberg. Roland bemerkte nichts von ihrer Niedergeschlagenheit, in die sich Wut mischte, und schielte wieder die Straße hinunter. »Wo ist das verdammte Büro?«

»Der Mann sagte, es sei in dem Backsteingebäude.«

Roland schaute die Straße hinunter und schüttelte den Kopf, murmelte etwas, das Mina nicht verstand. Sie musterte sein Gesicht, während ein schrecklicher Verdacht in ihr aufstieg.

»Siehst du nicht das Backsteingebäude? Auf dem Schild darüber steht Hapag-Lloyd.«

»Natürlich sehe ich es«, frotzelte Roland. »Dann gehe ich jetzt.«

Mina sah ihm nach. Es war nicht das erste Mal, dass sie dachte, dass etwas mit seinen Augen nicht stimmte, oder konnte er vielleicht nicht lesen? Sie beobachtete, wie er sich durch die Menge schlängelte, ein paarmal stehen blieb und schließlich die Straße überquerte, vor dem Gebäude erneut stehen blieb und dann darin verschwand.

»Ma'am, wollen Sie Dollar tauschen?« Vor Mina stand ein Mann in einem staubigen Anzug und mit einem grauen Vollbart. »Ich schlage Ihnen ein Geschäft vor.« Als Mina nicht antwortete, versuchte er es erneut. »Sie wollen Dollar?«

Mina schüttelte den Kopf. Der Kapitän hatte sie vor Gaunern gewarnt, die es auf neu angekommene Einwanderer abgesehen hatten. »Tut mir leid, nein.«

Mit einem Achselzucken ging der Mann davon und wandte sich an eine andere Gruppe von Reisenden, die mit Mina auf dem Schiff gewesen waren. Sie begannen zu feilschen, aber Mina beachtete sie nicht. Sie fühlte sich wieder knochenmüde, ihr Magen war ein leerer Beutel, ihre Haut juckte so sehr, dass sie sich das Kleid vom Leib reißen wollte. Die Sonne brannte heiß auf ihr Gesicht, und sie sehnte sich nach einem Hut und einem Glas kühlen Wassers. Den ganzen Winter über hatten sie gefroren, ständig auf der Suche nach einer Unterkunft oder einer warmen Mahlzeit. Die Schiffsfahrt war durch den Wind und die feuchte, salzige Luft eisig gewesen. Jetzt war es April und New York fühlte sich an wie der Sommer zu Hause.

Sehnsüchtig blickte sie zu einem Gebäude am Ende der Straße. *Vandyke and Brinley Dining Saloon* stand über den Glastüren. Einen Moment lang stellte sie sich vor, wie sie hineinging und ein Kellner sie an einen Tisch mit Porzellangeschirr und echten Gläsern führte.

»Suchen Sie eine Unterkunft?« Der Mann, der vor Mina stehen blieb, erinnerte sie an den Tauschhändler – genauso zwielichtig. »Billige Zimmer, bequeme Betten«, fuhr er fort und ignorierte ihren angewiderten Blick. »Aus Europa?«, sagte er wissend. »Dies hier ist ein gutes Land ... das Beste.«

»Ich habe kein Geld«, sagte Mina langsam auf Englisch. Das genügte offensichtlich, denn der Mann beeilte sich, sein nächstes Opfer zu finden. Mina lächelte grimmig. Was auch immer der Mann anbot, es musste besser sein als das Zwischendeck. Wo war Roland? Warum brauchte er so lange? Sie suchte die Straße zum hundertsten Mal ab. Wahrscheinlich hatte er Schwierigkeiten, sich zu verständigen, denn er hatte nie Interesse daran gezeigt, die Sprache zu lernen.

»Mina?« Als sie Davins Stimme hörte, fiel sie fast vom Koffer. Da stand er, seine Frau und sein Sohn neben ihm. Sie blickte zu ihm auf und hatte Mühe, ihre Gefühle zu beherrschen, wollte schreien, ihm sagen, was für ein Schurke er war, gleichzeitig sehnte sie sich nach seiner Umarmung. »Es tut mir leid, ich habe dich gesucht, und dann wollten die Männer in der Einwanderungsbehörde nicht, dass wir dort warten. Also sind wir rausgegangen, und ich habe mich um ein paar Dinge gekümmert und Peter etwas zu essen besorgt.« Er sprach so schnell, dass sie kaum mithalten konnte, ihre Augen blieben an seinen hängen und weigerten sich, sich zu bewegen.

»Ich dachte, du wärst fort«, sagte sie schlicht. Wieder kämpfte sie gegen den Drang an, ihm auf die Brust zu schlagen und sich dann in seine Arme zu werfen.

Er warf ihr ein halbes Lächeln zu. »Ich würde dich nie betrügen.«

»Wovon redet ihr?« Kate sah zwischen den beiden hin und her, eine misstrauische Falte auf der Stirn. »Davin, was ist hier los?«

»Nichts, ich habe etwas für Mina aufbewahrt und gebe es jetzt zurück.« Er beugte sich vor und reichte Mina schnell den Beutel mit dem Schmuck und den goldgefüllten Gürtel.

»Ich wollte eigentlich warten, aber es war schwierig bei den vielen Menschen.« Mina stopfte die Gegenstände in ihr Tuch, das sie auf dem Schoß hielt. »Danke.«

Davin richtete sich abrupt auf. »Wir gehen besser, wir müssen eine Kutsche nach Albany erwischen.«

Mina wollte ihn andere Dinge fragen, ihn dazu bringen, hier mit ihr zu warten, Kate und Roland zu vergessen, nur sie beide, Händchen haltend ... ein Zimmer zu finden. *Reiß dich zusammen.* Ihre Wangen glühten, als sie nickte. »Dann leb wohl.«

»Leb wohl.« Er richtete sich auf, seine Stimme war schwer, seine Augen dunkel wie ein immergrüner Wald im Regen und voller Geheimnisse.

Geheimnisse, die sie für immer für sich behalten würden.

»Warte!« Sie erhob sich und zog drei Goldmünzen aus dem Gürtel. »Für eure Reise.«

Er schüttelte den Kopf. »Behalt es.«

»Ich möchte es so.«

Davin zögerte, dann streckte er seine Hand aus, berührte ihre. Ihre Finger kribbelten. »Ich danke dir.« In seinem Gesicht stand noch viel mehr geschrieben ... Sorge um sie, Sehnsucht. Er nickte ein letztes Mal, drehte sich abrupt um und hob Peter auf seine Schultern.

Hilflos sah Mina zu, wie er und seine Familie davongingen, die Straße hinunter, um die Ecke. Fort. Sie waren verschwunden. Aus den Augen ... und aus ihrem Leben.

Ein Schluchzen brach aus ihr heraus, hart und laut und voller Kummer. Sie wusste mit Sicherheit, dass er der Richtige für sie war, auch wenn er wie sie jemand anderem gehörte.

»Was ist passiert?« Rolands Hand landete auf ihrer Schulter. »Bist du krank?«

Sie sah zu ihm auf und wischte sich über das Gesicht. »Es ist alles in Ordnung. Ich habe nur Heimweh.«

Er schüttelte den Kopf und sagte unwirsch: »Steh auf. Dafür haben wir jetzt keine Zeit. Wir müssen die Postkutsche«, er blickte auf das Papier in seiner Hand, »nach Albany finden.« Er winkte mit einem anderen Papier. »Hier ist ein Gutschein für eine Mahlzeit im Depot. Los geht's.«

Mina blieb sitzen, das Erbe von Regine schwer auf ihrem Schoß.

»Mach eine Pause. Ich muss dir etwas sagen.«

KAPITEL ACHTUNDDREISSIG

Davin
Geh, befahl die Stimme in Davin. *Vergiss sie, ihr habt keine Zukunft, du musst weitergehen und zu deinem neuen Zuhause gelangen ... Indiana.*
»Was hast du mit den Sachen dieser Frau zu tun? Was war da drin?«, fragte Kate, als sie die Straße hinaufmarschierten. Der Agent hatte ihnen erklärt, wo sie die Postkutsche nach Albany erreichen konnten, die sie zum Erie-Kanal bringen würde. »Bitte geh langsamer.«
Davin, der Peter auf den Schultern trug und mit der anderen Hand die Kiste von Kate schleppte, sah seine Frau an, die außer Atem und rot im Gesicht war. »Tut mir leid, es ist kompliziert.«
»Du hast dich ihr gegenüber sehr seltsam verhalten.« Der gereizte Ton war wieder da. »Sie sah dich an, als wäre sie verliebt.«
»Unsinn«, bellte Davin und dann leiser, »ich bin nur müde und sie auch, wie wir alle.«
»Warum hast du ihr dann all diese Sachen ausgehändigt?«
»Ich habe ihr geholfen, sie vor ihrem Mann zu verstecken. Er hat ein Glücksspielproblem.«
»Deshalb gab sie dir die Goldmünzen ... als Bezahlung?«
Davin hatte keine Lust zu reden und ging wieder schneller. »Vielleicht erwischen wir noch die Abendkutsche.«

Aber das war Wunschdenken, denn als sie ankamen, führte die Schlange von Menschen um das Gebäude des Depots. Davin ließ Kate und Peter auf einer Bank sitzen und reihte sich ein, nur um eine

Stunde später erfahren zu müssen, dass erst in zwei Tagen Plätze frei waren.

»Tut mir leid, Sir, ich kann für übermorgen, neun Uhr, reservieren. Für die Verpflegung während der Reise ist gesorgt.«

»Wie lange dauert es?«

»Rechnen Sie mit anderthalb Tagen, mehr oder weniger, mit Pausen und Pferdewechsel.«

Davin unterdrückte ein Schaudern. In eine Kutsche gequetscht zu sitzen, war noch schlimmer als das Schiff. Da hatte er wenigstens aufstehen können. »Ich habe einen kleinen Sohn, wo können wir übernachten?«

Der Mann, der Davin an seinen eigenen Vater erinnerte, nickte. »Versuchen Sie es bei Mabels Boarding House. Die kümmern sich um die meisten unserer Passagiere.«

»Eine Sache noch. Ich brauche einen seriösen Ort, um Geld zu wechseln.«

Der Mann tippte mit dem Zeigefinger an seine Lippen. »Ich würde es bei der Bank of New York versuchen, es ist die älteste Bank des Landes.«

Davin steckte die Fahrscheine in seine Jacke und führte Kate und Peter zur Pension.

Eine Frau in einem anthrazitfarbenen Kleid eilte ihnen entgegen. »Einen wunderschönen Tag, eine junge Familie, wie reizend. Ich bin Mabel.«

»Wir brauchen ein Zimmer, zwei Nächte«, sagte Davin, der sich in dem blitzsauberen Empfangsraum nicht wohlfühlte. Seine Hände waren grau vor Dreck, genau wie der Rest von ihm. Warum hatte er nicht wenigstens seine Finger und sein Gesicht gereinigt?

Die Frau schien seine Verzweiflung nicht zu bemerken. »Wir haben ein freies Zimmer. Bad ist extra.« Sie schlüpfte hinter einen Schreibtisch. »Füllen Sie das bitte aus, zwei Nächte, das macht einen Dollar und zwanzig Cent inklusive Essen.« Sie lächelte Peter an. »Ich nehme an, der kleine Kerl isst nicht viel.« Sie öffnete eine Glasdose und legte ein Stück von etwas, das wie ein großer Kristall aussah, auf ein Papier. »Bitte sehr, kleiner Mann, ein Zuckerbonbon. Probiere es. Pass nur auf deine Zähne auf, lutsche daran.«

Während Kate Peter die Süßigkeit reichte, wandte sich Davin an die Frau. »Entschuldigen Sie, ich habe eine deutsche Goldmünze, aber ich muss sie erst umtauschen.« Er reichte sie der Frau, die sie prüfte und zurückgab.

EIN SCHIMMER AM HORIZONT – ZWISCHEN DEN WELTEN

»Wie wär's, wenn ich Sie anmelde, und während Ihre Frau ein schönes Bad nimmt, wechseln Sie Dollar.« Sie kam um den Schreibtisch herum und legte einen Arm um Kate, die überrascht und dankbar aussah.

Am Abend versammelten sie sich an einem der Tische, während Mabel und zwei junge Mädchen Kartoffelsuppe, Hackbraten, Brathähnchen, Lamm und Reis auftischten, gefolgt von Pudding und Apfelkuchen. Davin hätte sich einen Whiskey oder ein starkes irisches Ale gewünscht, etwas, das ihn an zu Hause erinnerte, aber in Mabels Lokal wurde kein Alkohol ausgeschenkt.

Abgesehen davon fühlte er sich fast glücklich. Er hatte ein Bad genommen, sich umgezogen, sich beim Friseur nebenan um Haar und Bart kümmern lassen, seine Haut roch nach nichts als Seife, und das ständige Jucken war verschwunden. Doch auf dem Weg zur Bank, während er in der Wanne saß und sich den monatelangen Dreck von der Haut schrubbte, sich den Bart abrasieren ließ und nun in der fröhlichen Runde der Reisenden saß, wanderten seine Gedanken zu der deutschen Frau.

Er hatte sie auf der Straße zurückgelassen, ihr das Gold in den Schoß geworfen und war davongelaufen, obwohl er nur an ihrer Seite bleiben, sie im Auge behalten, ihre Hand halten wollte ...

Wahrscheinlich nahm sie denselben Weg wie er nach Indiana, und nach dem, was er herausgefunden hatte, würden sie auch in Fort Wayne wohnen. Wie weit sie voneinander entfernt sein würden, wusste er nicht. Aber es bestand die Chance, dass sie sich eines Tages wiedersehen würden, und das musste ihm im Moment genügen, um durchzuhalten.

Die meisten der anderen Reisenden waren auf dem Weg nach Westen, einige nach Indiana, andere weiter nach Illinois und darüber hinaus. Einige von ihnen sprachen kein Englisch, die Unterhaltung zwischen ihnen beschränkte sich auf ein gelegentliches Wort oder einen Gruß, Handzeichen und Lächeln.

Wie zuvor hatte er Kate wenig zu sagen, und sie ihm auch nicht. Als Peter am Tisch einschlief, trug Davin ihn die Treppe hinauf. Ihr Zimmer war klein, aber so sauber wie das Haus seiner Mutter. Sein Magen drückte schmerzhaft gegen seine Rippen, er hatte viel mehr gegessen, als ihm guttat.

Als sie sich hinlegten, landete Kates Hand auf seiner Brust, was eine Einladung bedeutete. Davin ignorierte sie, aber die Hand wanderte hinauf zu seinem Hals und dann hinunter ... Schließlich gab er nach und kletterte auf Kate. Aber irgendetwas stimmte nicht, sein Körper war träge und desinteressiert.

»Stimmt etwas nicht?«, fragte Kate, deren Atem schneller ging als sonst.

»Es ist alles in Ordnung.« Davin legte sich wieder auf seine Seite des Bettes und starrte an die Decke. »Ich bin müde, das ist alles.«

Doch am nächsten Morgen, als Peter noch schlief, schlug Kates Versuch ein zweites Mal fehl. Es war, als gäbe es eine Barriere zwischen ihnen, die er nicht durchbrechen konnte. Sein Körper fühlte sich nicht wie sein eigener an, sein Geist war abgelenkt.

Falls Kate wütend war, sagte sie es nicht, aber ihr Gesichtsausdruck wirkte distanzierter als sonst. Während des Frühstücks sprachen sie nur das Nötigste, um Peter zu unterhalten. Sie gingen los, um für jeden von ihnen Ersatzkleidung und Schuhe zu kaufen, einschließlich Hüte, um die Sonne abzuhalten, ein paar notwendige Dinge wie Kamm, Seife und Hautcreme, einen richtigen Ball für Peter und eine Reisetasche. Überall, wo sie hinkamen, suchte Davin die Straßen und Geschäfte nach Zeichen von Mina oder Roland ab, aber es gab keine, nur Hunderte von Fremden, viele von ihnen Einwanderer, die sich mit staunenden Augen umblickten.

Als sie in die Kutsche stiegen, war Davin froh, die geschäftige Stadt zu verlassen. Er war solche Menschenmassen nicht gewöhnt, die engen, belebten Straßen machten ihn nervös und unruhig. Er konnte sich nicht vorstellen, hier zu leben, auch wenn sich bereits Tausende von Iren niedergelassen hatten. Nein, er brauchte Platz zum Atmen, frische Luft und ein Haus mit Garten.

Alle paar Stunden hielten sie an, und während die Fahrer die Pferde wechselten, nahm Davin Kate und Peter mit in die Depots, um sich frisch zu machen oder einen Happen zu essen. Sein Geldbeutel war nach den Einkäufen deutlich geschrumpft, aber er würde bald arbeiten und hoffentlich nebenbei etwas verdienen können. Wenn er den Redemptioner-Vertrag richtig verstand, erhielt er bis zum Ende kein Einkommen ... Unterkunft und Verpflegung wurden vom Arbeitgeber gestellt. Sein Hintern schmerzte von der holprigen Straße, die Kutsche schüttelte sie gnadenlos durch, und er fühlte sich durch den Staub und die Hitze im Inneren der Kutsche wieder schmutzig.

Sie saßen zusammengepfercht auf einer Bank neben einem alleinstehenden Mann und einem anderen Paar mit einem kleinen Mädchen, das nicht viel älter als Peter war. Ab und zu schlief er ein oder flüchtete sich in einen Tagtraum, in dem er Hand in Hand mit Mina spazieren ging, nur um dann festzustellen, dass das niemals passieren konnte.

Am nächsten Abend erreichten sie New Albany, verbrachten eine weitere Nacht in einer Pension und schifften sich am Morgen auf das Paketboot ein. Es war ein seltsam aussehendes Schiff, lang und dünn und niedrig auf dem Wasser mit einem einzelnen langgezogenen Raum, in dem sie einige Tage lang zusammenleben würden. Angeblich war die Fahrt auf dem Kanal die schnellste Möglichkeit, in den Mittleren Westen zu gelangen. Kaum zu glauben, dass sie überhaupt vorankommen würden, dachte Davin, als er die Maultiere entdeckte, die auf beiden Seiten an das Boot gekettet waren. Offenbar würden sie das Schiff bis zum Erie-See ziehen, mehr als vierhundertfünfzig Kilometer. Und der Kanal war so eng und niedrig, dass das Boot kaum hineinpasste – eine ganz andere Erfahrung als die Überquerung des mächtigen Atlantiks.

Wenigstens fühlte er sich sicher. Sie fuhren zwar langsam, aber es gab keine raue See, keine Gefahr des Ertrinkens oder der Seekrankheit. Auch Kate schien besser gelaunt zu sein, denn sie unterhielt sich mit der Familie und dem Mädchen, das ebenfalls an Bord des Bootes gegangen war.

Zu den Mahlzeiten deckten die etwa fünfzig Reisenden einen langen Tisch, der fast die gesamte Länge des Raumes einnahm. Der Schiffskoch sorgte für das Essen, ein weiterer Luxus, den Davin zu schätzen wusste, nachdem er wochenlang gekochtes Getreide und versalzenes Fleisch gegessen hatte. Nachts schliefen Kate und Peter im vorderen Teil hinter einem Vorhang mit den anderen weiblichen Reisenden, was ihn erleichterte. Seit ihren gescheiterten Versuchen im Bett hatte er noch weniger Interesse daran, es zu versuchen.

Vielleicht ist etwas mit mir nicht in Ordnung. Er lag auf einer schmalen Pritsche, die an der Wand des Bootes hing, eine von Dutzenden, die nachts ausgeklappt wurden. Jetzt, da sie sich dem endgültigen Ziel näherten, wurde er immer nervöser und fragte sich, wo sie wohnen würden – er hatte vergessen, den Agenten nach Einzelheiten zu fragen – und welche Art von Arbeit auf ihn wartete.

KAPITEL NEUNUNDDREISSIG

Mina

Mina hatte Roland unter Vorbehalt von Regines Erbe erzählt, wohl wissend, dass er bei der nächsten Gelegenheit im Spielsalon verschwinden würde. Aber zu ihrer Überraschung war das Extravaganteste, was er tat, Rotwein zum Essen zu bestellen.

Nachdem Mina den Nachmittag in einem Badehaus verbracht und eine neue, passende Garderobe gekauft hatte, übernachteten sie in einem kleinen Hotel. Roland hatte drei der Golddukaten in amerikanische Münzen umgetauscht, ein wenig Gold und größtenteils Silber, und einen Teil davon für sich behalten. Wie viel genau, hatte er ihr nicht gesagt, aber sie wollte sich nicht wieder streiten.

»Stell dir vor, was wir mit dem Geld machen können«, meinte er, wobei er die Flasche in sein Glas leerte. »Kein elendes Sparen mehr.« Er klopfte mit der Hand auf den Tisch. »Vielleicht kaufe ich mir ein Pferd. Das sollte nicht so teuer sein. Ich werde reiten lernen und Pferde züchten.«

Mina nippte nachdenklich an ihrem Wein. »Du wirst arbeiten müssen. Der Agent sagte, es sei eine Eisenschmiede und du würdest die ganze Zeit nicht bezahlt werden.«

Rolands Gesichtsausdruck verfinsterte sich für einen Moment. »Keine Ahnung, was ich dort tun werde.« Er nahm noch einen Schluck und winkte dem Kellner, einen Whiskey zu bringen. »Ich kann kaum glauben, dass die alte Schachtel so viel Bargeld bei sich hatte.«

»Sie war keine Schachtel, ihr Mann war ein erfolgreicher Geschäftsmann, bevor er plötzlich starb.«

»Und wenn man bedenkt, dass sie dir alles überlassen hat, einfach so«, fuhr Roland fort, als hätte er sie nicht gehört.

»Es war Zufall. Ich war da und wollte helfen, als sie krank wurde. Es ging alles so schnell.«

»Du und deine Hexerei.«

Mina spürte den alten Zorn aufsteigen. »Es ist keine Hexerei, über die Heilkraft von Kräutern Bescheid zu wissen.«

Roland trank den Whiskey in einem Schluck aus. »Warum überlässt du das Behandeln nicht den Ärzten?«

»Es macht mir Spaß. Nicht jeder kann sich einen Arzt leisten, und wir mussten schon oft genug unsere Mahlzeiten aufstocken.« Rolands Augen glänzten, und Mina fragte sich, ob er noch mehr Alkohol bestellen würde. »Ich würde gerne bezahlen und ins Bett gehen.«

»Nur noch einen.« Roland erhob sich halb von seinem Sitz und rief laut: »Wo kann man hier einen anständigen Tropfen bekommen?«

Mina bemerkte, dass das Paar am Nachbartisch sie beobachtete. »Warum setzt du dich nicht? Ich bin sicher, der Kellner wird jeden Moment zurückkommen.«

»Sag mir nicht, was ich tun soll«, sagte Roland. Die Dämonen waren wieder da, und Mina wusste, dass sie einen Fehler gemacht hatte. Es wäre besser gewesen, das Geld auf unbestimmte Zeit zu verstecken, zumindest bis sie in Fort Wayne ankamen. »Hier drüben«, rief er, als der Kellner den Speisesaal betrat. »Whiskey, aber zack ... oder noch besser, ich suche mir eine richtige Kneipe, wo der Service besser ist.«

»Wir würden gerne bezahlen«, sagte Mina leise, ihre Wangen brannten vor Verlegenheit und Wut. Hoffentlich hatten der Kellner und die Gäste nichts verstanden.

Roland warf ein paar der unbekannten Münzen hin, ohne sich die Mühe zu machen, sie zu zählen. Es war viel mehr, als sie schuldeten, und Mina war versucht, sie zu zählen. Bei diesem Tempo würden sie das Geld in ein paar Monaten oder sogar Wochen verbrauchen, vor allem, falls Roland sich entschloss, wieder zu spielen.

Sie musste etwas tun, um ihn aufzuhalten.

»Geh du ins Bett, warte nicht auf mich«, sagte er, als sie

hinausgingen. Sein Gang war bereits wacklig von dem ungewohnten Alkohol.

»Wie wäre es, wenn ich dich begleite«, sagte Mina. Sie wollte sich nur noch ausruhen, aber der Gedanke, dass Roland sich in Schwierigkeiten bringen könnte, würde sie nicht schlafen lassen.

»Wie du willst.«

Es war der pure Abscheu, ihrem Mann dabei zuzusehen, wie er einen Whiskey nach dem anderen bestellte, seine Worte undeutlich, seine Augen glasig wurden. Er knallte die Handvoll Gold- und Silbermünzen auf den Tisch, alles, was er für sich behalten hatte.

»Das sollte eine Weile reichen«, murmelte er.

Natürlich zögerte der Barkeeper nicht, ihn mit Schnaps zu versorgen. Bald gesellte sich ein halbes Dutzend Blutsauger zu ihm, von denen jeder einen kostenlosen Whiskey von Roland annahm.

»Lass uns ins Hotel gehen«, sagte sie mehrmals, aber er winkte ab, als wäre sie eine lästige Mücke. »Hör auf zu nörgeln, ich habe Spaß«, rief er und löste damit lautes Gelächter bei seinen neuen Freunden aus.

Mina sah zu und fragte sich, warum er nicht ohnmächtig wurde, warum er weitertrank, egal, wie betrunken er war. Die einzige Rettung war, dass niemand hier sie kannte und dass sie morgen weit weg reisen würden.

Während Roland zum Klo taumelte, steckte sie die restlichen Münzen, die noch auf dem Tresen lagen, in ihre Tasche, ging zum Barkeeper, bezahlte die Rechnung und sagte: »Wenn Sie meinem Mann noch einen Whiskey servieren, rufe ich die Polizei. Ich werde sagen, dass es hier«, sie hielt inne, suchte nach dem passenden Wort, »*unzüchtig* zugeht und dass Sie hilflose Einwanderer ausnutzen.«

Der Mann hinter dem Tresen musterte sie neugierig, lächelte dann und nickte. »Keine Sorge, junge Frau, ich werde Ihnen helfen, ihn hinauszubefördern.«

Als Roland hereintaumelte und lauthals brüllte, dass er Durst habe, forderte ihn der Barkeeper, einen Kollegen im Schlepptau, auf, zu gehen. »Nach Hause jetzt, kümmern Sie sich um Ihre Frau.«

»Sie kann allein gehen«, lallte Roland und musterte den Mann.

»Wenn das so ist, dann helfen wir Ihnen nach draußen.« Ohne ein weiteres Wort nahmen sie Roland an den Armen und begleiteten ihn zur Tür. Mina eilte ihnen hinterher, während Rolands neu gewonnene Freunde sich zu ihren Tischen zurückschlichen.

»Das warst du, nicht wahr?« Rolands Ton war aggressiv,

während er sich an die Wand der Kneipe lehnte.

Mina hielt Abstand und versuchte, sich zu erinnern, welchen Weg sie genommen hatten. Es war spät, die Straße leer bis auf ein paar Katzen, die sich gegenseitig jagten, und einen Mann, der auf einer Bank schnarchte. Diese große, unruhige Stadt war ihr unheimlich, und sie wünschte sich nichts sehnlicher, als in ihrem Bett zu liegen.

»Lass uns gehen, die Reise ist noch lang«, wiederholte sie mehrmals, bevor er sich endlich stolpernd in Bewegung setzte. Der Alkohol verlangsamte ihn, und sie machte sich Sorgen, dass er sich irgendwo hinlegen würde. »Komm schon, es ist nicht mehr weit.«

Sie atmete erleichtert auf, als das Hotel in Sicht kam. Roland wurde sofort ohnmächtig, sodass sie ihm nur noch die Schuhe ausziehen konnte. Dann ließ sie sich in einen Sessel fallen und inventarisierte ihr Geld. Er hatte mindestens vier Dollar für Schnaps ausgegeben, ein Vermögen, wo sie herkamen.

Neue Sorgen machten sich in ihr breit. Sie musste einen sicheren Ort für das Geld finden, an den er nicht herankommen konnte. Doch bis sie eintrafen, blieb ihr nichts anderes übrig, als alles mitzutragen und zu verstecken. Roland durfte unter keinen Umständen wiederholen, was er heute getan hatte.

Roland verweigerte das Frühstück, sein Gesicht wirkte aufgedunsen mit rotumränderten Augen, seine Stirn perlte vor Schweiß. *Geschieht dir recht*, dachte Mina und stopfte sich vor der langen Fahrt mit der Postkutsche den Bauch voll.

Nicht lange nach dem Start der Reise wurde Roland schlecht. Er hing mit dem Kopf aus dem Fenster. Die anderen Passagiere sahen ihn und Mina angewidert an, der kleine klebrig-heiße Raum stank nach Erbrochenem. Mina wollte am liebsten im Erdboden versinken und hoffte, dass keiner der anderen Passagiere das Boot nehmen würde, vor allem nicht die spitznasige Frau mit dem schwarzen Strohhut und den hervorstehenden blauen Augen, die sie ständig beobachteten. Mina konnte in ihrem Gesicht lesen, dass sie gerne herumschnüffelte.

Als sie in Albany ankamen und sich für das Paketboot anstellten, wartete die neugierige Frau vor ihnen.

Wenigstens ging es Roland inzwischen besser, auch wenn er wenig sagte und die Blicke, die er ihr zuwarf, sie erneut erschaudern ließen. Zweifellos hatte er seine Taschen leer vorgefunden und fragte sich nun, was passiert war. In Anbetracht ihrer früheren Streitigkeiten um Geld und Minas Neigung, das zu verstecken, was er für das Seine hielt, würde er nur auf eine Gelegenheit warten, es zurückzustehlen. Wenn er keinen anderen Weg sah, würde er sie bedrohen oder verletzen.

Mina studierte bereits die Gesichter der anderen Männer, um zu erraten, ob sie am Glücksspiel interessiert waren oder Alkohol mit sich führten. Sie erkannte, dass Roland seine Dämonen nie loswerden würde, er war nicht stark genug und es fehlte ihm an Disziplin. Wenn sie in diesem neuen Land Amerika Erfolg haben wollte, musste sie es allein schaffen.

KAPITEL VIERZIG

Davin
Davin fühlte sich gleichermaßen gelangweilt und sorgenvoll, während die Tage zu Nächten wurden, die wieder zu Tagen wurden, während das Schiff durch das Land schlich, alle paar Stunden anhielt, um die Maultiere zu wechseln, und an mehr als ein Dutzend Schleusen warten musste. Während ein Teil von ihm es kaum erwarten konnte, dass die Reise zu Ende ging und er endlich ankam, fürchtete sich der andere Teil vor dem, was nun kommen würde. Monatelang war er auf der Flucht und auf der Suche gewesen, und nun war er fast am Ziel, wo er sich ein Leben für Kate und Peter und für sich selbst würde aufbauen müssen. Wo blieben Freude und Aufregung, sein neues Leben zu beginnen? Immer noch fühlte er sich ruderlos.

Er würde unter Fremden leben und arbeiten, unter Amerikanern und anderen Einwanderern, wahrscheinlich Deutschen. Was, wenn es ihm nicht gefiel? Er hatte seine ganze Zukunft auf eine Karte gesetzt. Doch Kate trug mit ihrer passiven Art wenig zu ihrer Beziehung bei. Nur mit Peter erwachte sie zum Leben, kümmerte sich um ihn, wie es nur eine Mutter konnte. Er war erleichtert, dass er mit den Männern im hinteren Teil des Bootes schlief, in sicherer Entfernung von ihren prüfenden Händen.

Auch wenn er sich nach Privatsphäre sehnte, freute er sich nicht darauf, wieder allein mit ihr zu sein. Er konnte nicht einmal genau sagen, warum. Sicherlich hatte die deutsche Frau ihn nicht verhext, nur hatte er zum ersten Mal in seinem Leben verstanden, was körperliche *Liebe* wirklich bedeutete, wenn sie mit gegenseitigen Gefühlen von Respekt, Herzenswärme und Fürsorge verbunden war. Hitze stieg in ihm auf, wenn er nur daran dachte, wie sich ihre Küsse auf seinen Lippen angefühlt hatten ... auf seiner Haut. Ganz zu schweigen von den anderen Dingen, die sie getan hatten. Dinge, die ihn fortgetragen hatten wie die Schwingen eines Adlers.

Es schien sich nicht zu lohnen, sich mit einer anderen zu vergnügen, nicht einmal, wenn es seine Frau war. Oder würde er nach einer gewissen Zeit aus Bequemlichkeit Gefühle für sie entwickeln, vielleicht Freundschaft, und wäre das genug?

Er würde sich einfach auf die wichtigen Dinge konzentrieren, lernen, sich in seinem Job zurechtzufinden, was auch immer er mit sich trug, sich in die Gemeinschaft einzubringen, Beziehungen aufzubauen ... für seine Familie zu sorgen, indem er ihr ein Dach über dem Kopf und Essen ermöglichte.

Fünf Tage später erreichten sie Buffalo, ausgeruhter, als er es für möglich gehalten hatte, und fuhren mit einem Dampfschiff über den Erie-See nach Toledo. Dankenswerterweise hatte der Agent ihnen die notwendigen Papiere und den Reiseplan zur Verfügung gestellt.

Und dann, nach einem weiteren Tag und einer weiteren Nacht, am Morgen des zwölften Mai 1849, betraten Davin, Kate und Peter die Docks des Wabash- and Erie-Kanal in Fort Wayne. Irgendwie hatte Davin einen ruhigen Ort erwartet, eine Art Hafen, aber nicht dieses Durcheinander von Lagerhäusern, Hotels, Kneipen, Depots und verschiedenen Geschäften, die alles anboten, von einem Zehn-Minuten-Haarschnitt bis zu einem Kleid, das innerhalb eines Tages auf Bestellung angefertigt wurde.

Dies war ihr neues Zuhause, und es erinnerte ihn mit seinen geschäftigen, lauten Straßen an Dublin und New York.

Er bat Kate und Peter, in einem kleinen Lokal auf ihn zu warten, und ging die Water Street hinunter. Die Büros von Williams Construction sollten sich in der Pearl Street befinden. Nachdem er nach dem Weg gefragt hatte, betrat er schließlich ein zweistöckiges Backsteingebäude.

Er wusste, dass er nicht besonders vertrauenswürdig oder klug aussah, sein Anzug war wieder einmal mit Staub bedeckt, sein Haar struppig und seine Schuhe abgenutzt.

»Sir, ich bin hier, um mich zur Arbeit zu melden«, wandte er sich an einen schmalbrüstigen Mann hinter einem Schreibtisch, der

Zahlen in ein Buch eintrug.
Der Mann warf ihm einen Blick zu, bewegte sich aber nicht.
»Haben Sie einen Termin?«
»Ich bin gerade mit einem Paketboot gelandet, ursprünglich aus Irland angereist.«
»Warten Sie hier.« Der Mann legte gemächlich seine Schreibfeder ab und ging mit gemessenen Schritten in ein angrenzendes Büro.
Worte drangen durch die offene Tür. »… ein weiterer Einwanderer, irisch, glaube ich … ja … wer weiß.«
Müde und mit seiner Geduld am Ende, marschierte Davin an einer Handvoll Angestellter vorbei und betrat das Büro, in dem ein Mann mit grauen Koteletten, die fast so buschig waren wie sein Bart, an einem großen Schreibtisch saß. Auf einem Schild stand P. F. *Williams* – der Chef. »Sir, mein Name ist Davin Callaghan, ich bin sechs Monate und Tausende von Meilen gereist und stehe Ihnen zur Verfügung.« Er schob seinen Redemptioner-Vertrag über den Schreibtisch. »Wenn es Ihnen nichts ausmacht, würde ich gerne meine Wohnung beziehen und dann anfangen.« Nach Angaben des Agenten sah der Vertrag Unterkunft und Verpflegung vor, aber keine weiteren Einkünfte. Im Gegenzug würde Davin drei Jahre lang für das Unternehmen arbeiten, um die Passage abzubezahlen.

Der Mann mit den Koteletten rückte seine goldene Brille zurecht und studierte das Papier. »Zimmermann, was? Was haben Sie dort gemacht … in Irland?« So, wie er klang, hielt er nicht viel von Iren.

»Ich baue Häuser, Dächer, Fenster, Möbel. Wenn es aus Holz ist, kann ich es machen.«

»Das werden wir sehen.« Der Mann murmelte etwas zu seinem Untergebenen, der Davin zuwinkte, ihm zu folgen.

»Ich hole jemanden, der Sie zu Ihrer Wohnung bringt, warten Sie hier.« Er verschwand und kam kurz darauf mit einer grobschlächtigen Gestalt in zerlumpter Hose und einem schweißnassen Hemd zurück. »Bob hier wird Sie hinbringen. Kommen Sie morgen früh um Punkt sieben Uhr hierher. Dann werden wir alles besprechen.« Er winkte mit Davins Vertrag. »Ich behalte ihn … zur Überprüfung.«

Davin, erschöpft und verwirrt, folgte Bob nach draußen und die Straße hinunter. Sie gingen in schnellem Tempo weiter, die Straßen wurden eng, die Häuser schrumpften und waren in schlechtem

Zustand.

»Wohin gehen wir?«

»Zum Lager«, sagte Bob und schleuderte Davin Tabakspucke vor die Füße. »Ihr Redemptioner...-Kerle wohnt zusammen.«

Davin ignorierte den Ton des Mannes. »Welche Kerle?«

»Na, ihr Redemptioner ... Einwanderer, Deutsche und Iren.«

»Ich dachte, wir bekommen ein Haus, zumindest eine Wohnung.«

Bob grinste und entblößte eine Reihe brauner Stümpfe. »Haus, hahaha. Du bekommst eine Villa, und ich werde auf einem goldenen Thron scheißen.« Davin war so perplex, dass er fast nicht bemerkte, als Bob anhielt und auf fünf Hütten zeigte, ein paar klapprige Tische dazwischen, der Boden mit hohem Gras und Müll bedeckt. »Ich glaube, in der rechten Hütte ist noch ein Bett frei.«

Ohne ein weiteres Wort wandte er sich zum Gehen, aber Davin war schneller. »Warten Sie einen Moment! Ich habe eine Frau und einen Sohn, wir können hier nicht leben. Wir brauchen ein Haus, einen sicheren Ort.« Er stellte sich vor, wie Kate und Peter am Fluss auf ihn warteten, unmöglich, sie in diese Bruchbude zu bringen.

Bob zuckte mit den Schultern. »Das kannst du morgen mit dem Chef besprechen. Ich muss zur Arbeit erscheinen, sonst bekomme ich Ärger. Ist sowieso schon spät.«

Davin schüttelte den Kopf und bemühte sich, Ruhe zu bewahren, dann folgte er Bob. »Ich werde das *jetzt* mit dem Boss klären.« Bob blieb abrupt stehen, spuckte erneut, diesmal direkt auf Davins Schuhspitze, ein brauner Klumpen, der langsam abrutschte und im Staub verschwand. Davin holte tief Luft. »Nenn mir einen guten Grund, warum ich dir nicht sofort eins auf die Nase hauen sollte.« Er blickte Bob an, der zehn Zentimeter kleiner war, aber stämmig wie ein Baumstamm wirkte. »Wehe, das passiert noch mal, ich bin nicht hier, um mich von Leuten wie dir beleidigen zu lassen.«

Bobs Grinsen erstarrte, dann verschwand es. »Wenn du Ärger suchst, hast du ihn gefunden. Der Boss wird sich deine Insub...nation nicht gefallen lassen.«

»Insubordination? Das geht dich nichts an, geh zurück an deine Arbeit, ich kümmere mich um meine.« Damit marschierte Davin los und ließ Bob mit offenem Mund stehen.

»Ich muss mit Mr. Williams sprechen«, sagte er, als er die Firma erneut betrat. Der kleine Mann hinter dem Schreibtisch sah überrascht auf. Diesmal eilte er davon.

EIN SCHIMMER AM HORIZONT – ZWISCHEN DEN WELTEN

»Mr. Williams wird Sie jetzt empfangen«, sagte er kurz darauf. »Er hat in fünf Minuten einen wichtigen Termin, also beeilen Sie sich.«

»Ich bin nicht den ganzen Weg hierhergekommen, um wie ein Sklave behandelt zu werden«, sagte Davin, als er den Raum betrat, in dem der Rauch von Williams' Zigarre wie Nebel waberte. »Ich habe eine Frau und einen kleinen Sohn, und in meinem Vertrag steht, dass wir eine angemessene Unterkunft erhalten.«

»Frau und Kind, wie?« Williams nuckelte an seiner Zigarre. Er lehnte sich zurück und schielte zu Davin. »Sie sind hitzköpfig, nicht wahr, Mr. Callaghan? Das hat man von euch Iren schon gehört.« Er schnippte ein Stück Asche von seinem zu engen Anzug, der sich über einen üppigen Bauch spannte. Abrupt beugte er sich vor. »Ich sage Ihnen eins, Mr. Callaghan. Ich habe es nicht zur größten Baufirma in der Gegend gebracht, weil ich auf Leute wie Sie gehört habe. Sie haben einen Vertrag unterschrieben, um für mich zu arbeiten. Muss ich Sie daran erinnern, dass ich für Ihre Überfahrt bezahlt habe? Sie kommen aus dem Nichts, sonst wären Sie nicht hier. Ihr Land geht den Bach runter. Die Ernten sind seit Jahren kaputt, das Volk stirbt zu Millionen.« Er pustete eine Rauchwolke in Davins Richtung. »Sie werden Ihren Vertrag erfüllen, oder ich rufe die Polizei, um Sie verhaften zu lassen. Ist das klar?«

Davin war versucht, dem Mann den Hals umzudrehen und ihm zu erzählen, wie die Engländer Irland ausgebeutet und den Tod seiner Landsleute verursacht hatten, weil sie jedes Korn für sich nahmen, aber das wäre ein Fehler, und er war hier, um ein neues Leben zu beginnen ... ein besseres Leben. »Ich bin bereit, meinen Vertrag zu erfüllen, Sir«, sagte er ruhig. »Ich brauche einen Platz für meine Familie. Sie können nicht bei einem Haufen Männer unterkommen.«

Williams beäugte ihn von der anderen Seite des Schreibtisches aus, paffte noch mehr Rauch ... der Moment wurde länger. Davin starrte zurück ... wartete. *Komm schon, du fetter Sack.*

»Ich habe im Moment keinen Platz, die Männer werden eine der Hütten räumen.«

»Und was bedeutet das genau?«

»Ich lasse mir etwas einfallen.« Er winkte abweisend mit dem Arm. »Und jetzt hauen Sie ab.« Davin schluckte eine Beleidigung hinunter und drehte sich auf dem Absatz um. Er musste Kate und Peter abholen, draußen wurde es immer heißer. »Und Callaghan, kommen Sie nie wieder uneingeladen in mein Büro.«

Davin ignorierte seinen Chef und marschierte an den Schreibtischen vorbei nach draußen, wo er einen Schrei ausstieß. Sein neues Leben war bereits jetzt eine Katastrophe.

KAPITEL EINUNDVIERZIG

Mina

»Du hast es versteckt, nicht wahr?« Roland saß neben ihr auf dem Deck des Paketbootes, wo die Reisenden in quälender Langsamkeit die Landschaft vorbeiziehen sahen. Die Sonne schien hoch am Himmel, aber die Kabine fühlte sich im Moment wie ein Backofen an, und Mina war froh über die kleinste Brise, ihr Kleid war viel zu warm für die ungewohnte Hitze. Schlimmer noch war die schwüle Feuchtigkeit, die ihre Haut zu durchdringen schien und sie schwindlig machte. Ab und zu wurden sie aufgefordert, sich flach hinzulegen, wenn das Boot unter einer der niedrigen Brücken hindurchfuhr. Jemand hatte eine grausige Geschichte erzählt, in der eine junge Frau gestorben war, ihr Kopf war von einer Brücke zertrümmert worden, nachdem sie die Anweisungen des Kapitäns ignoriert hatte.

Mina öffnete die Augen, ihr Geist war wie benebelt. »Was?«

Roland sah sie mit dem Blick an, den er hatte, wenn er sich auf einen Kampf vorbereitete. Wieder einmal war er gezwungen, untätig zu sein, ein Zustand, den er augenscheinlich nicht ertragen konnte. Zu Minas Erleichterung hatte niemand angeboten, Karten oder Würfel zu spielen, die Männer auf dem Boot waren alle älter. »Du hast mir das Geld weggenommen.«

Mina dachte an den Gürtel, den sie unter ihrem Kleid trug und in dem sich der größte Teil der restlichen Dukaten, Regines Schmuck und das amerikanische Geld befanden. »Du hast es für Schnaps ausgegeben, erinnerst du dich?« Sie wusste genau, dass Roland sich nur an sehr wenig aus dieser Nacht erinnerte. »Du hast viele Runden für die Männer bestellt, Leute, die du nicht einmal kanntest.« Sie hielt inne und überlegte, ob sie fortfahren sollte. Sie hasste es, hier oben, wo jeder mithören konnte, eine Szene zu machen. Die neugierige ältere Frau mit den Glupschaugen beobachtete sie so schon ständig. »Wie auch immer, ich hoffe, dass dir deine neue Arbeit gefallen wird.«

»Antworte mir.«

»Ich bewahre die Dinge sicher auf … bis wir ankommen.« Wider besseres Wissen lehnte sie sich näher heran. »Wir wollen doch nicht, dass uns jemand bestiehlt.«

»Gib mir das Geld«, sagte Roland. »*Ich* werde es sicher aufbewahren, ich bin der Mann.«

Was für ein Mann du bist. »Bitte sprich leise«, flüsterte sie. »Niemand muss es wissen.« Warum machte er immer eine Szene, wenn er in der Öffentlichkeit war?

Seine Hand schloss sich um ihr Handgelenk. »Glaub nicht, ich wüsste nicht, was du tust. Es wird nicht funktionieren. Sobald wir ankommen, übernehme ich. Verstanden?«

Mina zwang sich zu einem Nicken und schaute dann nach vorn, während sie seine Hand abschüttelte. Die Tränen drückten, nicht nur wegen der Schmerzen in ihrem Arm, sondern auch wegen des Kampfes, den sie ständig führen musste, wegen Rolands Beschimpfungen und seiner Unberechenbarkeit. Alles, was sie jetzt noch hoffen konnte, war, dass er bald müde sein würde, nachdem er den ganzen Tag gearbeitet hatte, zu müde, um zu spielen oder zu trinken. Warum hatte sie ihm von dem Geld erzählt? Es war wie ein langsames Gift, das in sein Gehirn tropfte und ihm den Verstand nahm.

Die Sonne brannte auf sie herab, als das Schiff sie in Fort Wayne absetzte. Es war früher Nachmittag, Minas Stirn pochte wie unter einem Hammer, ein ungewöhnliches Phänomen, denn sie neigte nicht zu Kopfschmerzen. Alles, was sie wollte, war, sich an einem kühlen Ort hinzulegen. Natürlich gab es keinen, am Flussufer wimmelte es von Menschen, von denen jeder wusste, wohin er ging. Außer ihnen beiden. Roland sollte sich in der Eisenschmiede melden, wo er die nächsten vier Jahre arbeiten würde. Angeblich würden sie auch für eine Unterkunft sorgen.

Welcher Art, wollte sie fragen, hatte vor, ihren Mann zu begleiten, aber sie fühlte sich schwach und müde. Nach einer Erfrischung in einem der Lokale in der Water Street blieb sie zurück, während Roland losging.

Mina schloss die Augen und döste. Es gehörte sich nicht, aber heute konnte sie nicht anders. Die Inhaberin, eine Frau in den Vierzigern mit blondem Haar, das zu einem lockeren Dutt gebunden war, beobachtete sie schon die ganze Zeit, würde sie gleich bestimmt rausschmeißen. Wie sehr sie Augusta vermisste, die etwas Lustiges gesagt hätte, um ihre Situation zu erklären. Mina wollte gerade eine weitere Limonade bestellen, als die Besitzerin die Kellnerin wegwinkte und an ihren Tisch trat.

»Sie fühlen sich nicht gut, oder?«

Mina öffnete die Augen und fühlte sich plötzlich weinerlich. Was war nur los mit ihr? »Es ist die Hitze, ich bin neu in dieser Gegend.«

Die Frau lächelte. »Was Sie nicht sagen. Natürlich sind Sie neu.« Sie trat näher heran. »Ich habe hinten eine Stube, kommen Sie doch mit und legen Sie sich ein wenig hin, während Ihr Mann sich um seine Arbeit kümmert.« Mina wollte etwas einwenden, aber die Frau fuhr fort. »Jeden Tag kommen neue Leute an, und so wie Sie aussehen, sind Sie weit gereist.« Sie streckte eine Hand aus. »Ich bin Paula Arends, nennen Sie mich Polly.« Sie senkte ihre Stimme. »Ursprünglich aus Mannheim.«

»Sie sind Deutsche«, sagte Mina, überrascht, dass sie Pollys Akzent nicht bemerkt hatte.

»Ich bemühe mich sehr, mich anzupassen«, sagte Polly. »Ist besser fürs Geschäft.«

Mina stellte sich ebenfalls vor und folgte Polly in den angrenzenden Raum. Hier war es dunkel, und durch die offenen Fenster wehte eine Brise. Sie fühlte sich sofort besser und nahm die Liege an, die Polly ihr anbot. »Ich hole Ihnen einen Krug Limonade, ganz für Sie allein.« Sie klopfte Mina auf die Schulter. »Machen Sie sich keine Sorgen, das wird schon wieder.«

Wie lange wird es dauern, bis man das Heimweh verliert, bis man sich zugehörig fühlt, wollte Mina fragen. Aber sobald sie sich zurücklehnte, fielen ihr die Augen zu und sie schlief ein.

Sie lief über eine Wiese, einen Korb mit Wildblumen in der Hand. Bienen schwirrten, Schmetterlinge tanzten, sie summte eine Melodie, etwas über Vögel im Frühling. Sie fühlte sich leicht, fast schwerelos, als sie zur Kuppe eines Hügels wanderte. Dahinter lag eine Hütte, umgeben von einem Garten mit Mais und

EIN SCHIMMER AM HORIZONT – ZWISCHEN DEN WELTEN

Bohnen. Die Bettlaken wehten im Wind, und darunter saß ein kleines Mädchen von höchstens drei Jahren mit langen, lockigen roten Haaren. Mina rief, um das Mädchen auf sich aufmerksam zu machen, aber es blieb sitzen und spielte mit einem imaginären Spielzeug. Mina begann zu laufen, den Hügel hinunter, aber je schneller sie lief, desto weiter entfernte sich die Hütte. Als sie schließlich stehen blieb, war sie außer Atem, ihre Beine waren schwach und schmerzten – die Hütte war nur noch ein Punkt am Horizont.

Als sie aufwachte, schwirrte ihr der Kopf von dem Traum. Irgendwie wusste sie, dass das, was sie gesehen hatte, das Leben war, das sie hätte führen sollen, wenn sie mit Davin gelebt hätte – ein glückliches, erfülltes Leben auf dem Land mit ihrer Tochter.

»Steh auf.« Roland stand vor ihr, Stirn und Wangen glühten vor Sonnenbrand und Hitze.

Mina verdrängte die Traurigkeit und stand langsam auf. Der Krug stand immer noch da, also füllte sie ihr Glas und trank, füllte es ein zweites Mal und reichte es Roland.

»Fertig?«, fragte er, ohne sich zu erkundigen, wie es ihr ging. Sie nickte und setzte ihren Hut auf.

»Ich muss Polly finden, ich möchte ihr danken.«

»Kann das nicht warten? Ich will los.«

Mina seufzte. »Es kann nicht warten.« Während sie Roland in der Eingangshalle stehen ließ, fand sie Polly hinter einem Schreibtisch im Büro. »Ich weiß Ihre Freundlichkeit wirklich zu schätzen.«

Sie öffnete ihre Handtasche, aber Polly winkte ab. »Keine Sorge, Sie können jederzeit zu mir kommen, in Ordnung?«

Mina nickte und eilte in die Eingangshalle. Wieder fühlte sie sich weinerlich. »Hast du etwas herausgefunden?«, fragte sie Roland, um sich abzulenken.

»Ich fange morgen mit der Arbeit an.« Er zog einen Zettel hervor. »Hier ist die Adresse von unserem Haus. Hilf mir lieber, sie zu finden.« Er hob die Kiste auf seine Schulter, während Mina die Taschen aufnahm.

Immer wieder bat sie Roland, eine Pause zu machen. Die Taschen zerrten an ihren Armen, und sie schwitzte furchtbar in dem langärmeligen Kleid. Irgendwann kamen sie in der Reed Street an. Schmale Häuser reihten sich zu beiden Seiten aneinander, alle identisch bis auf den ein oder anderen Pflanzenkübel. Der Staub der unbefestigten Straße bedeckte alles, und Mina wollte nur noch umzukehren.

Ihr Haus hatte die Nummer fünfzehn, und als Mina die wackligen Stufen zur Haustür hinaufstieg, stellte sie fest, dass mehrere Bretter auf der winzigen Veranda fehlten. Offensichtlich hatte jemand Reparaturen vornehmen wollen oder sich mit mehr Brennholz eingedeckt.

Roland schloss die Tür auf und trat ein. Der Raum war genauso klein wie ihre Hütte in der Heimat, aber in einem viel schlechteren Zustand. Eine der beiden Fensterscheiben fehlte und war mit Teerpappe geflickt.

Die Schränke waren ebenso leer und schmutzig wie der Boden. Eine Staubschicht bedeckte alles, es roch nach Mäusedreck, und die heiße Luft stand unbeweglich. Mina fühlte sich, als hätte sie den Staub zwischen den Zähnen. Im Kamin lag ein Vogelnest. Hier hatte lange keiner gewohnt. Das Bett in der Ecke hatte auch schon bessere Tage gesehen, das einzig Gute war das Kopfteil, das aus einem einzigen Stück Eiche geschnitzt war. Es gab weder Laken noch Kissen, nur eine alte, mit Stroh gefüllte Matratze, in der sich, wie sie vermutete, einige Generationen von Mäusen eingenistet hatten.

Das sollte ihr Zuhause sein ... für die nächsten vier Jahre? Sie schüttelte den Kopf, um die Vorstellung zu vertreiben, dass sie hier arbeiten und leben musste.

Roland öffnete die Hintertür, die in einen vier mal fünf Meter großen Hinterhof führte, der mit Müll und Unkraut übersät war. In der Ecke stand ein Plumpsklo, dessen Tür aus den Angeln hing. »So schlimm ist es nicht«, sagte er, als sie neben ihn trat. »Du machst es gemütlich, ich weiß es.« Er klopfte ihr auf die Schulter, wie man einen Straßenhund streichelt.

Minas Kehle war wieder trocken vor Durst, und aus Angst, was sie ihm sagen würde, suchte sie nach einem Eimer. Sie fand einen verbeulten aus Blech und kehrte zur Straße zurück. Drei Häuser weiter entdeckte sie eine Frau, die die Haustreppe fegte. Sie sah spindeldürr aus, aber der Besen schien zu tanzen, als sei er besessen.

Mina schirmte ihre Augen gegen die Nachmittagssonne ab. »Entschuldigen Sie, ich suche einen Brunnen.«

»Ich zeige es Ihnen«, sagte die Frau auf Deutsch, offenbar froh, eine Pause zu machen. »Sie sind neu, aus Deutschland, nehme ich an?«

»Löwenstein in Württemberg, Sie werden es nicht kennen.«

Die Frau kicherte und reichte ihr die Hand. »Wir haben in Heilbronn gewohnt, fast die Straße runter, ich bin Annie.«

EIN SCHIMMER AM HORIZONT – ZWISCHEN DEN WELTEN

Mina stellte sich vor und erklärte, dass Roland in der Schmiede arbeiten würde.

»Das tun sie alle, meine Liebe, wir sind letzten Herbst angekommen. Es ist eine Qual, hier zu leben, aber Willibald hat einen Vertrag unterschrieben, also sitzen wir fest, bis er bezahlt hat.« Sie deutete auf die Pumpe. »Ich weiß noch, wie ich ankam und mir wünschte, auf der Stelle zurückzukehren.« Sie kicherte wieder. »Du wirst dich daran gewöhnen.«

Annie bediente die Pumpe. »Das Wasser ist gut, die Wäsche eher eine Zumutung, vor allem im Winter. Aber wir helfen uns gegenseitig, so gut wir können.« Sie betrachtete den Eimer, den Mina anhob. Ein dünner Strahl rann aus dem Boden. »O je, du wirst einen neuen brauchen. Der taugt nur dazu, etwas Trockenes aufzubewahren.« Sie winkte ab. »Schnell, schnell, wasch dir die Hände und das Gesicht, nimm einen Schluck. Ich leihe dir meinen bis morgen.« Sie tippte sich mit dem Zeigefinger an die Lippe. »Besser noch, ich zeige dir den Gemischtwarenladen. Du wirst ein paar Dinge brauchen.«

Am Abend hockten Mina und Roland inmitten eines Durcheinanders von Kisten und Haushaltsgegenständen, Laken und Decken für das Bett, Geschirr, Besteck, Gläsern, Leinen- und Baumwollhandtüchern, Lappen, einem gusseisernen Topf und einer Pfanne, Schaufel und Harke für den Garten, Besen, einer Blechwanne und einem neuen Eimer. Vieles davon stammte aus Regines Kiste, und Mina hatte auch Dosenfleisch, Schmalz, Säcke mit Mehl, Hafer, Kartoffeln, Reis, Salz und Zucker und verschiedene Gewürze gekauft und sich mehr als einmal bei Regine bedankt, dass sie sie gerettet hatte.

Roland hatte kein Wort gesagt, als sie durch den Laden gegangen war, dieses und jenes aus den Regalen genommen und den Ladenbesitzer, Herrn Philipps, um Rat gefragt hatte. Als Dankeschön für ihren Großeinkauf hatte dieser ein Glas Melasse hinzugefügt und alles mit seinem Pferdewagen geliefert.

Doch das Gold, das sie bei sich trug, war beträchtlich, und sie wollte es unbedingt verstecken, bevor Roland es versoff und verspielte.

KAPITEL ZWEIUNDVIERZIG

Davin

Drei Tage nach ihrer Ankunft saßen Davin, Kate und Peter immer noch im Lager fest. Angeblich gab es wegen des Zustroms von Einwanderern und des raschen Wachstums von Fort Wayne keine Unterkünfte. Kate sah mörderisch aus und sprach kaum, als Davin nach der Arbeit nach Hause kam, und er wusste, dass sie ihm die Schuld an ihrer Situation gab. Die Hütte war bestenfalls rudimentär, eine Reihe von Feldbetten an der Wand, ein Tisch und vier Stühle gegenüber einem rußigen Kamin, ein Sammelsurium von Geschirr auf einem klapprigen Regal. Alles war schmutzig, die beiden Töpfe mit Asche bedeckt und in Fett eingebrannt, das Geschirr verkrustet, ganz zu schweigen von der Hütte selbst, die seit Monaten, wenn nicht Jahren, nicht mehr richtig geputzt worden war.

Das Einzige, was sie neu angeschafft hatten, waren Bettwäsche – Kate hatte darauf bestanden – und einen Satz Handtücher. Der Lebensmittelhändler hatte verschiedene Dosen und Gläser, Säcke mit Trockenwaren und Reinigungsmittel geliefert. Das meiste, was von den zwei Goldmünzen übrig geblieben war, war nun auch weg.

Bob hatte Davin erzählt, dass Frühstück und Abendessen als gemeinsame Mahlzeit im Lager serviert wurden, tagsüber aß die Mannschaft gemeinsam zu Mittag. Davin war für den Bau eines Lagerhauses in der Nähe des Flusses abgestellt worden, nichts Anspruchsvolles. Seine Arbeit war noch weniger glamourös: Er musste hauptsächlich Holz zuschneiden und Bretter zu einfachen Wänden zusammenfügen. Der Chef der Mannschaft, Joe Dickins, war ein Einheimischer, ein stämmiger Kerl mit einem pockennarbigen Gesicht und einer dicken Nase, und von Natur aus misstrauisch gegenüber Neuankömmlingen, insbesondere gegenüber Einwanderern. Wenigstens konnte Davin sich gut verständigen, während die meisten deutschen Arbeiter Schwierigkeiten damit hatten.

Am späten Nachmittag rief Joe Davin zu sich. »Micky, was hast du in Irland gelernt?« Er nickte zu der Säge in Davins Hand.

»Zimmermann«, sagte Davin. »Ich habe schon immer gerne mit Holz gearbeitet.«

Joe beäugte ihn neugierig. »Dann hast du nicht unter den Kartoffelmissernten gelitten. Was macht ein Kerl wie du hier?«

»Indirekt, ja. Die Leute hatten kein Geld mehr, um Häuser zu bauen, nicht einmal für eine einfache Bank oder Reparaturen.«

»Ich habe gehört, dass du mit deiner Frau und deinem Sohn im Camp wohnst. Das ist kein Ort für eine junge Familie.«

Davin fühlte die Wut in sich aufsteigen. »Mr. Williams schert sich einen Dreck drum. Er wusste die ganze Zeit, dass wir zusammen kommen würden.«

Joe spuckte in den Staub. »Er hat nichts als Dollarzeichen in den Augen. Schade, dass du kein Geld hast. Ich habe ein Auge auf ein Stück Land westlich von hier geworfen. Perfekt für eine kleine Farm.«

»Das würde mir gefallen.«

Joe klopfte ihm auf die Schulter. »Sag mal, ich habe da einen kleinen Nebenjob, wenn du Interesse hast. Nichts Ausgefallenes, aber es wird bezahlt.« Er blinzelte mit dem rechten Auge. »Das braucht der Boss nicht zu wissen.«

»Sicher, was ist es?«

Eine Stunde später beschloss Davin, Joe zu einer anderen Baustelle am Rande der Stadt zu folgen. Er verstand schnell, dass Joe ein Nebengeschäft betrieb und Häuser für jeden baute, der sie sich leisten konnte.

Heute Abend traf sich ein junges Paar aus Indianapolis mit Joe, um den Bau eines Hauses zu besprechen, ein vier mal fünf Meter großes Gebäude mit einer Schlafnische und einem angrenzenden Stall für Vieh.

»Wann wird es fertig sein?« Die Frau tätschelte ihren geschwollenen Bauch.

»Einen Monat, höchstens zwei«, erklärte Joe. »Wenn ich das

Holz schnell besorgen kann ... sofern Sie einen Vorschuss für das Material zahlen.«

Das junge Paar sah sich gegenseitig an.

»Ich habe eine große Nachfrage nach Häusern wie diesem, Fort Wayne wächst ständig.« Joe zeigte auf Davin. »Er könnte sich damit beeilen – nur für Sie.«

Davin öffnete den Mund. Er wusste nichts über Joes Bezahlung oder die zusätzlichen Stunden, die die Arbeit erfordern würde. Er war sich auch ziemlich sicher, dass Williams wütend würde, wenn er das herausfände. Joe war in der Tat ein Konkurrent, auch wenn seine Projekte im Vergleich zum Boss winzig waren.

»Sicher, ja«, meinte der junge Mann. »Wir wollen, dass unser Kind in unserem Heim aufwächst.« Er zögerte. »An wie viel denken Sie?«

Joe blinzelte wieder mit dem rechten Auge, dann lächelte er. »Setzen wir uns hin und rechnen ein paar Zahlen durch, ja?«

Davin wurde entschuldigt und begann einen Rundgang über die Baustelle. Zwei Hütten befanden sich in verschiedenen Stadien des Baus, beide hatten noch kein Dach. Er ging hinein und begutachtete Wände, Tür- und Fensterrahmen. Nichts, was schon stand, entsprach seinen Vorstellungen, selbst ein Blinder konnte sehen, dass die Winkel nicht lotrecht waren und der Boden um den Kamin herum uneben war.

Wer sie kaufte, würde bald Mühe haben, die Tür zu öffnen, oder im Winter unter starker Zugluft leiden. Er ging den Weg hinunter, wo fünf weitere Grundstücke markiert waren.

»Und?«, sagte Joe, als Davin zurückkam. Das junge Paar war gegangen, wahrscheinlich nachdem sie Joe großzügig bezahlt hatten. »Bist du bereit, mitzumachen? Ich könnte einen guten Zimmermann gebrauchen.«

Ihre Blicke trafen sich. »Du hast einen guten Plan, Joe. Ich könnte mich dir anschließen ... aber –«

»Aber?«

»Wir bauen ab jetzt vernünftig.«

Joe grinste und schlug Davin auf den Rücken. »Ich erzähle dir mal was über die Bezahlung.« Er zeigte auf den Tisch. »Setz dich.«

Davin schüttelte den Kopf, setzte sich aber trotzdem. Er musste Kate und Peter so schnell wie möglich aus dem Lager holen. »Ich habe eine bessere Idee.« Er hielt inne. »Ich will kein Geld, ich will eines der Grundstücke kaufen und in meiner Freizeit unser eigenes

Haus bauen.«

»Joe gackerte. »Freie Zeit. Du kannst genauso gut hier schlafen.«

»Das ist mir egal.« Davin richtete sich auf. »Nimm es oder lass es. Ich muss aus diesem Lager raus, und je eher ich damit anfange, desto besser.«

»Welches?«

»Was?«

»Welches Grundstück willst du?« Joe war ebenfalls aufgestanden.

Davin lächelte. »Kannst du sie mir zeigen?«

»Du bist spät dran«, rief Kate, als Davin zurückkam. »Peter und ich haben schon vor Stunden gegessen.«

Er war erledigt, die ungewohnte Hitze und schwüle Luft setzten ihm zu. Schon jetzt waren Handrücken und Nase sonnenverbrannt, und er traute sich nicht, tagsüber sein Hemd auszuziehen wie einige der Männer, aus Angst, er könnte sich in einen Hummer verwandeln. Und es war erst Ende Mai, der Sommer lag noch vor ihnen.

»Ich habe eine Überraschung.«

Kate stellte ihm einen Teller mit zerkochtem Reis, Süßkartoffeln und Schinken vor die Nase. »Ich kann mich nicht an den Reis gewöhnen, er ist entweder zu hart oder zu weich.«

»Komm und setz dich zu mir.« Davin nahm einen Bissen von dem Brei und kaute mechanisch. Der Lagerkoch war schrecklich, aber das Essen war inbegriffen, da die Redemptioner nicht bezahlt wurden. Er erzählte ihr von seiner Abmachung mit Joe, Überstunden zu machen und im Gegenzug eines von Joes Grundstücken zu erwerben. Sie hatten sich auf einen Preis geeinigt und auf die Anzahl der Stunden, die er brauchen würde, um es abzubezahlen, eine grässliche Zahl, die eine Weile dauern würde. Joe würde ihm die Urkunde und einen privaten Vertrag überreichen, und jede Woche würde er die Stunden abziehen, die Davin gearbeitet hatte.

»Aber das dauert doch ewig«, sagte Kate und blickte auf den friedlich schlafenden Peter in seinem Bettchen. »Mir wäre es lieber, du würdest das Geld nehmen, damit wir uns etwas kaufen können.« Ihre Augen verengten sich. »Sieh mich an, wir haben nichts, die Hütte fällt auseinander. Ich kann mir weder ein Kleid noch Schuhe kaufen. Peter wächst auch.«

»Nur für eine Weile.« Davin nahm einen Bissen und schluckte.

»Wir werden unser eigenes Haus haben.«

Kate verzog das Gesicht. »Wie lange soll ich das noch ertragen ... die Männer und ihre Kommentare, die Pfiffe?«

»Ich bin sicher, dass sie nichts bedeuten. Sie werden sich daran gewöhnen. Ich werde Williams noch einmal bitten, uns einen anderen Platz zu geben. Aber erst muss er verstehen, dass ich gut bin und dass er mich braucht ... wie Joe.«

»Und wenn Williams davon erfährt? Dein Nebengeschäft ist doch sicher nicht erlaubt.«

Davin zuckte mit den Schultern und wollte nicht, dass Kate seine Sorgen sah. Er hatte auf dem Heimweg darüber nachgedacht. Williams würde Joe feuern, wenn er wüsste, dass sein kleines Unternehmen in direkter Konkurrenz zu Williams' Baufirma stand. Und Davins Ablösevertrag war eindeutig: Er war verpflichtet, ausschließlich für Williams zu arbeiten – drei Jahre lang ... eine Ewigkeit.

»... kommst du ins Bett?« Kates Frage brachte ihn zurück.

»In einer Minute, gehe mich erst waschen.« Auf dem Weg zur Pumpe nickte Davin den Männern grüßend zu, von denen einige auf dem Erie- und Wabash-Kanal gearbeitet hatten und nun in Williams' Firma als Arbeiter tätig waren, andere kannte er nicht, Redemptioner wie er. Alle waren alleinstehende irische Männer.

»Setz dich zu uns«, riefen sie und winkten ihm mit Bierflaschen zu. Als er den Kopf schüttelte, gackerten und pfiffen sie. »Er muss sich um seine Frau kümmern ... sie bei der Stange halten ...«

Davin ignorierte sie. Alles, was er brauchte, war Schlaf. Wenn er Glück hatte, würde er von der deutschen Frau träumen.

KAPITEL DREIUNDVIERZIG

Mina

Mina arbeitete den ganzen Vormittag, schrubbte jeden Zentimeter der Hütte. Sie wusch die Vorhänge, besorgte frisches Stroh für die Matratze von einem Nachbarn und reinigte den Kamin, bis ihr die Finger schmerzten. Es war immer noch eine Hütte, aber jetzt roch es besser und der Staub war zumindest fürs Erste verschwunden. Sie ließ das einzige Fenster offen, um die frische Luft hereinzulassen.

Als sie zufrieden war, zog sie ihr bestes Kleid an, ein braunes Taftkleid mit Rüschen von Regine, und machte sich auf den Weg in die Stadt. Sie freute sich über die Brise, die den Spaziergang gerade noch erträglich machte. Ein leichtes Sommerkleid musste her oder zumindest ein Stoff, aus dem sie eines nähen konnte. Aber zuerst musste sie sich um das Geschäftliche kümmern.

Bevor sie das Stadtzentrum erreichte, war sie durchnässt, der Taft klebte an ihrer Haut wie die Pelle an einer Wurst. Im Stillen verfluchte sie die Mode, die Frauen in der Öffentlichkeit ertragen mussten. Wenigstens konnte sie zu Hause Strümpfe und Schuhe ausziehen und das Oberteil ihres Kleides öffnen.

»Ich suche die Bank«, sagte sie, als sie an einem alten Mann vorbeiging, der sich im Schatten eines Hauses ausruhte.

Er nickte nachdenklich und kaute auf einer Pfeife. »Main und Clinton Street, da lang.« Er wies den Weg.

Mina wünschte sich, sie hätte etwas zum Fächeln mitgenommen, denn ihre Beine fühlten sich bereits wacklig an, und sie hatte Mühe, sich zu konzentrieren. Sie fragte noch zweimal nach, bis sie die Hauptstraße erreichte, die mit Pferdekutschen, Männern in Anzügen, Arbeitern, die Karren zogen, und einer Handvoll eiliger Frauen belebt war. Sie blieb stehen, um ein Plakat zu studieren, das an der Seite eines Gebäudes angebracht war.

Achtung
Bürger von Fort Wayne
Die Plage steht vor der Tür. Der Rat weist alle Männer und Frauen an, sich vor der Krankheit in Acht zu nehmen, die unsere Länder heimsucht. Kümmert euch um euer Heim und eure Familie und verwendet, wann immer möglich, reichlich Kalk, um die Ausbreitung der Cholera zu verhindern.
Fort Wayne, Stadtrat

Minas Gedanken rasten. Sie hatte von der Cholera gehört, einer Krankheit, die innerhalb eines Tages tödlich sein konnte. Wäre es nicht ein grausamer Scherz, wenn sie den ganzen Weg hierhergekommen wäre, nur um einer Epidemie zum Opfer zu fallen? Sie schwor sich, die Gegend zu erkunden und nach Kräutern und Wurzeln zu suchen, um ihre Vorräte aufzufüllen. Vor allem musste sie sich auf die Suche nach Wilden Möhren machen und ihren Plan fortsetzen. Es war nur eine Frage der Zeit, bis Roland nach Aufmerksamkeit verlangen würde, und sie wollte nicht schwanger werden. Nicht, während sie sich niederließen, nicht für eine Weile.

Gegenüber von ihr hing ein Schild: *State Bank of Indiana.*

»Was kann ich für Sie tun?«, wandte sich ein Mann in einem formellen Anzug an sie, sobald sie eintrat.

Mina hatte ihre Worte sorgfältig vorbereitet. »Sir, ich möchte eine Erbschaft zur Verwahrung hinterlegen. Ich glaube, ich brauche ein Konto.«

Der Bankier nickte eifrig. »Natürlich, Ma'am.« Sein Blick fiel auf ihre Hand. »Ihr Mann begleitet Sie, nehme ich an?«

»Das Konto ist für mich allein.« Mina öffnete ihren Mund und schloss ihn wieder. Wie sollte sie dem Mann erklären, dass es dumm wäre, Roland einzubeziehen, dass sie das Gold genauso gut in den Fluss werfen könnte?

»Ich verstehe. In diesem Fall bitte ich Sie, einen Moment zu warten.« Er tippte sich an den Hut und eilte zu einem Mann mit Zylinder, offensichtlich dem Direktor. Wenige Augenblicke später kehrten sie gemeinsam zurück.

»Ma'am«, sagte der andere Mann. »Es tut mir leid, es verstößt gegen das Gesetz des Staates Indiana, ein Konto für eine verheiratete

Frau zu eröffnen. Sie sind doch verheiratet, nicht wahr?«
Mina nickte.

»Nun, wenn Sie in New York wären ... Das Gesetz dort hat sich vor kurzem geändert, Frauen ist es erlaubt, ihre eigenen Konten zu eröffnen.« Er schmunzelte. »Ich fürchte, so weit sind wir noch nicht. Wenn Sie Ihren Mann mitbringen würden, wären wir Ihnen gerne behilflich.«

Niemals. »Danke«, sagte sie laut und eilte nach draußen. Die Nachmittagssonne traf sie, und einen Moment lang fühlte sie sich schwach. Was war nur los mit ihr? All diese Arbeit nach Monaten des Müßiggangs, das ungewohnte Klima machten sie mürbe. Und jetzt verboten ihr die Männer von Fort Wayne, von Indiana, ein Konto zu besitzen. Sie seufzte. Im nächsten Moment verschwamm ihre Sicht, und ihre Knie wackelten, sodass sie den Drang verspürte, sich zu setzen. *Reiß dich zusammen.*

Sie erinnerte sich an die freundliche Wirtin in der Water Street, Polly, aus Mannheim. Sie würde sie um Rat fragen, eine kühle Limonade trinken und sich ausruhen.

Es dauerte nur ein paar Minuten, um Pollys Diner zu erreichen, aber für Mina fühlte es sich wie Stunden an. Jeder Schritt war wie das Balancieren auf einem Drahtseil, ihre Sicht verschwamm, und ihr Körper fühlte sich so heiß an, dass sie sich das Kleid vom Leib reißen wollte. Irgendetwas stimmte nicht mit ihr, vielleicht hatte sie die Cholera, von der das Plakat sprach.

»Ich suche ...«, war das Letzte, was sie sagte, bevor ihre Beine nachgaben.

Ein paar Männer im Lokal beeilten sich, ihr aufzuhelfen, und in diesem Moment stürzte Polly auf sie zu. »Mina?« Ihre Hand fühlte sich kühl auf Minas brennender Haut an, während sie die Männer anwies, Mina ins Hinterzimmer zu helfen.

Auf der Liege angekommen, hörte der Raum auf, sich zu drehen, und Mina lehnte sich zurück.

»Trink das.« Polly hielt Mina ein Glas Limonade an die Lippen. »Schön langsam.«

Mina tat, wie geheißen. »Ich wollte ...«, sagte sie nach einem Moment.

»Ganz ruhig.« Polly setzte das Glas ab. »Schließ die Augen und atme tief. Ich bin gleich wieder da.«

Das Schwindelgefühl ließ nach. Ein Windhauch bewegte die Vorhänge wie beim letzten Mal und kühlte ihre Stirn.

EIN SCHIMMER AM HORIZONT – ZWISCHEN DEN WELTEN

Polly kam mit einer Schüssel Wasser und einem Tuch zurück. »Lass mich das auf deinen Nacken legen. Es wird dir helfen, dich abzukühlen.«
»Ich mache mich lächerlich«, flüsterte Mina.
»Unsinn.« Polly setzte sich ihr gegenüber. »Eine Frau in deinem Zustand ... Du solltest es langsam angehen lassen, im Sommer wird es noch heißer sein.«
Minas Gedanken überschlugen sich. »Mein Zustand ... Ich verstehe nicht, was ...«
Polly lächelte wissend. »Du bist schwanger ... In solchen Dingen kenne ich mich aus.« Ihr Blick wanderte zu den Fenstern, und einen Moment lang war sie weit weg. »Ich war früher Hebamme ... zu Hause«, sagte sie und richtete ihren Blick wieder auf Mina.
»Aber ...« Mina schüttelte den Kopf. Die Szenen auf dem Schiff kehrten zurück, Roland drängte sich auf sie ... der Gepäckraum. Davin. Ein Seufzer entrang sich ihrer Brust, laut und rasselnd. Es war noch gar nicht so lange her, sicher hatte Polly sich geirrt. Aber sie hatte sich noch nie so schwach gefühlt, ihre Brüste so empfindlich.

Der Raum verschwamm erneut, als ihr klar wurde, dass sie keine Ahnung hatte, wer der Vater war, dass sie die Erinnerung an den irischen Mann weit weggeschoben hatte. Jetzt war er wieder da. Wenn das Baby wie Davin aussah, würde Roland sie umbringen. Sie versuchte zu lächeln, aber die Tränen kamen wieder.

Polly trat an ihre Seite und nahm ihre Hand. »Du Arme, das wird schon wieder, du wirst sehen.«

Es war später Nachmittag, als Mina nach Hause kam. Sie musste sich mit dem Abendessen beeilen, bevor Roland eintraf, aber zuerst musste sie das verflixte Kleid ausziehen. Sie legte den Geldgürtel aufs Bett, zog die Schuhe aus und hängte das Kleid an einen Wandhaken. Der Schmuck lag versteckt in der Matratze. Es war der einzige Ort, der ihr eingefallen war, als sie das Stroh ausgetauscht hatte. Wenn Roland es darauf anlegte, würde er ihn entdecken.

Nein, sie musste einen Ort finden, der gut genug war, damit er keinen Verdacht schöpfte. Und sie brauchte Zeit, um über Pollys Worte nachzudenken. Jetzt, wo sie einen Moment innehielt, wurde ihr klar, dass ihr Körper ihr Dinge gesagt hatte, nur war sie zu beschäftigt und abgelenkt gewesen, um darauf zu hören.

Anstatt die Holzscheite im Kamin anzuzünden und den Raum

weiter zu beheizen, würde sie heute Abend draußen kochen. Sie entfachte ein Feuer, und während sie nach einem Dreieckhalter für den Topf kramte, bemerkte sie die Schaufel. Sie konnte alles vergraben, aber es bestand immer die Gefahr, dass sie sich nicht an die Stelle erinnerte, oder, noch schlimmer, dass jemand sie beobachtete. Es war eine naheliegende Wahl, zu naheliegend.

Sie setzte einen Topf mit Wasser auf, fügte Zwiebeln, Lauch und Kartoffeln über dem Feuer hinzu und kehrte ins Haus zurück. Es war keine Zeit, etwas Aufwendiges vorzubereiten, aber Roland durfte nicht wissen, wo sie gewesen war und warum. Vor allem durfte er nichts über das Kind wissen.

Du musst verrückt sein, kommentierte ihr Verstand. *Er wird es ohnehin herausfinden.* Aber im Moment brauchte sie Zeit zum Nachdenken.

Sie sank aufs Bett, ihr Körper war schwer und ihr Geist träge. Das Letzte, woran sie dachte, war, dass sie Davin am liebsten sofort die Neuigkeiten erzählt hätte.

»Mina? Wach auf!« Rolands Gesicht schwebte über ihr, als sie aus einem schweren Schlaf erwachte. »Was ist los mit dir? Wo ist mein Essen?«

Mina kämpfte sich durch den Nebel zurück. »Im Garten«, war alles, was sie von sich gab.

Roland verschwand, während Mina bemerkte, dass der Geldgürtel immer noch neben ihr lag. Voller Panik steckte sie ihn unter das Kopfkissen. Sie wusste ganz genau, dass Roland ihn nie wieder hergeben würde, wenn er erst einmal Regines Gold in der Hand hatte.

Roland tauchte wieder auf, die Hände in die Hüften gestemmt. »Es ist zu Brei gekocht und am Boden verbrannt, was auch immer es war. Du trödelst den ganzen Tag und kannst nicht einmal eine einzige Mahlzeit zubereiten, während ich mir in der Schmiede den Rücken krumm arbeite?« Er sah in der Tat schrecklich aus, die Augen rot und wässrig, die Gesichtshaut aufgedunsen und feucht vom Schweiß. »Es war heißer als im Fegefeuer.«

Mina stand langsam auf. Er sollte sie in Ruhe lassen. Seinetwegen waren sie überhaupt hier. »Ich habe mich heute Nachmittag nicht wohlgefühlt. Ich mache etwas anderes, während du dich wäschst.«

Rolands Laune wurde nach dem Essen nicht besser. Er hatte schweigend gegessen, die Suppe in wenigen Minuten

hinuntergeschaufelt, während Mina zugesehen hatte.
»Du isst nicht?«, sagte er und warf den Löffel auf den Boden.
»Ich habe keinen Hunger. Die Hitze macht mir zu schaffen.«
Roland spottete. »Es soll noch viel schlimmer werden ... dreißig Grad und mehr im Juli und August. Was willst du dann machen?«
»Ich muss mich daran gewöhnen.« Ihre Gedanken wanderten zu ihrer Schwangerschaft. Das Baby würde mitten im eisigen Winter kommen, zu einer Zeit, die ebenso schrecklich sein würde.
Roland sprang auf. »Sie zahlen uns keinen Cent. Ich habe mit einigen der anderen Redemptioner gesprochen, alles, was wir bekommen, ist ein bisschen Verpflegung und gemeinsame Mahlzeiten. Alles andere kostet extra.« Sein Blick war auf sie gerichtet. »Vielleicht könntest du etwas arbeiten und Geld verdienen.« Er hielt inne. »Oder gib endlich was von dem Gold her.«
»Um was zu tun?«
»Warum fragst du, Frau?«, rief Roland. Sie waren im Garten, und Mina machte sich Sorgen um die Nachbarn. »Ein Mann kann nicht einmal ein Bier trinken. Ich bin ein Sklave der Schmiede. Für vier Jahre.« Er blieb vor ihr stehen und schaute sie durchdringend an. »Entweder du fängst an zu arbeiten oder du teilst, ist das klar?«
»Ich werde es mir überlegen.«
»Tu das.« Roland kletterte die Stiege hinauf. »Ich gehe ins Bett. Ich muss um sechs Uhr zurück sein.«
»Wirst du mir jemals erzählen, was in der Kneipe zu Hause passiert ist?« Sie bemerkte das Zögern seines Schrittes, wie er das Geländer umklammerte.
Zu ihrer Überraschung drehte er sich um. »Das ist Geschichte, vergiss es.«
»Es ist noch etwas anderes passiert, nicht wahr? Du hast das Geld gestohlen und Harald absichtlich umgebracht.« Die Worte flossen aus Minas Mund. »Deshalb musstest du gehen.«
Blitzschnell sprang Roland die Treppe hinunter und beugte sich über sie. »Ich sagte, vergiss es.«
Aber Mina kauerte sich nicht mehr zusammen. Sie stand auf und begegnete seinem Blick. »Oder was? Du schlägst mich wieder?« Einen Moment lang erwartete sie, seine Faust in ihrem Bauch zu spüren.
Stattdessen sah er schweigend auf sie herab und spuckte dann aus. »Meine Güte, Frau, wie hässlich du geworden bist. Sieh dich an, die Haare strähnig, das Gesicht aufgedunsen. Du solltest dich besser

pflegen.« Damit drehte er sich um und verschwand im Haus, die Tür knallte hinter ihm zu.

Mina holte tief Luft und ließ sich auf die unterste Stufe der Treppe sinken. Warum konnte sie sich nicht beherrschen? Sie könnte das Baby verlieren ... wie beim letzten Mal ...

Es war vor einem Jahr gewesen, früh, fast zu früh, um es genau zu wissen. Aber sie hatte es gewusst, hatte gespürt, wie sich ihre Brüste zusammenzogen und empfindlich wurden. Trotz ihrer Situation war sie glücklich gewesen ... aufgeregt. Und dann hatte Roland einen Wutanfall bekommen, weil er seinen Hut nicht gefunden hatte, hatte sie beschuldigt, ihn versteckt zu haben. Die Faust war aus dem Nichts gekommen, hatte sie in den Unterleib getroffen, der Schmerz war scharf und dumpf zugleich gewesen. Sie war zu Boden gesackt, während er aus dem Haus gestürmt war. Später in der Nacht hatte sie zu bluten begonnen. Sie hatte die Erinnerung tief in ihrem Herzen vergraben.

Ein Goldfink ließ sich auf dem kleinen Zaun ihr gegenüber nieder, seine Augen auf sie gerichtet. Er blieb ganz ruhig, als wollte er ihr sagen, dass am Ende alles gut werden würde. Was für prächtige Farben er hatte, wie ein Sonnenstrahl nur für sie. Ein Lächeln schlich sich auf ihr Gesicht.

Plötzlich erinnerte sie sich an den Gürtel unter ihrem Kopfkissen und eilte Roland hinterher. Ein kleiner Schubs würde ihn zum Vorschein bringen.

In gewisser Weise war es einfacher gewesen, arm zu sein.

KAPITEL VIERUNDVIERZIG

Davin

Im Juni wurde es noch heißer, und Davin merkte schnell, dass die zusätzliche Arbeit an Joes Projekt ihn an seine Grenzen brachte. Er hatte gehofft, dass er für Williams Planungs- und Messarbeiten übernehmen und vielleicht sogar einige der ungelernten Mitarbeiter beaufsichtigen könnte, aber das meiste, was er tat, war Knochenarbeit, Holz schleppen, Türen und Fenster zuschneiden und einbauen.

Er machte nie einen Fehler, seine Messungen waren präzise, die Rahmen gerade und waagerecht. Aber weder Joe noch die anderen schienen das zu bemerken. Alles, was sie interessierte, war, schnell und nach einem unrealistischen Zeitplan zu arbeiten. Und im Laufe der Wochen wurde Davin immer erschöpfter, seine Beine zitterten manchmal, seine Arme fühlten sich nach einem Arbeitstag schwach an. Das Essen, das sie tagsüber bekamen, war minderwertig und half ihm nicht, bei Kräften zu bleiben. Es war schon schwer genug, die langen Tage zu überstehen, aber dann erwartete Joe, dass er auf der anderen Baustelle auftauchte – jeden Tag.

Die drei Männer, die ihm halfen, waren unerfahren, und wenn Davin nicht einsprang, wurde nichts nach seinen Vorstellungen gebaut. Der Sonntag, der einzige Tag, an dem er sich ausruhen konnte, war für das Grundstück reserviert, das er kaufen wollte. Aber er war zu müde, um auch nur ein Fundament auszuheben, und er hatte nicht daran gedacht, dass er Geld brauchte, um Holz und Werkzeug zu kaufen. Kate würde das Lager noch viel länger ertragen müssen, und er brachte es nicht übers Herz, es ihr zu sagen.

Williams tauchte hin und wieder wie ein böser Geist auf, eine Zigarre zwischen den Lippen und mit einem Stock wedelnd. »Woran arbeiten Sie?«, fragte er Davin. Sie waren gerade dabei, die Wände im zweiten Stock eines neuen Gebäudes zu errichten, und Davin war für die Einfassung der Fenster zuständig.

»Büroräume, Sir«, sagte Davin, den Blick auf das Lineal gerichtet, mit dem er ein Brett markierte.

Eine Rauchwolke stach Davin wie eine Antwort in die Nase. »Ich habe gehört, Sie machen gute Arbeit. Nicht die schnellste, aber gut.«

Davin hielt inne und sah seinen Chef an. »Sir, ich weiß das zu schätzen. Ich frage mich, ob wir eine dieser Kreissägen bekommen können, das würde gerades und genaues Schneiden viel einfacher machen.«

Williams' kleine Augen verengten sich weiter. »Wozu? Wir kommen doch zurecht.«

»Sir, wenn Sie gestatten, ist das eine großartige Methode, um lange Holzstücke zu schneiden, sogar schmale Streifen für Fußleisten oder Fensterverkleidungen.«

»Wie soll das funktionieren?«

»Ich zeige es Ihnen.« Davin wandte sich einem Arbeitstisch zu und begann, den Umriss der Maschine zu zeichnen. Er erklärte das Rad, den Mechanismus, den eine Frau mithilfe einer Nähmaschine erfunden hatte.

»Woher wissen Sie das?«

Davin grinste. »Ich habe eine bei der Arbeit in Irland gesehen.«

»Gar nicht so ein dummer Ire«, sagte Williams und zog an seiner Zigarre. »Ich werde mich erkundigen.«

Davin schluckte eine böse Bemerkung hinunter und kehrte zu seiner Arbeit zurück. Erstens wollten die Amerikaner Hilfe und profitierten offensichtlich sehr von den Arbeitskräften, die sie importierten. Zweitens war Williams auch kein Einheimischer, laut Joe war er als kleiner Junge aus England gekommen. Was gab ihm das Recht, so arrogant zu sein?

Davin hatte vor, Williams noch einmal nach einer anderen Unterkunft zu fragen, aber so wie der Chef ihn behandelte, glaubte er nicht, dass er Erfolg haben würde. Er hatte mit anderen Männern, meist Iren, gesprochen und erfahren, dass viele Arbeitgeber die Situation ausnutzten und Einwanderer zwangen, unter schrecklichen

Bedingungen zu leben. Manche Verträge liefen sechs oder sieben Jahre, und Männer und Frauen wurden sogar wie Sklaven zwischen den Unternehmen verkauft.

Die Säge kam Ende Juni an, und Joe wies Davin an, alle darauf zu schulen. Das Sägeblatt ragte aus dem Tisch heraus und drehte sich, wenn es mit einer Pedale bedient wurde, ziemlich schnell. Eine falsche Bewegung konnte eine Hand abtrennen oder zumindest schwere Verletzungen verursachen.

Mehrere Tage lang unterwies Davin die Männer jeden Morgen. Jeder von ihnen musste Holz zuschneiden, jeder von ihnen war erstaunt, wie gerade die Schnitte verliefen und wie schmal die Holzstreifen waren. Am Ende der Woche wusste jeder, was er zu tun hatte, und Davin hätte zufrieden sein sollen.

Aber er fühlte sich seltsam, irgendwie schwindlig und heiß. Der Sommer hatte mit noch heißeren Temperaturen Einzug gehalten, und die Luftfeuchtigkeit war so hoch, dass es sich anfühlte, als würde man dampfendes heißes Wasser einatmen. Um zehn Uhr war Davins Hemd völlig durchnässt, und er wollte sich nur noch irgendwo in den Schatten setzen und Wasser trinken. Doch die Bauarbeiten in der Innenstadt gingen unvermindert weiter. Trotz seiner Erschöpfung arbeitete Davin bis spät in die Nacht an Joes Projekt, bis er die Arme kaum noch heben konnte.

Kate war schon im Bett, als er nach Hause kam, also wusch er sich, aß einen Happen, hängte seine Arbeitskleidung zum Trocknen auf und ließ sich auf die Matratze fallen. Sie sahen sich kaum noch und sprachen noch weniger. Selbst am Sonntag, an seinem freien Tag, nicht. Er hatte sie mehrmals gebeten, ihn zu dem Grundstück zu begleiten, das er durch seine Arbeit kaufte, aber sie hatte abgelehnt. Verstand sie denn nicht, dass er sich für sie alle abrackerte?

Gleichzeitig wusste er, dass er nicht in der Lage sein würde, in diesem Tempo weiterzumachen. Sein Körper baute ab, er hatte an Gewicht verloren. Das Essen reichte nicht aus, um ihn bei Kräften zu halten, die Hitze und die Arbeitsbelastung taten ihr Übriges.

Aber er wusste einfach nicht, was er ändern konnte. Williams hatte ihn in der Hand, erwartete Leistung von ihm, auch wenn viele der Männer auf der Baustelle nicht halb so viel taten. Und Joe hatte seinen Kunden Versprechungen gemacht, die unmöglich zu halten waren. Davin hatte versucht, ihm zu erklären, dass eine gute

Konstruktion Zeit und Aufmerksamkeit erforderte, aber Joe interessierte sich nur für das Endergebnis und wollte kassieren. Wie Williams.

Und jetzt hatte er sich in die Mitte manövriert. *Weil du zu ehrgeizig bist*, kommentierte die Stimme in seinem Kopf. *Du hättest ein paar kleine Nebenjobs annehmen und Geld für Kate verdienen können. Stattdessen wolltest du das Land. Warum gibst du ihr dann die Schuld?*

Er musste etwas ändern, und zwar schnell, bevor er einen Unfall haben würde.

KAPITEL FÜNFUNDVIERZIG

Mina

Ihre Nachbarin Annie war schon mehrmals vorbeigekommen und hatte Mina mit Tomatenpflanzen, Mais-, Gurken- und Karottensamen versorgt. Inzwischen nahm ihr Garten, so klein er auch war, Gestalt an. Annie hatte letzten Herbst bereits Pflanzen ausprobiert und Samen gesammelt. Jetzt saß sie da und sah Mina dabei zu, wie sie die zarten Setzlinge goss. Im Gegenzug hatte Mina Annie in die nahe gelegenen Wälder mitgenommen, um Kräuter und Heilpflanzen zu sammeln.

Sie hatten Kamille, Schafgarbe, Salbei und Minze geerntet, und Mina erklärte Annie, wofür sie verwendet wurden und wie man sie für die Lagerung vorbereitete. Sie sammelte auch wilde Karottensamen, wollte aber mit ihrer neuen Freundin nicht über das Thema Prävention sprechen.

Außer Polly wusste niemand, dass sie schwanger war, und Mina war nicht bereit, darüber zu sprechen, auch wenn sie eine leichte Wölbung an ihrem Unterbauch entdeckt hatte. Nachts, wenn Roland schlief, massierte sie ihn und stellte sich vor, dass das Baby darin – sicher ein Mädchen – ihre Hand spüren würde. In ihrem Kopf sprach sie mit ihr über Deutschland und ihren Großvater, den sie ohne ein Wort verlassen hatte. Jetzt, wo sie sich einigermaßen eingelebt hatte, wollte sie ihm schreiben, ihm erklären, was geschehen war, und ihm versichern, dass es ihr gut ging. Roland würde das nicht gefallen, aber je weiter ihre Schwangerschaft fortschritt, desto weniger kümmerte es sie. Vor allem jetzt, wo sie das perfekte Versteck für das Gold gefunden hatte.

Nachdem Roland das Gold beinahe entdeckt hatte, kam ihr auch das Vergraben zu riskant vor, stattdessen hatte sie eine Bodendiele gelockert. Sie hatte sich die Hütte angesehen und beschlossen, eine unter dem Kopfteil aus Eiche zu verwenden. Es hatte sie den ganzen Tag gekostet, das Bett zu verschieben und das Holz herauszuhebeln. Der Raum darunter war hohl, also befestigte sie einen Nagel darunter und hängte den Gürtel daran auf. Für den täglichen Gebrauch bewahrte sie ein Sortiment von Münzen in zwei Tontöpfen auf, in der Hoffnung, dass Roland sie nicht finden würde.

In den meisten Nächten war er zu müde, um mehr zu tun, als zu essen und ins Bett zu gehen, aber sonntags wurde er nervös und unruhig. Sie schlug vor, Ausflüge zu machen, um die Stadt und ihre Umgebung zu erkunden, aber sie merkte bald, dass die Hitze sie erschöpfte. Schlimmer noch, Roland ging ihr auf die Nerven. Er sprach kaum und wenn, dann beklagte er sich über die Schmiede, seine Mitarbeiter, das Haus und das Wetter. Nichts war jemals gut. Nach ein paar Sonntagen gingen sie nicht mehr zusammen aus. Am späten Vormittag war er verschwunden, und sie wusste nicht, wohin.

»Ist auch gut so«, sagte sie zu sich selbst und prüfte mit einem Zeigefinger die Feuchtigkeit des Bodens.

»Gieß die Tomaten nicht von oben, sie mögen kein Wasser auf ihren Blättern.« Annie saß im Schatten des Hauses und fächelte sich Luft zu. Es war noch nicht einmal zehn Uhr, und die Sonne brannte auf sie herab. »Du solltest einen Baum pflanzen, der Schatten spendet«, sagte sie.

Mina lächelte. »Es wird Jahre dauern, bis er groß genug ist.«

»Eine Weide wächst schnell.«

»Brauchen sie nicht viel Wasser?«

Annie fächelte sich weiter Luft zu. »Stimmt. Vielleicht einen Ahorn. Sie sprießen überall.«

»Sollen wir nach einem suchen?«

Statt einer Antwort sprang Annie abrupt von der Bank auf und eilte zum Abort.

Mina ging selbst in den Schatten und wartete, und als Annie zurückkam, wirkten ihre Augen glasig. »Tut mir leid, ich glaube, ich habe etwas Falsches gegessen. Mein Bauch dreht sich, als wäre ein Knoten darin.« Kaum hatte sie die Worte ausgesprochen, sprang sie ein zweites Mal auf, doch dieses Mal schaffte sie es nur bis zur Hälfte der Strecke, bevor sie sich übergab.

EIN SCHIMMER AM HORIZONT – ZWISCHEN DEN WELTEN

In Minas Kopf schrillten die Alarmglocken. Mit Annie stimmte etwas nicht. Auf dem Plakat, das sie in der Stadt gesehen hatte, war von Cholera die Rede gewesen. Was, wenn Annie sich angesteckt hatte?

»Tut mir leid«, stöhnte Annie. »Ich mache es sauber, sobald ich mich besser fühle.«

»Ich hole dir Wasser.«

Als Mina zurückkam, war Annie schon wieder im Abort verschwunden. Niemand, der bei Verstand war, verbrachte im Sommer viel Zeit dort, der Gestank war kaum auszuhalten, und die Fliegen kreisten in dicken Schwaden.

»Ich glaube, ich muss mich hinlegen«, sagte Annie, als sie wieder auftauchte. Sie nahm ein paar Schlucke, die in wenigen Minuten wieder hochkamen.

Mina hatte genug gesehen. »Hör zu, du gefällst mir nicht, du hast vielleicht Cholera. Zumindest solltest du dich untersuchen lassen. Ich werde dich zur neuen Krankenhausfarm bringen, in Ordnung?«

Annie schüttelte schwach den Kopf. »Ich will nur nach Hause und mich ausruhen.«

Mina legte eine Hand auf Annies Unterarm. »Es könnte gefährlich sein. Es wäre mir lieber, du würdest um Hilfe bitten.« *Bevor es zu spät ist.* Laut sagte sie: »Glaubst du, dass du laufen kannst?«

»Wenn wir langsam gehen.« Annie erhob sich und hielt sich den Bauch. »Gibt es nicht ein Krankenhaus in der Stadt, Ecke Berry und Calhoun? Das ist näher.«

»In Ordnung.«

Als sie sich dem neu aus Baumstämmen errichteten Krankenhaus näherten, war es bereits Mittag und unerträglich heiß. Annie hatte mehrmals angehalten, um sich zu übergeben, und zweimal hatte sie sich gegen eine Wand oder einen Zaun gelehnt, weil ihr Darm nachgegeben hatte.

Mina atmete durch den Mund, um den Gestank zu vermeiden. Ihr Magen war ohnehin empfindlich, und je weiter sie gingen, desto stärker wurde Annies Geruch. Sie war rot im Gesicht und atmete schnell, sie begann zu strauchelen, und ihr Blick wanderte hilflos umher, als würde sie jeden Moment das Bewusstsein verlieren.

»Fast geschafft«, sagte Mina immer wieder und atmete erleichtert auf, als das Gebäude in Sicht kam. »Wir brauchen Hilfe«, rief sie, sobald sich die Tür öffnete. Der Geruch von Erbrochenem und Durchfall verstärkte sich, was die ältere, schwarz gekleidete Frau mit der weißen Schürze nicht zu bemerken schien.

Ohne viel Aufhebens leitete sie Annie zu einer Trennwand, half ihr beim Ausziehen und Waschen, bevor sie sie zu einem Bett an der gegenüberliegenden Wand brachte.

Unschlüssig, was sie tun sollte, blieb Mina in der Nähe der Tür stehen. Ihre Kehle brannte vor Durst, und sie fragte sich, ob sie selbst krank werden würde. Die Symptome der Cholera ließen den Körper innerhalb weniger Stunden austrocknen, alle Flüssigkeiten wurden gewaltsam ausgestoßen. Ein Körper ohne Flüssigkeit würde nicht funktionieren. In Gedanken ging sie die Heilmittel und Kräuter durch, die sie kannte, und entschied sich für Kamille. Sie beruhigte die Eingeweide und war gut für alle Darmprobleme. Warum nicht auch bei Cholera?

Als die Dame in Schwarz und Weiß, die sich als Mildred vorstellte, zurückkam, um Wasser zu holen, hielt Mina sie an. »Ich frage mich, ob ich mit Kamille zurückkommen darf. Wir könnten einen Tee zubereiten, der den Magen beruhigt und hoffentlich die Übelkeit stoppt.«

Mildred, die in den Sechzigern sein musste, warf ihr einen wissenden Blick zu und nickte. »Sicher, meine Liebe, wir begrüßen alles und jeden, der diesen Unglücklichen hilft. Sind Sie in solchen Dingen ausgebildet?«

»Ich benutze Kräuter zum Heilen«, sagte Mina. »Wenn ich heißes Wasser bekommen könnte ...« Ihr Blick blieb an einer Gestalt auf der anderen Seite des Raumes hängen. Der Mann, der auf dem Rücken lag, hatte einen rötlichen Bart und dazu passendes Haar, das für den Sommer kurz geschnitten war. Sie blinzelte und schüttelte den Kopf.

»Sie brauchen Wasser? Fühlen Sie sich unwohl? Setzen Sie sich bitte, es ist furchtbar heiß.« Die Frau deutete auf einen Stuhl an dem kleinen Schreibtisch, aber Mina schüttelte nur den Kopf. Sie musste sich irren, ihr Verstand spielte ihr einen Streich. Kein Wunder, die Leute sprachen von der Gefahr eines Hitzeschlags.

»Darf ich mich umsehen?«, fragte sie, froh, dass sie ihre Stimme wiederfand. »Um mich zu vergewissern, dass es meiner Freundin gut geht? Ihr Name ist Annie.«

»Natürlich, lassen Sie sich Zeit, aber seien Sie sich bewusst, dass Sie diese Krankheit nicht wollen, nicht in Ihrem Zustand.« Mildred lächelte, ihr Blick wanderte für einen Moment zu Minas Bauch. Es gab nichts zu sehen, und doch wussten manche Leute es einfach. Wie Polly.

»Ich werde vorsichtig sein und nichts anfassen.« Mina verließ die Frau, die ein Dokument für Annie vorbereitete, und wanderte an den Betten entlang. Sie schaute hierhin und dorthin, aber ihr Blick wurde unweigerlich von dem Bett auf der anderen Seite des Raumes angezogen. An Annies Bett blieb sie kurz stehen. Ihre Nachbarin hatte die Augen geschlossen und schien zu schlafen, aber Mina gefiel die blasse, fast durchscheinende Haut nicht.

»Ich komme wieder«, flüsterte sie. Das Bett an der hinteren Wand rief nach ihr, sie musste es wissen. Und dann stand sie am Fuß des Bettes, in der Erwartung, einen Fremden mit einer gewissen Ähnlichkeit zu sehen. Aber es war kein Fremder, es war Davin, der Mann, in den sie sich auf dem Schiff nach Amerika verliebt hatte. Der Mann, der ihr Englisch beigebracht und ihr gezeigt hatte, wie sich Liebe anfühlte.

Sie schlich auf Zehenspitzen an seine Seite und rang nach Atem. »Davin?« Ihre Stimme klang zittrig und verzweifelt. Er sah so dünn und blass aus, als hätte er in den letzten zwei Monaten zwanzig Pfund abgenommen. Seine Augen waren geschlossen, und als sie sich hinunterbeugte, hörte sie nur seinen röchelnden Atem. »Kannst du mich hören?«, versuchte sie es erneut. »Ich bin's, Mina ... vom Schiff.«

Seine Lider flatterten, aber er wachte nicht auf.

Mina schluckte, während ihr tausend Gedanken durch den Kopf schossen. Er war sehr krank ... Sie musste ihm helfen, musste es ... Er durfte nicht sterben. Nicht jetzt, wo sie ihn wiedergefunden hatte.

Sie berührte sanft seine Wange und zwang sich, sich zurückzuziehen. Sie hatte zu arbeiten, trotz der Hitze, trotz der Müdigkeit. Sie eilte zu der Frau in Schwarz und hatte Angst, die Frage zu stellen. *Nein*, sie hatte *furchtbare* Angst, würde es nicht ertragen, wenn er starb. Ein Teil von ihr wollte davonlaufen und sich dieser Wahrheit nicht stellen. War es nicht einfacher, im Dunkeln zu bleiben?

Sie ergriff ihre eigenen Hände, um sie vor dem Flattern zu bewahren, und sagte: »Ma'am, der Mann da hinten, wie lange ist er schon hier?«

»Sie kennen ihn?«

»Er war auf dem Schiff aus Liverpool. Er ist Ire, sein Name ist Davin ...«

Die Frau blätterte in ihrem Buch. »Davin Callaghan, ja, er kam gestern, ist bei der Arbeit zusammengebrochen. Mr. Williams hat ihn hergebracht und will informiert werden.«

»Was ist mit seiner Frau?«

»Er ist verheiratet?« Die Frau schien überrascht. »Ich habe niemanden gesehen. Sicherlich haben sie seine Frau über seinen Aufenthaltsort informiert.«

Mina nickte. »Ich könnte es ihr sagen, wenn Sie wollen, oder meinen Mann schicken. Um sicherzugehen, ich meine ...«

Die Frau wühlte in ihren Papieren und schrieb die Adresse auf. »Armer Mann, er ist so jung und in so einem schlechten Zustand.«

Mina eilte zur Tür. Sie wollte nichts mehr hören, musste nach Hause und etwas finden, um sein Leiden zu lindern – sie musste ihn retten.

»Wo bist du gewesen?« Roland lief in der Hütte hin und her, Schweiß perlte auf seiner Stirn, und sein Hemd war durchnässt.

»Annie ist krank geworden, sie hat Cholera. Ich habe sie in die Krankenstation in der Stadt gebracht.«

»Was ist mit meinem Abendessen? Ich bin am Verhungern.«

»Es ist noch früh«, sagte Mina. »Kannst du dir nicht einmal selbst etwas zurechtmachen? Ich muss wieder hin ...«

»Warum in aller Welt solltest du dorthin zurückgehen? Du machst dich nur selbst krank – und mich.«

Wie immer geht es nur um dich. Mina drehte sich zu ihren Töpfen um, in denen sie die verschiedenen Kräuter aufbewahrte, um ihre Abscheu zu verbergen. »Ich gehe zurück, weil Annie und die anderen Patienten Hilfe brauchen. Und ich kann sie geben.« Sie stellte die Tüte Hafer und eine Schüssel wilder Brombeeren, die sie heute Morgen gepflückt hatte, vor ihn. »Hier. Ich habe noch zu tun.«

Sie beeilte sich, das Feuer anzufachen und Wasser zu erhitzen, sie musste Tee kochen, viel Tee. Zum Glück hatte sie letzte Woche jede Menge Kamille gepflückt. Sie liebte dieses Kraut wegen seiner vielen heilenden Eigenschaften, die besonders bei Darmerkrankungen, Durchfall und Übelkeit nützlich waren. Die Kamille beruhigte den Organismus und mit ihrem süßen, angenehmen Geschmack und ihrer sanften Wirkung würde sie den Körper nicht weiter belasten.

Aber sie brauchte Flaschen oder andere Behälter für den Tee. Warum hatte sie die Frau nicht gefragt, ob sie dort Wasser erhitzen konnte? Sie wäre nicht in der Lage, schwere Lasten zu tragen, und wenn der Behälter nicht gut verschlossen wäre, würde sie die Hälfte davon auf der Straße verschütten.

Davins blasses Gesicht kehrte zu ihr zurück. Er durfte nicht sterben.

Sie beschloss, eine kleinere Menge herzustellen und ein irdenes Gefäß in ihrem Korb zu tragen, zusammen mit einer großen Portion getrockneter Kamille, einem Löffel, einem Becher und einem Tuch.

Als sie zum Krankenhaus zurückkehrte, war sie erneut durchnässt. Die Luft hatte sich etwas abgekühlt, aber die klebrige Schwüle blieb. Sie hatte Rolands wütendes Gesicht ignoriert und war einfach gegangen. Sollte er doch wütend sein, es war ihr egal.

Die ältere Frau war immer noch da und kümmerte sich um einen anderen Neuankömmling, ein junges Mädchen von vielleicht zwölf Jahren.

Annie schlief, und Mina eilte zu Davins Bett. Sie hatte Angst, was sie vorfinden würde, Angst, die einzige Person zu verlieren, die ihr in dieser neuen Welt etwas bedeutete.

Wie zuvor lag er auf dem Rücken, die Augen geschlossen, und atmete röchelnd. Sie nahm sanft seine Hand und drückte sie. »Ich bin jetzt hier, mein Liebster«, flüsterte sie. »Ich kümmere mich um dich.«

KAPITEL SECHSUNDVIERZIG

Davin

Eine Stimme sprach in Davins Träumen, leise und sanft, und doch drängend. Er wollte sie ignorieren, ihr sagen, sie solle ihn in Ruhe lassen und ihn wegdriften lassen. Aber die Stimme fuhr fort und sprach Worte, die er nicht verstand. Irgendwann sang sie. Die Worte klangen fremd und seltsam, und doch wunderschön.

Er spürte, wie sich seine Hand bewegte, wie seine Finger massiert wurden. Kate musste zu ihm gekommen sein und kümmerte sich um ihn. Er wollte sich auf die Seite drehen und ihr sagen, sie solle ihn in Ruhe lassen. Aber sein Körper reagierte nicht, gehorchte nicht, er konnte nur daliegen, als sei er tot. Vielleicht war er längst gestorben.

»Davin«, sagte die Stimme wieder, »wach auf. Du musst trinken.«

Er schluckte und merkte, dass seine Kehle so ausgedörrt war, dass Mund und Rachen brannten und schmerzten. Etwas Kühles landete auf seinen Lippen, glatt und angenehm, dann wurde seine Zunge feucht. Er wollte die Augen öffnen, um zu sehen, was geschah, aber oh, er war so müde.

»Gut, noch ein paar Tropfen, komm schon. Das ist Kamille«, sagte die Stimme. »Das ist gut für deinen Bauch.« Das kühle Metall kehrte zurück, das Nass wiederholte sich, er musste schlucken, die Feuchte jetzt kühl in seinem Rachen. Nach einer Weile verschwand der Löffel. »Jetzt warten wir ein bisschen und sehen, ob es drinbleibt.« Die Stimme war sanft und so ruhig, dass er sich sofort zu ihr hingezogen fühlte. Sie hatte einen vertrauten Klang, den er nicht zuordnen konnte.

Er döste.

Die Stimme kehrte zurück, dann der Löffel und die Flüssigkeit. »Lass es uns noch einmal versuchen. Du machst das toll.«

Er schmatzte mit den Lippen, schluckte, bewegte seine Zunge, die sich in seinem Mund wie ein riesiger Klumpen anfühlte.

»Willst du dich vielleicht ein bisschen aufsetzen?«, fragte die Stimme. »Ich helfe dir.«

Davin hatte Mühe, seine Augen zu öffnen, es war, als wären sie mit Sand gefüllt, die Augäpfel kratzig und schmerzhaft. Der Raum lag im Halbdunkel, er erkannte eine hölzerne Decke aus Holzstämmen. Er blinzelte, selbst das bisschen Licht tat ihm weh, aber er musste sehen, wem die Stimme gehörte.

»Hallo, ich bin hier. Ich habe dich gefunden.«

Ein Gesicht erschien in seinem Blickfeld. Graue Augen, die ihn an einen Spaziergang im Regen erinnerten, schauten ihn aufmerksam an. Er kannte diese Augen, hatte sich vor Monaten in sie verliebt ...

Dann formte sein Mund das Wort, seine Zunge war steif und aus der Übung. »Mina«, murmelte er. Vielleicht war er in den Himmel gekommen, und dies war ein Engel, der sich als sie ausgab. Warum war sein Körper so schwer, jeder Muskel schmerzte?

Die grauen Augen funkelten vor Tränen. »Hallo.«

Er konzentrierte sich auf sie, wollte ihre Wangen berühren, die Lippen, die er geküsst hatte, aber sein Arm hob sich kaum von der Decke. »Ich bin ein Wrack.«

Zu den Tränen gesellte sich ein Lächeln. »Du *bist* ein Wrack. Aber jetzt bin ich hier und werde mich um dich kümmern.«

Sie half ihm, seinen Kopf auf das Kissen zu legen, und fütterte ihn wie ein Baby mit Tee. Er fühlte sich seltsam, kindlich, wund und getröstet. Mina war gekommen, um ihn zu retten. Das glaubte er.

Er schlief ein, und als er aufwachte und die Holzdecke erkannte, war sie fort. Ihm fiel der Traum ein, ein wunderbarer Traum von dem deutschen Mädchen. Ihr Geist war hier gewesen, um mit ihm zu sprechen, ihn zu ermutigen. Er lächelte, seine Kehle war etwas weniger wund, seine Zunge fast normal. Nur der Durst war unerträglich.

Er hob den Kopf und zählte zwölf Betten, von denen die meisten belegt waren. Eine Frau saß neben einem Patienten, eine andere bewegte sich lautlos im Raum. Das Licht eines prächtigen

Sonnenuntergangs tauchte den Raum in Orange. Er hob die Hand und räusperte sich. »Wasser, bitte«, krächzte er. Seine Stimme klang seltsam, tief und kiesig.

Die Frau, die in der Nähe gesessen hatte, eilte an seine Seite. Ihr Haar war rötlich braun und glänzte wie die Kastanien, die er als Junge gesammelt hatte, ihre Augen waren grau wie Regenwolken. Er hatte nicht geträumt. Sie war hier.

»Davin«, rief sie. »Es geht dir besser.«

Ihm gelang ein Grinsen. »Durstig.« Der Löffel fühlte sich kühl an seinen Lippen an, sein Mund begrüßte den Tee. »Gib mir eine Tasse.« Er trank in kleinen Schlucken und lehnte sich zurück, den Blick auf die Frau gerichtet, die er verloren geglaubt hatte. Sie sah anders aus, ihr Gesicht weicher, die Haut strahlend. »Wie geht es dir?«

Mina erwiderte sein Lächeln, beugte sich tiefer und berührte seine Wange, die Fingerspitzen leicht wie Federn. »Gut so weit.«

»Wohnst du in der Nähe?«

»In einer winzigen Hütte neben anderen Einwanderern.«

»Roland?«

»Er ist wie immer.« Ihr Lächeln verblasste. »Er kämpft mit der Arbeit ... mit sich selbst.«

Davin nickte, und für eine Weile sprachen sie nicht. Ihre Hand fand die seine, und ihre Finger verschränkten sich ineinander, eine einfache Berührung, und doch füllte sich sein Herz mit Freude und ließ ihn entspannen. »Ich kann nicht glauben, dass du hier bist.«

»Ich fiel fast in Ohnmacht, als ich dich entdeckte.«

»Wie lange bist du schon hier?«

»Seit gestern. Ich habe Kräuter geholt. Ich glaube, sie helfen. Du hast nichts mehr erbrochen.«

Er berührte seine Kehle, fühlte seinen Bauch ... Der Schmerz war weg, das Bedürfnis, sich zu entleeren. »Du hast mich gerettet.«

»Ich arbeite daran.« Mina schenkte eine weitere Tasse Tee ein. »Hier, trink. Wenn er unten bleibt, versuchen wir es mit gekochtem Hafer.«

Als sie seine Finger losließ und sich erhob, ergriff er ihr Handgelenk. »Ich habe dich schrecklich vermisst.«

Sie lächelte ihn an, ihre Augen waren wieder feucht. »Ich bin gleich wieder da, ich muss nach meiner Freundin Annie sehen.«

Er folgte ihr mit den Augen durch das Zimmer, es war jetzt dunkel, und eine Öllampe wurde angezündet. Er schlief ein, ein

EIN SCHIMMER AM HORIZONT – ZWISCHEN DEN WELTEN

Gefühl der Ruhe war das Letzte, was er wahrnahm.

Mina saß an seinem Bett, als er erwachte. Es war Morgen, die Fenster standen offen, und draußen sang eine Amsel. Er atmete tief durch, als er sie schlafen sah, den Kopf nach vorn gebeugt, die Lippen leicht geöffnet, die Hände im Schoß. Sie hatte ein wenig zugenommen, ihre Wangen waren weniger hager und weicher geworden.

Irgendwann öffnete sie die Augen, entdeckte ihn, und ihr Gesichtsausdruck wechselte von Anspannung zu Freude. »Du bist wach.«

»Ich bin hungrig.«

Mina hob die Arme und streckte sich. »Wenn das so ist, mache ich dir besser den Hafer fertig.« Sie sah sich im Zimmer um und drückte ihm einen kurzen Kuss auf die Wange.

Sie aßen zusammen, er stützte sich auf das Kissen, sie saß neben ihm. Sie brauchten nicht zu sprechen, ihre Anwesenheit erfüllte ihn auf eine Weise, wie es Kate nie konnte. Kate! Wo war sie nur? Er konnte sich nicht daran erinnern, was passiert war, nur dass er bei der Arbeit zusammengebrochen war. »Wo ist Kate?«

»Ich nehme an, sie ist zu Hause. Ich hatte noch keine Zeit, sie zu besuchen.«

Er reichte ihr seine Schüssel. »Das solltest du auch nicht.«

»Sie hat wahrscheinlich Angst, sich anzustecken ... oder ihren kleinen Jungen zu infizieren. Cholera kann tödlich sein.«

Davin schüttelte den Kopf. »Sie hat nicht einmal nach mir gesehen?«

Mina nahm seine Hand. »Ich werde ihr Bescheid geben, wenn du es wünschst.«

»Ich weiß nicht, ob das eine gute Idee ist. Ich glaube, sie war auf dem Schiff eifersüchtig. Wenn sie wüsste, dass du hier bist ...«

Mina lächelte. »Du bist kaum in Form ...« Ihre Wangen röteten sich, als sie ihn ansah. »Aber es ist mir egal, wie schwach du bist, solange ich in deiner Nähe sein kann.«

»*Du* hattest keine Angst, diese Station zu betreten und den Menschen hier zu helfen – mir.« Er drückte ihre Finger, unterdrückte den plötzlichen Wunsch, sie auf das Bett zu ziehen. »Ich hatte das Gefühl, im Paradies angekommen zu sein, dachte, du wärst nicht real, ein Engel aus meiner Fantasie.« Er erwiderte ihr Lächeln und senkte seine Stimme. »Ich kann mir keinen besseren Ort vorstellen als hier mit dir.«

KAPITEL SIEBENUNDVIERZIG

Mina

Davin war außer Gefahr, er nahm viel Flüssigkeit zu sich, vor allem Tee, und Haferbrei. Mildred hatte Mina gesagt, dass er am Abend gehen müsse, um Platz für Neuankömmlinge zu schaffen. Auch Annie ging es besser, mehr als die Hälfte der Patienten schien auf Minas langsame Fütterung mit Tee und anschließendem gekochten Hafer zu reagieren. Das junge Mädchen war innerhalb weniger Stunden gestorben, ebenso ein älterer Mann und seine Frau.

»Soll ich dich nach Hause begleiten?«, fragte Mina, als Davin seine Kleidung anzog, die von Freiwilligen gewaschen worden war. »Ich denke, du solltest nicht allein auf der Straße herumlaufen.«

»Aber du bist müde, du brauchst Ruhe.« Er richtete sich langsam auf und stöhnte.

Ich habe einen guten Grund, wollte sie sagen. Aber dies war nicht der richtige Ort, um ihm von dem Baby zu erzählen. Außerdem wusste sie nicht einmal, ob es seins war.

»Ich fühle mich wie ein alter Mann.« Er nahm ihre Hand. »Vielleicht kann Mildred jemanden finden, der mich begleitet.«

»Ich würde gerne sehen, wo du wohnst.«

Er zog die Mundwinkel nach unten. »Es ist ein Redemptioner-Arbeitslager, alleinstehende irische Männer. Glaub mir, das willst du nicht sehen.«

»Ich mache mir mehr Sorgen, deiner Frau zu begegnen.«

»Kate?« Er stöhnte erneut, während er sich die Schuhe anzog. »Sie hat kein Recht. Wo war sie, als ich hier lag?« Ihre Blicke trafen sich.

»Stimmt, aber bedenke, dass sie einen kleinen Sohn hat. Roland wollte es auch nicht riskieren, und er hat keinen wichtigen Grund.« Davin trat vor sie, sein Gesicht ganz nah. Sie hatte vergessen, wie groß er war. Sie wollte sich an seine Brust lehnen, ihn küssen ...
»Du bist so lieb und hilfsbereit«, flüsterte er, dann trat er zurück, um Abstand zwischen sie zu bringen.

Jeder, der Augen hatte, konnte sehen, dass zwischen ihnen mehr als Freundschaft herrschte. Aber zu ihrer Ehre blieb Mildred stumm. Selbst Annie, die die meiste Zeit des Tages wach gewesen war, hatte sich nicht dazu geäußert, dass Mina so viel Zeit in der Nähe des irischen Mannes verbrachte.

Davin schlenderte zum Schreibtisch und nickte Mildred zu. »Ich danke Ihnen, dass Sie sich um mich gekümmert haben, als ich an der Schwelle des Todes stand.«

Mildred zeigte ein seltenes Lächeln. »Gern geschehen, es ist eine Freude, Sie hier hinausgehen zu sehen.« Sie sah Mina an. »Ich glaube, Ihre wahre Retterin steht neben Ihnen.«

»Hätten Sie jemanden, der mich nach Hause bringt?«, fragte Davin. »Ich traue mir selbst nicht.«

»Ich fürchte nicht, meistens ist die Familie hier. Aber es sieht so aus, als würde Mina Ihnen die Ehre erweisen. Sie sollte sich sowieso ausruhen.« Wieder schweifte Mildreds Blick an Minas Bauch vorbei und blieb dann an ihrem Gesicht hängen. »Ich denke, Ihre Freundin Annie kann morgen heim. Werden Sie sie abholen?«

»Natürlich.« Mina winkte Annie zum Abschied zu und folgte Davin zur Tür hinaus. Endlich würden sie allein sein. Es würde ihr nichts ausmachen, zu Fuß zu gehen, egal, wie lange es dauerte. Sie hätten Zeit für ein Gespräch ... einen Kuss. Sie sehnte sich nach seiner Berührung wie nach frischer Luft.

»Davin?« Kate kam auf sie zu, als Davin nach Minas Hand griff. Er ließ los und drehte sich um. »Dir geht es gut. Sie sagten mir ...«

»Wer hat dir was gesagt?« Davins Stimme war sanft und doch wütend.

Kate schien verwirrt und schaute Mina an. »Was tust *du* hier?« Ihr Blick fiel wieder auf Davin. »Ist es ... Setzt ihr beide eure Liebesaffäre hinter meinem Rücken fort?« Sie drehte sich wieder zu Mina um. »Lass ihn in Ruhe, hörst du? Ich habe –«

»Hör auf!« Davin stellte sich vor Kate. »Ich wäre fast gestorben ... Du konntest dir nicht einmal die Mühe machen, mich zu besuchen. Mina hier hat mir geholfen ... vielen der Patienten. Sie hat mir das Leben gerettet.« Er gab Kate einen kleinen Schubs. »Warum schaust du nicht rein und überzeugst dich selbst?«

»Nein, danke.« Kate blinzelte ihn an, dann Mina. »Ich will, dass sie geht.«

»Warum?« Davins Tonfall klang ebenso fordernd wie Kates. »Sie hat jedes Recht, hier zu sein, eigentlich mehr. Wie kommt es, dass du jetzt erst auftauchst?«

»Bob, der Mann, der für Mr. Williams arbeitet, hat mir gesagt, dass du nach Hause gehen darfst. Ich dachte, ich überrasche dich.«

»Warum hast du mich nicht überrascht, als ich da drin lag?«

»Ich wollte Peters Leben nicht mit dieser Pestilenz riskieren.«

»Es ist Cholera.« Davin zögerte, offensichtlich suchte er nach den richtigen Worten. »Ich hätte zumindest erwartet, dass du eine Nachricht schickst und dich nach mir erkundigst. Offenbar hast du beides nicht getan.«

»Ich dachte, sie würden sich hier um dich kümmern.« Kate schien sich jetzt weniger sicher zu sein, ihre Augen waren groß und flehend. »Bitte komm nach Hause. Peter vermisst dich.«

Mina wusste, was Kate tat, Davin wahrscheinlich auch. Er war ein Mann, der Verantwortung übernahm, und im Moment war er verheiratet und hatte einen Sohn, egal wie zwiespältig er sich fühlen musste.

Was ist mit meinem Baby, wollte Mina fragen. *Du weißt nicht einmal, ob es von ihm ist, du hast kein Recht dazu.* Sie kämpfte um Fassung und wandte sich Davin zu, stolz, dass ihre Augen trocken blieben. »Ich glaube, du gehst besser. Ich muss selbst nach Hause. Roland wird sich Sorgen machen, und ich brauche Ruhe.«

Davin wusste genauso gut wie sie, dass es Roland egal war, ob Mina zu Schaden kam, aber zu seiner Ehre spielte er mit. Er streckte die Hand aus und sagte: »Nochmals vielen Dank für deine Hilfe, ich verdanke dir mein Leben.«

Mina konzentrierte sich darauf, wie sich seine Finger auf ihren anfühlten, die Wärme seiner Haut, die sie berührte. Sie wollte sich immer an diesen Moment erinnern, ihn nicht in eine ferne Erinnerung entgleiten lassen. Aber die Zeit war grausam, sie lief einfach so dahin, ohne Gefühl dafür, welche Momente wichtig waren und für die Ewigkeit Gewicht hatten.

Sie nickte Kate zu und wandte sich ab, wobei ihre Beine sie vorwärtsdrängten. Sie würde nie mit ihm zusammen sein können, würde nie seine Liebe und seinen Respekt genießen. Wieder sagte sie sich, dass es ausreichen musste, zu wissen, dass er überlebt hatte und in ihrer Nähe wohnte. Zu wissen, dass es eine Chance geben könnte, ihm zu begegnen. Und ihm vielleicht eines Tages ihr Baby zu zeigen.

Zu ihrer Überraschung war die Hütte menschenleer. »Roland«, rief sie, »ich bin zu Hause. Annie geht es besser und sie wird morgen nach Hause kommen.«

Da bemerkte sie die Unordnung in der Küche. Teller und Schüsseln lagen kreuz und quer auf dem Boden, der Mehltopf war zerbrochen und hatte alles weiß eingestaubt. Sie erkannte die Scherben des Steinguttopfes, in dem sie das Haushaltsgeld aufbewahrt hatte, er war in zwei Hälften zerbrochen ... leer, die Vase mit den restlichen Münzen ebenfalls entzwei. Roland hatte die Hütte geplündert und war ausgegangen, entweder um zu trinken oder um zu spielen – oder beides.

Panik ergriff sie, als sie zu ihrem Bett rannte, aber es stand an seinem Platz wie immer. Gold und Schmuck waren sicher. Fürs Erste.

Sie sank aufs Bett, müde bis in die Knochen, und begrüßte die Erschöpfung, die sie aus diesem unmöglichen Leben in einen tiefen, alles vergessenden Schlaf stürzte.

KAPITEL ACHTUNDVIERZIG

Davin

Davin lag neben Kate, seine Beine schmerzten von der Erschöpfung durch den Heimweg. Er hatte ihre Berührung nicht gewollt, aber irgendwann hatte er sich an sie gelehnt, um seinem Körper ein Gefühl des Gleichgewichts zu geben. In Irland war er trotz der Entbehrungen stark gewesen, jetzt hatte er an der Schwelle des Todes gestanden, und es gab keinen einfachen oder schnellen Weg zurück. Es würde eine Woche oder länger dauern, bis er wieder arbeiten konnte, er würde Williams und Joe sagen müssen, dass er Zeit brauchte.

Er musste auch über seine Arbeitssituation nachdenken. Der Grund, warum er so krank geworden war, war wahrscheinlich seine eigene Dummheit, weil er seinen Körper ignoriert und zu viel von ihm verlangt hatte. Sein Arbeitspensum musste reduziert werden, er hatte schon eine Idee, wenn Williams sich darauf einlassen würde.

Er drehte sich auf die Seite, weg von Kate, die Augen weit geöffnet. Ein Teil von ihm freute sich. Er hatte Mina wiedergefunden, oder besser gesagt, sie hatte ihn gefunden und ihn von den Toten zurückgeholt. Ihre Verbindung war genauso stark, wenn nicht sogar stärker als auf dem Schiff, allein die Berührung ihrer Finger oder die Nähe zu ihr fühlte sich an wie eine Heimkehr. Kate war zum denkbar ungünstigsten Zeitpunkt gekommen. Er hatte gehofft, etwas Privatsphäre zu haben, mit Mina reden zu können, während sie ihn nach Hause begleitete, vielleicht einen Weg zu finden, sich wieder zu treffen, auch wenn es unwahrscheinlich

EIN SCHIMMER AM HORIZONT – ZWISCHEN DEN WELTEN

war.

Du bist verheiratet, und sie ist es auch, dachte er. Stimmt. War er einfach nur zügellos? Sollte er das Einzige ignorieren, was das Leben lebenswert machte: es mit der Frau zu teilen, die er liebte? Wie dachte sie darüber? Sie waren nicht in der Lage gewesen, über wichtige Dinge zu sprechen. Warum nicht wenigstens ihre Wünsche herausfinden? Er musste Klarheit haben. Wenn sie ihn wegschickte, würde er damit fertig werden, aber sie sollte es ihm wenigstens persönlich sagen.

Plötzlich wusste er, was er zu tun hatte.

Es war vor sieben Uhr morgens, als er ging. Er hatte Kate gesagt, dass er frische Luft brauchte und seinen Körper mit einem Spaziergang stärken wollte. Er wusste nach hundert Metern, dass es zu früh war, weil seine Beine müde und wacklig waren. *Dreh um, du kannst morgen oder nächste Woche hin. Du weißt, wo sie wohnt.* Aber er konnte nicht ... konnte keine weitere Stunde warten, geschweige denn einen weiteren Tag.

Also ging er wie alte Männer, langsam, mit unsicherem Gang, Schweiß auf der Stirn. *Bitte lass mich ankommen.* Er betrachtete den Zettel mit ihrer Adresse, den Mina ihm zugesteckt hatte.

Es lag im Süden der Stadt, eine Reihe bescheidener Hütten, alle mit der gleichen schmalen Veranda, auf die nicht mehr als ein Schaukelstuhl passte, mit Schindeldächern und schiefen Fenstern und Türen. Er stellte sich vor, Verbesserungen vorzunehmen, die Veranda zu vergrößern, Wände und Fenster zu begradigen, die Treppe zu reparieren.

Das würde nie passieren. Niemals. Er hielt inne, bevor er die zwei Stufen hinaufstieg. Sein Rachen war ausgedörrt, die Sonne brannte bereits heiß. Wie spät war es? Egal, sie würde hoffentlich zu Hause sein, sonst würde er hier oben auf der Veranda warten.

Aber er hatte noch nicht einmal geklopft, als die Tür aufflog. Mina stand in ihrem Nachthemd da, ihr Haar glänzte und reflektierte die Morgensonne.

»Du bist gekommen«, rief sie und warf sich ihm an die Brust. Er fiel fast nach hinten, fing sich aber wieder, während sie sich zurückzog und nervös lachte. »Tut mir leid.«

»Ich bin ein Wrack«, sagte er zur selben Zeit. Sie zog ihn hinein, warf die Haustür zu und drängte sich an ihn. Der Raum versank, sein Mund traf den ihren, ihre Lippen tanzten, suchten ... ihre Körper erkannten einander.

Abrupt landete Minas Handfläche auf seiner Brust, dann lehnte sie sich zurück. »Warte, ich kann nicht.«

Davin sah sie einfach nur an, die gerade Nase und die leuchtenden Augen, die jetzt eine Mischung aus Schmerz und Bedauern zeigten. »Was ist los?«

Sie stieß einen Seufzer aus und trat einen Schritt nach hinten, was ihn zwang, sie loszulassen. Die Leere war sofort da, ein hohles Gefühl, das ihn zu verschlingen drohte. Er hob die Arme und ließ sie wieder fallen. Hilflos, frustriert. Sein Körper wollte sie, auch wenn seine Beine ihn kaum stützten.

»Das hier ... ist falsch. Wir sind beide verheiratet, ich kann nicht ... deine Frau.«

»Die Angst hat, mir nahe zu sein?« Er konnte die Bitterkeit in seiner Stimme nicht unterdrücken.

»Trotzdem müssen wir warten, einen anderen Weg finden, einen ehrenhaften Weg.« Ihr Blick begegnete seinem. »Bitte versteh mich.«

Wie, wollte er fragen. Aber er sah sie einfach nur an. Sie hatte natürlich recht. Auch wenn ihre Worte schmerzten und ihn in den Wahnsinn trieben. Es war nicht richtig, bei weitem nicht.

»Ich liebe dich«, flüsterte er, erinnerte sich, wo er war. »Ist Roland ... Kommt er zum Mittagessen nach Hause?«

Sie zögerte, dann schüttelte sie den Kopf. »Er ist gestern Abend nicht nach Hause gekommen und hat mir das hier hinterlassen.« In diesem Moment bemerkte er die Scherben auf dem Boden. »Er hat unser Haushaltsgeld genommen. Du weißt, dass er nichts verdient. Wir sollen essen, was sie uns geben, und das ist nicht genug.«

»Für mich auch nicht. Aber meine Güte, musste er denn deine Küche zerstören?«

»Er ist wütend, weiß von dem Gold.«

»Er hat es nicht gefunden.«

»Noch nicht.« Mina trat vor den winzigen Spiegel, um ihr Haar zu glätten und es zu einem Knoten zu binden. »Ich habe versucht, das Gold bei der Bank abzugeben, aber die verlangen den Ehemann, um das Konto zu eröffnen.« Sie seufzte. »Ich könnte es genauso gut in den Fluss werfen.«

Davin erinnerte sich an seinen Plan von gestern Abend. »Wir sollten darüber reden, was du tun willst, wie wir miteinander umgehen sollen. Dieser ... Ort«, er warf die Arme hoch, »ist unter deiner Würde. Wir müssen eine Lösung finden ...«

»Ich muss dir auch etwas sagen …«

Die Tür flog auf und knallte gegen die gegenüberliegende Wand. »Was soll das hier werden?«, lallte Roland in schlechtem Englisch und blieb vor Mina stehen. Seine geröteten Augen wanderten zu ihr, dann zu Davin. »Mein Zuhause ist jetzt ein Liebesnest. Wie drollig.« Er schwankte und fing sich wieder. »Während ich mir die Knochen kaputt mache, hurst du herum?« Er spuckte auf den Boden und schlug Mina ins Gesicht, seine Knöchel trafen auf ihre Wangenknochen, ein dumpfes Geräusch, schnell und überraschend, sodass Mina überhaupt nicht reagieren konnte.

Entsetzt sah Davin, wie sie rückwärts stolperte und auf den Boden sank, wobei ihr Kopf nur knapp die Tischkante verfehlte. Mehl stieg wie Nebel zwischen den Scherben auf. Ihre Augen waren jetzt geschlossen, und sie bewegte sich nicht.

»Mina!«, schrie er, hin- und hergerissen zwischen dem Bedürfnis, nach ihr zu sehen und ihrem Mann den Hals umzudrehen. Seine Sicht verengte sich zu einem Tunnel, und alles, was er sah, war Roland, der mit einem bösen Grinsen im Gesicht hin und her schwankte. »Du Schwein.« Er sprang vor, legte einen Arm um Rolands Hals und wollte ihn zu Boden ziehen, aber er war nicht mehr der Mann auf dem Schiff. Seine Muskeln waren geschrumpft, er hatte abgenommen und war schwach.

Roland befreite sich und traf Davins Wange mit der Faust, sein zweiter Schlag verfehlte ihn völlig. Davin landete einen Schlag auf Rolands Kinn und schickte ihn schließlich zu Boden. Er blieb einen Moment lang benommen liegen, und Davin sprang auf ihn. Aber Roland, der größer und schwerer war, fand Davins Hals und drückte zu, seine starken, sehnigen Finger waren wie eiserne Seile. Davins Sicht verschwamm, und er brauchte beide Hände, um die Finger loszumachen. Roland drehte sich unter ihm, und Davin verlor das Gleichgewicht, ein Knie traf seinen Magen, und er stöhnte auf. Dann war Roland auf ihm, die Finger krallten sich in seine Haut. Wieder verschwamm Davins Sicht. So verrückt und betrunken wie Roland war, würde er Davin töten, ohne sich daran zu erinnern.

»Meine Frau ficken«, keuchte Roland. »Nicht mit mir.«

Davin hatte keine Luft mehr, Sterne explodierten hinter seinen Augenlidern. Er war Roland nicht gewachsen, der mit seinem ganzen Gewicht auf ihm saß. Davins Arm schwang nach hinten, er wollte Roland ins Gesicht schlagen, aber da lag etwas auf dem Boden, ein Tontopf aus dem Küchenchaos. Er hob ihn und schlug gegen

Rolands Schläfe.

Der gab einen erstickten Laut von sich, seine Augen weiteten sich, er ließ Davins Hals los, bevor er zusammenbrach und Davin unter sich begrub. Eine Wolke aus Alkohol umnebelte Davin, das Gewicht nahm ihm den Atem. Etwas Warmes tropfte auf seine Wange ... Blut.

Er kämpfte sich frei und beugte sich, immer noch auf den Knien, über Mina, um ihren Atem zu hören. Ein leises Röcheln entrang sich ihrer Kehle, ihre Lider flatterten.

»Hörst du mich?«, flüsterte er mit rauer Stimme. Er griff sich an die Kehle, massierte die Haut, während er mit der anderen Hand Minas Wange berührte. Roland lag still, während sich eine schwärzliche Pfütze unter seinem Kopf sammelte.

Sein Magen krampfte sich zusammen, und einen Moment dachte er, die Cholera sei zurück. Aber es war Panik, die Überzeugung, dass er Minas Mann schwer verletzt, vielleicht getötet hatte.

»Davin?« Minas Augen waren offen und musterten ihn.

»Wie geht es dir?«

Sie berührte ihre geschwollene Wange, bewegte ihre Glieder und nickte. Erleichterung, wie er sie noch nie erlebt hatte, durchflutete ihn, und er fiel nach vorn in ihre Arme. Sie lagen in der Mitte der Trümmer, sein Kopf auf ihrer Brust, ihr Arm um ihn gelegt.

Bis Mina fragte: »Wo ist Roland?«

Davin setzte sich abrupt auf. »Ich ... Wir hatten Streit.« Sein Blick kehrte zu Roland zurück, dessen reglose Gestalt wie ein dunkler Geist den Raum einnahm.

Mina setzte sich auf. »Was ist passiert?«

Davin zuckte mit den Schultern. »Ich war wütend, es tut mir leid«, rief er. Er rappelte sich auf und half dann Mina. Gemeinsam untersuchten sie Roland. Mina kniete sich wieder hin, legte ihm eine Hand in den Nacken und lauschte.

»Er lebt, hat nur eine böse Wunde an der Schläfe«, sagte sie. »Hilf mir, ihn auf das Bett zu legen.«

Davin nickte, und gemeinsam zerrten sie ihn zum Bett. All das Glück, das er vorhin empfunden hatte, war verflogen. Er hatte Mist gebaut. Roland würde ihn verfolgen, ihn des Ehebruchs und des versuchten Mordes beschuldigen.

»... tun?«

»Was?« Er hatte kein Wort gehört.
»Ich habe gefragt, was wir tun sollen.« Mina nahm seine Hand. »Ich werde sagen, dass er mich angegriffen hat und vor lauter Trunkenheit umgefallen ist. Ich werde einen der Nachbarn bitten, vorbeizukommen. Vielleicht hole ich einen Arzt.« Sie tastete nach ihrer Wange. »Gut, dass ich einen dicken Kopf habe.«

Trotz ihrer Situation lächelte Davin. »Du meinst einen Dickschädel.«

Mina warf sich ihm an die Brust. Er schloss sie in seine Arme, wie er es sich immer erträumt hatte, nur dass nichts richtig schien. »Ich gehe besser, wir finden einen Weg«, flüsterte er ihr ins Haar. Es war eine Lüge. Es gab keine Lösung für ihr Dilemma. Sie konnten sich nicht mehr treffen.

Sie lehnte sich zurück und nickte. Ganz langsam, jeder Muskel in seinem Körper brannte, sein Herz pochte und schmerzte, ließ er los, schlich zur Tür, öffnete sie und suchte die ruhige Straße ab. *Ich muss stark bleiben und darf nicht zurückblicken.* Aber das konnte er nicht. Er musste sie ein letztes Mal sehen, sich vergewissern, dass es ihr gut ging.

Ihre Blicke trafen sich, der ihre war voller Tränen und Sehnsucht. Auch Traurigkeit lag darin, in der Art, wie ihre Schultern nach vorn hingen, ihre Lippen zitterten. Er wollte zu ihr zurücklaufen, sie umarmen, ihr sagen, dass alles in Ordnung sein würde. Aber er konnte nicht, er musste gehen. Jetzt, bevor Roland aufwachte und ihn des versuchten Mordes beschuldigte!

Mit Mühe konnte er sich einen Aufschrei verkneifen, nickte und eilte auf die Straße.

EPILOG

Oktober 1849

Jedes Mal, wenn Mina die Stadt besuchte, wenn es an der Tür klopfte oder wenn sie jemanden in der Ferne sah, während sie Kräuter und Wurzeln sammelte, stellte sie sich vor, es sei Davin. Aber er war es nie. Jeden Samstag besuchte sie Polly, sie machte Ausflüge mit der wieder genesenen Annie, und der Gedanke an Davin ging ihr nicht aus dem Kopf. Trotz ihrer Freundschaft mit beiden Frauen erwähnte sie ihn nie. Er war wie ein eingekapselter Schatz, der tief in ihrem Herzen vergraben lag.

Roland hatte sich schnell erholt, und außer einer kleinen Narbe an seiner Schläfe erinnerte nichts mehr an diesen Nachmittag. Er hatte weder ihren Streit noch die Auseinandersetzung mit Davin erwähnt. Mina war sich nicht einmal sicher, ob er sich an irgendetwas erinnerte. Sie hatte die Hütte aufgeräumt und sich um Rolands Kopf gekümmert. Er war wieder zur Arbeit gegangen, und obwohl das Wetter kühler wurde, spürte sie, dass sich bald wieder Ärger anbahnen würde. Die Schmiede verlangte perfekte Anwesenheit, aber Roland sprach nie über die Arbeit. Sie existierten nebeneinander, lebten in einem Vakuum, zusammen und doch getrennt.

Immer wieder stellte sie sich vor, bei Davin vorzusprechen, um ihm zu sagen, dass alles in Ordnung sei und Roland sich vollständig erholt habe. Aber sie ging nie hin. Er war verheiratet und musste sich um seine Frau und seinen Sohn kümmern, genau wie sie. Ihre gemeinsame Zukunft war nichts als ein alberner Traum ohne Wert.

EIN SCHIMMER AM HORIZONT – ZWISCHEN DEN WELTEN

Ohne Annie, die allen von Minas Heilkräften erzählt hatte und zahlreiche Frauen und Kinder zu ihr schickte, um sich behandeln zu lassen, wäre sie verzweifelt. Aber jeden Tag brauchte jemand ihre Hilfe bei Schnittwunden und Verstauchungen, Verbrennungen, eingewachsenen Nägeln, Bissen von verschiedenen Insekten, Schlangen und gelegentlich von Hunden, bei Furunkeln, Frauenleiden, Darmbeschwerden und Kopfschmerzen, auch bei Läuse- und Bettwanzenbefall wurde sie um Rat gefragt.

Also verwandelte sie ihren Küchenbereich in eine Sitzecke, stellte Regale mit getrockneten Kräutern, Tinkturen, Tees und Salben auf. Mit Annie an ihrer Seite nahm sie die Verwundeten und Verzweifelten auf. Die Bezahlung bestand oft aus irgendeiner Form von Lebensmitteln: ein paar Zwiebeln, Karotten oder ein Kohlkopf, Kartoffeln, Mehl, Getreide, manchmal aus verschiedenen Haushaltsgegenständen wie einem Stück Stoff, etwas Garn oder einem Satz Stricknadeln, und selten aus ein paar Pennys. Niemand hatte viel, aber sie waren alle dankbar für ihre Behandlung. Und die Hilfe für die Unglücklichen rettete sie.

Und dann war da noch diese andere Sache – ihre Schwangerschaft, auf die sie sich vorbereiten musste. Etwa einen Monat nach dem Vorfall hatte sie Roland davon erzählt. Sie hätte es noch viel länger geheim halten können, denn Roland war weder aufmerksam, noch sahen sie sich unbekleidet. Aber sie hatte es satt gehabt, sich zu verstellen, und war erleichtert gewesen, dass sie nach drei Monaten ihr Baby noch nicht verloren hatte. Vor allem aber wollte sie, dass er sie in Ruhe ließ und seine nächtlichen Besuche einstellte.

»Warum jetzt?«, hatte Roland mit einem Stirnrunzeln gefragt. »Es ist schon schwer genug, ohne ein weiteres Maul zu stopfen.«

»Es ist passiert«, sagte Mina und hoffte, dass sich die Zweifel, die sie an der Identität des Vaters hegte, nicht in ihrem Gesicht abzeichneten. »Ich dachte, du würdest dich freuen. Außerdem werde ich von den Leuten, denen ich helfe, bezahlt.«

»Mit Kohl und Kartoffeln? Warum zahlen sie nicht mit Geld?«

»Sie haben genauso zu kämpfen wie wir, und wir können die Lebensmittel zur Ergänzung verwenden.«

Zweifel standen Roland ins Gesicht geschrieben, aber er schwieg ausnahmsweise. »Ich denke, ich werde eine Krippe bauen. Hoffen wir, dass es ein Junge wird.«

Mina nickte, obwohl sie auf ein Mädchen hoffte. »Wir werden

es bald genug wissen.«

Die Nachricht, dass er Vater wurde, schien Roland zu beruhigen. Oder vielleicht war es der Mangel an Münzen, um sich zu betrinken oder zu spielen. So oder so war Mina dankbar, dass er nach der Arbeit nach Hause kam, um den Garten in Ordnung zu bringen, die Stufen zur Veranda zu reparieren oder Brennholz zu sammeln. Er sprach sogar höflich mit den Nachbarn und Annies Mann.

An lauen Abenden, wenn sie auf der Veranda saßen, Mina strickte oder nähte und Roland an einem Satz Holztiere schnitzte, schien es fast so, als seien sie ein Paar.

Sie redete sich ein, dass sie sich auf ihre wachsende Familie konzentrieren müsse, auf den Eintritt ihres Babys in diese neue Welt – dass dies genug sei.

Mehr zu erwarten, war nicht nur töricht, es war zu viel verlangt.

ANMERKUNGEN DER AUTORIN

Hungersnot und Verelendung im 19. Jahrhundert in Europa
Die irische Hungersnot (1845–1851), die durch jahrelange Kartoffelmissernten entstand und mehr als eine Million Menschen das Leben kostete und weitere zwei Millionen Iren zum Auswandern veranlasste, ist weltbekannt. Vor allem, da die Effekte dieser katastrophalen Zeit, die von den Engländern nicht nur schamhaft ausgenutzt wurde, sondern zum größten Teil hätte vermieden werden können, bis heute nachwirken.

Die von einem *Eipilz* befallene Kartoffel, die den Iren als Hauptnahrungsmittel diente, verging vor den Augen der Pachtbauern. Getreide und tierische Produkte mussten weiterhin nach England exportiert werden, Hilfeleistungen für die hungernde irische Bevölkerung wurden unter den Torys zurückgenommen – man wollte eine Abhängigkeit von England und höhere soziale Kosten verhindern. Die von den Engländern eingerichteten, gefängnisähnlichen Armenhäuser *(Workhouses)* mussten sich selbst finanzieren und hatten wöchentliche Todesraten von über vier Prozent, Arbeitsprogramme waren grausam und oft so hart, dass die geschwächten Iren nicht mehr teilnehmen konnten.

Aber auch in Deutschland trat in der ersten Hälfte des 19. Jahrhunderts der *Pauperismus* auf, eine wachsende Verarmung und Verelendung der Bevölkerung. Gründe dafür waren z. B.:

EIN SCHIMMER AM HORIZONT – ZWISCHEN DEN WELTEN

- das rapide Wachstum der Bevölkerung, die durch die billige Kartoffel ihre Familien günstig ernähren konnte
- die Industrialisierung, die viele Menschen in die Städte schickte, aber dann zu steigenden Arbeitslosenraten führte
- die grundherrschaftliche Bindung, dass der älteste Sohn alles erbte, fiel weg – stattdessen erbten alle Söhne zu gleichen Teilen, was ihnen allen eine wenn auch knappe Lebensgrundlage ermöglichte

Zwischen 1820 und 1928 wanderten über sechzig Millionen Menschen aus Europa aus, darunter fast sechs Millionen Deutsche, hauptsächlich nach Nordamerika, aber auch nach Südamerika, Australien und Neuseeland.

Fort Wayne, Indiana, USA
In den vierzehn Jahren (2003–2017), in denen ich in Indiana wohnte, zog mich nichts nach Fort Wayne, das im Nordosten des Staates liegt. Doch als ich im Herbst 2023 bei einem Besuch dort landete, war mein Interesse sofort geweckt. Im *History Center* entdeckte ich eine Sammlung von Artefakten und Beschreibungen, die sich mit der Geschichte der Entstehung der Stadt beschäftigten. Dort wurden vor allem die deutschen Einwanderer erwähnt, die das Bierbrauen, Eisenschmieden für die Bahnlinien und verschiedene Handwerke hierherbrachten. Es gab damals so viele deutsche Einwanderer, dass viele Straßen und selbst Parks deutsche Namen hatten. Das änderte sich erst während des Ersten Weltkrieges, als »deutsch sein« unpopulär wurde. Vieles, was ich sah und lernte, diente als Grundlage für dieses Buch.

Redemptioner-System
Redemptioner, für die es leider keine adäquate deutsche Übersetzung gibt, sind Menschen, die sich im 18. und 19. Jahrhundert als Schuldner verdingten, indem sie einen Vertrag schlossen, um ihre Überfahrt in das neue Land zu finanzieren. Der Arbeitgeber, z. B. in Nordamerika, bezahlte die recht teure Passage aus Deutschland, und im Gegenzug arbeitete der Redemptioner mehrere Jahre, in der Regel drei oder vier, ohne Entgelt. Er erhielt Unterkunft und Verpflegung, aber kein Gehalt. Teils erhielt er am Ende seiner Arbeitszeit ein Stück Land. Dies funktionierte, weil die amerikanischen Betriebe ausgebildete Handwerker suchten, die im neuen und wachsenden Amerika nicht zu finden waren. Vermittelt

wurden die passenden Redemptioner durch ein System von Agenten, die in Deutschland agierten und den oft verzweifelten Menschen das Blaue vom Himmel versprachen. Einmal im neuen Land angekommen, waren sie oft schlimmsten Lebensbedingungen ausgesetzt.

Frauenrechte
Frauen unterstanden bis weit ins 20. Jahrhundert strengen Regeln und hatten wenige Rechte. So war der Stand 1848:
- Verheiratete Frauen waren in den Augen des Gesetzes rechtlich nicht vorhanden
- Frauen hatten kein Wahlrecht (erst 1918 erhielten Frauen in Deutschland das Wahlrecht, 1920 in den USA)
- Frauen mussten sich Gesetzen unterwerfen, an deren Ausarbeitung sie nicht beteiligt waren
- Verheiratete Frauen hatten keine Eigentumsrechte
- Ehemänner hatten die rechtliche Befugnis und Verantwortung für ihre Ehefrauen, sodass sie sie ungestraft einsperren oder schlagen konnten
- Die Scheidungs- und Sorgerechtsgesetze begünstigten Männer und räumten Frauen keinerlei Rechte ein
- Frauen mussten Vermögenssteuern zahlen, obwohl sie bei der Erhebung dieser Steuern nicht vertreten waren
- Die meisten Berufe waren Frauen verschlossen, und wenn Frauen arbeiteten, erhielten sie nur einen Bruchteil des Lohns, den Männer verdienten
- Frauen war es verboten, Berufe in der Medizin oder Jura zu ergreifen
- Frauen hatten keine Möglichkeit, eine Ausbildung zu absolvieren, da keine Hochschule oder Universität Student*innen* aufnahm
- Mit nur wenigen Ausnahmen war es Frauen nicht erlaubt, sich an den Angelegenheiten der Kirche zu beteiligen
- Ihres Selbstvertrauens und ihrer Selbstachtung beraubt, gelangten Frauen oft in völlige Abhängigkeit von Männern

Auch heute gibt es Bewegungen, selbst in den industriellen Gesellschaften der USA und Teilen Europas, noch schlimmer in Ländern wie Afghanistan, Iran, Pakistan, Somalia, Sudan und Syrien, die Rechte der Frauen einzuschränken oder ihre Menschenrechte zu unterdrücken. Mädchen und Frauen verdienen Gleichberechtigung!

EIN SCHIMMER AM HORIZONT – ZWISCHEN DEN WELTEN

Setzen wir uns alle dafür ein.

ÜBER DIE AUTORIN

Vielleicht ist Annette Oppenlander deshalb Autorin historischer Romane geworden, weil sie gerne in der Vergangenheit wühlt. Es begann damit, dass sie ihre Eltern nach ihren Erlebnissen als Kriegskinder befragte. Über viele Jahre hinweg entstand aus diesen emotionalen Erinnerungen der biografische Roman Vaterland, wo bist Du?. Diese Geschichte wurde nicht nur mit zahlreichen Preisen ausgezeichnet, sondern diente auch als Sprungbrett für eine erfolgreiche Schriftstellerkarriere.

Frau Oppenlander beleuchtet gerne schwierige Themen wie den Zweiten Weltkrieg aus der Perspektive des zivilen Deutschlands, begleitet einfache Menschen im amerikanischen Bürgerkrieg oder im Mittelalter. Um eine authentische historische Welt zu schaffen, verwendet sie oft biografische Informationen, befragt Zeitzeugen und stößt in Archiven auf wenig bekannte Fakten.

Nach ihrem Studium der Betriebswirtschaftslehre an der Universität zu Köln verbrachte Frau Oppenlander 30 Jahre in verschiedenen Teilen der Vereinigten Staaten. Sie schreibt ihre Romane auf Deutsch und Englisch und gibt ihr Wissen in Form von Schreibworkshops, unterhaltsamen Vorträgen und

Autorenbesuchen an Universitäten und Schulen, Bibliotheken, Altenheimen und literaturbegeisterten Organisationen weiter - auf Deutsch und Englisch. Sie lebt heute mit ihrem amerikanischen Ehemann und ihrem Hund Zelda im schönen Münsterland in Deutschland.

»Fast jeder Ort birgt ein Geheimnis, etwas, das die Geschichte lebendig werden lässt. Wenn wir Menschen und Orte genau unter die Lupe nehmen, ist Geschichte nicht mehr nur ein Datum oder eine Zahl, sondern wird zu einer Geschichte«

Von der Autorin
Vielen Dank dass Sie EIN SCHIMMER AM HORIZONT (BUCH I) gelesen haben. Ich hoffe aufrichtig, dass Sie bei der Lektüre dieser Geschichte genauso viel Spaß hatten wie ich bei der Recherche und Erstellung. Wenn Sie ein paar Minuten Zeit haben, können Sie das Buch auf Ihrer bevorzugten Online-Seite für Feedback (Amazon, Apple iTunes Store, Goodreads, etc.) bewerten. Wenn Sie sich über frühere oder kommende Bücher informieren möchten, besuchen Sie bitte meine Website, um Informationen zu erhalten und sich für E-News anzumelden: http://www.annetteoppenlander.com.
Mit freundlichen Grüßen, Annette

Kontakt
Website: annetteoppenlander.com
Facebook: www.facebook.com/annetteoppenlanderauthor
E-Mail: hello@annetteoppenlander.com
Instagram: @annette.oppenlander
Pinterest: @annoppenlander

LESEPROBE

»... eine bemerkenswerte Lektüre, die die Ebenen des Guten und Bösen im Menschen auslotet.« Historical Novel Society

»... gut geschrieben mit komplexen Charakteren. Die historische Genauigkeit ist eines der Dinge, die in diesem Buch hervorstechen.« InD'Tale Magazine

Eine zufällige Begegnung zwischen einer mittellosen, jungen Frau auf der Suche nach ihrem verschwundenen Bruder und einem Hobo, der ein schmerzhaftes Geheimnis mit sich herumträgt, führt beide auf eine Reise in das glamouröse, aber kriminelle Chicago der 1920er-Jahre, wo Prostitution, Alkoholschmuggel und Korruption vorherrschen. Durch das Schicksal getrennt und dank des Zufalls wieder zusammengeführt, ist ENDLOS IST DIE NACHT eine unvergessliche Geschichte über Mut und Durchhaltevermögen, eine Hommage an den Triumph der Hoffnung und der Liebe trotz aller Widrigkeiten.

KAPITEL EINS

Cincinnati, 8. Dezember 1924
Sam
Als ich klein war, glaubte ich, dass alle Menschen in Familien lebten – in gemütlichen Räumen voller Lachen und dem köstlichen Aroma von auf dem Herd köchelnder Pastasoße. Ich betrachtete es als selbstverständlich, dass mein Vater Luca Bruno mich jeden Tag zum Markt oder zum italienischen Lebensmittelhändler mitnahm, meine Hand fest in seiner, während er an der Theke mit Ladenbesitzern und Nachbarn plauderte.

Damals lebten wir in einer Zweizimmerwohnung mit Blick auf

den Garten. Papa züchtete Tomaten in Baseballgröße an den sonnengewärmten Backsteinwänden unseres Hauses und Mamma lud die Nachbarn sonntagnachmittags zu selbst gemachtem Apfelstreuselkuchen ein.

Es war eine Erinnerung, die ich mir nicht oft gönnte, denn die Freude, die ich dabei empfand, wurde immer durch die Erkenntnis ausgelöscht, dass ich ein solches Glück nie wieder erleben würde.

Heutzutage zog ich es vor, meine Träume so sicher fortzuschließen wie die Reichen ihre Goldmünzen in einem Banktresor. So war es einfacher.

Das Klopfen an der Tür kam schnell und hart und fordernd.

Erschrocken sah ich Mamma an und ignorierte das Grauen, das wie Essig in meinem Bauch aufstieg. Wir hatten nie Besuch, aber ich wusste, wer es war, bevor er sprach.

»Macht schon auf. Ich weiß, dass ihr da seid.«

Mamma schüttelte den Kopf. Ihre Augen, die normalerweise das helle Blau eines Vorfrühlingshimmels trugen, wirkten vor Angst trübe. Ich kannte diesen Blick gut. In letzter Zeit fürchtete sich meine Mutter ständig vor irgendetwas.

»Wenn ich die Tür eintreten muss, wirst du dafür bezahlen«, drohte die Stimme.

Langsam richtete ich mich auf und machte einen Schritt in Richtung Eingang. Dann noch einen.

»Samantha!« Mammas Stimme zitterte und sie schüttelte wieder den Kopf.

Meine Füße marschierten stur weiter zur Tür.

Wann hatten sich die Dinge geändert?

Ich erinnerte mich nicht an einen bestimmten Tag, nur an Mammas Gesichtsausdruck in den Wochen, nachdem mein Bruder Angelo nicht zurückgekehrt war. Ihre Augen hatten sich mit etwas weniger Lebendigem gefüllt – eine Verfinsterung der Gesichtszüge, eine Müdigkeit, die sich auf alles gelegt hatte, was sie berührte.

Seit Angelos Verschwinden schien es, als ob zwei Tiere in Mammas Brust miteinander konkurrierten. Das eine war ein grimmiger Löwe, der brüllte und kämpfte. Der beschützte. Das andere war eine verwaschene Maus, nachgiebig und ängstlich. Schwach. Am Anfang, nachdem Papa verloren gewesen war, hatte sich der Löwe um Angelo und mich gekümmert. Wir hatten eine kleinere Unterkunft gefunden, hatten reiche Leute besucht, um sie um Wascharbeit zu bitten. Wir hatten verhandelt, Lebensmittel auf Pump beim Händler gekauft.

Ich liebte Mamma, aber die Maus hasste ich.

Ich beschleunigte und riss die Tür auf, gerade als die massige Gestalt von Mr Talbott nach vorn stürmte. Überrascht stolperte er, taumelte ins Zimmer und kam vor dem Bügelbrett zum Stehen, hinter dem Mamma kauerte. Ich biss mir auf die Lippe, um ein Grinsen zu verbergen. Zu schade, dass der Vermieter nicht auf sein fettes Gesicht gefallen war.

»Mrs Bruno.« Mit geblähten Nasenflügeln und geröteten Wangen richtete sich Talbott zu seiner beeindruckenden Größe auf. »Du weißt, warum ich hier bin. Fast drei Monate im Rückstand.« Er warf einen Blick in unser schäbiges Zimmer, bevor seine tief liegenden Augen auf mir haften blieben. »Ich brauche mindestens die Hälfte der zehn Dollar, die du mir schuldest, oder ihr müsst ausziehen.« Er streckte eine Hand aus, jeder seiner Finger war so groß wie ein Würstchen.

»Mr Talbott, ich bin doch dabei.« Mamma zeigte mit einem abgearbeiteten Zeigefinger auf den Berg von Wäsche, der darauf wartete, gebügelt zu werden. »Zwei Familien schulden mir die Wäsche für mehrere Monate. Die Zeiten sind hart. Alle sind im Rückstand. Ich werde –«

»Keine Ausreden mehr, Mrs Bruno.« Talbotts Blick kehrte zu mir zurück.

Der dicke Mann bereitete mir eine Gänsehaut. Seine Haut glänzte teigig wie Schmalz und seine Augen zogen mich aus. Das war, gelinde gesagt, unanständig. Nicht einmal die Männer, die heutzutage auf der Straße herumlungerten, starrten so.

»Ihr habt bis morgen Zeit.« Talbott wandte sich zur Tür, zögerte und ging dann für einen Mann seiner Größe zügig zum Kamin. »Was haben wir denn hier?«

Darüber hing unser wertvollster Besitz: eine Modell 12 Winchester, das Einzige, was uns von meinem Vater geblieben war.

Jede Woche nahm Mamma das Gewehr herunter, reinigte und wienerte es, wie andere Leute ihr Familiensilber polierten. Ihre vom ständigen Waschen weichen Hände streichelten den Lauf und den Schaft, ihr Blick wanderte in die Ferne, als ob sie ihren Mann in der Tiefe ihrer Erinnerungen finden könnte.

Talbott riss die Winchester vom Regal und nickte zustimmend, bevor er sich die Waffe unter den Arm klemmte. »Du bekommst sie zurück, wenn du bezahlst.« Er eilte zur Tür hinaus und hinterließ einen Geruch von schalem Zigarrenrauch und ranzigem Speck.

Während Mamma auf dem abgenutzten Sofa, das uns auch als Essbank diente, zusammensackte, warf ich die Tür zu. »Das dreckige Schwein«, schrie ich.

»Samantha!«

»Er hat Papas Gewehr gestohlen.«

Mamma schüttelte den Kopf und öffnete den Mund, aber es kamen keine Worte heraus. Sie saß zusammengesunken da, eine abgemagerte Frau von vierzig Jahren, die sechzig hätte sein können. Die Maus war zurück.

Ich versuchte, die Stinkwut, die sich in mir aufbaute, einzudämmen, faltete ein Bettlaken und drapierte es über einen Weidenkorb, der mit ordentlich gebügelter Wäsche vollgestapelt war. Ich würde explodieren, wenn ich mich nicht augenblicklich ablenkte. Wen interessierte schon die Wäsche? Wen interessierte Talbott und das miserable Loch, in dem wir wohnten? Ich sehnte mich nach meiner Familie, wollte meinen Bruder sehen, wieder mit Papa kochen. Und zwar nicht irgendetwas, sondern selbst gemachte italienische Nudeln und aromatische Soßen. Ich wusste immer, was in einem Gericht steckte. Ich wusste, welche Gewürze verwendet wurden und welche Zutaten man brauchte. Und manchmal glaubte ich auch, zu wissen, was in einem Menschen steckte – ob er nett oder böse, wütend oder einfach nur traurig war.

Ich schluckte die Galle herunter, die vom Magen aufstieg. Wir hatten nicht einmal genug Essen, um eine anständige Suppe zu kochen. »Ich besuche die Winslows. Es wird Zeit, dass sie bezahlen.«

Als Mamma schwieg, klemmte ich mir den Korb unter den Arm und schlich zur Tür hinaus. Der abscheuliche Vermieter war verschwunden, aber der stinkende Zigarrenqualm hing noch in der Luft. Drei Dollar Miete im Monat waren ein Vermögen für die Einzimmerwohnung. Wir wuschen und spülten Geschirr und Wäsche im Emaillebecken, während der Kamin entweder schwelte oder eisige Luft in unsere Mitte sandte. Der meiste Platz wurde zum Trocknen der Wäsche benötigt, denn zu dieser Jahreszeit war es zu kalt und feucht, um etwas auf den Leinen, die zwischen den Gebäuden gespannt waren, zu trocknen. Auch das hasste ich. Ich hasste den Geruch feuchter Wäsche, die klammen Wände, die zu schimmeln drohten, und Mammas Hingabe, jedes Stück perfekt zu machen.

EIN SCHIMMER AM HORIZONT – ZWISCHEN DEN WELTEN

Ich atmete tief durch, stieg die schmutzige Treppe hinunter und betrat die Straße. Das Over-the-Rhine-Viertel in Cincinnati hatte schon bessere Tage gesehen. Vor siebzig Jahren hatten hauptsächlich deutsche Einwanderer, darunter auch Mammas Eltern, die Gegend überschwemmt und das Geheimnis der Herstellung von erstklassigem Bier mitgebracht.

Spezielle Hefestämme hatten Pilsener, Export- und Lagerbiere produziert. Zu Beginn des zwanzigsten Jahrhunderts hatten sich mehr als vierzigtausend Menschen in der Stadt gedrängt, die auf die eine oder andere Weise in den Dutzenden von Brauereien, in der Herstellung von Fässern und anderen Anlagen sowie in den Bars, Restaurants und Läden beschäftigt gewesen waren, um alle zu versorgen. Die Häuser standen eng beieinander, drei- oder vierstöckige Backsteingebäude, klobige Bauten, die die schlammbedeckten Straßen beschatteten.

Auf den Straßen hatte es von Pferdekutschen, Händlern, die billige Mahlzeiten anboten, und Frauen und Kindern gewimmelt. An jeder Ecke und dazwischen hatte es Kneipen gegeben und ein ständiger Geruch von Alkohol, köchelnden Eintöpfen, Bierhefe und Schweinemist hatte alles durchdrungen.

Dann war der Erste Weltkrieg gekommen. Und 1916 war es ein Fehler gewesen, Deutscher zu sein. Das war das erste Mal gewesen, dass ich gemerkt hatte, dass Mamma ängstlich wurde, egal, ob Papa *gegen* die Deutschen kämpfte. Wer einen deutschen Namen trug, hatte damit rechnen müssen, gemieden oder angegriffen zu werden. Deutsch war aus den Lehrplänen der Schulen gestrichen worden. Die *Bremenstraße* war zur *Republic Street* geworden, die *Deutsche Straße* zur *English Street*. Viele deutsche Einwanderer hatten ihre Namen geändert oder waren fortgezogen.

Keine drei Jahre später war die Prohibition gefolgt. Und Over-the-Rhine war zu einer Geisterstadt geworden.

In der Spanne eines Wimpernschlages war unser Viertel auseinandergefallen. Große Brauereien wie *Christian Moerlein* hatten geschlossen, Läden waren zugenagelt worden und immer mehr Familien waren verschwunden. Das heißt, die, die es gekonnt hatten. Zurückgeblieben waren die Unglücklichen, die Schwachen und die Alten. Verzweiflung hatte sich breitgemacht – beinahe fünf Jahre lang.

Ich bahnte mir einen Weg über bröckelnde Ziegelsteine, kaputte Bürgersteige und aufgetürmten Müll. Die Nachbarschaft roch heutzutage anders. Das hefige Aroma von gärendem Bier war verschwunden, ebenso wie der scharfe Geruch von frisch gesägtem Holz und der köstliche Duft der Restaurants, die den Arbeitern mittags und abends Eintöpfe angeboten hatten. Jetzt roch es nach Dung, nach dem Gestank von Schweinen, die auf dem Weg zum Schlachter genau wussten, dass ihre Stunde geschlagen hatte. Und noch etwas anderes kam dazu: Verfall – eine Fäulnis, die in den verlassenen Mietskasernen, den leeren Lagerhäusern und ausgehöhlten Brauereien begann und sich auf die Straßen ausbreitete, wo sie alles wie eine ekelige Haut überzog.

Ich ignorierte die Rufe, die mir aus verschiedenen Hauseingängen entgegenschallten, in denen Männer untätig saßen, Spiele spielten oder ins Leere starrten. In ihren Augen spiegelte sich die Ödnis der Straßen und der Verlust der eigenen Ziele, des Wertes eines Mannes, der einer ehrlichen Arbeit nachgeht. Wenn sie pfiffen, fragte ich mich oft, ob sie das aus purer Langeweile taten oder ob ich wirklich attraktiv auf sie wirkte.

Selbst mit kaum achtzehn Jahren gab es nicht viel zu sehen. Mein schwarzes Haar, das ich von meinem italienischen Vater geerbt hatte, hing in einem dicken Zopf zwischen meinen Schulterblättern und ich beschattete mein Gesicht mit einem abgewetzten Schlapphut, den ich in einem verlassenen Laden gefunden hatte. Ich trug eine gebrauchte Hose aus schwerer Wolle, ein gestreiftes Baumwollhemd und eine Weste sowie einen Mantel, der früher meinem Bruder Angelo gehört hatte.

Ich stieß einen Seufzer aus. Wie ich ihn vermisste.

Angelo war drei Jahre älter als ich und hatte sich um Mamma und mich gekümmert, bis es vor zwei Jahren richtig bergab gegangen war und er begonnen hatte, als Schmuggler zu arbeiten.

Ich blickte überrascht auf. Die Villa der Winslows lag direkt vor mir und ich hatte nicht einmal bemerkt, wie ich hierhergekommen war. Das passierte in letzter Zeit öfter. Ich musste mit den dummen Tagträumen aufhören.

»Bitte sehr?« Das Dienstmädchen knickste, aber als es sah, dass ich es war, streckte es einen Arm aus. »Ich nehme das.«

Ich hielt mich am Korb fest und nahm einen Hauch von Mammas Wäscheseife wahr, die aus dem fein säuberlich gepressten Stapel aufstieg. »Ich möchte mit Mrs Winslow sprechen.«

»Sie ist beschäftigt.«

Ich stand unbeweglich da und betrachtete das Dienstmädchen

mit seinem penibel sauberen, cremefarbenen Häubchen. »Dann komme ich später wieder ... *mit* der Wäsche.«

Die Wangen des Mädchens begannen, zu glühen. Es hatte sich offensichtlich die Freiheit genommen, selbst zu bestimmen, wer ihre Herrin sah. Jetzt hatte es offenbar Angst, falsch entschieden zu haben. »Bitte warte einen Moment.«

Die Tür schlug einen Zentimeter vor meiner Nase zu, aber ich rührte mich nicht.

Eine Minute verging. Eine weitere. Drei.

»Du wolltest mich sprechen?« Mrs Winslow, eine korpulente Frau in einem sackförmigen, braunen Kleid und der modischen, kinnlangen Frisur der Zwanzigerjahre, rümpfte angewidert die Nase.

»Ich liefere die Wäsche«, sagte ich viel zu laut. »Und sammle für zwei *säumige* Monate.«

Bei dem Wort *säumig* zuckte sie leicht zusammen. Und tatsächlich, nach einem verstohlenen Blick auf die vorbeieilenden Passanten, winkte mich Mrs Winslow in den Flur.

In der Düsternis des unbeleuchteten Korridors nahm ich einen Hauch von Alkohol wahr, der von der Frau ausging. Es wurde gemunkelt, dass die Winslows wie die meisten wohlhabenden Familien einen gut gefüllten Keller besaßen und trotz des Alkoholverbots viele Partys gaben. Mr Winslow war in den Alkoholschmuggel verwickelt, eine Tätigkeit, der sich viele fähige Männer nach der Schließung der Brauereien zugewandt hatten.

Ich richtete meinen Blick auf die Frau. »Sie schulden uns fünf Dollar plus die fünfundsiebzig Cent für heute.«

»Ich bin erstaunt über deine Manieren.« Mrs Winslow hob die Zigarette, die sie in der Hand hielt, an ihre grellroten Lippen und inhalierte. »Nächstes Mal werde ich es deiner Mutter sagen.« Sie griff den Rand des Korbes. »Wenn du mich jetzt entschuldigen würdest.«

Überrumpelt zog ich kräftig und riss ihr den Korb aus der Hand. Die Zeit verlangsamte sich, während fein gebügelte Blusen, Tischwäsche und Herrenhemden durch die Luft segelten und in einem Haufen auf dem schwarz-weiß karierten Kachelboden landeten, der mit meinen eigenen schlammigen Fußabdrücken befleckt war.

»Was hast du getan?«, kreischte Mrs Winslow. »Meine Sachen. Sieh dir dieses Durcheinander an. Hilfe!«

Wir werden unser Zuhause verlieren, wollte ich schreien. Stattdessen fegte ich wortlos die Wäsche zusammen, stopfte sie zurück in den

Korb und eilte damit zur Tür hinaus, während die Schreie hinter mir immer schriller wurden und an meinen Trommelfellen zerrten. Nur über meine Leiche würde die reiche Dame ihre Sachen ohne Bezahlung bekommen. Wir würden alles neu waschen und bügeln müssen, die Flecken entfernen. Das bedeutete zwar zusätzliche Schichten nach dem Abendessen und morgen und zusätzliche Kohle zum Heizen des Zimmers, aber ich würde diesen Korb nicht aufgeben, bis die geizige Frau bezahlt hatte.

Talbott würde morgen zurückkehren, in weniger als vierundzwanzig Stunden, von denen wir jede Minute benötigen würden, um das Geld für die Miete aufzutreiben.

Der Dezembernieselregen war mir trotz Mantel unter die Haut gekrochen, das Licht zu einem kraftlosen Grau verblichen, als ich mich unserem Wohnhaus näherte. Davor wogte wie eine düstere Wolke eine Horde von Nachbarn. Ihre Stimmen wirkten gedämpft, ihre Köpfe waren gesenkt.

Ich war nicht in der Stimmung, zu plaudern, und schob mich vorbei. Ich musste meiner Mutter die schmutzige Wäsche erklären, ganz zu schweigen von meiner Unfähigkeit, unser Geld einzusammeln.

»Sam?«, rief jemand.

Dann noch einer ... »Da ist sie, oh, Sam. Sie ist hier ... ihre Tochter.« Die Stimmen vermischten sich und verstummten dann, während sich die Menschen wie Vorhänge vor mir teilten. Fremde Hände tätschelten mich, als mein Blick auf die reglose Gestalt fiel, die auf dem Gehweg lag. Ein blutiger Lappen verdeckte Stirn und Haare, aber ich wusste sofort, dass es Mamma war ... und dass sie nicht mehr lebte.

»Was ... ist passiert?« Es gelang mir, einen Schritt näherzutreten.

Mamma lag am Straßenrand, ihre Beine und Schuhe waren mit Dreck beschmiert. Ihr Gesicht war seltsam weiß und sauber, nur ein Rinnsal Blut lief an ihrer Schläfe und an ihrem rechten Ohr entlang in ihr Haar und vermischte sich mit den Regentropfen. Sie blickte nach oben in den Himmel, ein überraschter Ausdruck – oder war es Sehnsucht – in ihren Augen.

»Sie ist einfach auf die Straße gelaufen. Direkt vor meinen Wagen.« Der Mann, der gesprochen hatte, knetete seine Mütze zwischen den Fingern und warf einen besorgten Blick auf die zwei Stuten, die mit hängenden Köpfen am Straßenrand warteten. »Sie hat überhaupt nicht hingesehen.«

EIN SCHIMMER AM HORIZONT – ZWISCHEN DEN WELTEN

Ich sank auf die Knie und glättete das Haar meiner Mutter. Ein Heulen stieg in meiner Kehle auf, so seltsam, so fremd, es klang überhaupt nicht wie meine Stimme. Mamma war tot. Etwas zerrte an meinen Eingeweiden, ein großes Reißen.
Tot.
Ich wusste nicht, wie ich zurück in unser Zimmer gekommen war ... auf das Sofa mit dem Korb voller kostbarer Wäsche neben mir. Irgendwann schubste ich ihn auf den Boden und die Wäsche purzelte auf den abgenutzten Teppich. Mrs Winslow konnte zur Hölle fahren.

Ich rollte mich in der eiskalten Wohnung zusammen und starrte die Wände, von denen der Putz abblätterte, an. Ich war allein. So allein, wie ich es noch nie gewesen war. Sie hatten Mamma weggebracht. Bald würde ein Bestatter die Bezahlung eines Sarges verlangen und der schleimige Talbott würde die Miete einfordern.

Die Panik nagte an meinem Bauch wie ein Wurm an einem faulenden Apfel. Was sollte ich nur tun? Das Feuer war längst erloschen. Die Dunkelheit brach herein und mit ihr die eisige Kälte. Stimmen drangen durch die undichten Wände: Nachbarn gingen ihren Geschäften nach, Kinder bettelten um Abendessen, Frauen begrüßten ihre Männer nach der Arbeit und Großmütter wiegten summend ihre Enkelkinder in den Schlaf.

Das machte die Stille im Raum ... in mir ... unerträglich. Doch ich konnte mich nicht bewegen, konnte kein Feuer entfachen oder nach einem Stück Brot suchen. Ich saß da, die Knie an die Brust gezogen, wie eine gefrorene Statue. Ich konnte nicht einmal die Kraft aufbringen, zu weinen.

Irgendwann in den frühen Morgenstunden schlief ich ein.

Ein Klopfen weckte mich. Die Tür flog auf, bevor ich mich sammeln oder die Kraft finden konnte, das Sofa zu verlassen.

»Ich habe es gerade erfahren.« Talbott schritt in den Raum, als ob er hier wohnen würde. »Was wirst du jetzt tun, Mädchen?«

Ich starrte den dicken Mann mit seinen gierigen Augen an. Das war es, was ich die ganze Nacht versucht hatte, herauszufinden. Was sollte ich denn nun tun? Mamma war tot. Mein Vater war verschollen. Ich hatte kein Geld und ...

»Du kannst nicht bleiben! Hast du Verwandte? Tanten, Onkel, Cousins? Hattest du nicht mal einen Bruder?« Talbott rückte näher. »Vielleicht kann ich Arbeit für dich finden. Meinem Schwiegersohn gehört ein Club. Eine hübsche junge Frau wie du.«

»Wie bitte?«

»Ein Gentlemans Club.« Talbotts Gesichtsausdruck veränderte sich, der hungrige Ausdruck war zurück. Sein Blick streifte über meinen Körper. »Er würde sich um dich kümmern.«

Vor meinem inneren Auge erschienen Frauen in tief ausgeschnittenen Kleidern, die von faltigen, alten Männern betatscht wurden. Es kostete mich Mühe, meinen Kopf zu heben, und mein Körper zögerte, mir zu folgen.

Talbott schob sich bis auf einen Meter an mich heran und leckte sich über die Lippen, während eine gärende Wolke aus Zigarrengestank auf mich niederging.

Alarmglocken schrillten.

Ich sprang genau in dem Moment auf, als Talbotts Pranke auf meine Brust zielte und ein Hauch von Whiskey mein Gesicht traf.

Die Alarmglocken wurden ohrenbetäubend. *Geh zur Tür.*

Ich sprang zurück und manövrierte mich um das Bügelbrett herum am Kamin vorbei.

Talbott schnaufte wie eine Dampflokomotive, als er mir den Fluchtweg abschnitt. Das Bügelbrett krachte auf den Boden.

Ich wich wieder zurück und behielt den herannahenden Turm eines Mannes im Auge, dessen Wangen wie überreife Tomaten glühten. Er würde mich auslöschen wie der Wind eine Kerze.

Ich täuschte eine Bewegung nach rechts vor, drehte mich dann abrupt in die andere Richtung und sprintete zum Ausgang. Dort im Türrahmen lehnte Papas Gewehr. Talbott liebte es wahrscheinlich, den anderen Mietern damit zu drohen.

»Du kleine Hexe«, brüllte er hinter mir. »Du schuldest mir was.«

Ich schnappte mir die Winchester und eilte den Korridor entlang, halb fliegend, halb springend die Treppe hinunter.

Raus.

An die Luft.

Bevor ich jemanden erschoss.

KAPITEL ZWEI

Sam

Eine schwache Sonne kroch über den Himmel, als ich die Straße hinuntereilte. Ich schlängelte mich im Zickzack durch Hinterhöfe und Gassen, entlang verlassener Straßen, und kam in der Vine Street in der Innenstadt zum Stehen. Die Luft war raus, die alte Lähmung zurück. Ich stand da wie eine Statue, unfähig, einen weiteren Schritt zu machen oder auch nur den Kopf zu bewegen.

Die Ladenbesitzer öffneten gerade ihre Türen und schoben gusseiserne Tore beiseite. Ein Mann mit einer Melone schloss das Tor zur Fifth Third National Bank of Cincinnati auf.

Meine Nase stach vor Kälte und mein Magen knurrte. Die letzte Mahlzeit war das gestrige Mittagessen mit Mamma gewesen: eine wässrige Suppe aus Maismehl und Zwiebeln. Was sollte ich nur tun?

Die Panik stieg in meinem Magen auf wie Säure. Mir wurde klar, dass Mamma mir trotz ihrer Schwäche ein Zuhause und einen Platz gegeben hatte, an den ich gehörte. Sie hatte mich geliebt.

Meine Augen brannten mit unvergossenen Tränen. Es waren noch nicht einmal vierundzwanzig Stunden vergangen und der Schmerz, sie zu vermissen, war wie eine nässende Wunde, die niemals heilen würde. Es überraschte mich. Bis gestern Abend hatte ich oft verabscheut, wie Mamma ihren Aufgaben nachgegangen war. Dass sie sich nicht mehr beschwert, dass sie nicht härter gekämpft hatte.

All das spielte keine Rolle mehr.

Bewegung. Man denkt immer besser, wenn man geht. Und so machte ich mit einer Langsamkeit, die dem Tempo einer Greisin glich, einen Schritt. Dann noch einen. Die neugierigen Blicke der Straßenverkäufer und Geschäftsleute ignorierend schlich ich die erwachende Straße entlang.

Bis mein Blick auf *Millers Drugstore* fiel und ich wieder stehenblieb. Rechteckige Flaschen mit einer braunen Flüssigkeit säumten das Schaufenster. Ein Schild daneben verkündete die Vorteile des Kräutertonikums für die Gesundheit. Irgendwo in den Tiefen meines Gehirns machte es klick.

Bevor er gegangen war, hatte mein Bruder Angelo für George Remus gearbeitet, einen wohlhabenden Anwalt und Schmuggler, der Gerüchten zufolge mit der Abgabe von medizinischem Alkohol Millionen verdiente. Vor zwei Jahren hatte sich Angelo aus Frustration über den Mangel an Arbeitsmöglichkeiten einem Freund anvertraut, der wiederum für Remus gearbeitet hatte. Bald darauf war Angelo abends verschwunden und morgens eingeschlafen, wenn ich aufwachte.

In dieser Zeit hatten wir gut gegessen. Angelo hatte Mehl und Eier, Tomaten und Knoblauch mit nach Hause gebracht, sogar Rotwein, um unsere Mahlzeiten aufzupeppen. Wie Papa hatte er mir beigebracht, wie man Nudeln von Grund auf herstellte, den Teig mischte, knetete und schnitt. Nach einer Weile hatte ich meine eigenen Formen und Geschmacksrichtungen kreiert, Thymian und Basilikum aus dem kleinen Beet im Garten hinzugefügt, Spinat und Tomaten und sogar Käsestückchen. Bald hatten die Nachbarn meine Gerichte probieren wollen und sogar dafür bezahlt.

Mamma hatte Angelos neue Angewohnheit, eine Whiskeyflasche mit sich zu führen, nicht gutgeheißen – der Alkohol war offenbar ein Bonus gewesen, den er bei seiner Arbeit für George Remus erhalten hatte.

Ich starrte auf die Flaschen und Verpackungen im Schaufenster der Apotheke. Es war verrückt, aber es gab nur eins, was ich tun konnte.

Die Türklingel bimmelte fröhlich, als ich den Laden betrat. Ein Mann mit eisgrauem Spitzbart stand hinter einem Tresen und sah mich erwartungsvoll an.

»Ich muss Mr Remus sehen«, platzte ich heraus. »Wissen Sie, wo er wohnt?« Angelo hatte mir erzählt, dass Remus alle Apotheken ›besaß‹ und legal Whiskey lieferte, der als Medizin getarnt war.

Der Apotheker rümpfte die Nase. »Kleines Fräulein, er hat

keine Zeit für Leute wie dich.«

Ich räusperte mich. Dummer Mann. *Ich bin kein kleines Fräulein.* Jungs wurden nie so behandelt. »Bitte sagen Sie mir seine Adresse.«

»Wenn du nichts kaufen willst, hau ab. Sonst rufe ich die Polizei.«

Ich stellte mir vor, wie ich mit meiner Winchester auf den Mann zielte, und eilte nach draußen. Der Geruch von frisch gebackenem Brot stieg mir in die Nase. Nebenan lockte eine Auslage mit Broten, Brötchen und kunstvoll verzierten Torten. Abrupt wandte ich mich ab. Meine Taschen waren so leer wie mein Magen. Nebenan fegte eine alte Frau den Eingang eines Hutgeschäftes.

»Guten Morgen, Ma'am.« Ich machte einen kleinen Knicks. »Können Sie mir sagen, wo George Remus wohnt? Sie wissen schon, der Anwalt?«

Die alte Frau blinzelte ein paar Mal und stützte sich auf ihren Besen. »Bist du in Schwierigkeiten, Mädchen?«

Ich schüttelte den Kopf.

»Mr Remus hat vor ein paar Jahren die alte Lackman-Villa gekauft. West Eighth und Hermosa. Das weiß doch jeder«, meinte die Frau.

Als ich zögerte, schüttelte sie ihren Besenstiel in Richtung Westen. »Da lang, drei Meilen.«

»Danke«, sagte ich, aber die Frau murmelte vor sich hin und kehrte weiter.

Ich ging den Weg zurück, den ich gekommen war, vorbei an den vertrauten Straßen von Over-the-Rhine, die ich mein Zuhause genannt hatte. Zweimal schlich ich mich in einen Eingang, als ich glaubte, die hünenhafte Gestalt von Talbott zu sehen, dem die Hälfte der Mietskasernen in der Nachbarschaft gehörte und der zweifellos andere Unglückliche jagte.

Die Lackman-Villa lag abseits der Straße, mit einer langen Einfahrt an der Seite. Ich ging langsamer und hielt dann an. Ich musste verrückt sein. Das waren reiche Leute. Unvorstellbar reich. Angelo hatte von verschwenderischen Partys und Geschenken für die Gäste gesprochen, darunter Diamantuhren und brandneue Autos für die Damen.

Mit meiner zerrissenen und lehmbespritzten Wollhose, den geschwärzten Fingernägeln und dem übergroßen Mantel sah ich aus wie ein dreckiger Nichtsnutz – ein Niemand.

Und doch. Was hatte ich zu verlieren? Ich hatte bereits alles verloren, was mir lieb und teuer gewesen war. Es gab nichts anderes. Sollten sie mich doch rauswerfen. Sollten sie doch lachen. Ich sog die Luft ein und straffte meine Schultern.

»Ja?« Der Blick des Butlers blieb unbeirrt auf meinem Gesicht, wofür ich dankbar war.

»Ich möchte Mr Remus sprechen.«

»Haben Sie einen Termin?«

»Ich ... nein. Ich bin wegen meines Bruders hier, Angelo Bruno.«

Die rechte Augenbraue hob sich, scheinbar unabhängig vom Rest des Gesichts des Butlers. »Warten Sie, bitte.«

Zu meiner Überraschung vergingen nur Sekunden, bis sich die Tür erneut öffnete. »Hier entlang.« Das Dienstmädchen war tadellos angezogen: schwarzes Kleid, weiße Schürze und ein winziges Stirnband wie ein weißes Diadem.

»Angelo Bruno ist dein Bruder?« Die Stimme war tief und hallend, gewohnt, gehört zu werden. Der Sprecher saß in einem Korbstuhl, eine gefaltete Zeitung lag auf seinen Knien. Sein Gesicht wirkte kantig und fleischig mit einem spitzen Kinn und durchdringenden Augen.

Drei Meter vor dem Stuhl blieb ich stehen. Ich befand mich in einer Art Gewächshaus, riesige Farne und lila Orchideen säumten die hohen Fenster. »Jawohl, Sir. Ich bin auf der Suche nach ihm. Meine ... unsere Mutter ist gestern gestorben.«

»Remus hat gehofft, du könntest *ihm* sagen, wo Angelo steckt.«

Meine Gedanken galoppierten wie wildgewordene Pferde durch meinen Kopf. Wer war dieser Kerl? »Angelo erzählte damals, er müsse wegen Mr Remus nach Chicago fahren.«

»Das hat Remus auch gedacht.«

Ich sah mich im Raum um. »Vielleicht sollte ich dann persönlich mit Mr Remus sprechen?«

Die Augen des Mannes weiteten sich. »Du sprichst mit ihm.«

Ich betrachtete die kostbare Seidenkrawatte, das teure Wollsakko und die glänzenden schwarz-weißen Flügelspitzenschuhe. Der Mann mochte reich sein, aber er hörte sich wirklich verrückt an. Wieso sprach er von sich selbst in der dritten Person? »Er war seit April nicht mehr zu Hause«, sagte ich laut.

Remus' Stirn legte sich in Falten und er gab ein leises Grunzen von sich. Hatte er gedacht, Angelo würde sich in unserer Bude verstecken? »Remus hat nichts mehr von deinem Bruder gehört.

Remus hat ihn geschickt, um einem seiner Mitarbeiter eine Nachricht zu überbringen und ein paar Lieferungen zu beaufsichtigen.«

Der Raum begann, sich zu drehen, schwang langsam von einer Seite zur anderen – die Ränder verschwammen. Angelo war wirklich verschwunden.

Wahrscheinlich in Chicago.
Es gab Gangster in Chicago.
Wahrscheinlich war er tot.
Wie Mamma.
Du bist allein.
Der Boden eilte auf mich zu. Etwas klapperte und splitterte. Blumenerde und Mosaiksteine drückten gegen meine Wange und verhinderten, dass ich mit dem Boden verschmolz. Ich wollte die Augen schließen, doch sie blieben offen und starr.

In der Ferne läutete eine Glocke. Schritte näherten sich und ich spürte, wie ich auf einen Stuhl gehoben wurde.

Obwohl mein Körper sich nicht bewegen wollte und mein Blick auf einen Topf mit einem fedrigen Farn gerichtet war, hörte ich deutlich: »Sir, ich glaube, sie ist ohnmächtig.« Es war der Butler von vorhin. »Ich weiß nicht, was mit ihr los ist. Sie scheint ziemlich abgemagert zu sein.«

Ich konzentrierte mich auf meinen Atem, während das Gefühl langsam in meine Glieder zurückkehrte. Wie konnte ich so schwach sein und vor diesem wohlhabenden, mächtigen Mann zusammenbrechen?

Weitere Stimmen flüsterten, nichts verstand ich, aber im Ton schwang Besorgnis mit.

Irgendwann gehorchte mein Verstand und ich konnte meinen Kopf bewegen. Keine drei Meter entfernt hockte George Remus, der nun wieder in seine Zeitung vertieft war. Ein Dienstmädchen war dabei, die Scherben eines Blumentopfes aufzukehren, den ich offensichtlich zu Boden gerissen hatte. Der Butler war verschwunden. Ein zweites Mädchen stellte frische Brötchen, Erdbeermarmelade und Butter bereit und der Duft war so intensiv, dass ich schnupperte und mich mit einem Glucksen verschluckte. Meine Nase verriet mir immer schon, was in den Küchen der Leute kochte. In Over-the-Rhine waren es meistens Kohl, Kartoffeln und Schweinebauchstücke. Hier roch es nach Rinderbraten und Steaks, reichhaltigen Buttersaucen und Zuckerkuchen.

EIN SCHIMMER AM HORIZONT – ZWISCHEN DEN WELTEN

Die Zeitung senkte sich langsam, Remus' Blick traf meinen.
»Ich könnte nach ihm suchen«, sagte ich, während ich meine Aufmerksamkeit von den Speisen wegzwang. »Bitte, Sir. Er ist alles, was ich noch habe.«

»Überlass die Geschäfte den Männern«, meinte Remus. »Es ist gefährlich. Hast du eine Ahnung, wer in Chicago das Sagen hat? Schon mal was von Mr Torrio, Al Capone und der North Side Gang gehört? Das ist kein Ort für ein junges Mädchen.«

»Aber mein Bruder ...«

»Keine Diskussion.« Sein Blick wanderte zu meiner Seite, wo die Winchester am Stuhl lehnte. »Schaff die lieber weg, bevor du dich verletzt.«

Hitze kroch in meine Wangen. Ich hatte nicht beabsichtigt, dass jemand Papas Gewehr sah. Aber schlimmer war, wie abweisend der Mann klang. Ich hatte es satt, mir vorschreiben zu lassen, was ich zu tun und zu lassen hatte. Mühsam richtete ich mich auf, verstaute die Waffe unter dem Mantel und ging einen Schritt auf den Ausgang zu. »Ich gehe dann mal«, murmelte ich.

An der Tür knickste das Dienstmädchen von vorhin und reichte mir einen Papiersack von beträchtlichem Gewicht. »Miss, ich soll Ihnen das geben.«

Ich war zu betäubt, um etwas zu sagen. Warum hatte ich nicht nach Einzelheiten über die Nachricht meines Bruders gefragt ... wer war der Mitarbeiter in Chicago? Hatte Angelo die Nachricht überhaupt überbracht? Remus hatte mir nicht helfen wollen. Ich war nur ein Mädchen. Nutzlos. Schwach.

Ich schlich den Bürgersteig entlang, als mich ein Auto, das in die Einfahrt der Remus-Villa einbog, anhupte. Da erinnerte ich mich an meine rechte Hand, die immer noch den Papiersack festhielt. Was auch immer es war, es wog mehrere Pfund.

Ich ließ mich auf den Bordstein sinken und öffnete die Tüte. Darin befanden sich zwei Brote, eine harte Salami, ein Stück gelber Hartkäse, eine gebratene Hühnerbrust, ein Glas mit kandierten Pfirsichen und eine Pint-Flasche Old Taylor Whiskey. ›Nur für medizinische Zwecke‹ stand auf dem Etikett. Ich schrie auf, riss ein Stück vom Brot ab und biss in das Hähnchen.

Perfektion. In meinem Mund. Das Fleisch war zart und hatte eine feine, braune Kruste, die mit Salz, Pfeffer und Rosenpaprika gewürzt war. Viel zu schnell zwang ich mich, aufzuhören. Ich musste rationieren. So bald würde ich so etwas nicht mehr bekommen – wahrscheinlich nie mehr.

Aber die Kraft kehrte in meinen Körper zurück und mein Geist regte sich. Zwei Dinge waren offensichtlich:

George Remus war netter als er aussah. Und Angelo wurde wirklich vermisst.

Printed in Poland
by Amazon Fulfillment
Poland Sp. z o.o., Wrocław